国家社科基金重大招标项目"13-14世纪丝路纪行文学文献整理与研究"阶段性成果

浙江师范大学中国语言文学一流学科建设经费资助

丝路纪行

邱江宁——主编

13-14世纪的中国与世界

TRAVEL, WRITING AND THE SILK ROADS:

IMAGINING 13/14TH-CENTURY CHINA AND THE WORLD

ZHEJIANG UNIVERSITY PRESS
浙江大学出版社

前　言

　　20 世纪初,陈寅恪曾指出"一时代之学术,必有其新材料与新问题。取用此材料,以研求问题,则为此时代学术之新潮流",陈寅恪的话用于当下的研究依旧非常有指导意义。就今天的古代文献、文化以及文学研究发展情况来看,13－14 世纪丝绸之路纪行文献与文学研究诚可谓代表当代学术新潮流者。就像陈寅恪所指出的那样,敦煌学代表了 20 世纪学术的新潮流:"自发见以来,二十余年间,东起日本,西迄法英,诸国学人,各就其治学范围,先后咸有所贡献。"(陈寅恪《陈垣敦煌劫余录序》)13－14 世纪丝绸之路纪行文献的整理与研究自 17 世纪以来便吸引了全世界优秀学者的目光。

　　"丝绸之路"概念提出之初是专指东、西方之间交流的通道,但在 13－14 世纪的中国,实际借海、陆通道与世界包括西方、中东以及东亚、南亚区域的国家、人民都有往来交流,所以"丝绸之路"也可以泛指古代中国与世界之间在经济、政治、文化等诸多方面进行交流和对话的主要区域与道路。以此,诸如东亚的日本、韩国,北亚的俄罗斯、蒙古,西亚的伊朗,欧洲的英国、法国、荷兰、德国、瑞典,美洲的美国等国家的学者从考古、历史、地理、语言、文学、美学、艺术、中外交流等诸多领域对丝绸之路加以研究。那些享誉世界的东方学家像多桑、雷慕沙、亨利·玉尔、斯坦因、那珂通世、沙畹、巴托尔德、伯希和、韩百诗、岩村忍等,都是丝绸之路研究尤其是 13－14 世纪丝路文献整理与研究的著名学者。在中国,自 18 世纪西北边疆历史地理学研究和元史研究的兴起,13－14 世纪丝路纪行文献的整理与研究吸引了代表他们自己所处时代的最优秀的学者,诸如钱大昕、徐松、张穆、洪钧、王国维、李文田、沈曾植、魏源、陈寅恪、陈垣、张星烺、冯承钧等等,都先后颇有贡献。21 世纪以来,尤其是 2013 年中国政府"一带一路"(The Belt and Road,缩写 B&R,即"丝绸之路经济带"和"21 世纪海上丝绸之路"的简称)倡议的提出,包括 13－14 世纪丝路纪行文学文献的整理与研究在内的丝绸之路相关研究成为当代中国学术发展的最新潮流。

　　13－14 世纪是世界格局发生重大变化的时期:一方面,在蒙古人对世界的征略之下,"并西域,平西夏,灭女真,臣高丽,定南诏,遂下江南"(《元史·地理志一》），东、西方世界因此"无阃域藩篱之间"（虞集《可庭记》），障碍被极大程度地打破；另一方面，在东、西方海陆丝绸之路大范围拓通的背景下，蒙古人对驿站建设非常重视，"凡站，陆则以马以牛，或以驴，或以车，而水则以舟"，而元代驿站所发挥的作用也视前代为盛，"于是四方往来之使……梯航毕达，海宇会同，元之天下，视前代所以为极盛也"（《元史·兵志四》）。

经过蒙古人将近百年的三次西征及南征，13—14世纪的中国是名副其实的"六合同风，九州共贯"（许有壬《大一统志序》）的大一统王朝，也正是借助海、陆丝绸之路的拓通和驿站的便利，全世界对中国"莫不执玉贡琛，以修民职；梯山航海，以通互市"（汪大渊《岛夷志后序》）。对于13—14世纪世界的人们来说，元朝治下的中国拥有世界上最"娴熟的精工良匠"，中国"盛产小麦、果酒、黄金、丝绸和人类的本性所需要的一切"（［意］柏朗嘉宾著，耿昇、何高济译《柏朗嘉宾蒙古行纪》），当道路畅通、驿站便利时，从东、北欧一直到中国，连接地中海、黑海、里海、红海、阿拉伯海、孟加拉湾、南海、东海等海道，世界形成了以热那亚、君士坦丁堡、开罗、巴格达、布哈拉、撒马尔罕、喀拉和林、坎贝、北京、杭州、泉州、广州等多个城市为贸易中心，同时又互有重叠的八大贸易圈（［美］珍妮特·L.阿布-卢格霍德著，杜宪兵、何美兰、武逸天译《欧洲霸权之前：1250—1350年的世界体系》），中国虽处于最东端，却是世界的贸易中心。

在"丝路"拓通、驿站便利的背景下，13—14世纪的世界不再凝固不动，中国与世界之间互联互通程度前所未有的繁盛，在中国被世界广泛认知的同时，世界的轮廓也在中国人印象中略见清晰。一方面，"中国形象"和中华文明特征及地理山川面貌随着商人、僧侣、传教士以及其他不同身份的人的描述与记载，由传奇到写实，由模糊到清晰，由虚构、妖魔化走向真实、世俗化，对于闭塞或者不能远行的世界各地区的人们来说，无疑是振聋发聩的。尤其是著名的《马可·波罗游记》，有60%的篇幅都是在介绍中国，向欧洲世界传达他眼见的富饶、文明、发达的"中国形象"，为欧洲人展示了全新的知识领域和视野。而马可·波罗在叙述行程时提供的大量地名对后来的制图学家颇有影响，一定程度上推动了16世纪的航海事业和地理大发现，从而深刻地影响和改变了世界文明的进程与面貌。另一方面，中国对世界的感知程度也大大提高，那个时期的人们深切地感慨道："洎于世祖皇帝，四海为家，声教渐被，无此疆彼界。朔南名利之相往来，适千里者如在户庭，之万里者如出邻家。"（王礼《义塜记》）多元的风物与文化"鸰舌螺发，劗面雕题，献獒效马，贡象进犀"，"络绎乎国门之道"，人们可以"不出户而八蛮九夷"（黄文仲《大都赋》）。

大数据深刻影响学术的今天，综合、整体地看待世界和事物相互关联性的理念已深入人心，人文社会科学整合的趋势也越来越明显，以"13—14世纪丝路纪行文学文献整理与研究"为具体话题点进行跨国界、跨学科、跨文化的合作，可以说既是挑战，也是机遇。本论文集是2018年12月15日，由浙江师范大学人文学院邱江宁教授担任首席专家的国家社科基金重大招标课题"13—14世纪丝路纪行文学文献整理与研究"研讨会的成果。在研讨会上,来自剑桥大学、华盛顿与李大学、中国社会科学院、南京大学、浙江大学、北京师范大学、南开大学、武汉大学、中央民族大学等国内外高校和科研机构的30余名学者,围绕13—14世纪丝路纪行文献的深入解读,中国形象的世界认知和世界形象的中国认知,丝路文献的数据化、GIS可视化等话题,给予了深入研讨并进行了精彩互动。在征得作者同意的前提下,我们将研讨会部分论文予以结集出版,在此非常感谢浙江大学出版社的鼎力支持,特此致敬、致谢!

邱江宁

2019年9月17日

目　　录

元世祖朝出使安南使交书论略

李 军

内容提要 使交书,指一国使臣出使他国时递交的外交文书,是一种特殊的纪行文献。主要分两种,一是皇帝诏书,一是使臣到达目的国后与彼国朝廷交通往复的文字。元世祖朝与安南国关系紧张,其频繁派遣使臣,留下来数十篇使交书。这些珍贵的纪行文献,既可借以了解两国之间的交往细节和戏剧性心理交锋,具有不可多得的史料价值,而且其书写方式、行文特点,对于深入认识文学体裁的特殊一支,也颇具意义。世祖朝最后出使的陈孚执笔的四篇使交书,是其中的精彩篇章。

关键词 使交书 安南 使臣 元世祖朝

使交书,指一国使臣出使他国时递交的外交文书,是一种特殊的纪行文献。使交书主要分两种:一是皇帝诏书,如通告本国新皇即位、恭贺或吊唁出使目的国喜丧之事等等,这是使臣自国都出发即需赍持的文告;还有一种,是使臣到达目的国后与彼国朝廷交通往复的文字。前一种使交书作为有固定格式的公文样式虽已成为定式,某些文字也已基本固化,但因对象不同、事由不同,其内容和写作手法仍各有其精彩之处。后一种属于随机应变产生的文字,要根据当时发生的突变而临时写就,其写作动机、所传达的信息、它们对两国关系走向的影响,以及作为特殊书信体的文体学特色,都很有深入探讨的必要。

元朝最早与安南发生关系是在宪宗蒙哥汗朝。据《元史》卷二○九《安南传》,宪宗三年(1253),忽必烈平大理回,留大将兀良合台"攻诸夷之未附者。《安南志略》卷十三《陈氏世家》载,七年(1257)十一月,兀良合台兵临交趾,派遣使者二人往谕安南王陈日煚欲招降。此时南宋未灭,安南与南宋为藩属关系。此前安南曾

---

* 本文系国家社会科学基金重大项目"13-14世纪'丝路'纪行文学文献整理与研究"(项目号17ZDA256)的阶段性成果;本文系国家社会科学基金重点项目"元人著述总目丛考"(项目号13AZW005)的阶段性成果。

① 宋濂等撰:《元史》卷二○九《安南传》,第15册,中华书局1976年版,第4633页。

② 理宗绍定初,安南向南宋进贡,理宗封日煚为安南国王。[越]黎崱撰,武尚清点校:《安南志略》卷十三,中华书局2000年版,第309-310页。

侦探中原形势,未知蒙宋两国胜负趋势,故对蒙军要求不予理会,并将蒙古使者用刑下狱。动刑之酷,令人发指①,这导致兀良合台屠其都城。蒙古军队不耐安南"气候郁热,乃班师",临走时留下两位使者继续招降安南。《安南传》载安南王回到国都看到屠城后残毁景象,"大发愤,缚二使遣还"②。在双方充满敌意的氛围下,元朝使者成为牺牲品。宪宗八年(1258)二月,安南国王位发生变动,国王陈日煚将王位传于长子光昺③,改元绍隆。新王陈光昺派遣其女婿携礼物与蒙古通好,蒙古遣使者讷剌丁往复传旨。陈光昺最后终于接受内附的要求,正式确立了元朝政权与安南之间的宗主国和藩属国的关系。自讷剌丁始,终元一朝,元廷多次向安南派遣使臣,留下了数十篇使交书,这是一批珍贵的外交和纪行文献。其中世祖朝两国多次面临战争,关系最为紧张,出使最为频繁,使交书也留存最多,约占三分之二,且最具特色,故是本文论略的重点。

一、出使安南使臣批次与使交书的文献辑存及种类

有关元朝与安南两国之间的贡使交往,学术界已有关注。较早的有马明达《元代出使安南考》,考证元朝派往安南的使臣有27批④,其后涉及使臣批次的表述,多以此文为据,如刘玉珺《中国使节文集考述》、张建伟《从元代安南纪行诗看中越文化交流》、黄二宁《论元代安南纪行诗的书写特征与诗史意义》等⑤。陈巧灵《元代安南纪行诗研究——以陈孚、傅若金纪行诗为中心》第一章第一节统计为29次⑥。较马文多出的两次,一是马文将宪宗七年(1257)兀良合台的两次遣使仅记为一次,一是至元九年(1272)派遣叶式捏、李元为使,入安南。叶式捏卒,李元代之,合撒儿海牙为副,马文也只记为一次。陈文对上述出使均计为两次,故总计29次。王英《元朝与安南之关系》第四章第四节《两国出使情况一览表》,考证出使安

---

① 《安南传》:"得前所遣使于狱中,以破竹束体入肤,比释缚,一使死,因屠其城。"宋濂等撰:《元史》卷二〇九《安南传》,第4634页。

② 宋濂等撰:《元史》卷二〇九《安南传》,第4634页。

③ 《元史》卷二〇九《安南传》:"八年戊午二月,日煚传国于长子光昺。"《安南志略》则说法有异,其卷十三《陈氏世家》云"戊午岁,日煚改名光昺,同年逊位于子"。[越]黎崱撰,武尚清点校:《安南志略》,中华书局2000年版,第310、314—315页。暂从《元史》。

④ 马明达:《元代出使安南考》,《明清之际中国和西方国家的文化交流——中国中外关系史学会第六次学术讨论会论文集》,大象出版社1997年版,第263—284页。又载高伟浓主编:《专门史论集》,暨南大学出版社2002年版,第156—183页。

⑤ 刘玉珺:《中国使节文集考述》,《首都师范大学学报》(社会科学版)2007年第3期;张建伟:《从元代安南纪行诗看中越文化交流》,何明主编《西南边疆民族研究》第19辑,云南大学出版社2016年版;黄二宁:《论元代安南纪行诗的书写特征与诗史意义》,《南开学报》(哲学社会科学版)2016年第5期。

⑥ 陈巧灵:《元代安南纪行诗研究——以陈孚、傅若金纪行诗为中心》,浙江师范大学2016年硕士学位论文,第10—13页。

南共有 37 次①。较马文多出的 11 次②,分别为:中统三年(1262)十一月,至元二年(1265)、三年(1266)、六年(1269)、七年(1270)、十年(1273)、二十一年(1284),延祐元年(1314)、三年(1316),至正五年(1345)、十九年(1359)。其后苗冬《元代使臣研究》第六章第三节《元朝遣往安南的使臣》、周思成《元人诗歌中的安南出使与南国奇景》③,均采用此 37 次说。王文通过爬梳文献,在马文的基础上,又考证出出使安南 11 个批次之多,确实下了不少工夫,值得肯定。但是,此 11 批中至少有 5 次难以成立:至元二年(1265)宁端甫、张立道出使,马文认为是至元四年(1267)之误,虽未直接说依据,但从所引《元史·张立道传》看,张的出使不会早于至元四年,故马文是。至元三年(1266),王文表中据《大越史记全书》卷五引录糯刺丁"我是以有往年之师"等语④,判定此年为一次,但这段话在《元史》中是宪宗八年(1258)兀良合台遣讷刺丁往告安南的,上引句作"我是以有去年之师"⑤,(1266)时间点更为清晰,内容也更完整。故此事的发生是在宪宗八年,而非至元三年(1266)。至元六年(1269)、十年(1273),马文均将其与五年(1268)、九年(1272)合为一次⑥,确有道理,不应再另析出一次。至正十九年(1359)派遣使者通好安南的,是朱元璋政权,而非元朝⑦,故此年也不成立。综合马文、王文,元代出使安南共有 33 批次。

皇帝诏谕和使臣与外国的交通书信,作为朝廷的重要文件,主要保存在《元史》和黎崱的《安南志略》中。《元史》的帝王本纪和《安南传》,收有皇帝、诸王诏谕 12 篇,内容多有节略。黎崱的《安南志略》卷二《大元诏制》、卷五《大元名臣往复书问》中,收录自世祖到顺帝的皇帝或省院官员诏谕 19 篇。除去重复,二书共收与安南有关的来往诏书 27 篇。

现存使臣与安南君臣往复交通的外交文书,绝大部分发生在世祖朝⑧。《安南

---

① 王英:《元朝与安南之关系》,暨南大学 2000 年硕士学位论文,第 26—30 页。

② 王文漏计马文至大四年一次。

③ 苗冬:《元代使臣研究》,南开大学 2010 年博士学位论文,第 203 页;周思成《元人诗歌中的安南出使与南国奇景》,《文史知识》2015 年第 11 期。

④ [越]吴士连等编撰:《域外汉籍珍本文库》影印越南黎朝正和十八年(1697)内阁刊本,第四辑史部第贰册,西南师范大学出版社、人民出版社 2008 年版,第 499 页。

⑤ 宋濂等撰:《元史》卷二〇九《安南传》,第 15 册,第 4634 页。

⑥ 六年说出自宋濂等撰《元史》卷一六七《张庭珍传》,马文云,"《本传》言六年,当是抵达日期,是"。十年说不成立,上文已言明。

⑦ 《大越史记全书》卷七"大治三年"条:"春正月,明遣使来通好。时明主与陈友谅相持,未决胜负,帝遣黎敬夫使北觇虚实。"《域外汉籍珍本文库》第四辑史部第贰册,第 551 页。

⑧ 孔克齐《至正直记》"国朝文典"条,有"《元真使录》《国初国信使交通书》"之目,后者当是收录元初使臣出使外国与其君臣往来交通的使交书文献,可惜早已散佚。见庄敏、顾新点校《至正直记》,《宋元笔记丛书》,上海古籍出版社 1987 年版,第 26 页。

志略》卷五《大元名臣往复书问》收录 4 篇（柴椿、张立道、刘二拔都、刘元亨）①，后 2 篇发生在仁宗朝；陈孚《陈刚中诗集》末，附有《元奉使与安南国往复书》4 篇，故世祖朝共 6 篇。

根据事由不同，皇帝的外交诏谕及作为皇帝旨意延伸的使交节内容，可分为下列几类：

1. 诏告新皇即位。《安南志略》卷二《大元诏制》记载，如至元三十一年四月成宗即皇帝位，六月遣礼部侍郎李衎、兵部郎中萧泰登赴安南持诏书颁告②。类似这样宣告新皇即位的诏谕，还有武宗至大元年七月诏、仁宗至大四年十月诏、英宗至治元年八月诏、泰定帝泰定元年八月诏、顺帝元统三年诏③。

2. 加崇品秩或颁赐物品。元朝与安南宗主藩属的关系确定之后，元廷多次诏谕安南国君长亲朝、子弟入质等事，但安南国主始终不亲身入朝，这导致除中统二年一次短暂加封外，终元一代，元廷再未加封安南国主王号，而是把这一王号颁给了降附元朝、滞留内地的安南国宗亲，先是陈日烜的族叔陈遗爱，后是陈日烜弟陈益稷及其儿子陈端午。《安南志略》卷二收有两篇制文，是分别颁给陈益稷加增新秩的诏书：皇庆元年加金紫光禄大夫品秩，延祐五年加仪同三司品秩。此为加崇品秩之诏谕。诏告新皇即位的文书，往往也有颁赐物品的内容，所颁赐者多为历书。如至大四年诏、泰定元年八月诏、元统三年诏，分别言颁赐安南国"皇庆（元年）历日一本""《授时历》一帙"及"元统三年授时历一本"。另至元四年诏有"回赐礼物"等语。

3. 晓谕某事或有所谴责。这一部分数量最多，基本集中在世祖朝。忽必烈即位之初，即派遣孟甲、李文俊通使安南。中统元年十二月的世祖诏书，开篇也有"缵承丕绪"、建元中统的内容，与即位诏书无异。随后是对安南国的安民告示，主要是晓谕安南国，《安南志略》卷二《大元诏制》记载："凡衣冠典礼风俗百事，一依本国旧例，不须更改。""除戒云南等处边将，不得擅兴兵甲，侵掠疆场，扰乱人民；卿国官僚士民，各宜安治如故。"④表达了对双方和平相处的寄望。世祖提出的愿景，得到了安南国方面的响应。孟甲、李文俊中统二年回国时，安南国君陈光昺遣陪侍大臣"诣阙献书，乞三年一贡"《安南传》⑤，世祖遂封陈光昺为安南国王。现存世祖朝与安南国诏书 12 篇，此为口气最为和缓的一篇。其后的中统三年诏、至元四年诏、至

① 刘元亨，《安南志略》作刘亨。[越]黎崱撰，武尚清点校《安南志略》，第 110 页；此据宋濂等撰《元史》卷二○九《安南传》，第 15 册，第 4651 页。

② [越]黎崱撰，武尚清点校《安南志略》卷二，第 53 页。

③ 分别见宋濂等撰《元史》卷二十二《武宗本纪》，第 2 册，第 501 页；[越]黎崱撰，武尚清点校《安南志略》卷二，第 54—58 页。

④ [越]黎崱撰，武尚清点校《安南志略》卷二，第 46 页。

⑤ 宋濂等撰《元史》卷二○九《安南传》，第 15 册，第 4635 页。

元五年九月诏,或晓谕某事,或提出要求,虽是命令口吻,但并不激烈。其余 8 篇,口气则转为严厉,或者发出警示,或毫不客气地予以谴责。而现存的使臣文书,几乎都是这类警告、斥责的内容。

二、世祖朝使交书的内容与特点

事情的转折在至元四年九月的诏书中可见端倪。《元史》卷六《世祖本纪》记载:"(至元四年九月)戊申,安南国王陈光昺遣使来贡,优诏答之。庚戌,又诏谕安南国,俾其君长来朝,子弟入质,编民,出军役,纳赋税,置达鲁花赤统治之①。"《安南志略》卷二收有世祖至元四年两篇诏书,马明达《元代出使安南考》认为黎氏将二文顺序颠倒,所言甚是。题为《至元四年七月谕安南诏》②,于前诏两天后下达。前诏是对前一年安南陈光昺遣使杨安养上表三通"其一进献方物,其二免所索秀才工匠人,其三愿请讷剌丁长为本国达鲁花赤③"的要求,予以允准。仅过两天,又下一诏④。后诏主要内容有二:一、谕以六事,即君长亲朝、子弟入质、编民数、出军役、输纳税赋、置达鲁花赤统治,以此来验证其归附之诚;二、禁止回鹘人与达鲁花赤交谈,不符同为一家之礼,有臣背君父之嫌⑤。诏文明显是对安南国君的指责,口气强硬。诏文所谕六事,安南其后并未执行,导致元廷后来的诏文多次提及,如至元十二年二月诏、至元十五年八月诏。但陈氏有一定之规,尤其是君长亲朝一条,陈氏均以身疾惧死推辞,两国之间的矛盾也主要因此而加剧⑥,甚至导致战争的爆发。

至元十五年八月,世祖派遣柴椿等人为使至安南。此时安南原国君陈光昺已卒,其子日烜自立为世子。诏书特意强调"向以尔父衰老,不任跋涉,犹云可也。今尔年方强壮,入朝受命,此正其时",并以"偏师一出,举国悉平"的亡宋为例⑦,警告安南"尔或不思安全,固拒朕命,则修尔城隍,缮尔兵甲,以待我师;祸福转移之机,

---

① 宋濂等撰:《元史》卷六《世祖本纪》,第 1 册,第 116 页。

② 七月当为九月,见上条《元史所引》。

③ 宋濂等撰:《元史》卷二○九《安南传》,第 15 册,第 4635 页。

④ 宋濂等撰:《元史》卷二○九《安南传》作"未几",上引《世祖本纪》有明确的时间表示,戊申至庚戌,仅两天。

⑤ 从史料的表述来看,此二事应是分别作为二文下达。《元史》卷二○九《安南传》:"四年九月,使还,答诏许之,仍赐光昺玉带、金缯、药饵、鞍辔等物。未几,复下诏谕以六事……十一月,又诏谕光昺,以其国有回鹘商贾,欲访之西域事,令复遣使来。"见《元史》第 15 册,第 4635 页。

⑥ 苗冬《元代使臣研究》第六章第三节《元朝遣往安南的使节》,对此有比较详细的论述,可参看苗冬:《元代使臣研究》,南开大学 2010 年博士学位论文。

⑦ 在此之前,安南仍接受南宋理宗、度宗的封号和赏赐。

在此一举。宜审图之"①。这已明显是威胁的口吻了。次年十一月柴椿再次出使安南时，陈日烜在理屈词穷之际，终生惧怕之心，遂"遣族叔陈遗爱代觐"②。世祖对安南归附二十余年仍不行"六事"特别是君王不朝早已厌倦，陈遗爱亲朝给了世祖最恰当的借口，顺水推舟，元廷即立陈遗爱为安南国王，于至元十八年由柴椿领兵护送其返国就位。次年三月抵安南，安南不与入境。柴椿不得已修书一封，告知对方，随从军士"乃左右役使之卒，非征伐战斗之兵"；强调早已先期遣人"往谕朝廷宽恤安南之美意"，但犹不明何时入境；现给以六日期限，"若复违期，必须回辕，闻奏天朝，别听区处"③。口气咄咄逼人，毫无商量的余地。

陈遗爱返回安南的下场，《安南志略》与元帝诏书的记载不一。《安南志略》卷三《大元奉使》云："至元十八年，加授柴椿行安南宣慰都元帅，李振副之。领兵送遗爱就国。……至永平界，国人弗纳。遗爱惧，夜先逃归。"卷五《大元名臣往复书问》柴椿复书安南世子文后云："时柴公奉使，就领军送陈遗爱还国。国人弗纳。"卷十三《陈氏世家》："世子不听，废遗爱为庶人。"④而元朝这边的说法是："因彼叔父陈遗爱来，以安南事委之。至则已为戕害。""及命尔叔假守，彼公然拒违，敢行专杀。""汝父杀其叔，逐我使，以致兴师问罪。""遗爱还，日烜阴害之。"⑤从当时情势和相关文献记载看，陈遗爱应是被安南王陈日烜治罪而死⑥。上述种种，皆因两国之间缺乏信任，尤其安南，对元朝始终怀有戒惧之心，两国关系日趋紧张，最终导致兵戎相见。

三、世祖朝后期使交书的特点

至元二十一年底，忽必烈派遣出征占城的镇南王进至安南，原本命其助征军粮的安南据守关隘，阻止元军前进，两国军队正式交战。战争进行了不到一年，其后两年元军又两次攻伐安南。元军虽兵力强大，屡屡取胜，并占领了安南首都，但因湿热气候和后勤供养不足，兵力减员严重，且连连折损大将，只好退回国内。此后

---

① ［越］黎崱撰，武尚清点校：《安南志略》卷二，第 49 页。文中"我师"二字，据《文渊阁四库全书》本以及《元史》第 4639 页补。

② ［越］黎崱撰，武尚清点校：《安南志略》卷三，第 67 页。

③ ［越］黎崱撰，武尚清点校：《安南志略》卷五，第 104—105 页。

④ 分别见［越］黎崱撰，武尚清点校：《安南志略》卷三第 67 页，卷五第 105 页，卷十三第 312 页。

⑤ 分别见《至元二十三年四月诏》《至元二十五年十二月诏》《至元二十八年诏》。［越］黎崱撰，武尚清点校：《安南志略》卷二，第 50—52 页；宋濂等撰：《元史》卷一六七《张立道传》，第 3917 页。

⑥ 《大越史记全书》卷五《陈纪》"仁宗绍宝三年"（元至元十八年）条："遣从叔陈遗爱（即陈隘）及黎目、黎笋如元。元立遗爱为老侯，授目为翰林学士，笋为尚书。复令柴椿以兵千人护送还国。""仁宗绍宝四年"条："夏四月，陈遗爱等使回。六月，治判首陈隘等罪，徙隘天长牢甲兵，黎笋徙宋兵。"《域外汉籍珍本文库》第四辑史部第贰册，第 504—505 页。

终世祖朝,元廷五次派出使者,除至元二十二年十月合撒儿海牙出使安南未见诏书外,其他四篇诏书均存世。前三篇主要是数落安南国君陈日燇迟迟不亲朝、其父戕害叔父陈遗爱、元军征占城不助军粮等罪,以致元军不得不与之开战。其中又以至元二十五年十二月诏书篇幅最长,指责的口气也最为严厉,如:"不惟失信,又复抗师,此而不征,王宪何在?民残国破,实自尔取";"安有闻遣将,则遂事逋逃;见班师则声言入贡,以斯奉上,情伪可知";"与其岭海偷生,无虑兵祸;曷若阙庭归命,被宠荣还!二策之间,孰得孰失,尔今一念违误,系彼一方存亡"。① 无奈安南仍一如故我,世祖欲再发兵征讨,被大臣劝止。

至元二十八年十月,张立道第三次被派出使安南。张氏此行,留下了两篇文献。一篇是《张尚书行录》,记录了入安南后他是如何维护大国使者所应受到的尊礼,责难安南累召不朝之罪的,体现了对使命的坚持。一篇是《与世子书》,内容一是夸示元朝疆域之大古之未有,东西南北周边邻国不分远近,均已俯首称臣。安南蕞尔小国,虽"贡之不阙而未尽其诚",大国兴师问罪,可谓理所当然。二是断其侥幸念想,指出其不可倚恃者有三:海隅之险不可依,人力之众不可恃,历数之远不可赖。而我天子大朝,才是真正"可依可恃可赖"者②。但安南不管如何遭受战争威胁,均抱定"闻遣将则遂事逋逃,见班师则声言入贡"(《至元二十五年十二月谕安南世子诏》)③的策略,并以路远惧死为由,死活不肯北上大都,以至于世祖至元二十九年诏书发出这样的质问:"若曰孤子在制,及畏死道路,不敢来朝;且有生之类,能有长久安全者乎?天下亦复有不死之地乎?朕所示谕,汝当具闻。徒以虚文岁币,巧饰见欺,于义安在?!"④措辞甚为严厉。递送这份诏书的使者,是梁曾和陈孚。此次出使,除了诏书,还留下来4篇使臣与安南国君的文书及4篇对方答书⑤。四个回合的较量,以第二回合的火药味最浓,从中可见双方笔战之严厉程度,堪称元代出使安南往复交通的激烈巅峰,故有必要进行认真解读。

第一回合比较正常,使臣的口气相对克制,仅强调安南应遵循敬天事君之礼。作为宗主国代表的使臣来到安南,理应受到"及疆而请事,及郊而迓,及门而拜,及阼阶而拜以受"的接待,"升降俯伏之序"应按部就班,方是安南礼遇使臣之道。第二篇篇幅很长,有2000多字,是此次出使分量最重的一篇。虽为书信,实际是一篇论说文。论述的主旨有二:一是教训,二是警告甚至恐吓。教训安南敬待上国要

① [越]黎崱撰,武尚清点校:《安南志略》卷二,第51页。

② [越]黎崱撰,武尚清点校:《安南志略》卷五,第107页。

③ [越]黎崱撰,武尚清点校:《安南志略》卷二,第51页。

④ [越]黎崱撰,武尚清点校:《安南志略》卷二,第53页。

⑤ 八文载陈孚《陈刚中诗集》附录,《文渊阁四库全书》本第1202册,商务印书馆1986年版,第663—671页;使臣四文又见李修生主编:《全元文》,第20册凤凰出版社2000年版,第563—571页。使臣引文出自李修生主编《全元文》,安南答书出自《陈刚中诗集》附录。

"周"，要"忠信"，否则"殷鉴不远"。"殷鉴"谓何？论文以两个近事为例予以展开，一为南宋，一为高丽，其中剖析南宋何以亡占了大量篇幅。文章指出，南宋灭亡虽在至元十三年，而宪宗九年（己未，1259）即已埋下祸根。这一年世祖自鄂州北还，与当时守城的南宋宰相贾似道签订城下之盟，蒙古军撤退，作为战败一方，南宋需每年进贡元朝。未曾想贾似道回朝后谎称胜绩，"受俘献捷，刻石颂功，欺天罔人，上下交贺，以为江左中兴"。其后以春秋时子产、臧孙之语为训，以谓小国如此对待大国，实乃肇祸之机。接着以对比手法，突出本朝的对外友好和南宋的背信弃义。本朝派国信使郝经出使南宋，通告新皇即位和履行鄂州之约；南宋则诱使原南宋降将李璮复叛，甚至怂恿边境亡命之徒"蹂我涟海，轶我巴蜀，虔刘我边陲，荡摇我生聚"，以致本朝不得不剑指南方，攻拔临安。这一切均是南宋咎由自取，是对双方情势的战略误判。本朝军令，父死则子袭，兄亡则弟继，兵力足而战力强，同仇敌忾，绝非一战就罢休。反观南宋，己未之后忘乎所以，存侥幸之心，行悖逆之事，灭亡之快可谓势所必然。文章接着话锋一转，"独不见高丽乎"？高丽王的忠贞归顺，换来封王拜将，国家安定，"玄菟乐浪之间，民恬物熙，鸡犬相闻"。两相对比，高下立判。文章接下来表达欲安南就范的决心，其中不乏恫吓之语：

> 圣朝用兵，不急近效，不顾小失。今日攻弗下，则攻明日；今年战弗克，则战明年。至于四伐、五伐、六伐、七伐，不胜不已，不得不休。积以岁月，卒成大业。舜之格有苗、高宗之伐鬼方是也。一将死，一将复出；一军散，一军复合。见可而进，知难而退。亟战以罢之，多方以误之。始虽垂翅，终乃收功。养威持重，以至无敌于天下。高祖之平项羽、光武之擒赤眉是也。

以本朝皇帝比附虞舜、殷高宗、汉高祖、汉光武帝，居高临下，天生有理，颇有檄文的性质。最后警告安南，此次出使，已是本朝皇帝至渥恩典，"安危之机，在此一举"。远有三代两汉征伐胜败之史实，近有宋之所以亡、高丽之所以存之镜鉴，识时务者为俊杰，否则后悔莫及。

陈日燇似乎并未被唬住，复书仍强调本国三十多年岁贡不绝，已充分说明本国对上国的忠心，唯一做不到的，是惧怕死于道路而不亲身入朝。针对陈的回复，使臣的第三封书信给他指出两条出路。首先是身亲入朝，为上策，可一劳而永逸。既为国君，应以人民为念，不应惮烦一己之跋涉。次一等是长子代父亲朝，国不可一日无主，国君不往，以子代之，事毕返国，父子皆可受殊荣。安南对这第三封书中的建议或要求仍无响应，在1000多字的回书中，先是为不送儿子入朝开脱，"孤岂不欲以子往？奈其口尚乳臭，筋骨未壮，不习鞍马，不惯风霜，将如道路何？"接着，巧妙委婉地对使臣对其不送还天朝兵将、越界侵疆等指摘及斥责给予了回击，并再三申说不派儿子而遣老臣入朝的理由："兄弟宗族，名虽至亲，或为仇雠；心腹老臣，名虽人臣，实则父子。孤未审相公之意，将用名耶？用实耶？苟欲用虚名而不用实，不惟孤自负不能尽情之罪,而相公亦有弃实取虚之累也。"颇有"以子之矛攻子之盾"的反诘意味,可谓软中带硬,绵里藏针。第四回合的去书与答复,又回归于正常礼节,使臣拒绝了安南的馈赠,安南回书则赞扬使臣"谊之高矣"。

这两次出使,敦促安南国主亲自入朝的目的仍未达到,但留存的数篇使交书却非常精彩,其笔锋之犀利、措辞之激烈、诘问之严厉,均超过元廷此前出使之文书。安南的复书外表示弱,实则强硬,也不乏可圈可点之处。双方的笔战,实不亚于战场上的真刀真枪,对于了解世祖朝两国关系及交往细节,具有很高的文献价值。

四、元代使交书的文体学特色

元代使交书的文体分类,有一定的复杂性。皇帝诏书,一般分在公牍类[①],但其针对一定的书写对象,与一般昭告天下的皇帝诏书还是有差别的。使臣与对方君臣的来往文书,显然是外交辞令化的书信。褚斌杰认为,外交辞令化的来往书信,最早为《左传》中的《郑子家与赵宣子书》(文公十七年)、《巫臣遗子反书》(成公七年)、《子产与范宣子书》(襄公二十四年)等,是为书牍文(即书信体)的滥觞[②]。早期诸侯国之间传递的书牍文,以及本文所论元代使臣的外交文书,与后世私人书信在内容和写作手法上虽有很大不同,但不能否认其为双方传递信息的书信体性质,故应归为书信这一文体。

使臣撰写的使交书相对于其他书信文体,有相同处也有不同处,其不同处主要体现在作者身份、文章内容和艺术形式三个方面。这些特殊性在世祖朝使交书中体现得非常充分,本文将其概括为强势威赫的优越身份、强迫压服的文章内容和强硬严厉的表现手法。下面重点分析。

(一)强势威赫的优越身份

元代使交书的作者为两类人,皇帝的外交诏书,是由供职翰林院的文人撰写的;到达目的国后所产生的使交书,自然是使臣撰写的。而使团中的二把手,也多配备为浸润中原文化甚深的儒士,后来不乏来自南方的文人。如陈孚、文矩、傅若金等人,不仅是使交书的主笔,也创作了不少纪行作品。翰林院学士和使臣,其身份是元朝政体的代表。元与安南,又是宗主国与藩属国的关系,故而元朝使臣天生就具有一种优越感和以上凌下的威势。在与安南君臣的交往中,往往摆出一副高高在上的姿态。使交书的构思与撰写,也多是大国对小国、强国对弱国的惯性思维,这在皇帝诏书和使臣外交文书中都有非常充分的体现。如动不动就夸饰元朝

①　褚斌杰:《中国古代文体概论》,北京大学出版社 1990 年版,第 450—461 页。

②　褚斌杰:《中国古代文体概论》,北京大学出版社 1990 年版,第 401 页。

国力之强：

> 大哉元朝！自三代以降，未之有也。北越阴山，本圣朝之基业；南逾炎海，馨诸国之称臣。回纥西域之酋王，度流沙而入贡；高丽东夷之国主，跨瀛海以来庭。契丹女真西夏之君，盖逆天而殄灭；白靼畏吾吐蕃之长，由用命以婚姻。云南金齿蒲甘，遣男奉质；大夏中原亡宋，率土为民。①

言语中处处表现书信撰写者居高临下的地位威势，以使对方就范。

（二）强迫压服的文章内容

从现存与安南的使交书来看，皇帝诏书的内容相对单一，但前后有变化。世祖朝中统与至元初，皇帝诏书基本上是例行公事，内容为诏告新皇即位、颁赐物品或晓谕某事。至元四年诏书提出对安南的六项要求后，诏书的内容发生改变，敦促安南"行六事"占据重要位置，这几乎成为安南使臣每次出使的必要任务。世祖去世后，成宗采取与前不同的对外政策，对安南不再督促其执行"君主亲朝"等六事，诏书的内容又恢复为正常的礼节性诏告。元廷对外政策的改变，使臣的外交文书也随之发生变化，现存柴椿、陈孚等人的使交书，均发生于世祖后期。每次的书信内容，几乎都是强令安南接受并执行"六事"，以及对其君主不亲朝的斥责。而安南的答书也每每告哀，委婉强调不去"亲朝"的理由。双方就这一内容的表述，元廷始终强硬，安南则虚与委蛇。周而复始，轮番往复，终于在至元三十年即世祖去世前一年梁曾、陈孚使团出使时达到巅峰。梁、陈一行回国后，元军即秣马厉兵，准备第三次攻打安南，说明外交上的压服并未奏效，忽必烈已失去耐心。成宗即位后两国关系缓和，出使安南的使臣每次照常发布皇帝即位诏书，但因不再担负敦促安南执行某种命令的任务，所以如柴椿、张立道、陈孚与对方直接交锋的来往书信也再未出现。

（三）强硬严厉的表现手法

作为国与国之间的来往信件，元廷的使交书在写作手法上口气严厉，措辞强硬，处处表现大国的威严。即以世祖朝皇帝诏书来说，除中统元年第一次颁布安南及少数诏书外，大多开篇即提出要求或予以指责。如至元四年九月所下第二诏，开头即云：

> 太祖皇帝圣制：凡有归附之国，君长亲朝，子弟入质，编民数，出军役，输纳

---

① 张立道：《至元二十八年与安南世子书》，见［越］黎崱撰，武尚清点校：《安南志略》卷五，第 107 页。个别字有校改。

税赋,仍置达鲁花赤统治之;以数事以表来附之深诚也。①

再如至元十八年谕安南诏:

> 曩安南国陈光昺生存之日,尝以祖宗收抚诸蛮旧例六事谕之,彼未尝奉
> 行。既殁,其子又不请命而自立。遣使远召,托故不至。今又以疾为辞,故违
> 朕命,止令其叔父遗爱入觐。即欲兴师致讨,缘尔内附入贡有年矣。其可效尔
> 无知之人,枉害众命!尔既称疾不朝,今听汝以医药自持。故立汝之叔父遗
> 爱,代汝为安南国王,抚治尔众。境内官吏士庶,其各安生业,毋自惊惧。其或
> 与汝百姓,辄有异图,大兵深入,戕害性命,无或怨怼,实乃与汝百姓之咎②。

元使臣给安南的文书,斥责和警告的意味更为明显,甚至不惜恐吓。除前所述
陈孚文外,张立道至元二十八年与安南世子书,也是一明显例证:

> 倘大国军临,小国固守疆埸,失而不返,必弃土地而居海隅。虽生何异于
> 死,虽存何异于亡哉!海隅之险不可依者,一也。江南四百余州,不能当中原
> 之一锋;安南与江南,众寡何若,焉能以拒上国乎?今年与战,明年与战,今日
> 战死,明日战死。小国之民能有几乎?此人力之众,不可恃者,二也。宋之有
> 国,三百余年,一旦扫地俱空,与安南昔为父子之国,唇齿之邦,唇亡齿寒,父亡
> 子单,理则然也。此所以不至于单寒者,以其臣附元朝,天地相应,气运相通
> 也。今舍天道而尚人力,岂不违天之道欤?此历数之远不可赖者,三也③。

总之,一个"强"字贯穿始终,身份强势,内容强迫,语句强硬,可谓威严逼迫,强
使就范。这样的使交书,类似于在下最后通牒,在尚存邦交、并非敌对的书信文体
中恐怕非常少见。但有意思的是,我们看到的安南复书,虽多现曲意逢迎、小心恭
维的姿态,实则绵里藏针,千方百计为自己辩解,双方似乎在玩一场旷日持久、猫捉
老鼠的游戏。

自宪宗七年(1257)至顺帝至正二十八年(1368),元朝与安南共处112年,大多
数处于和平时期,唯世祖朝关系紧张,双方发生了三次战争。战争间歇频繁互派使
者。元朝使臣几乎就执行一个使命,即责备安南不行"六事",并连恐带吓严促其国
君亲自入朝。期间两国发生的交通往复文书,提供了诸多史书中难以见到的精彩
细节和戏剧性心理交锋。作为大国的外交辞令,作为王朝某一时段对外关系的重
要史料,使交书的政治意义、历史价值自不必说,而作为纪行文献和书信体较特殊
的一支,其写作特点也具有不同寻常的文体学意义。谨以此文抛砖引玉,切望专家
学者不吝赐教。

---

① [越]黎崱撰,武尚清点校:《安南志略》卷二,第47页。
② [越]黎崱撰,武尚清点校:《安南志略》卷二,第49—50页。
③ [越]黎崱撰,武尚清点校:《安南志略》卷五,第106—107页。

蒙古时代欧洲对于中国地理的新认识
（1245—1355）

杨晓春

内容提要 蒙古人统治下亚欧间交通通畅，大量欧洲人东来，带给欧洲有关中国地理的新知。相关情况具有以下四个特点：一是认识集中在中国的名称、地区、重要城市和北方民族，比较缺乏自然地理的描述；二是基本上通过旅程沿线的见闻的记录反映出地理认识，勾勒出了多条通往中国的道路；三是鞑靼－契丹、鞑靼－契丹－蛮子、契丹－蛮子的认识模式的确立；四是东行的欧洲人以意大利人为主。

关键词 蒙古时代 欧洲 中国 地理知识

蒙古人的铁骑横扫亚洲，但只有风闻的欧洲人并不大在意，仍然沉醉于同穆斯林的十字军战争中，直到蒙古人的兵锋直抵欧洲中部时，教皇和欧洲的君主们、王公们才大为震惊，称之为"上帝之鞭"。于是纷纷派出使节，或为探听蒙古人的军事状况，或企图与蒙古人联盟对付共同的敌人。这恰恰是在战争的情况下带来了欧洲和中国的接触。

方济各会修士意大利人普兰诺·卡尔平尼（Giovanni de Plano Carpini，Jean de Plan Carpin，John of Plano Carpini，或译作柏朗嘉宾）受教皇英诺森四世（Innocent Ⅳ）的派遣，于 1245—1247 年出使蒙古，到达了喀拉和林（Caracorom），并带着贵由汗给教皇的答信返回欧洲，然后写下了他的报告书《蒙古史》（L' Ystorid Mongalorum），书中描述了鞑靼地区及其周围的状况。1247 年教皇英诺森四世又派出多明我会修士阿塞林（Ascelin）、图尔内人西孟（Simon of Tournai）及其他三人到达里海之西拜住（Baiju）的营地。1248 年法王路易九世（Luis Ⅸ）派出多明我会修士安德鲁（Andrew of Longjumeau）以及其他修士两名、教会执事两名、卫士二人到达叶密立河（Imil）畔，见到了摄政贵由汗的寡妻斡兀立海迷失（Ogul Gamish），并带着回信返回。1253—1255 年方济各会修士法国人鲁布鲁克（Guillaume de Rubruquis，William of Rubruck）和另外的三人在法王路易九世的派遣下到达喀拉和林。这次出使从鲁布鲁克个人的角度看带有纯粹宗教性质，不同于卡尔平尼带着刺探情报的使命。鲁布鲁克留下了一部行记，被称作是"游记文学中最生动最动人的游记之一,甚至比他同时代的马可·波罗(Marco Polo)或19世纪的胡克(Huc)和加贝特(Gabet)等人的游记更为直接和令人信服"。他的行记比卡尔平尼书更详细地描述了蒙古地区,而且对于契丹地区也有多处提到。1289年教皇尼古拉四世(Nicholas Ⅳ)派遣方济各会修士意大利人约翰·孟特·戈维诺(Giovanni di Monte Corvino,John of Monte Corvino)出使中国。在此之前,孟特·戈维诺已在印度工作多年,他到达中国后便没能再回欧洲,他在中国传教多年,取得很大的成就,成为这一时期在中国传教的最杰出的人物,留下了一些向教皇汇报情况的信件。此外还有1321年多伦提诺人托马斯(Thomas of Tolentino)在奉派前往中国襄助戈维诺工作时道经塔纳(Tana,孟买附近)被害殉教;1340年被教皇派往察合台国阿里麻里(Almalig)城的主教方济各会修士勃艮第人理查德(Richard of Burgundy)等人被杀。① 孟特·戈维诺死后,教皇又派出由意大利人马黎诺里(Giovanni dei Marignolli,John de' Marignolli)率领的一个使团,于1342年到达北京,在1347年返回,《波希米亚编年史》(*Chronicle of Bohemia*)中保留了关于马黎诺里使团的情况。方济各会修士意大利人鄂多立克(Odoric da Pordenone,Odoric of Pordenone)1318—1328年间东游中国,回国后口述了他的旅程与见闻,由亨利(Henricus de Glatz)用拉丁文笔录成书。

显然,天主教的修士在其中充任了主角。

另外一方面则是因为蒙古帝国的建立带来的整个欧亚大陆内部的和平给商人带来了机会,横穿欧洲大陆北部的陆路通道也因此为商人所利用。蒙特·戈维诺、鄂多立克、刺桐主教安德鲁(Andrew of Perugia)、马黎诺里等人都提到在中国的欧洲商人。著名旅行家马可·波罗(Marco Polo)的父亲尼柯罗·波罗(Nicolau Polo)和叔叔马菲奥·波罗(Mafeu Polo)是在东方经商的威尼斯商人,后留居中国并作为忽必烈的使节出使罗马教廷,再次去中国复命时又带上了马可·波罗,因而才有马可·波罗著名的游记留下来。14世纪初期热那亚商人前往中国,实现了欧洲和中国之间直接的丝绸贸易,直到元朝灭亡才结束。但商人们几乎没有留下什么文字材料,佛罗伦萨一商行的代理商裴格罗梯(Francesco Balducci Pegolotti)的商业活动手册是仅有的一部,但并非个人经历的叙述,而是来自各种材料的

---

① 参考[英]道森编,吕浦译,周良霄注:《出使蒙古记》,"绪言",中国社会科学出版社1983年版(C. Dawson ed. , *The Mongol Mission*, "Introduction", London and New York: Sheed and Ward, 1955.);W. W. Rockhill trans. & ed. , *The Journey of William Rubruck to the Eastern Parts of the World*, "Introductory Notice", London: The Hakluyt Society, 1900.(汉译本"序言"为节译,[英]柔克义译注,何高济译:《鲁布鲁克东行纪》,见《柏朗嘉宾蒙古行纪 鲁布鲁克东行纪》,中华书局2013年版。)

总汇。①

他们的著作或是书信成为欧洲了解中国的新的材料来源,而且也是更为准确和直接的。

早在 1238 年,亦思马因人(Ismaelians)就向法国和英国国王遣使送信,要求帮助抵御鞑靼人。这封信可能首次向西欧传递了有关蒙古人的可靠信息。② 1240 年马太·巴黎(Matthew Paris)的一段文字就讲到了鞑靼人(Tartars),称他们"像魔鬼一样涌出地狱(Tartarus),因此他们被恰当地称作地狱的人(Tartari 或 Tartari-ans)",但他还讲了另外一种关于鞑靼人得名的说法:"据说鞑靼人得名于他们早期抵达的、流经山里的一条河流,该河叫塔塔儿(Tartar);同样,大马士革(Damascus)的河流叫作法法儿(Farfar)。"③这得自传闻的描述只是渲染了鞑靼人的残酷,对鞑靼人居住在何处都没能提及,倒是把鞑靼这一名称首先告诉给了欧洲人。此后的百年间,鞑靼人就成为欧洲人描述远东状况的一个基本的词,这所谓"鞑靼人"即指"蒙古人",正如后面将提到的卡尔平尼的说法。

卡尔平尼的书中详细描述了鞑靼地区及其周围的状况:"鞑靼地区位于东方一隅,我们认为那里正是东方偏北的地方。契丹人(Kitai)以及肃良合人(Solangi)地区均位于其东部,南部是萨拉森人(Sarrasins)栖身地,在西部和南部之间是畏吾儿人(Huiur)疆域,西部是乃蛮人(Naiman)的省份,该地区的北部由海洋所环抱。"④"鞑靼人地区的部分地带是高山峻岭,山峦起伏,其余地带则是坦荡的平原,但几乎到处都遍布含砂量很大的砾石地。在该地区的某些地带覆盖有很稀疏的森林,其它地方则没有任何树木。"⑤"这里的水量和河流为数甚少,大江大河更为罕见。"⑥卡尔平尼是这样描述蒙古帝国的:"在东方地区有一个国家,我们上文已经讲过,它叫作蒙古(Mongal)。该地区过去有四个民族栖身:其一为也可蒙古(Yekamon-

① 参考 Donald F. Lach, *Asia in the Making of Europe*, Vol. Ⅰ, Book 1, Chicago & London: The University of Chicago Press, 1965, pp. 43—46. [英]赫德逊著,王遵仲、李申、张毅译:《欧洲与中国》,第五章"鞑靼人统治下的和平",中华书局 1995 年版。H. Yule trans. and ed., *Cathay and the Way Thither*, Vol. Ⅰ, London: The Hakluyt Society, 1866, p. cxxxiii.

② [英]柔克义译注,何高济译:《鲁布鲁克东行纪》,"序言",见《柏朗嘉宾蒙古行纪 鲁布鲁克东行纪》,中华书局 2013 年版,第 161 页。

③ [英]柔克义译注,何高济译:《鲁布鲁克东行纪》,"序言",见《柏朗嘉宾蒙古行纪 鲁布鲁克东行纪》,中华书局 2013 年版,第 161—163 页。序言全文翻译了马太·巴黎的这段文字,这是西欧在卡尔平尼出使蒙古宫廷前所了解到的有关蒙古人及其国土的所有情报。

④ [法]贝凯、韩百诗译注,耿昇译:《柏朗嘉宾蒙古行纪》,见《柏朗嘉宾蒙古行纪 鲁布鲁克东行纪》,中华书局 2013 年版,第 23 页。

⑤ [法]贝凯、韩百诗译注,耿昇译:《柏朗嘉宾蒙古行纪》,见《柏朗嘉宾蒙古行纪 鲁布鲁克东行纪》,中华书局 2013 年版,第 23 页。

⑥ [法]贝凯、韩百诗译注,耿昇译:《柏朗嘉宾蒙古行纪》,见《柏朗嘉宾蒙古行纪 鲁布鲁克东行纪》,中华书局 2013 年版,第 24 页。

gal),也就是大蒙古人;其二是速蒙古(Sumongol),也就是水蒙古人,他们自称为鞑靼人,此名起源于流经其域的鞑靼河(Tartar);另一个民族叫作蔑儿乞(Merkit);第四部为蔑克里(Mecrit)。所有这些民族都有同一种体貌和语言,虽然根据他们的地方及其首领则是有区别的。"①在这儿卡尔平尼提到了"鞑靼"的狭义所指,也提到了"鞑靼"一称的起源,同于马太·巴黎。有一处卡尔平尼还详细列了鞑靼人征服地区的名字:契丹(Kitai)、乃蛮、肃良合、哈剌契丹(Kara Kitai)或黑契丹、秃马惕(Tumat)、斡亦剌(Voyrat)、哈剌尼惕(Karanit)、畏吾儿、速蒙古(Sumōal)、蔑儿乞、蔑克里、撒里畏吾儿(Sarihuiur)、波黎吐蕃(Burithabet②);还列了曾经抵抗过鞑靼人和至今尚未被他们征服地区的名称,其中包括"契丹人的一部分"。③这之前卡尔平尼讲到蒙古人"尚未征服契丹国的另外半壁江山,因为它位于海面"④,这"契丹的另外半壁江山"或许指南宋,如果是这样的话,就可以认为卡尔平尼的 Kitai 指金和南宋了。

蒙古的城市他提到喀拉和林(Caracorom)和失剌斡耳朵(Syra Ordo)。此外,卡尔平尼书也提示了一条通往东方的道路:从里昂起程,经过中欧、东欧,沿着黑海、里海以北的草原地区到达蒙古高原的大城市哈剌和林。

值得注意的是他把自己听闻的"蒙古人"这一名称和西方常用的"鞑靼人"对应起来。

卡尔平尼的材料有他观察所得的,但更多的是他向蒙古社会中的"西方"各界人士征集的,也就是向一些斯拉夫或途鲁吉(Turc,即是突厥)出身的人士询问打探的。⑤

卡尔平尼的书是进献给教皇的关于蒙古人情况,尤其是军事情况的报告书,所以后来流传不广,但在当时的影响肯定是不小的,在他死之前已有手抄本的流传。鲁布鲁克在东行之前就读过他报告。13世纪,卡尔平尼书的第一个刊本见于博韦的樊尚(Vincent of Beauvais)之《史鉴》(*Speculum Historiale*)中,于1473年在斯特拉斯堡刊行,在1500年之前曾多次重版,尤其是在威尼斯重版。除《史鉴》的各

---

① [法]贝凯、韩百诗译注,耿昇译:《柏朗嘉宾蒙古行纪》,见《柏朗嘉宾蒙古行纪 鲁布鲁克东行纪》,中华书局2013年版,第40页。

② 柔克义认为这是个混合语词汇,由民族自称 Bord 和 Tibet 组成。(W. W. Rockhill trans. & ed., *The Journey of William Rubruck to the Eastern Parts of the World*, "Introductory Notice", London, The Hakluyt Society, 1900, p. 152.)

③ [法]贝凯、韩百诗译注,耿昇译:《柏朗嘉宾蒙古行纪》,见《柏朗嘉宾蒙古行纪 鲁布鲁克东行纪》,中华书局2013年版,第65页。

④ [法]贝凯、韩百诗译注,耿昇译:《柏朗嘉宾蒙古行纪》,见《柏朗嘉宾蒙古行纪 鲁布鲁克东行纪》,中华书局2013年版,第43页。

⑤ [法]贝凯、韩百诗译注,耿昇译:《柏朗嘉宾蒙古行纪》,"导论",见《柏朗嘉宾蒙古行纪 鲁布鲁克东行纪》,中华书局2013年版,第15页。

种版本之外，从 1537 年起在威尼斯还出现了意大利文译本。①

卡尔平尼的书标志着中世纪对远东的看法开始发生了变化，是欧洲对中国地理认识向前发展的第一步。当然，由于他的东行的目的，行历的地区的限制，他的描述主要针对的是蒙古人地区，但即使这样，他也已经把 Kitai（契丹）这一名称告诉欧洲人了。② 卡尔平尼听闻的 Kitai 是包括中国北部和中国南部的，这和后来的一些旅行家不同。而且除了伊希多莱（Isidore）之外，他不引用早期作家的说法，不在他的叙述中杂入有关亚洲的美妙传说③，他清晰如实的记述作风本身也是一个开端。

与卡尔平尼同行的一位教友波兰人班涅狄克脱（Benedict）有一份口述卡尔平尼行程的文字留下④，但那要简单得多了。

鲁布鲁克书描述的主要对象当然仍是蒙古地区，他讲到蒙古地区的"河流从东向西流"，讲到"从我见到蒙哥汗的地方到契丹（Catay），南和东之间是二十天路程，而到蒙古人的老家，成吉思翰耳朵所在的翰难怯绿连（Onankerule），正东行有十天旅程"。⑤ 他也提及蒙古地区周围的民族，包括常居住在山地的哈剌契丹人（Cara-catay）、畏吾儿人（Iugur）、畏吾儿人东边的山里的唐兀人（Tangut）、唐兀人那边的土番（Tebet）、土番那边的隆合（Longa）和肃良合（Solanga）⑥、莫克（Muc）人⑦、契丹人、速（Su）蒙古即水蒙古、乞儿乞思（Kerkis）、兀良海（Oengai）⑧，"往北，直到寒冷尚能忍受的地方，尚有其他许多贫穷的民族，他们的疆界西与帕斯卡蒂尔（Pas-

---

① [法]贝凯、韩百诗译注，耿昇译：《柏朗嘉宾蒙古行纪》，"导论"，见《柏朗嘉宾蒙古行纪　鲁布鲁克东行纪》，中华书局 2013 年版，第 18—19 页。

② 伯希和指出，1221 年的一份描述罗马军事行动的文献中的 Chata 并非指中国，1248 年的一封信中的 Catha（Chatha）更可能指中国，尤其是指中国北部。（P. Pelliot, *Notes on Marco Polo*, Vol. I, "CATAI", Paris: Imprimerie Nationale Librairie Andrien-Maisonneuve, 1959, p. 216.）

③ 参考 Donald F. Lach, *Asia in the Making of Europe*, Vol. I, Book 1, Chicago & London: The University of Chicago Press, 1965, p. 32.

④ [法]贝凯、韩百诗译注，耿昇译：《柏朗嘉宾蒙古行纪》，"附录一"，见《柏朗嘉宾蒙古行纪　鲁布鲁克东行纪》，中华书局 2013 年版，第 134 页。

⑤ [英]柔克义译注，何高济译：《鲁布鲁克东行纪》，见《柏朗嘉宾蒙古行纪　鲁布鲁克东行纪》，中华书局 2013 年版，第 261 页。

⑥ 柔克义提到：女真可能为 Longa 的来源，Solanga 即是中世纪穆斯林所称的 Sulangka，也是东北的民族，索伦族即是沿用了这一名称。卡尔平尼也谈及 Solanges。（W. W. Rockhill trans. & ed., *The Journey of William Rubruck to the Eastern Parts of the World*, "Introductory Notice", London: The Hakluyt Society, 1900, p. 152, Note 5.）

⑦ 柔克义认为可能是四川、甘肃的土著，元代的摩梭（Mosso）。（W. W. Rockhill trans. & ed., *The Journey of William Rubruck to the Eastern Parts of the World*, "Introductory Notice", London, The Hakluyt Society, 1900, p. 154, Note 2.）

⑧ [英]柔克义译注，何高济译：《鲁布鲁克东行纪》，见《柏朗嘉宾蒙古行纪　鲁布鲁克东行纪》，中华书局 2013 年版，第 230—236 页。

catir)①国土，即大匈牙利连接"，"由于寒冷太甚，最北端未有人探索过"②。

对喀拉和林的描述，鲁布鲁克花费了很多笔墨，比卡尔平尼详细得多。鲁布鲁克对契丹的描述比卡尔平尼更为详细，尤其是关于契丹的位置和地理状况，鲁布鲁克写道："该国土内有许多省，大部分还没有臣服于蒙古人，他们和印度之间隔着海洋。"③从这看来鲁布鲁克用的"契丹"也是包括中国北部和中国南部的。又写道"契丹临海"，高丽（Caule）和蛮子（Manse）住在海岛上。④ 鲁布鲁克是欧洲人中最先使用"蛮子"一称的，这"蛮子"究竟意指何处难以确定，但以中国南方的可能性为大。

鲁布鲁克还第一次提到了一个汉文的地名——"西安（Segin，或认为是'西京'的对音，金代的西京即今大同⑤）"，并讲到"在契丹有十五个城镇中居住着聂思脱里教徒。他们在称作西安的城市里有一个主教区"⑥。

鲁布鲁克熟悉多种古代地理书，伊西多（Isidorus）和索林（Solinus）是他的地理向导。⑦ 他做出了"大契丹（Great Cathay），我认为其民族就是古代的丝人（Seres，又称赛里斯人）"⑧的判断，并且写道"他们生产最好的丝绸（该民族把它称为丝），而他们是从他们的一座城市得到丝人之名"。⑨ 显然他是熟知古人关于赛里斯产丝绸的知识。赛里斯产丝绸是颇为流行而且也被大家广泛接受的说法，鲁布鲁克也是一例。古典地理学家认为高加索山（Caucausus）从印度洋一直延伸到小亚细亚。它的支脉遍布整个亚洲，这在鲁布鲁克书中也有所反映，他在叙述畏吾

---

① 周良宵认为即《元朝秘史》中的巴只吉惕（Bashgirt），游牧于乌拉尔山麓，有一部分西迁至匈牙利。鲁布鲁克称它即为大匈牙利大概就源于其有西迁至匈牙利的部的原因。（[英]道森，吕浦译，周良宵注：《出使蒙古记》，中国社会科学出版社1983年版，第80页，注58。）卡尔平尼也把Bascart又称作大匈牙利。（[法]贝凯、韩百诗译注，耿昇译：《柏朗嘉宾蒙古行纪》，见《柏朗嘉宾蒙古行纪　鲁布鲁克东行纪》，中华书局2013年版，第64页。）

② [英]柔克义译注，何高济译：《鲁布鲁克东行纪》，见《柏朗嘉宾蒙古行纪　鲁布鲁克东行纪》，中华书局2013年版，第261页。

③ [英]柔克义译注，何高济译：《鲁布鲁克东行纪》，见《柏朗嘉宾蒙古行纪　鲁布鲁克东行纪》，中华书局2013年版，第237页。

④ [英]柔克义译注，何高济译：《鲁布鲁克东行纪》，见《柏朗嘉宾蒙古行纪　鲁布鲁克东行纪》，中华书局2013年版，第262页。

⑤ 周良宵《元和元以前中国的基督教》，《元史论丛》第一辑，中华书局1982年版，第152页。

⑥ [英]柔克义译注，何高济译：《鲁布鲁克东行纪》，见《柏朗嘉宾蒙古行纪　鲁布鲁克东行纪》，中华书局2013年版，第237页。

⑦ 参考 W. W. Rockhill trans. & ed. *The Journey of William Rubruck to the Eastern Parts of the World*，"Introductory Notice"，London：The Hakluyt Society，1900，p. 157，n. 4.

⑧ [英]柔克义译注，何高济译：《鲁布鲁克东行纪》，见《柏朗嘉宾蒙古行纪　鲁布鲁克东行纪》，中华书局2013年版，第236页。

⑨ [英]柔克义译注，何高济译：《鲁布鲁克东行纪》，见《柏朗嘉宾蒙古行纪　鲁布鲁克东行纪》，中华书局2013年版，第236页。

儿人、唐兀人、隆合和肃良合、莫克人、契丹人的一些简要情况之后,说"所有这些民族都住在高加索山里,但是在这些山之北,直到东海,西徐亚那部分之南,住着蒙古游牧民"①。似乎据此可作这样的推断:鲁布鲁克接受古典地理学家关于东亚的地理图景是在高加索山之北住着西徐亚人(即斯基泰人)。现在因为获知有蒙古人居住在东亚北部的新情况,就把它安放在两者之间。依他这样的看法,古代的赛里斯人也是居住在高加索山里的一个民族了,但他未作说明。在联结古代的地理知识和自己的游历见闻时不免出现了一些难以解决的地方,如他说蒙古人之北是西徐亚人,而在一处谈到蒙古地区的北部的情况时却没有再指出与古代西徐亚人的关系。

鲁布鲁克书中揭示出来的道路同卡尔平尼叙述的大抵相同,主要的行程也是经过黑海、里海北部的草原地区,只在经过乌拉尔后的一段路程是折向南后又折向东北的。

鲁布鲁克回到欧洲后把报告呈献给法王,但未受重视。几年后,罗杰·培根(Roger Bacon)在法国遇到了他,向他详细询问了旅途的经历和发现,并且几乎每个地理细节都在他的名著《大著作》(Opus Majus)中披露出来②,其中确定契丹人就是古代的赛里斯人这一点在罗杰·培根看来是极有意义的,因为罗杰·培根强调的是获得完整的知识。但鲁布鲁克书不受重视,知道卡尔平尼书的樊尚就不知道鲁布鲁克的报告。③ 此后直到16世纪英国地理学家哈克卢特(Hucluyt the younger)在其"著名游记"丛书中才刊布了鲁布鲁克的行纪。④

传教士对蒙古和契丹的叙述的影响主要是集中在当时欧洲的知识分子当中,通过知识分子又产生一些更广泛的影响。但当马可·波罗和鄂多立克的游记出现后,这种情况有了根本的改观,文艺复兴时期马可·波罗和鄂多立克的著作成为流行读物,只逊于《约翰·曼德维尔游记》(Travel of Sir John Mandeville)。尤其是《马可·波罗游记》对中国描述的详细程度,是其他的著作无可匹敌的。但也要指出的是,《马可·波罗游记》的流行不是因为他对中国的描述广泛而确实,而是因为其中奇妙的故事吸引人,这一点和14世纪中期的《约翰·曼德维尔游记》的流行的实质是一致的;而对《马可·波罗游记》真实性的怀疑也是一直存在的事实。

《马可·波罗游记》以时间先后为次记载了马可·波罗在东方游历24年(其中

---

① [英]柔克义译注,何高济译:《鲁布鲁克东行纪》,见《柏朗嘉宾蒙古行纪 鲁布鲁克东行纪》,中华书局2013年版,第237页。

② [英]柔克义译注,何高济译:《鲁布鲁克东行纪》,"序言",见《柏朗嘉宾蒙古行纪 鲁布鲁克东行纪》,中华书局2013年版,第172页。

③ W. W. Rockhill trans. & ed. *The Journey of William Rubruck to the Eastern Parts of the World*, "Introductory Notice", London, The Hakluyt Society, 1900, p. xli.

④ [法]艾田蒲著,许钧、钱林森译:《中国之欧洲》(上),广西师范大学出版社2008年版,第45页。

他侨居中国达 17 年)的路程和见闻。1217 年夏,尼柯罗兄弟携马可回元朝复命,他们在地中海东岸的阿克拉(Acre)见过教皇后取道伊利汗国,经帖必力思(Ta-briz)到达忽里模子(Hurmuz),原拟走海道,后决定仍走陆路,沿着古代的丝绸之路,越过巴达哈伤高原和帕米尔高原,进入元朝辖境可失哈耳(Cascar,今新疆喀什),然后由南道继续东行,经忽炭(Khotan,今新疆和田)、罗布泊等地,至沙洲(Saciou,今甘肃敦煌西);又经肃州(Succiu,今甘肃酒泉)、甘州(Campcio,今甘肃张掖)、宁夏(Ecina,今宁夏银川)、天德军(Province of Tenduc,今内蒙古呼和浩特东白塔)等地,于 1275 年到达上都(Ciandu)。[①] 其间还插叙了大段的有关鞑靼地区的情况。马可·波罗在中国的十七年,先是留在朝廷,其间他熟悉了鞑靼人的习俗、言语和文字以及射箭术;然后是出使喀拉章(Caragian<Qarajang),即大理,亦指云南行省,其后又奉使各地,包括在扬州任职三年和多次到行在(杭州)视察岁课,最后是出使印度。1291 年春,马可一家随同伊利汗国使臣护送阔阔真王妃去波斯,完成使命后于 1295 年回到威尼斯。在威尼斯和热那亚的海战中他被俘入狱,在狱中由他口授,鲁斯梯切诺(Rusticiano)笔录完成了《马可·波罗游记》,初稿似为古法文。

马可·波罗在中国奉使各地,留下其行程的详细记载,现撮要列出。

往西南的行程:

汗八里(Cambaluc,今北京)——涿州(Giogiu,今河北涿州)——太原府(taian-fu)——平阳府(Pianfu,今山西临汾)——绛州(Caiciu,今山西新绛)——河中府(Cacionfu,今山西永济西蒲州)——京兆府(Quengianfu,今陕西西安)——Cuncun 地区(伯希和以为此名可复原为 Cancion,即"汉中",但不是指汉水上游的汉中,而是指凤翔府地,但此说有些勉强)——蛮子国边境首府之城阿黑八里(Acbalec[②] Mangi,利州,即广元)——成都府(Sindufu)——土番(Tebet)——建都(Caindu,今四川西昌)——不鲁思河(Brius,今金沙江)——押赤(Yaci,今云南昆明)——哈剌章(Caragian,今大理)——金齿(Zardandan)的都会永昌(Uncian,今保山);回程经押赤——秃老蛮地(Toloman)——叙州(Cuigiu,可能本作 Suigiu,今四川宜宾)——成都,然后复走原路。

往东南的行程:

汗八里——涿州——河间府(Cacanfu)——长芦(Cianglu,今沧州)——陵州(Ciangli,伯希和认为应作 Cianglin,将陵,今德州)——东平府(Tundinfu,应为

---

①　参考韩儒林主编:《中国大百科全书·中国历史·元史》,"马可·波罗"条,中国大百科全书出版社 1984 年版;《马可·波罗游记 The Travels of Maco Polo》,杨志玖"序言",外语教学与研究出版社 1998 年版。

②　拉木锡本《游记》中涿州附近有 Achbaluch(蔡美彪考为真定,见蔡美彪《试论马可·波罗在中国》,载中国国际文化书院编《中西文化交流先驱——马可·波罗》,商务印书馆 1995 年版),两种版本何以有这么大的差异?

Tunpinfu,今东平）——新州码头（Singiu matu,今济宁）——Lingiu（另有作 Cingui 和 Zingui 的版本，或可订正为 Ciugiu,徐州）——邳州（Pigiu）——宿迁（Ciugiu）——黄河（Caramoran）——"蛮子（Mangi）之境"的淮安州（Coigangiu）——宝应（Paughin）——高邮（Cauyu）——泰州（Tigiu）——通州（Cingiu,应为 Tingiu）——扬州（Yangiu）——真州（Singiu,今仪征）——瓜州（Caigiu）——镇江府（Chingianfu）——常州（Ciangiu）——苏州（Sugin）——Vugiu（? < Vugian,吴江）——Vughin①——长安（Ciangan）——行在（Quinsai,杭州）——信州（Cingin,今上饶）——建宁府（Quenlinfu,今建瓯）——福州（Fugiu）——刺桐（Caiton,泉州）。

在叙述完扬州之后，马可·波罗还插叙了南京省（Namghin,今开封）和襄阳府（Saianfu）的情况。②

马可·波罗所述的交通路线与元朝的驿路大抵相同。

马可·波罗将大汗统治之地分成三个部分：鞑靼、契丹（Catai）省③、蛮子（Mangi）省④（有时也称蛮子国）。契丹省和蛮子省的分界即是金、宋的分界。还有他在谈到福州时称之为王国（Kingdom of Fugiu）⑤，并称这是蛮子省下辖的九个王国之一，九个王国的名称马可·波罗只列了扬州、行在、福州。⑥ 不过，前面提到"南京省"下辖于蛮子。⑦ 这说明他对中国的行政地理尚不甚了解，不了解"行省"的含义。他所用的省或许只是"部分"的意思。他称中国西北、西南的许多地方为省，但他称契丹、蛮子为大省，可能是以示区别的意思。"契丹"是已为他之前的卡尔平尼、鲁布鲁克所用的一个名称了，但他们用这词指整个中国内地，而马可·波罗使用它是仅指金朝之地。马可·波罗的"鞑靼—契丹—蛮子"的认识成果后来在

---

① 伯希和认为可以复原为 Caghin,即嘉兴,于是 Ciangan 也就被认为是杭州东北不远的长安。但是，把 Vughin 考订为吴兴（湖州之另一名），将 Ciangan 与湖州西北的长兴（亦名长安）对应，似乎也有可能。且以吴兴对应 Vughin 于音韵更合。即便 Ciangan 是杭州东北不远处的长安，也还是有从湖州经过的可能。

② 此处关于马可·波罗在中国的行程参考陈得芝《马可·波罗在中国的旅程及年代》,《元史及北方民族史研究集刊》第十期,1986 年,陈文后附有地图；另外又参考了《马可·波罗游记 The Travels of Maco Polo》,杨志玖"序言",外语教学与研究出版社 1998 年版。

③ A. C. Moule & P. Pelliot trans., *Marco Polo*, *The Description of the World*, Vol. Ⅰ, London: George Routledge & Sons Limited, 1938, p. 353.

④ A. C. Moule & P. Pelliot trans., *Marco Polo*, *The Description of the World*, Vol. Ⅰ, London: George Routledge & Sons Limited, 1938, pp. 304, 309, 353.

⑤ A. C. Moule & P. Pelliot trans., *Marco Polo*, *The Description of the World*, Vol. Ⅰ, London: George Routledge & Sons Limited, 1938, p. 345.

⑥ A. C. Moule & P. Pelliot trans., *Marco Polo*, *The Description of the World*, Vol. Ⅰ, London: George Routledge & Sons Limited, 1938, p. 353.

⑦ A. C. Moule & P. Pelliot trans., *Marco Polo*, *The Description of the World*, Vol. Ⅰ, London: George Routledge & Sons Limited, 1938, p. 316.

西方的影响很大,尤其当 15 世纪后半叶托勒密学说重新为西方人所知并一度流行,使得 Seres-Sinai 的认识又出现后,两种认识更是加深了马可·波罗的影响,也使托勒密的旧学说又有了新知识的支持,表现在地图中则是将中国划分成两个或三个区域,标注鞑靼、契丹、蛮子这些名称,直到 16 世纪末的地图中尚有标注 Mongal-Cathaio-China 者,在地区划分格局上是与马可·波罗相同的。

马可·波罗还提到中国东部有 7448 个岛屿,并称这些"蛮子"的岛屿上的居民称中国南部的海域为"秦海(Sea of Cin)",又称"印度海(Sea of Indie)"等,而他自己称之为"大洋海(Ocean Sea)"。① 穆斯林作家早就使用 Sea of Sin。②

马可·波罗没有提到"元""大蒙古国",多少是有点让人惊讶的。不过,欧洲人认识到中国的自称是 16 世纪下半叶的事了。蔡美彪的解释是马可·波罗习用波斯语,在此他袭用了波斯人的国家观念,把元朝统治下的汉地当作蒙古的一个统治区域或一个兀鲁思,但他没有对马可·波罗何以不用大蒙古国(Yeke Mongol U-lus)做出解释。③

14 世纪初的保利诺·米诺里塔修士为一部地理著作绘制的世界地图上就出现了关于契丹王国和它的大汗(Incipit Regnum Cathay e His Stat Magnus Canis)的描述。本卡尔迪诺认为这反映了马可·波罗的初期影响。④

马可·波罗在叙述行程时提供的大量地名对一般的阅读者不会有什么影响,但对后来的制图学家还是有影响的,如 1351 年的一幅 Portolan 地图⑤、1375 年的一幅 Catalan 地图、1355 年的《约翰·曼德维尔游记》、1461 年教皇皮乌斯二世的地理书、1474 年托斯卡内利的信件、1506 年马丁·贝海姆的一件地球仪,到了葡萄牙人东航后,葡萄牙的制图学家以 Tartars-Cathay-Mangi 或 Cathay-Mangi 的方式标注东亚,其中肯定是有着马可·波罗的影响。所以拉齐说马可·波罗的权威一直保留到 1550 年,本卡尔迪诺认为马可·波罗的影响一直保留到 17 世纪。⑥

《马可·波罗游记》的中国地名多用波斯语音读,可分两类:一类是蒙、汉语地

---

① A. C. Moule & P. Pelliot trans., *Marco Polo*, *The Description of the World*, Vol. Ⅰ, London: George Routledge & Sons Limited, 1938, p. 365.

② P. Pelliot, *Notes on Marco Polo*, Vol. Ⅰ, "CIN", Paris: Imprimerie Nationale Librairie Andrien-Maisonneuve, 1959, p. 274.

③ 蔡美彪:《试论马可·波罗在中国》,载中国国际文化书院编《中西文化交流先驱——马可·波罗》,商务印书馆 1995 年版。

④ 本卡尔迪诺:《15—17 世纪欧洲地图学对中国的介绍》,《文化杂志》(中文版)第三十四期,澳门文化司署,1998 年春。

⑤ Donald F. Lach 讲到 Laurentian 的这幅地图描绘了马可·波罗自中国返回欧洲的海路。(Donald F. Lach, *Asia in the Making of Europe*, Vol. Ⅰ, Book 1, Chicago & London: The University of Chicago Press, 1965, p.66.)

⑥ 本卡尔迪诺:《15—17 世纪欧洲地图学对中国的介绍》,《文化杂志》(中文版)第三十四期,澳门文化司署,1998 年春,第 15 页。第 10、11、13 页举了很多例证。

名的音译,经波斯语再转译为拉丁语;另一类是意译,如称金齿为 Zardandan。另外,就是兼有蒙古语和汉语的地名,马可·波罗也仍然使用波斯语的译名。①

《马可·波罗游记》的版本,据穆尔和伯希和统计,共有 140 种,1477 年在纽伦堡出版了德文译本,这是此书的最早刊本。②

谷儿只(Gorigos)的王子海顿(Hayton I)后来成了修士,往阿维农朝觐教皇,教皇克莱门特五世(Clement V)让他住在波易特莱尔(Poitlers)的一所修道院里,1307 年他在那儿把他 1204—1255 年东游的经历用法文写下献给尼古拉·法尔肯(*Nicolas Faulcon*),名为 *Fleurs des historiesd'Orient*,共有 60 章,包括亚洲的地理、蒙古汗的历史和关于圣地以及东方基督教的内容。前十五章是关于亚洲主要王国的叙述,可能是至他那时止有关这一大陆的地理总述的最佳著作。在此书的增补部分可见有关契丹(Cathay)的章节。③ 他称契丹是地球表面上最大的帝国,"它位于大洋海(the Ocean Sea)边,有许多岛屿,无人知其数目"。"契丹帝国位于世界的极东处,再远处没有民族居住。它的西面是 Tarse(迭屑)④王国的世界,向北是 Belgian 沙漠,向南是海中的岛屿,是我们已经说过的。"⑤曼德维尔就曾使用过他的这一著作。⑥

鄂多立克的游记在文艺复兴时期的影响仅次于马可·波罗的游记,他是这一百年间的修士中对中国地理描述最为详细的一位。关于他去中国的意图,没有地方提及,他是否为教会派出也不清楚,据书末他还向他的上级保证叙述的真实性以及另一人讲述的他拜见大汗的逸事来看,他有可能是作为方济各会的某一支系的一名使节出使中国的。鄂多立克还表现出了他甘愿再返东方、死于那些国土上的决心,我想这也约略显示出他是来东方传教的。⑦

鄂多立克由海路东行,讲到"在我东航大洋海(the Ocean Sea)若干天后,我来

---

① 参考邵循正:《语言与历史——附论〈马可·波罗游记〉的史料价值》,载《元史论丛》第一辑,中华书局,1982 年;蔡美彪:《试论马可·波罗在中国》,载中国国际文化书院编《中西文化交流先驱——马可·波罗》,商务印书馆 1995 年版。

② 《马可·波罗游记 The Travels of Maco Polo》,杨志玖"序言",外语教学与研究出版社 1998 年版。

③ H. Yule trans. and ed., *Cathay and the Way Thither*, Vol. Ⅰ, London: The Hakluyt Society, 1866, p. cxxxi-cxxxii.

④ 是对聂斯脱里教徒和祆教徒的称呼,这里指聂斯脱里教徒。辽、金时期,在中国北方和西北的游牧民族如乃蛮、克烈、汪古等部中聂斯脱里教颇流行,此处的 Tarse 王国或许就指乃蛮。

⑤ H. Yule trans. and ed., *Cathay and the Way Thither*, Vol. Ⅰ, London: The Hakluyt Society, 1866, p. cxcv-cxcvi, n. xiv.

⑥ Donald F. Lach, *Asia in the Making of Europe*, Vol. Ⅰ, Book 1, Chicago & London: The University of Chicago Press, 1965, p.78.

⑦ [英]亨利·玉尔英译,何高济译:《鄂多立克东游录》,见《海屯行纪 鄂多立克东游录 沙哈鲁遣使中国记》,中华书局 1981 年版,第 87—88 页。

到吾人称之为上印度(Upper India)的著名蛮子(Manzi)省"①。"上印度"这一名称在 1392—1393 年麦能梯尔(Menentillus)寄自印度马八儿(Mabar)的一封信(为蒙特·戈维诺的信件抄本的转递件)②中是指印度,为全印度的一部分,鄂多立克所用与之不同,从鄂多立克的口气猜测,像他那样以"上印度"指中国南部是为欧洲人广泛使用的。他又讲到"蛮子省有两千大城;我的意思是说,象特利维索(Treviso)和维辛扎(Vicenza)那样大的城市都不算在内"③。然后是叙述他在中国的行程④:

辛迦兰(Censcalan⑤,广州)——刺桐(Zayton)——福州(Fuzo)——白沙(Belsa)——行在(Cansay,杭州)——金陵府(Chilenfu⑥)——达赖⑦河(Talay,长江)——扬州(Iamzai)——临清(Lenzin)——哈剌沐涟(Caramoran,黄河)——新州码头(Sunzumatu)⑧——汗八里(Cambalech,大都 Taydo)——上都(Sandu)——东胜(Tozan)——甘肃(Kansan)省——土番(Tibet)。

他在讲到陆路的回程时提到土番,但他有无到过不可确定。

他还说到塔剌伊河出口处有一城市明州(Menzu)⑨。

辛迦兰、行在两城,鄂多立克有详细的描述,并将它们同欧洲的城市作了一番比较。拿中国的城市同欧洲的城市作比较是鄂多立克的一个突出的特点。

契丹(Cathaii,Cataio,Chataio)也为鄂多立克所用,同马可·波罗一样也是指中国北部。他说到哈剌沐涟河"流经契丹中部",汗八里是"著名契丹省内的一座

① [英]亨利·玉尔英译,何高济译:《鄂多立克东游录》,见《海屯行纪 鄂多立克东游录 沙哈鲁遣使中国记》,中华书局 1981 年版,第 63 页。

② 此信英译见 H. Yule trans. and ed., *Cathay and the Way Thither*, London: The Hakluyt Society, 1866,, Vol. I, P. 209—221,Moule 1914,汉译见[英]阿·克·穆尔著,郝镇华译:《一五五○年前的中国基督教史》,中华书局 1984 年版,第 225 页。

③ [英]亨利·玉尔英译,何高济译:《鄂多立克东游录》,见《海屯行纪 鄂多立克东游录 沙哈鲁遣使中国记》,中华书局 1981 年版,第 64 页。

④ [英]亨利·玉尔英译,何高济译:《鄂多立克东游录》,见《海屯行纪 鄂多立克东游录 沙哈鲁遣使中国记》,中华书局 1981 年版,第 64—82 页。

⑤ 来源于波斯语 Cin-Kalam,意为 Great China,是梵文 Mahacin 的同义词。由此可见鄂多立克也从穆斯林商人那儿获取信息。(参考 H. Yule trans. and ed., *Cathay and the Way Thither*, Vol. I, London: The Hakluyt Society, 1866, p. 105, n. 3 和 P. Pelliot, *Notes on Marco Polo*, Vol. I, "CIN", Paris: Imprimerie Nationale Librairie Andrien-Maisonneuve, 1959, pp. 275—276.)

⑥ 玉尔推测是 Kianningfu 的地方发音,以 l 代替 n。(H. Yule trans. and ed., *Cathay and the Way Thither*, Vol. I, London: The Hakluyt Society, 1866, p. 120, n. 3.)

⑦ 何高济原译作"塔剌伊"。([英]亨利·玉尔英译,何高济译:《鄂多立克东游录》,见《海屯行纪 鄂多立克东游录 沙哈鲁遣使中国记》,中华书局 1981 年版,第 70 页。)

⑧ 何高济原译作"索家马头"([英]亨利·玉尔英译,何高济译:《鄂多立克东游录》,见《海屯行纪 鄂多立克东游录 沙哈鲁遣使中国记》,中华书局 1981 年版,第 72 页),误,此据伯希和《马可·波罗游记注》以"新州码头"对译 Singiu matu 而作改正。

⑨ [英]亨利·玉尔英译,何高济译:《鄂多立克东游录》,见《海屯行纪 鄂多立克东游录 沙哈鲁遣使中国记》,中华书局 1981 年版,第 71 页。

古城"①。关于中国的行政地理的认识,鄂多立克是超过马可·波罗的。他称"这个帝国被其君王划分为十二部分;每部分叫做一个省(Singo)"②。这十二省正是元代十二行省之数。他总共提到"蛮子省"③、"契丹省"④、"甘肃省"(称"甘肃省"是世上第二个最好的省)⑤。

鄂多立克关于中国的地理认识虽然有十二省的总体知识,但在具体叙述时还是笼罩在"鞑靼(Tartary)⑥—契丹—蛮子"的模式之下,与马可·波罗相仿。他还提到帝国尚有五千多岛屿⑦,这一点也类似于马可·波罗。

鄂多立克书的抄本很多,据玉尔估计,藏于欧洲各国的拉丁、意大利、法、德各种语言的抄本有 76 种之多。⑧

14 世纪初期罗马教廷派往中国的传教士和教廷之间的往来书信,也从一个侧面反映出此时期在提到中国时一般所用的名称:"鞑靼国""契丹国"。13 世纪末、14 世纪初托连提诺的托马斯(Thomas of Tolentino)给教皇、大主教、高级教士作的关于天主教在中国取得的成绩的汇报演说中就用了"鞑靼国""契丹国"这样的名称。⑨ 蒙特·戈维诺任汗八里大主教,他 1305 年的一封信中称"鞑靼皇帝辖地契丹国""契丹国汗八里",又提到从欧洲通往契丹的两条道路,其中经过里海北岸

---

① [英]亨利·玉尔英译,何高济译:《鄂多立克东游录》,见《海屯行纪　鄂多立克东游录　沙哈鲁遣使中国记》,中华书局 1981 年版,第 72 页。

② [英]亨利·玉尔英译,何高济译:《鄂多立克东游录》,见《海屯行纪　鄂多立克东游录　沙哈鲁遣使中国记》,中华书局 1981 年版,第 77 页。

③ [英]亨利·玉尔英译,何高济译:《鄂多立克东游录》,见《海屯行纪　鄂多立克东游录　沙哈鲁遣使中国记》,中华书局 1981 年版,第 64—65 页。

④ [英]亨利·玉尔英译,何高济译:《鄂多立克东游录》,见《海屯行纪　鄂多立克东游录　沙哈鲁遣使中国记》,中华书局 1981 年版,第 72 页。

⑤ [英]亨利·玉尔英译,何高济译:《鄂多立克东游录》,见《海屯行纪　鄂多立克东游录　沙哈鲁遣使中国记》,中华书局 1981 年版,第 82 页。

⑥ 鄂多立克使用"大鞑靼(Great Tartary)"这一名称。([英]亨利·玉尔英译,何高济译:《鄂多立克东游录》,见《海屯行纪　鄂多立克东游录　沙哈鲁遣使中国记》,中华书局 1981 年版,第 85 页。)

⑦ [英]亨利·玉尔英译,何高济译:《鄂多立克东游录》,见《海屯行纪　鄂多立克东游录　沙哈鲁遣使中国记》,中华书局 1981 年版,第 77 页。

⑧ [英]亨利·玉尔英译,何高济译:《鄂多立克东游录》,"译者前言",见《海屯行纪　鄂多立克东游录　沙哈鲁遣使中国记》,中华书局 1981 年版,第 29 页。玉尔详细开列了版本的名单。(H. Yule trans. and ed., *Cathay and the Way Thither*, Vol. I, London: The Hakluyt Society, 1866, pp. 29—41.)

⑨ 此信英译见 A. C. Moule,"Documents Relating to the Mission of the Minor Friar to China in the Thirteenth and Fourteenth Centuries", *Journal of the Royal Asiatic Society of Great Britain and Ireland*, July, 1914, pp. 533—599,汉译见[英]阿·克·穆尔著,郝镇华译:《一五五○年前的中国基督教史》,中华书局 1984 年版,第 208 页。

的一条较便捷而安全,五六月内可达到,另一条则又远又危险。① 1306 年的另一封信又用了"契丹国大汗庭""契丹国鞑靼人地"②,他的认识是契丹国是鞑靼皇帝统治之地。1307 年教皇的三件训谕相应地用了"鞑靼""汗八里"③。1326 年刺桐的主教安德鲁的信中也提到"汗八里",对刺桐的情况介绍稍多,指出它"位于海滨,距汗八里约三月路程"。④

大约 1330 年孙丹尼牙(Soltania)大主教约翰·德·科莱(John de Core)关于大汗财产的拉丁文著作中提到大汗的帝国称"契丹(Cathay 或 Cathan)",其地域东起极东处,向西直到大印度(Ynde the Greater)⑤,其宽度直到要走六个月。有两大城市:汗八里(Cambalec)和行在(Cassay),"契丹几乎没有城市不比巴黎(Paris)和佛罗伦萨(Florence)大,高纬度的地方也有居民,小点的城市不计其数。有很好的草场以及很好闻的草药。有许多大河,大的河流遍布整个帝国,所以有一半的土地是水泽。但在这些有水的地方还住着许多人"。这应是指江南水多了。关于刺桐,他也是说"距汗八里足足三月路程,位于海滨"。⑥ 这种一致性,说明与刺桐主教安德鲁有着共同的信息来源。

---

① 此信英译见 H. Yule trans. and ed. , *Cathay and the Way Thither*, London:The Hakluyt Society, 1866, Vol. Ⅰ, pp. 197—203 和 A. C. Moule, Documents Relating to the Mission of the Minor Friar to China in the Thirteenth and Fourteenth Centuries, *Journal of the Royal Asiatic Society of Great Britain and Ireland*, July, 1914, pp. 533—599,汉译见[英]阿·克·穆尔著,郝镇华译:《一五五〇年前的中国基督教史》,中华书局 1984 年版,第 195—199 页。

② 此信英译见 H. Yule trans. and ed. , *Cathay and the Way Thither*, London:The Hakluyt Society, 1866, Vol. Ⅰ, pp. 203—209 和 A. C. Moule, Documents Relating to the Mission of the Minor Friar to China in the Thirteenth and Fourteenth Centuries, *Journal of the Royal Asiatic Society of Great Britain and Ireland*, July, 1914, pp. 533—599,汉译见[英]阿·克·穆尔著,郝镇华译:《一五五〇年前的中国基督教史》,中华书局 1984 年版,第 203 页。

③ 教皇这三件训谕的英译见 A. C. Moule, Documents Relating to the Mission of the Minor Friar to China in the Thirteenth and Fourteenth Centuries, *Journal of the Royal Asiatic Society of Great Britain and Ireland*, July, 1914, pp. 533—599,汉译见[英]阿·克·穆尔著,郝镇华译:《一五五〇年前的中国基督教史》,中华书局 1984 年版,第 209、212、215 页。

④ 此信英译见 H. Yule trans. and ed. , *Cathay and the Way Thither*, London:The Hakluyt Society, 1866, Vol. Ⅰ, pp. 222—225 和 A. C. Moule, Documents Relating to the Mission of the Minor Friar to China in the Thirteenth and Fourteenth Centuries, *Journal of the Royal Asiatic Society of Great Britain and Ireland*, July, 1914, pp. 533—599,汉译见[英]阿·克·穆尔著,郝镇华译:《一五五〇年前的中国基督教史》,中华书局 1984 年版,第 217—221 页(所据为英文节译)。

⑤ 卡尔平尼书讲到抵御鞑靼人而目前还没有降服的国家和民族就有"大印度"([法]贝凯、韩百诗译注,耿昇译《柏朗嘉宾蒙古行纪》,见《柏朗嘉宾蒙古行纪 鲁布鲁克东行纪》,中华书局 2013 年版,第 65 页),贝凯、韩百诗注 156 称:大印度包括从位于马八儿(Marbar)东海岸的摩陀罗国(Madra)一直到马克兰(Mekran)之间的大部分地区。

⑥ H. Yule trans. and ed. , *Cathay and the Way Thither*, London:The Hakluyt Society, 1866, Vol. Ⅰ, pp. 238—250,汉译见[英]阿·克·穆尔著,郝镇华译:《一五五〇年前的中国基督教史》,中华书局 1984 年版,第 280—282 页(所据为英文节译)。

1338—1353 年,意大利人约翰·马黎诺里在教皇派遣之下率领使团到达中国。马黎诺里一行从阿维农(Avignon)出发到康士坦丁堡(Constantinople),经过里海到 Caffa(今克里米亚),然后直到阿里麻里(Armalec),又经过沙州或鸣沙儿(Cyollos Kagon or Sand hills)、天德(Torrid Zone)到达汗八里(Cambalec),又经蛮子(Manzi),由海路到达印度,然后返回。他提到蛮子的著名城市 Campsy(行在,杭州)、刺桐(Zayton),大港口辛迦兰(Cynkalan,广州)。契丹(Katay)—蛮子(Manzi)的模式是他认识中的中国地理的主要框架。此外,又称"蛮子"为"最大印度(the Greatest India)"①,名称同于前所述科莱的 Ynde the Greater,但含义不同,这一"最大印度"含义同鄂多立克之"上印度"。《波希米亚编年史》书成之后知者甚少,直到 1768 年有人再写波希米亚史的时候。②

1338 年派往鞑靼的使团中的方济各会修士维多利亚的帕斯卡尔(Pascal of Vittoria)寄自阿里麻里的一封信,记下他的行程:阿维农(Avignon)—康士坦丁堡(Constantinpole)—塔纳(Tana)—萨莱(Sarray)—玉龙杰赤(Urganth)—阿里麻里(Armalec)。③ 和马黎诺里使团的行程的前段相近。

裴格罗梯的商业手册是各种材料的汇总,可把它当作是一般人所能获得的中国地理知识的典型,尤其是在商人中,虽然此类书现存仅此一种。该书写于大约1330—1340 年,现存本最早的是 1471 年的手稿。裴格罗梯用契丹(Ghattaijo,Ghattajo)指中国,也使用"契丹省"这样的名称,称它"有许多城镇,首都是汗八里(Gamalec[Cambalec])"。他也描述了一条通往中国的道路:

塔纳(Tana,今 Azov)—Gintarchan(今阿斯特拉罕 Astracan)—萨莱(sara)—Saracanco—玉龙杰赤(Organci[Urghanj])—兀提剌耳(Oltrarre[Otrar],讹答剌)—阿里麻里(Armalec[Almalik])—甘州(Camexa[Kancheu])—行在(Chassai[Quinsai、Cansai])—汗八里(Gamalec[Cambalec])。

描述完路程后,他又说这条路是安全的。④ 关于裴格罗梯描述的道路,玉尔认

---

① H. Yule trans. and ed. , *Cathay and the Way Thither*, London: The Hakluyt Society, 1866, Vol. II, pp. 336—343. 汉译(所据为英文节译)见[美]阿·克·穆尔著,郝镇华译:《一五五〇年前的中国基督教史》,中华书局 1984 年版,页 285—291,但未提供 Cyollos Kagon or Sand hills 和 Torrid Zone 的译称。

② H. Yule trans. and ed. , *Cathay and the Way Thither*, London: The Hakluyt Society, 1866, Vol. II, pp. 329—330.

③ H. Yule trans. and ed. , *Cathay and the Way Thither*, London: The Hakluyt Society, 1866, Vol. I, pp. 231—237.

④ H. Yule trans. and ed. , *Cathay and the Way Thither*, London: The Hakluyt Society, 1866, Vol. II, pp. 287—290. 张星烺有裴格罗梯书的汉译。(张星烺编:《中西交通史料汇篇》,第二册,辅仁大学,1930年,第 320—347 页。)

为在他的那个时代并不为欧洲人经常利用。^① 但从和他差不多同时的帕斯卡尔的信件中反映的行程和马黎诺里使团实际所走的路程来看,至少有很主要的一段应是常用的。

这一百年西方对中国地理的认识成果得之于在蒙古人统治下的亚欧间交通的通畅,亚欧间直接交往的大大增加,许多的欧洲人亲历中国并带回其所见所闻,给欧洲以新的知识。此时也正是欧洲修会兴起、修士积极活动之时。这两重契机造就了百年的东西交流的繁盛。此外,也和普遍增长的对知识的兴趣以及客观地认识事物、描述事物的态度的逐渐确立有关,卡尔平尼就是这样的典型例子。

这一时期的认识成果有四个突出的特点:一是认识集中在中国的名称、地区、重要城市、北方民族,对中国的山脉、河流少有描述,这和自然地理描述之风尚未兴起有关,偶有描述也只是最直观的记录罢了,缺少那种着意去描述的精神,对比 15世纪下半叶以后到东方的旅行家的著述,会让人觉得真有所谓的一时之风气。二是基本上通过旅程沿线的见闻的记录反映出对地理的认识,也正因为如此,勾勒出了多条通往中国的道路,在单纯的地理著作、地图中不见对中国地理的描述,也不见中国研究的专书,但是对地理学一无所知的人来说,这些旅行家的记录实质上就是地理学^②。三是鞑靼一契丹、鞑靼一契丹一蛮子、契丹一蛮子的认识模式的确立,这是最有影响的,但这并不意味着一定把远东的国度当作两个或是三个,而大抵是把远东划分成不同的地区来认识对待的,主要来自中国分裂的事实和当时实际使用的名称,但也多少说明了当时的欧洲人在认识东方时国家、地区、地理区域诸方面的混淆,也见得旅行家在记录见闻时不能通过自己的直观认识做进一步的判断;而大量的地名则成为后来地图制作的资源。四是东行的欧洲人以意大利人为主,也以他们的记载最为重要。

---

① H. Yule trans. and ed. , *Cathay and the Way Thither*, London: The Hakluyt Society, 1866, Vol.
Ⅱ, p. 283.

② [美]普雷斯顿·詹姆斯著,李旭旦译:《地理学思想史》,商务印书馆 1982 年版,第 56 页。

蒙元时代中亚、西亚区域关于中国认知的拓展

陈春晓

内容提要 13世纪蒙古欧亚大帝国的建立,打破了历史上长期存在的国家间的疆域壁垒。陆上丝绸之路的重新畅通使东西方的交往交流变得空前繁荣。这一时期西亚波斯、阿拉伯地区对东方中国的了解,较之过去大大地增加了。旧有的知识得到了更新,新鲜的信息不断向西传递,穆斯林文献中关于中国的记载变得准确而丰富。一方面,他们称呼"中国"的用词逐渐简化和统一;另一方面,其学者以官方资料为依据,准确记载中国的疆域、内部区划和民族分布等信息。而元朝的繁荣都市和商人们活跃的港口,也频见于其文献记载,它们成了丝绸之路繁荣景象的生动注脚。

关键词 蒙元时代 穆斯林文献 中国认知 丝绸之路

一、陆上丝路的拓通与东西方知识的更新

蒙古帝国建立之前的大约三百年间,整个亚洲大陆都处在诸政权林立的分裂状态下。在中国,自唐朝灭亡后,五代十国、辽、北宋、西夏、金、南宋以及边疆地区的吐蕃、回鹘、黑韩、西辽、大理等政权,先后分别统治着中国的局部区域。同样,在中国史书统称为"西域"的中西亚地区,9世纪以后哈里发统治名存实亡,各地先后由萨法尔王朝(Saffarids)、萨曼王朝(Samanids)、白益王朝(Buyids)、哥疾宁王朝(Ghaznavids)、古儿王朝(Ghurids)、黑韩王朝、塞勒柱王朝(Saljuqs)、花剌子模(Khwarazmian dynasty)、西辽等大大小小的独立、半独立政权实际统治着。亚洲大陆上各政权相互攻伐,战争不断,严重阻碍了传统丝绸之路的畅通。

13世纪初蒙古人发动的三次西征,自东向西攻灭了西夏、西辽、花剌子模、伊朗北部木剌夷和东南部哈里发等几个大政权,以及在花剌子模沙(Khwarazmshāh)松散统治下的河中地(Transoxania)、呼罗珊(Khurāsān)、起儿漫(Kirmān)等地方的半独立小政权。伴随着军事征伐,传统丝绸之路沿线土地都进入了蒙古人的势力之下。蒙古帝国建立后,打破了过去长期存在的国与国之间的疆域壁垒,在整个帝国境内建立驿站传讯系统,由是,从中国汉地到西亚伊斯兰

世界,商人、旅行家、宗教人士纷纷活跃起来,他们往来于东西方之间,带来了信息的交换和知识的传播。过去由分裂造成的通信障碍被大大削弱,整个亚洲大陆呈现出一种信息快速流动的状态。

蒙古建立了横跨亚欧的大帝国,也使得中国和伊朗第一次共处于同一个大政权统治之下。元朝和伊利汗国成立后,两国结有友好而密切的关系,因而在13—14世纪百年间,伊朗与中国在人员往来、物质交流、文化传播方面达到了空前繁荣的程度。在这一历史背景之下,双方对彼此的认知超过了之前任何时期。

这一时代特征清晰地反映在当时东西方的文献记载上。中国汉文文献中有关西域知识的描述前所未有的新颖、充沛。一方面,有耶律楚材《西游录》、李志常《长春真人西游记》、刘郁《西使记》这些纪行作品,准确描绘出中原通向中西亚地区的交通地理和异域风貌;另一方面,大批入华的回回人则将西域的物质文明和宗教文化带入中原,使汉地本土居民开拓了了解伊斯兰文明的视野。

同样在这个时代,伊斯兰世界对中国的认知也大为加深。伊利汗国宰相拉施都丁(Rashīd al-Dīn Faẓl Allāh Hamadānī)主纂的官修史书《史集》(Jāmial－Tavārīkh)被誉为人类的第一部世界史,其中的《中国史》一卷是有关中国历史文化的专题记载,"导言"中含有拉施都丁对中国地理、汉字、历法、印刷术、史书编纂等文化传统的评介,正文"中国简史"则是根据一部未知的汉文史籍编译的中国历代帝王世系[①]。此外,拉施都丁的《伊利汗中国科技珍宝书》(Tanksūqnāma-yi Īl-khān dar Funūn-i 'Ulūm-i Khatāyī)、《迹象与生命》(Āsār va Aḥyā')等著作也是介绍中国文化的重要文献[②]。拉施都丁诚然是热爱中国文化的波斯精英代表,而除了他的贡献以外,还有许多作家的历史书、地理书、宝石书等文献都对当时的中国有着丰富的描写。从这些描写可以看出,蒙元时代伊朗伊斯兰世界对中国的认知有着突破性的进步。这种进步体现在方方面面,最显著的特点是对中国政权局势和地理情况有了较为清晰准确的认识。下文即以伊利汗国时代成书的穆斯林文献为基础,考察蒙元时代伊斯兰世界关于中国认知的拓展。

---

① 《史集》"中国史"部分已由北京大学波斯语系王一丹教授翻译刊出,参见王一丹《波斯拉施特〈史集·中国史〉研究与文本翻译》,昆仑出版社2006年版。

② 《伊利汗中国科技珍宝书》是对王叔和《脉诀》作波斯文转写、翻译、评注而成的波斯文著作,已由北京大学波斯语系时光副教授译成中文出版,参见时光《〈伊利汗中国科技珍宝书〉校注》,北京大学出版社2016年版。《迹象与生命》是一部农学手册,其中记载了大量中国生长的植物,在介绍这些植物的同时,还记录了许多元朝社会状况的信息。此书尚无汉文或西文译本,目前仅有伊朗学者刊出的波斯文校勘本,见Rashīd al-Dīn, Āsār va Aḥyā', ed. by M. Sutūda and Ī. Afshār, McGill University-Tehran University Press, 1989.

二、穆斯林文献对"中国"称谓的简化和统一

谈论对一个国家或地区的认知,首先避不开对其名称的考辨。在蒙元时代之前,中亚西亚穆斯林作家关于"中国"名称的使用,纷杂而混乱。10—13 世纪的波斯、阿拉伯语文献中,"秦"(Chīn 或 al-Sīn)、"马秦"(Māchīn)、"秦之秦"(Sīn al-Sīn)、"马秦之秦"(Chīn-i Māchīn)、"桃花石"(Tamghāj)、"契丹"(Khitāy)各种"中国"称谓杂陈。这些地理名词词源各不相同,虽然都用以指称中国,但在不同文献中所指政权和地理范围也各不一致。每位作家根据各自不同的史料来源和理解方式,形成各自对中国政权及疆域的描述体系。这里选择具有代表性的三位穆斯林作者记载中的"中国体系",以表 1 表示之。

表 1　11—13 世纪穆斯林文献所见中国疆域地理名称[①]

喀什噶里 (Muhammad al-Kāshgharī)	秦	上秦＝马秦＝桃花石(宋朝)
		中秦＝秦＝契丹(辽朝)
		下秦＝八儿罕
马卫集 (Sharaf al-Zamān Tāhir Marvazī)	秦	秦或马秦(宋朝)
		契丹或秦(辽朝)
		回鹘或托古兹古思
别克兰 (Muhammad ibn Najib Bakrān)	秦	内秦＝马秦(宋朝)
		外秦＝纯粹的秦＝契丹(辽朝)

这三位穆斯林作家的作品中,"秦"都具有广义和狭义两种用法。广义的"秦"就是中国的通称,狭义的"秦"又各自不同地被用来指某个区域。而且在他们每个

---

① 喀什噶里的《突厥语大词典》(*Dīwān Lughāt al-Turk*)是 11 世纪用阿拉伯语撰写的突厥语词典,其中关于中国地理概念的描述见"桃花石"条。Mahmūd al-Kāsgarī, *Compendium of the Turkic Dialects*, part I, tr. & ed. by Robert Dankoff & James Kelly, Cambridge, Mass.: Harvard University Print Office, 1982, p.341;汉译参看:麻赫默德·喀什噶里《突厥语大词典》第一卷,民族出版社 2002 年版,第 479 页。马卫集比喀什噶里稍晚,他的《动物之自然属性》(*Tabā'i al-ayawān*)一书对中亚前往中国的道路有详细描述,见 Marvazī, *Sharaf al-Zamān Tāhir Marvazī on China, the Turks and India*, tr. & ed. by Vladimir Minorsky, London: Royal Asiatic Society, 1942, English translation: pp.14—15, 18, 25—26, Arabic text: pp.2—3, 6—7, 13—14;汉译参看:冯家升等编《维吾尔族史料简编》上,民族出版社 1958 年版,第 67—68 页。波斯地理学家别克兰于 1206 年撰成地理书《寰宇志》(*Jahān-nāma*),书中表达了他对中国疆域地理的理解,见 Muhammad ibn Najīb Bakrān, *Jahān-nāma: Matn-i Jughrāfiyā-yī*, ed. by Muhammad Amīn Riyāhī, Tihrān: Intishārāt-i Kitābkhāna-yi ibn Sīnā, 1963, pp.71—72.

人的描述中,也还存在多套中国政权地理命名系统混合使用的现象①。总结而言,这一时期穆斯林关于中国政权疆域的描述具有两个特征:第一是对旧有知识的持续沿用。这一特征许多学者都已指出,如俄国东方学家巴托尔德(Vasily Vladimirovich Bartold)说:"10 世纪以后,阿拉伯的地理撰述多系掇拾故实,杂纂成书。"②当代以色列中亚史专家彭晓燕(Michal Biran)在其《欧亚历史中的哈剌契丹帝国》(*The Empire of the Qara Khitai in Eurasian History*)中解释说:唐代形成的故旧知识被 10—12 世纪的穆斯林作家沿用,因此造成了许多年代性错误,例如把长安(khumdan)依旧认为是中国的首都。而 11 世纪末 12 世纪初的文献则反映出他们对中国政治局面的混杂的认识③。第二是 10—13 世纪中国动荡、分裂局面的信息,零散而滞后地传至中亚和西亚地区。致使这一时期穆斯林作者对中国的分裂局面有所知晓,但具体进程和详细情况并不能明确把握。这些新传过来的只言片语和过去的旧识混合在一起,导致对中国体系出现多种描述并存的现象。

这种信息阻塞的局面,在蒙古人打通亚洲大陆后开始发生变化。变化体现在三方面:

第一,迷蒙的东方世界变得豁然开朗,过去纷杂而矛盾的信息得以厘清。正如拉施都丁在《史集·中国史》中所言:

> 在那个国家里,有一片辽阔富庶的地区,是该国历史上大多数时期君王都城的所在地,当地人自己称之为"汉族中土"(Khān zhū Jūn tū),蒙古人称之为"札忽惕"(Jāuqūt),忻都人称之为"秦"(Chīn),在我们这里则以"乞台"(即契丹)闻名。由于相距遥远,过去我们对这个国度缺乏了解和研究,以为秦与乞台是两个不同的地区,现在才明白它们其实同指一地,只不过名称不同而已。④

又如沙班卡剌伊(Muḥammad b. 'Alī Shabānkāra'ī)《世系汇编》(*Majma' al-Ansāb*)中所说:

他们(秦)的君主,古代被称作"天子",后来被叫作"桃花石",到现在则被称作"汗"。⑤

这两则引文告诉我们,蒙元时代东西交通的重新畅通带来了知识的更新,过去

---

① 关于 10 世纪至蒙古征服前穆斯林对"中国"称谓的使用情况,详见陈春晓:《中古穆斯林文献中的"中国"称谓》,朱玉麒主编《西域文史》第 11 辑,科学出版社 2017 年版,第 141—167 页。

② [俄]巴托尔德著,张锡彤、张广达译《蒙古入侵时期的突厥斯坦》,上海古籍出版社 2011 年版,第 41 页。

③ Michal Biran, *The Empire of the Qara Khitai in Eurasian History: Between China and the Islamic World*, Cambridge; New York: Cambridge University Press, 2005, pp. 97—98.

④ 王一丹:《波斯拉施特〈史集·中国史〉研究与文本翻译》,昆仑出版社 2006 年版,第 115 页。

⑤ Muḥammad ibn 'Alī ibn Muḥammad Shabānkāra'ī, *Majma' al-Ansāb*, ed. by Mīr Hāshim Muḥaddis, Tehran: Amīr Kabīr, 1984, p. 50.

含混不清的许多"中国"概念和名称,在这个时代得到了较为准确的解释,过去困扰波斯、阿拉伯作家的许多中国名词和概念,在这时豁然开朗了,他们也对中国政权的历史变化有了合理的理解。

第二,穆斯林文献中的"中国"称谓表现出简化和统一的特征。蒙元时代信息交流通畅,西亚穆斯林开始意识到许多旧的、过时的、复杂的"中国"称谓不应该再沿用下去。他们逐渐弃用了一些不合适的旧的称谓,简化、更新了对中国的称呼方法。同时,穆斯林作家们对中国的称谓用词呈现统一的趋势,不再像之前那样一人一种说法。这种简化和统一并不是顷刻间完成的,它经历了一个短暂的过渡。13世纪上半叶蒙古征服进行时成书的伊本·阿昔儿('Izz al-Dīn Ibn al-Athīr)《全史》(al-Kāmil fī al-Tārīkh)、奈撒维(Shihāb al-Dīn Muhammad b. Ahmad Nasavī)《札兰丁传》(Sīrat al-Sultān Jalāl al-Dīn Mankubirtī)、尤札尼(Minhāj Sirāj Jawzjānī)《纳昔里史话》(Tabaqāt-i Nāsirī)等作品就是过渡时期的历史著作,作者还在混杂使用着"秦""桃花石""契丹"等"中国"称谓,但可以发现,如"上秦""中秦""下秦""内秦""外秦"的用法已经不再出现了[①]。

至 13 世纪中期,蒙古人在伊朗的统治王朝伊利汗国建立之后,一批为蒙古统治者效力的波斯精英,如志费尼('Alā' al-Dīn 'Atā Malik Juvaynī)、纳昔剌丁·徒昔(Khwāja Nasīr al-Dīn Tūsī)、瓦撒夫(Shihāb al-Dīn 'Abd Allāh ibn Fadl-Allāh Sharaf Shīrāzī)、拉施都丁、哈沙尼(Abū al-Qāsim 'Abd Allāh b. 'Alī Qāshānī)、穆斯妥菲·可疾维尼(Hamd Allāh Mustawfī Qazvīnī)等学者,通过伊利汗廷与元朝交往的官方渠道形成了对元朝统治下的中国的系统认知,他们称呼中国的名称趋于一致,都主要使用"契丹""秦""马秦"这三个名称指称中国,同时受到蒙古语汇的影响,增加"蛮子"(Manzī)、"南家思"(Nankiyās)、"哈剌章"(Qarājānk)等描述中国区域地理的名词。

---

① 伊本·阿昔儿《全史》是写成于 13 世纪 30 年代的阿拉伯语鸿篇通史著作,奈撒维的《札兰丁传》是稍晚几年撰成的记述蒙古征服花剌子模的历史书,再晚十年成书的尤札尼波斯语史书《纳昔里史话》是记录从中亚古儿王朝到蒙古征服时期历史的重要史料。这三部史学著作都是蒙元时代早期的作品,它们关于中国地理概念的表述见:'Izz al-Dīn Ibn al-Athīr, al-Kāmil fī al-Tārīkh, vol. 12, Beirut: Dar Sādir, 1965, pp. 269-270,英译参看:'Izz al-Dīn Ibn al-Athīr, The Chronicle of Ibn al-Athīr for the Crusading Period from al-Kāmil fī'l-Ta'rīkh, part 3, tr. & ed. by D. S. Richards, Aldershot; Burlington: Ashgate, 2008, p. 134; Muhammad ibn Ahmad Nasavī, Sīrat-i Jalāl al-Dīn Mīnkubirnī, tr. from Arabic to Persian in 13 c., ed. by Mujtabā Mīnūvī, Tehran: Sharkat-i Intisharāt-i 'Ilmī va Farhang, 1986, pp. 49-50; Minhāj Sirāj Jawzjānī, Tabaqāt-i Nāsirī, ed. by 'Abd al-Hayy Habībī, Tehran: Dunyā-yi Kitāb, 1984, vol. 1, pp. 308-309, 261, vol. 2, p. 94;英译参看:Tabakāt-i-Nāsiri: a General History of the Muhammadan Dynasties of Asia, including Hindūstān, From A. H. 194 (810 A. D.) to A. H. 658 (1260 A. D.) and the Irruption of the Infidel Mughals into Islām, tr. & ed. by Major H. G. Raverty, London: Gilbert & Rivington, 1881, pp. 154, 262-264, 900.

第三,西亚穆斯林对元朝统治下的中国是一个统一政权有了清晰的认识。在此之前的穆斯林文献之所以会对中国有着多种称呼,就是唐以后的分裂局面造成的。到了蒙元时代,中国再一次统一了,建立了大一统的中央王朝国家,这一政治格局信息通过重新畅通的丝绸之路传播,迅速为波斯、阿拉伯人获知。尽管从表述上来看,波斯学者还在使用区域地理名词来分别指称中国的某一地区,但他们无疑都有着一个基本的认识,即:这些区域都属于元朝皇帝(蒙古合罕)统治下的统一政权;这些地区在历史上就是一个国家,只是经历了分裂的历史,到此时又重新统一了。这一认知可以从拉施都丁撰著的《史集·中国史》中清晰地看到。在此书开篇,作者解释说这部书是:

> 讲述被称作秦(Chīn)的乞台(Khitāy 或 Khatāy)各民族以及摩秦(Māchīn)地区的历史、该国史书所记当地发生的要闻大事、该国各大地区种种惯用名称的由来。①

书的正文中,也说是介绍"乞台和摩秦的历史"②,接着便从盘古、三皇五帝开始一直讲到金朝和南宋。这表明作者对中国的历史发展脉络有着很准确的把握,知道现在被称为"乞台和摩秦"(中国北部和中国南部)的地方属于一个文明实体,在历史上的更多时候也属于一个国家。作者在开篇的末尾说:"所有的这些地区如今都已臣服于合罕。"③

正是基于这样的认知,伊利汗国的作家在使用"契丹""秦""马秦"这些区域地名之外,还会用一种特殊表述——"合罕之国"或"合罕那里"来指称元朝统治下的中国④。这都表明他们清楚地知晓当时的中国正处于大一统局面下这一信息。

三、对中国内部区域地理认知的进步

蒙元时期东西方信息交流的畅通,除了表现在穆斯林精英阶层对中国整体政权局势有了最新的认知上,还体现在他们大大更新、增长了关于中国内部情况的知识上,即对中国内部的区域划分、少数民族分布情况有了较准确的了解。过去穆斯林文献对中国内部区域地理情况记载得很混乱,他们大致知道中国内部分裂为两部分或三部分——这导致了那么多"中国"名称的出现——但他们并不清楚这些个政权是怎么分布的。这是由于在穆斯林的舆图传统中,舆图的上、下方位往往代表

---

① 王一丹:《波斯拉施特〈史集·中国史〉研究与文本翻译》,第 114 页。
② 王一丹:《波斯拉施特〈史集·中国史〉研究与文本翻译》,第 128 页。
③ 王一丹:《波斯拉施特〈史集·中国史〉研究与文本翻译》,第 118 页。
④ 合罕之国的表达形式有很多,如:mulk-i Qāān, vilāyat-i Qāān, zamīn-i Qāān,等。

实际地理的东、西方位，与汉地舆图习惯有 90 度偏差①，所以一些作者会误以为中国的多个政权是东西划分的。总之，在信息匮乏时代，他们对中国，尤其是不与其接壤的偏安王朝统辖地区了解甚少，从而造成了种种误会。

这种情况到了蒙元时代，也得到了改变。《史集·中国史》序言中从中原汉地（乞台）开始，对中国东西南北各民族地理分布给予了准确的记述：

> 在乞台的东南方另有一个地区，乞台人称之为蛮子（Manzī），蒙古人称之为南家思（Nankiyās），忻都人称之为摩诃秦（Mahāchīn），意即大"秦"（Chīn-i buzurg），其他国家的人因不懂印地语"摩诃"（Mahā）之意，就称之为摩秦（Māchīn）。……

> 在乞台的西南方还有一个地区，名叫大理（Dāy Līu），蒙古人称之为哈喇章（Qarājānk），忻都人称之为犍陀罗（Kandhar），意为〔大国〕，在我们这里叫作罕答合儿（Qandahār）。这个地区位于忻都和吐蕃之间，当地居民一半人肤色黧黑，另一半人肤色白皙，蒙古人称肤色白皙的一半为察罕章（Chaghān Jānk）。

> 在乞台的北方居住着一个游牧民族，像我们这里的土库曼人。乞台人称他们为契丹（Chīdan），蒙古人称之为哈喇契丹（Qarākhatāy），我们也照此称呼。他们生息的地方与蒙古斯坦相连。……

> 与此部落相连的还有一个游牧民族，乞台人称之为女直（Nūjī），蒙古人和其他民族都称之为主儿扯（Jūrjih）。他们有一座很大的城池，名叫□□，不过他们中的大多数人仍游牧于原野上。……

> 在乞台和哈剌章地区之间还有许多地区，各有各的君王，其中一个地区的人们习惯于用黄金包裹牙齿，只在进食时才将其取下。所有的这些地区如今都已臣服于合罕，乞台人的史籍中载有它们的地理形势图，我们将把这些地图附载于这部历史的最后。②

以上摘引的这段文字，按照中原、江南及边疆的描述顺序对元代中国的基本区域地理作了准确的介绍。作者能描绘得如此准确，是有可靠的文献依据的。正如最后一句所说，此书的编撰者手中掌握有中国的舆图，这对了解一个国家地理情况来说是非常直观而有力的资料了。

---

① 关于穆斯林地图与中国舆图方向的差异，参见张广达：《关于马合木·喀什噶里的〈突厥语词汇〉与见于此书的圆形地图》，原载《中国大百科全书》第 1 版《中国历史》第 1 卷，中国大百科全书出版社 1992 年版，此据《张广达文集：文书、典籍与西域史地》，广西师范大学出版社 2008 年版，第 63—64 页；大叶升一著，宝力格译：《关于见于元朝、伊利汗国文献中方向的顺时针 90°移位》，《蒙古学信息》2001 年第 2 期；阿尔丁夫：《"方向的顺时针 90°移位"差错与平面四方观念中的 B 种类型——同日本学者大叶升一先生商榷，兼谈北半球人类方向的演变》，《内蒙古师范大学学报》2012 年第 2 期。

② 王一丹：《波斯拉施特〈史集·中国史〉研究与文本翻译》，第 114—118 页。

对中国政区更细致的记述,还见于《史集·忽必烈合罕纪》。其中有作者对中国行省划分的记载:

十二省所在之处和它们的品级,依次列举:

第一,汗八里和大都省。(腹里中书省)①

第二,女真和肃良合地区之省。此底万设立于肃良合诸城中最大的……城。(辽阳)

第三,高丽和……省,该省构成一单独国家,其篾力称为"王"。(征东)

第四,南京省,这是哈剌沐涟河畔的汉地的一座大城。〔这是〕中国的一座古都。(河南)

第五,扬州城省。此城在汉地边境上。

第六,行在城省。此为蛮子京城。(江浙)

第七,福州省,〔这是〕蛮子的一座城。

第八,龙兴府省,这是蛮子地区的一座城,一边靠近唐兀惕地区。(江西)

第九,广府省,大食人称之为大秦。为滨海的一座很大的城,在刺桐的下方,并是一巨港。(湖广)

第十,哈剌章省。这是单独的一个地区。该处有一座大城,名为……。省就设在此城,该处居民全都是穆斯林。(云南)

第十一,京兆府省,为唐兀惕地区的〔一座〕城。(陕西)

第十二,甘州省,这也是唐兀惕地区的〔一座〕城。(甘肃)②

《史集》这里列出的十二省,与元代的行省划分可以说高度契合。元朝除在腹里设中书省外,还在全国设立行省。拉施都丁记载的十二省,大都是元朝设立过的省③,只是多出了扬州省,少了四川和岭北行省,但基本的记述还是十分准确的。可以说,这样的信息,非官方渠道不能获得。这样的了解程度,亦非前代可比。

四、关于中国城市知识的拓展

蒙元时代以前,穆斯林文献提到中国的城市时,最常提及的有三座:一是"胡姆丹"(Khumdān),二是"扬州",三是"广府"。长期以来,穆斯林文献形成了以这三座城市为主的记述范式。这一范式的信息源头来自9世纪阿拉伯航海家《中国印度见闻录》(Akhbār al-Sīn wa'l-Hind)和10世纪马苏第(Abū al-Hasan 'Alī b.

---

① 本段引文括号里所注省名,为笔者为作提示而添加。未括注省名者,即未有直接对应的省份。

② 〔波斯〕拉施特著,余大钧、周建奇译:《史集》第二卷,商务印书馆1985年版,第331—333页。

③ 其中福州所在的福建行省废立频繁,屡屡变更行政级别,时而独立成行省,时而并入邻近的江西省和江浙省,一直到1286年,才最后并入江浙省。

al-Ḥusayn b. ʿAlī al-Masʿūdī《黄金草原与珠玑宝藏》(*Murūj al-Dhahab wa-Maādin al-Jawhar*)的记载：

> 据说，中国有两百个府城：每个府城有其王侯和宦官，并有其他城市隶属于它。广府就是其中一例，广府是个港口，船只在那里停泊，另有其他近二十个城市归于广府管辖。①

> 关于中国皇帝居住的京城胡姆丹，我们也向伊本·瓦哈卜打听到一些信息。他告诉我们说，这座城市很大，人口众多，一条宽阔的长街把全城分成了两半。皇帝、宰相、禁军、最高判官、宫廷宦官以及皇家总管、奴婢，都住在这条大街右边的东区。在这里，既没有任何百姓同他们杂居，也没有任何市场。在这个区域，沿街开凿了小河，淌着潺潺流水；路旁，葱茏的树木整然有序，一幢幢邸宅鳞次栉比。②

"胡姆丹"这个地名，根据敦煌发现的4世纪初粟特文古信札、西安北郊史君墓中的汉文—粟特文双语题刻以及唐代《大秦景教流行中国碑》所见汉文—古叙利亚文双语铭文等实物资料可知，自4世纪始，它就成了中国以西外族人民对长安的称呼。9世纪经《中国印度见闻录》和《黄金草原与珠玑宝藏》这两部文献记载以后，之后的波斯语、阿拉伯语文献中屡屡提到这一地名。如：波斯佚名作者《世界境域志》(*Ḥudūd al-ʿĀlam*)、加尔迪齐(Abū Saʿīd ʿAbd al-Hayy b. żahhāk b. Maḥmūd Gardīzī)《记述的装饰》(*Zayn al-Akhbār*)、马卫集(Sharatal-zamān Ṭāhir Marvazī)的《动物之自然属性》(*Tabīāʾiʿal-Hayawān*)、伊德里西(AbūʿAbd Allāh Muḥammad al-Idrīsī)《遥远之地的喜悦之旅》(*Nuzhat al-Mushtāq fī Ikhtirāq al-ʿAfāq*)等作品。③

广府，是唐人对"广州总管府"（或"广州都督府"）的简称。由于广州是通往南海的口岸城市，唐代就聚居着大批的穆斯林，因此"广府"之名沿海上丝绸之路在波

① 穆根来、汶江、黄倬汉译：《中国印度见闻录》，中华书局1983年版，第14—15页。

② 穆根来、汶江、黄倬汉译：《中国印度见闻录》，中华书局1983年版，第107页。

③ 提到胡姆丹的穆斯林记载参见：ʿAlī Ibn al-Husayn Masʿūdī, *Les Prairies dOr*, vol. 1, tr. & ed. by Barbier de Meynard, Pavet de Courteille, Paris: Imprimerie Impeʹriale, 1861, p. 313; *Ḥudūd al-ʿĀlam: a Persian Geography*, 372 A. H. -982 A. D., 2d ed., tr. by V. Minorsky; ed. by C. E. Bosworth, London: Luzac & co., 1970, p. 84; Marwazī, *Sharaf al-Zamān Ṭāhir Marvazī on China, the Turks, and India*, p. 84; ʿAbd al-Hayy b. żahhāk Gardīzī, *Zayn al-Akhbār*, ed. byʿAbd al-Hayy Habībī, Tehran: Intishārāt-i Bunyād-i Farhang-i īrān, 1968, p. 387; AbūʿAbd Allāh Muḥammad al-Idrīsī, *Nuzhat al-Mushtāq fī Ikhtirāq al-Afāq*, vol. 1, Beirut:ʿAlam al-Kutub, 1989, pp. 205—213. 有关"胡姆丹"的考释，参看龚方震《唐代大秦景教碑古叙利亚文字考释》，《中华文史论丛》1983年第1期；毕波《粟特文古信札汉译与注释》，《文史》2004年第2辑；葛承雍《Khumdan为唐长安外来译名的新证》，《中国历史地理论丛》2005年第3期；荣新江《北朝隋唐粟特人之迁徙及其聚落补考》，荣新江《中古中国与粟特文明》，生活·读书·新知三联书店2014年版，第24、34页。

斯、阿拉伯世界广为流传。《中国印度见闻录》中还记载了黄巢起义对广府的破坏以及唐朝皇帝逃离长安的事件：

> 在中国，出了一个名叫黄巢的人物，他不是皇族出身，而是从民间崛起的。此人初时以狡诈多谋、仗义疏财闻名于世，后来便抢夺兵器，打家劫舍。歹徒们追随如流，集结在他的周围。他的势力终于壮大，人马日益增多。于是，他的野心膨胀起来了。在众多的中国城市中，他开始向广府进发。这是阿拉伯商人荟萃的城市，从海边走去，还有几天的路程。广府位于一条大河之畔，河水是淡水。

> 广府居民起来抵抗黄巢，他便把他们困在城内，攻了好些时日。这个事件发生在回历 264 年。最后，他终于得胜，攻破城池，屠杀居民。据熟悉中国情形的人说，不计罹难的中国人在内，仅寄居城中经商的伊斯兰教徒、犹太教徒、基督教徒、拜火教徒，就总共有十二万人被他杀害了。……

> 他洗劫广府以后，又接二连三地捣毁其他城市，中国皇帝已经仓皇失措了。不久，他竟打到京畿，直逼名叫胡姆丹的京城。皇帝只得舍弃京师，逃到邻近西藏边境的穆祖（Mudhū，成都），在那里设置了行宫。……[1]

扬州，作为唐代的大都市，它的名字亦在唐以后风闻于伊斯兰世界。马苏第的《黄金草原与珠玑宝藏》是最早对扬州给予特殊笔墨的穆斯林作品，书中将扬州描述为中国的都城。

> 在那里（中国），他们分散和居于这些地区，耕耘土地，设置县、府和城市，在那里以一座被他们称为扬州的大城为京都。……

> 政府所在地最终确定在扬州。正如我们已经指出的那样，那里是一座位于距海洋仅有 3 月或更多一些行程的大城市。[2]

这些源自唐代的中国城市信息，在蒙元之前的约三百年间一直被穆斯林作家持续使用，如晚到 12 世纪马卫集的书中仍在记载"胡姆丹"和"扬州"是中国的都城：

> 我曾遇见过一个智者，他去过中国，并向他们购买过物品。据他说：中国人的京城叫做"扬州"（Ynjur）。这是一座绕行一周需要三天时间的大城市。它附近还有一座更大的城市，名叫 Knfwā，不过国王是住在扬州的。[3]

---

① 穆根来、汶江、黄倬汉译：《中国印度见闻录》，第 96 页。

② ［阿拉伯］马苏第著，耿昇译：《黄金草原》，中国藏学出版社 2013 年版，第 145、148 页。

③ 胡锦洲、田卫疆译：《马卫集论中国》，《中亚研究资料：中亚民族历史译丛（一）》，新疆社会科学院中亚研究所 1985 年版，第 170 页。原文见 Marvazī, *Sharaf al-Zamān Ṭāhir Marvazī on China , the Turks and India*, English translation, p. 15, Arabic text, p. 3.

中国国王所居住的那个大城市叫做"胡姆丹"(Khumdān)。据说从中国城(即高昌)到那里有四个月的路程,沿途皆为牧地。……胡姆丹是国王的京城,他的称号为"法格富尔"(Faghfūr)。[①]

事实上,12 世纪时长安和扬州早已失去了都城或中心城市的地位,但由于东西方信息传递的停滞,使得陈旧的叙述一直被沿用着。这样的城市叙述模式,在蒙元时代终于发生了变化。直到这时伊斯兰世界才了解到,在南方有个王朝,其首都和最大城市早已经变成了杭州,而汗八里则是蒙古人的都城,同时泉州崛起为元代最大的贸易港。杭州、汗八里和泉州,替代了过去的胡姆丹、扬州和广府,进入了穆斯林文献的叙述中心。

1. 杭州

蒙元时期波斯、阿拉伯文献中多记载"行在"这个名字。拉施都丁对这个重要城市有详细的描述:

> 在那里(摩秦)有一个非常大的城市,名叫行在(Khansāy),这个城市的直径,即从城墙的一端到另一端距离为 10 法尔生格(farsang)[②]。城中共设有 3 个驿站(yām),城里所有住房均为 3 层,如果留意观察,可以一一辨认出住在这里的穆斯林。城里有 3 个极为雄伟的大清真寺,每逢礼拜五都挤满了穆斯林,由于该城人口众多,平时难得见到他们,城中居民也大多因为人多而彼此不相识。最近几世纪以来,这里一直是该国正统王朝的都城。[③]

《瓦撒夫史》中关于"行在"的记载说:

> 行在(Khanzāy)是秦国的都城,是人间天堂。城市方圆 24 法尔生格。地面铺以砖、石,房屋用木材建造,上面绘满美丽的图画。城市从头到尾设有 3 个驿站(yām)。最大的市集长达 3 法尔生格,共有 64 个方格区域。据说每日盐税的收入有 700 锭纸钞。〔那里〕手工业者众多,金匠之数就有 32000 人。有 70 万军队和 70 万农民在官府登记造册。有 700 座堡垒似的修道院,每一座里都居住着异教僧侣和各种宗教人士,及不计其数的信众,他们都不用交税。城有 4 万巡逻兵,晚上在日落西下,夜幕降临后,他们就在各处关隘、路

---

① 胡锦洲、田卫疆译:《马卫集论中国》,《中亚研究资料:中亚民族历史译丛(一)》,新疆社会科学院中亚研究所 1985 年版,第 176 页。原文见 Marvazī, *Sharaf al Zamān Tāhir Marvazī on China*, *the Turks and India*, English translation, p. 25, Arabic text, p. 13.

② 波斯长度单位,1 法尔生格等于 6.24 公里。

③ 王一丹:《波斯拉施特〈史集·中国史〉研究与文本翻译》,第 116—117 页。

口、街道、巷子巡警维护安全。①

穆斯妥菲·可疾维尼撰著的《心之喜悦》(*Nuzhat al-Qulūb*)是伊利汗时代最著名的地理书,其中也记载了"行在"城,还提到城中的大湖(西湖)。

> 马秦,蒙古人称其"南家思",是一个幅员辽阔的国家,位于第一、二气候带。其都城是行在城,也有人称其为 Siyāhan②。世上没有比它更大的城市了,在东方它也是最大的城市。城市中心有一个大湖,周长 6 法尔生格,房屋鳞次栉比。那里气候温暖,田里多种植甘蔗和水稻,但不产椰枣,因此椰枣〔在那儿〕非常稀有,以至 1 曼(mann)椰枣可换 10 曼甘蔗。居民主要的肉食是鱼肉和牛肉,羊肉很少,因此极其昂贵。那里人口众多,有上万士兵巡逻。其人民大多是不信教者,尽管穆斯林数量较少,但他们很有权势。③

此外,14 世纪阿布·菲达(Abu al-Fidā)的《地理书》(*Taqwīm al-Buldān*),还有伊本·白图泰(Ibn Battūta)、马可·波罗(Marco Polo)、鄂多立克(Odoric of Pordenone)等旅行家,都对杭州这座城市予以浓墨记载。

2. 汗八里

汗八里,意为大汗之城。这座城市因成为元朝的大都而闻名于世界。同时,穆斯林文献还常常称它"中都"这个名字。中都,原是指营建元大都以前的旧中都,即过去的金中都。蒙古人占领金中都后,改称其为"燕京";忽必烈即位后,于中统五年(1264)又将"燕京"改为"中都",并在中都附近大力营造新城,即后来的元大都(汗八里)。因此,穆斯林作家也常以"中都"之名称汗八里。在《史集·忽必烈合罕纪》中就记载了忽必烈营建大都城的详细过程:

> 由于蒙哥合罕把这块领地(指北方汉地)给了忽必烈合罕,同时,在其周围〔又有〕很多重要的地区和国家,他(忽必烈合罕)便〔对它〕注意了,并且选了〔这个〕人口稠密的地区作为自己的驻地。他就以该处君主的京城,汉语称之为中都的汗八里城作了〔自己的〕驻冬地。该城是在古时按星象家和学者们的指示,在吉星高照下修建的,一直认为它的气运最旺盛。因为成吉思汗把它破坏了,忽必烈合罕便想把它加以修缮以光大自己的名声,并且在其旁建了另一

---

① Vaṣṣāf al-Haẓrat, *Geschichte Wassafs*, vol. 1, tr. & ed. by Hammer-Purgstall, Wien: Verlag der Österreichischen Akademie der Wissenschaften, 2010, German translation, p. 42, Persian text, pp. 42—43.

② G. Le Strange 认为这个名字可能是"西湖"(Si-hu)的不准确拼写。英译本,p. 254,注 3。

③ Hamd Allāh Mustawfī Qazvīnī, *Kitāb Nuzhat al-Qulūb*: *al-Maqāla al-Thālittha dar Sift-i Buldān wa Wilāyat wa Buqā'*, ed. by G. Le Strange, Tehran: Dunyā-yi Kitāb, 1983, p. 261;英译参看:Hamd Allāh Mustawfī Qazvīnī, *The Geographical Part of the Nuzhat al-Qulūb*, tr. by G. Le Strange, Leiden: E. J. Brill; London: Luzac & co., 1915, p. 254.

城,名为大都,它们彼此就联接在一起了。它的城墙上有十七座城楼;一座城楼到另一座城楼的距离为一程。由于人口众多,以至于在〔城〕外还修建了无数的建筑物。

从每个地方运来了各式各样的果树,栽植到了该地的花园和瓜园中。〔其中〕大部分结了果实。在该城中央,他修了一座豪华的宫殿作为自己的帐殿,名之为合儿失。其中的柱和地面全是大理石的,它甚为华丽;其周围有四个宫院,彼此之间相距一箭远。外〔院〕是供宫廷仆役用的,内院是供异密们每晨聚会时坐的,第三院是供卫士用的,第四院是供近臣用的。艺术家们在很多书籍和史册中描绘了它的外貌。①

《瓦撒夫史》也对忽必烈营建大都的事件有记载:

汗八里在过去时候曾是别的汗的都城,忽必烈合罕坐上汗位后,他将这座城市定为这个时代的都城,并下令营建一座四边各 4 法尔生格长的城市,命名为"大都"(Tāydū)。他下令让文人、手工艺者等各类人士聚集于此地,很快那里就变得兴隆热闹起来。同时在那座城市里,还建造了合儿失——这是他们的语言,意为宫殿。这座宫殿长宽各 400 步,用木料建筑。在这座天堂般的宫殿里造有穹顶和窗户,美丽令天宫都嫉妒,还立有坚固的镶着许多装饰品的柱子,地板用玉石铺成,摆放着艺术的雕像和画作。……②

穆斯妥菲的地理书《心之喜悦》中亦载:

契丹是位于第四、五气候带的大国,其都城是处于第五气候带的汗八里,经度 124°,纬度 37°。它是一座宏伟的城市,原本叫作"中都",忽必烈合罕在它的郊区建造了另一座城。③

3. 泉州(剌桐)

泉州是元代最大的贸易港。穆斯林称这座城市为"剌桐",《史集》《心之喜悦》《瓦撒夫史》等主要史料,都对这个港口做了介绍。又见阿布·菲达《地理书》所载:

剌桐(Zītūn),中国商港也。有商人曾至剌桐者云,该地亦为有名城邑也,位于河口。船舶由中国海(baḥr al-sīn)进入口内。河口延长十五迈耳(Mailā)。口之内端,有河自内地流来。曾亲见其地者云,剌桐亦有潮水流至。

---

① 〔波斯〕拉施特著,余大钧、周建奇译:《史集》第二卷,商务印书馆 1985 年版,第 321—322 页。

② Vaṣṣāf al-Ḥaẓrat, *Geschichte Wassafs*, vol. 1, German translation, p. 45, Persian text, p. 46.

③ Ḥamd Allāh Mustawfī Qazvīnī, *Kitāb Nuzhat al-Qulūb: al-Maqāla al-Thālittha dar Ṣift-i Buldān wa Wilāyat wa Buqā'*, pp. 257-258; 英译见 Ḥamd Allāh Mustawfī Qazvīnī, *The Geographical Part of the Nuzhat al-Qulūb*, p. 250—251.

城市距海有半日程，入海之河为淡水。城市小于哈马忒（Ḥamāt）。城墙为鞑靼人（al-Tatar）所毁，遗迹尚在。人民饮河水，兼用井水。①

泉州城能闻名于伊斯兰世界，无疑是它身为大贸易港口的地位所致。这里聚居着跨海而来在中国经商的波斯、阿拉伯商人，他们的口耳相传令这座城市的名字沿着海上丝绸之路远播西方。因此笔者这里更想引用航海旅行家的作品，来说明蒙元时代泉州在穆斯林旅行家眼中的繁华。著名的《伊本·白图泰行纪》中这样描述这座城市：

> 我们渡海到达的第一座城市是刺桐城，中国其他城市和印度地区都没有油橄榄，但该城的名称却是刺桐。这是一巨大城市，此地织造的锦缎和绸缎，也以刺桐命名。该城的港口是世界大港之一，甚至是最大的港口。我看到港内停有大艚克约百艘②，小船多得无数。这个港口是一个伸入陆地的巨大港湾，以至与大江会合。该城花园很多，房舍位于花园中央，这很像我国斯基勒玛塞城的情况一样。穆斯林单住一城。③

除了杭州、汗八里和泉州这三个蒙元时代最为穆斯林闻知的城市之外，穆斯林史料中记载下来的其他中国城市名字还有很多很多，记载的数量和描述的准确度远远超过前代。例如在拉施都丁撰著的一部农业手册中，就记录了行在、汗八里、泉州、秦州、楚州、福州、于阗、阁缠、甘州等一系列中国城市名字④。而这些城市就如一扇扇窗户，通过它们，西方人越来越多地了解中国。从穆斯林文献中记载的关于中国的自然状况、土产商品、动植物品种、民族生活、社会经济等知识和信息可知，蒙元时代伊斯兰世界对中国的认知和了解极为广泛和深入。

结　语

蒙古人对世界的征服客观上促进了东西方的信息交流，在此背景下，这一时期伊斯兰世界对中国的认识和了解有了很多的更新和进步。一方面，过去旧有的、在几百年的信息停滞时期变得越来越不可信的知识，终在蒙元时期为穆斯林作家舍弃，使早已过时的旧闻不再占据知识的中心；另一方面，关于中国的最新的消息源

---

① Abū al-Fidā' Ismā'īl ibn'Alī, *Taqwīm al-Buldān*, Cairo: Maktabat al-Thaqāfah al-Dīnīyah, 2007, p. 417；汉译参见：张星烺编注《中西交通史料汇编》第二册，中华书局 1977 年版，第 244 页。

② 艚克，波斯语作 Jūng，阿拉伯语作 Zūnk，是蒙元时代海上旅行家称呼中国制造的巨舶的名称。关于该词词源及这种巨舶的研究，见邱轶皓《艚船考——13 至 15 世纪西方文献中所见之"Jūng"》，《国际汉学研究通讯》第 5 期，北京大学出版社 2012 年版，第 329—338 页。

③ ［摩洛哥］伊本·白图泰著，马金鹏译：《伊本·白图泰游记》，华文出版社 2015 年版，第 399 页。

④ Rashīd al-Dīn, *Āṣār va Aḥyā'*.

源不断补充进穆斯林的知识库，使其重新建构起对中国全方位的认知。

同时亦应注意到，知识是具有传承性的，而接受知识的人也具有主观选择的差异性。即使新的信息已经在不断涌入，但仍有一些"守旧"的作家仍在延续过去的"陈词滥调"。他们的记载也由此缺乏时效性和信息度，对史学研究来说，这些记载所具有的史料价值也随之降低。因此，在利用穆斯林史料研究历史问题时，需要仔细鉴别其史源的时效性，避免出现以"故"事证"新"史的谬误。

古代东亚海域中的"汉诗外交"

赵莹波

内容提要 中国自汉朝开始一直是东亚海域的国际秩序的缔造者,汉字和汉文成为东亚之间的外交语言。佛教的传播为汉字、汉文在东亚的普及做出了贡献。而汉诗使得日本以及朝鲜半岛的汉语水平达到了又一高度。东亚海域之间的"汉诗外交",是继佛教成为东亚的国际法则以来,汉语国际化以及汉语学习交流又一个高峰。日本和高丽、渤海国大使等东亚各国的外交官都是当时精通中华汉诗的学者和诗人,他们或以汉诗为经典,或自作汉诗,或用唐乐吟唱汉诗。东亚各国通过"汉诗外交",既可以弥补汉语口语交流上的不足,又可以避免外交直接交锋时的尴尬。

关键词 东亚海域 汉诗外交 佛教

诗以言志,除"言志"外,诗还有一个功能:用于"外交"。孔子曾提到诗歌用途:"诵诗三百,授之以政,不达;使于四方,不能专对。虽多,亦奚以为?"意为:熟读《诗经》三百篇,可让他处理政务;也可让他出任外交使节进行沟通,否则,即使读再多的诗歌也无用处。换言之,诗可在外交中起到很好的沟通作用。春秋时期,《诗经》中的句子就作为外交辞令被广泛应用。公元前 614 年鲁公赴晋国商议会盟之事,途经郑国,郑伯设宴引用《诗经·鸿雁》,请求鲁公斡旋郑国与晋国两国之间的关系:"鸿雁于飞,肃肃其羽。之子于征,劬劳于野。爰及矜人,哀此鳏寡。"郑国自比鳏寡,请"劬劳""于征""于野"的鲁公怜惜之,为郑国斡旋,拉开了春秋时期诗歌外交的序幕。

有关"汉诗外交"的论著不乏力作。但大多年代跨度仅局限于 10 世纪。本文

---

* 本文是国家社科基金项目"宋朝与日本、高丽之间'准外交关系'研究"(项目编号:15BZS012)成果之一。

① 杨伯峻译注:《论语译注·子路第十三》,古籍出版社 1958 年版,第 142 页。

② 陈襄民等编:《五经全译·春秋左传·上》,文公十四年,中州古籍出版社 1993 年版,第 350 页。

③ 村井章介:《東アジア往還—漢詩と外交》朝日新聞社,1995 年;村井章介:《日明關係史研究入門—アジアの中の遣明船》勉誠出版 2015 年版;任萍:《绝海中津〈蕉坚稿〉中的汉诗之研究》,《浙江外国语学院学报》2013 年第 3 期。王小盾:《高丽俗乐的中国渊源》,中国社会科学 2012 年第 7 期。

拟利用日本《大宰府天满宫史料》①《善邻国宝记》和《高丽史》《宋史》等多国史料，来探讨唐宋元明时期东亚海域诗歌外交的实态，不当之处，请各位专家、学者指正批评。

一、唐朝时期东亚海域各国之间的诗歌外交

（一）唐朝诗人与日本的诗歌外交

唐玄宗开元年间，日本留学生阿倍仲麻吕（中国名"晁衡"或"朝衡"），与李白和王维常有诗歌唱和。公元 752 年，晁衡回国，李白、王维等都以诗相送"开元中有朝衡者，隶太学应举，仕至补阙，求归国，授检校秘书监放还。王维及当时名辈，皆有诗序送别，后不果去"②。晁衡即兴作诗《衔命还国作》以表达惜别之情："衔命将辞国，非才忝侍臣。天中恋明主，海外忆慈亲。伏奏违金阙，骈骖去玉津。蓬莱乡路远，若木故园林。西望怀恩日，东归感义辰。平生一宝剑，留赠结交人。"这篇诗作后来收录在宋人编纂的《文苑英华》中，也是《文苑英华》收录唯一一首外国人的诗作。同时晁衡还做了一首和歌："天の原／ふりさけみれば／春日なる／三笠の山に／いでし月かも／"（汉译：回望春日三笠山，故国五更长思念。）（本文中所有日本和歌的汉译均为作者翻译，下同。）而这首诗歌被收入日本著名诗集《百人一首》③，是诗集的第七首，也是此诗集收录的唯一一位日本海外诗人的作品。

后来晁衡回国途中遇险而返，李白、王维以为他遇难，纷纷写诗怀念。李白《哭晁卿衡》写道："日本晁卿辞帝都，征帆一片绕蓬壶。明月不归沉碧海，白云愁色满苍梧。"王维《送秘书晁监还日本国》："积水不可极，安知沧海东。九州何处远，万里若乘空。向国唯看日，归帆但信风。鳌身映天黑，鱼眼射波红。乡树扶桑外，主人孤岛中。别离方异域，音信若为通。"晁衡得知此情，感动不已，作诗《望乡》一首以感友人挂念之情："卅年长安住，归不到蓬壶。一片望乡情，尽付水天处。魂兮归来了，感君痛苦吾。我更为君哭，不得长安住。"诗中多用"蓬莱""蓬壶""扶桑""沧海东"代表日本。可谓李白、王维与阿倍仲麻吕开创了中日诗歌外交的先河。

---

① 竹内理三：《大宰府天满宫史料》，大宰府天满宫藏版，1964 年。大宰府和大宰府天满宫所珍藏的史料。分上世编、中世编、续中世编，共计 17 卷，除大宰府天满宫本身所珍藏的原始史料外，还囊括日本各个时期的史书和寺庙馆藏文献，并收有《宋史》《金史》《元史》《明史》等汉语文献中有关中日交往的中文史料。——著者注

② 田中健夫编：《善邻国宝记 新订续善邻国宝记》，集英社 1995 年版，第 62 页。

③ 《百人一首》（ひゃくにんいっしゅ Hyakunin Isshu）原指日本镰仓时代歌人藤原定家的私撰和歌集。藤原定家挑选了直至《新古今和歌集》时期 100 位歌人的各一首作品，汇编成集，因而得名。这份诗集今称为《小仓百人一首》。后来，集合 100 位歌人作品的一般私撰集，亦称作"百人一首"，如《后撰百人一首》《源氏百人一首》《女房百人一首》等。

(二)日本的鸿胪馆诗歌外交

日本鸿胪馆原是模仿中国"鸿胪寺"而建,其功能和唐的"鸿胪寺"相同。"鸿胪寺"是唐朝设置的管理蕃客的专门机构。外国使者抵达长安后,各类活动皆由"鸿胪寺"负责安排。日本称之为"鸿胪馆"①,其中"鸿"字表示"大鸟",转化为"大"的意思,"胪"字有"腹"的意思,有传送之意。"鸿胪"表示"通告有外交使节来访"之意。"鸿胪馆"作为日本的国宾馆承担着接受、递交国书以及接待外交使者的重任,代表着国家的尊严。

公元883年,日本文章博士菅原道真在"鸿胪馆"设宴接待渤海国②大使裴颋,两人吟诗作赋,以诗会友。裴颋吟诗:"非独利刀刃似霜,毫端冲敌及斜光。多才实是丹心使,少壮尤为白玉郎。声价随风吹扇俗,诗媒逐电激成章。文场阅得何珍货,明月为使秋雁行。"菅原道真随即唱和:"寒松不变冒繁霜,面礼何须假粉光。灌溉梁园为墨客,婆娑孔肆是查郎。千年岂有孤心负,万里当凭一手章。闻得傍人相语笑,因君别泪定添行。"③两人惺惺相惜,在裴颋回国之际,菅原道真赠送离别诗一首:"肠断前程相送日,惜别何为遥夜入。"④

两人惺惺相惜,菅原道真称裴颋有"七步之才",⑤而裴颋称菅原道真"文笔似白乐天"⑥。日本与渤海国经过菅原道真和裴颋的诗歌外交,不仅加深了大使之间的友谊,同时也增进了两国之间的友谊。从此两国开始频繁交流,在渤海国享国的二百三十年间,渤海曾三十四回遣使来到日本,总计二千五百人的使节团。⑦

菅原道真在日本被誉为"文神"和"天神"。日承和十二年(845),在他十一岁时,其父令一进士考问他,他就以梅花为题,作了一首五言绝句:"月曜如晴雪,梅华

---

① 日本"鸿胪馆"共有三处。福冈(筑紫)、大阪(难波)、京都(平安京)各有一处,本文中的"鸿胪馆"为平安京的"鸿胪馆"。

② 渤海国(698—926)是东亚古代历史上的一个以靺鞨族为主体的政权,其范围相当于今中国东北地区、朝鲜半岛东北及俄罗斯远东地区的一部分。698年,粟末靺鞨首领大祚荣在东牟山(今吉林敦化西南城子山山城,又说在今吉林延吉东南城子山山城或和龙西古城城),称"震国王"(一作"振"),建立政权。713年,唐玄宗册封大祚荣为"渤海郡王"并加授忽汗州都督,始以"渤海"为号。762年,唐朝诏令将渤海升格为国。此外还有"靺鞨国""渤海靺鞨""高丽国"等别称。

③ 村井章介:《東アジア往還一漢詩と外交》,第8页。

④ 《日本と朝鮮半島2000年》の《第五回日本海の道~幻の王国渤海と交流》第五回,NKH2009年。

⑤ 《日本と朝鮮半島2000年》の《第五回日本海の道~幻の王国渤海と交流》第五回,NKH2009年。

⑥ 《菅家御传记》:"(元庆)同七年四月廿一日,缘缯渤海客,权行治部大辅事。是时道真与渤海大使裴颋文籍,赋赠答诗数首。文章载纪,使称曰:'道真文笔似白乐天也。'"《大宰府天满宫史料》卷二,大宰府天满宫藏版,1964年,第332页。

⑦ 《日本と朝鮮半島2000年》の《第五回日本海の道~幻の王国渤海と交流》第五回,NKH2009年。

似照星。可怜金镜转,庭上玉房馨。"①他博览群书,师从田口达音,并兼学和歌。②精通汉诗,他在十八岁参加式部省试时,曾赋得一首:"阴阳燮理自多功,气象裁成望赤虹。举眼悠悠宜甫后,回头眇眇在天东。炎凉有序知盈缩,表里无私辨始终。十月取时仙雪绛,三春见处天桃红。雪衢暴锦星辰织,鸟路成桥造化工。"③

菅原道真不仅汉文水平有很高的造诣,汉诗功底深厚,而且和歌也出类拔萃,其诗作还被收录在日本著名诗集《百人一首》中:"このたびは/ぬさもとりあへず/手向山/もみぢのにしき/神のまにまに/"④(汉译:此度无奉献,红叶献诸神。)菅原道真的汉文功底为他日后的"汉诗外交"乃至成为日本文坛的"天神"打下坚实基础。

日贞观十四年(872),日本著名诗人在原业平在鸿胪馆宴请渤海使者杨成规,"客主具醉,兴成赋诗"⑤。在原业平充分发挥了其写作汉文诗歌的才华,在外交中游刃有余。其实他的和歌也非常优秀,其和歌也被收录在《百人一首》中:

　　ちはやぶる/神代もきかず/竜田川/からくれなゐに/水くくるとは/⑥
(汉译:开天辟地神未闻,龙田川上枫叶红。)

日本与渤海之间利用汉诗推动外交,并加深了两国关系,也显示出日本受到中华文化熏陶之深,并且在接待渤海国使者递交日本外交文书时,还时常有种居高临下,君临天下的"华夷思想":"贞观十四年五月廿五日甲午,敕,遣参议右大辨从四位上兼行讃岐守藤原朝臣家宗于鸿胪馆,赐敕书。大使已下再拜舞踏,大使杨成规膝行而进,北向跪受敕书、太政官牒函,敕书曰:天皇敬问渤海国王。"⑦由此说明,日本正是利用从唐朝学来的东西施展自己的软实力,有了"华夷思想",在与唐和新罗交恶后,搞好和渤海国的关系。

公元894年,菅原道以"大唐凋敝之具矣"⑧为由,向天皇提议,使天皇废除了历时二百六十四年的旨在向隋唐学习的遣唐使制度:"同年(宽平)九月十四日,上

---

① 《菅家文草》一诗一月夜见梅华齐衡三年乙亥于时年十一,严君令田进士试之,予始言诗。《大宰府天满宫史料》卷一,大宰府天满宫,1964年版,第431页。

② 《菅家御传记》:"少而好学,博涉经史,及壮,工文,兼咏和歌,师事文章田口达音。"《大宰府天满宫史料》卷一,第94页。

③ 《菅家御传记》:"少而好学,博涉经史,及壮,工文,兼咏和歌,师事文章田口达音。"《大宰府天满宫史料》卷一,第94页。

④ 三木幸信、中川浩文:《评解〈新小仓百人一首〉》第二十四首,京都书房,1995年版。

⑤ 《三代实录》同年五月十七日・廿四・廿五日条。村井章介:《東アジア往還一漢詩と外交》,朝日新聞社,1995年,第8页。

⑥ 三木幸信、中川浩文:《评解〈新小仓百人一首〉》第十七首。

⑦ 《日本三代实录》二十一清河天皇,《大宰府天满宫史料》卷二,第231页。

⑧ 《菅家文草》,《大宰府天满宫史料》卷三,第74页。

状请令诸公卿议定遣唐使进止,同七年五月十五日,敕止遣唐使进。"①

　　日本的诗歌外交在平安时代开始兴盛,之后在与东海海域各国交往的过程中,日本的外交官诗人不断地施展着写作汉诗的才能。而这一时期日本诗歌外交的舞台主要在"鸿胪馆",其大多是渤海国使者。日本的外交官大多是在日本享有盛名的汉学家,精通汉文诗歌典籍。

　　"鸿胪馆"在平安时期,成为日本外交的政治舞台,不仅接待东亚海域中的渤海使臣,大力开展"汉诗外交",还接待唐的使者和商人。② 另外,日本的遣唐使也是从这里出发的。因此,"鸿胪馆"可谓是日本东亚外交的中心。

　　日承和四年(837),遣唐副使小野篁,由"鸿胪馆"出发准备到大宰府③:"承和四年三月丁亥,遣唐副使小野朝臣篁发自鸿胪馆,向大宰府。"④但由于小野篁和遣唐正使藤原常嗣发生争执,借口称病,被发配隐岐国(今日本岛根县)⑤。小野篁精通汉文,和孙女小野小町都是日本著名的大诗人。⑥ 他在被发配的途中,写下一首和诗,诉说其思乡及豁达之情,其诗作被收录在《百人一首》中:"わたの原/八十島かけて/こぎいでぬと/人にはつげよ/あまのつり舟/"⑦(汉译:放逐八十岛,垂钓报平安。)由此可见当年日本遣唐使也必须具备"以诗会友、明白四达"的才能。

二、宋元时期东亚海域各国之间的诗歌外交

(一)日本与宋、高丽的诗歌外交

　　宋朝与日本、高丽皆无正式的外交关系。日本从唐末开始在政治上疏远大陆,只保持贸易上的往来。此时东亚海域各国之间的外交,都是以涉外汉文书进行交流的⑧,其中汉诗也是交流方式之一,这继承了中国春秋以来的国与国之间的"诵诗三百,授之以政,使于四方"的以诗会友的外交惯例。双方使者通过汉诗或笔谈

---

① 《菅家御传记》,《大宰府天满宫史料》卷三,第74页。

② 赵莹波:《从"旅馆贸易"到"唐房贸易"看唐宋时期中日关系之变化》,《内蒙古大学学报》2014年第4期。

③ 大宰府为古代设在日本九州岛地区的政府机构,负责管辖九州岛以及壹岐、对马两岛兼防卫外敌入侵以及外交事务。最高长官为"权帅",其次为"大贰"和"少贰"。

④ 《续日本后记》,《大宰府天满宫史料》卷一,第372页。

⑤ 《续日本后记》七仁明天皇:"是日,敕曰:小野篁内含纶旨,出使外境,空称病故,不遂国命,准据律条,可处绞刑,宜降死一等,处之远流,仍配流隐岐国。"《大宰府天满宫史料》卷一,第372页。

⑥ 小野篁的孙女小野小町的和歌被《百人一首》收录在第九首:"花の色は/うつりにけりな/いたづらに/わが身よにふる/ながめせしまに/"(汉译:观世态炎凉,叹卿本薄命。)

⑦ 三木幸信、中川浩文:《评解〈新小仓百人一首〉》第十一首。

⑧ 赵莹波:《古代东亚海域交流史料中的"日式汉文书"考》,2018年10月13—15日丝绸之路民族古文字文献与文化学术研讨会。

或口语当面进行交流，也有的通过文书的形式进行"汉诗外交"。

公元1079年日本收到高丽国礼宾省的一份外交文书，高丽向日本请求能治疗风疾的医生去高丽："高丽国礼宝省牒大日本国大宰府：贵国有能理疗风疾医人，今因商客王则贞回归故乡，因便通牒，及于王则贞处，说示风疾缘由，请彼处，还择上等医人，于来年早春，发送到来，理疗风疾，若见功效，定不轻酬者。"①宋元丰四年，日承历四年(1081)八月，日本朝廷召开会议研究后决定由日本都督大江匡房回复高丽国国年牒。大江匡房还作诗自赞日本医术："双鱼离达凤池之月，扁鹊何入鸡林之云。"②这里的"鸡林"指高丽，大江匡房是日本著名的汉文学家、汉诗诗人，精通中华典籍。据记载，日永保二年(1082)，他在宋朝的国书中发现有引《论语》典故的句子，便立刻根据《论语》原文，指出此句不止一种解释。③

由于大江匡房深厚的汉文化功底，他还受命亲自执笔为宋朝国书撰写回书。④而且，宋神宗曾以重金求他一篇诗作："宋朝贾人云，宋天子有钟爱赏玩之句，以百金换一篇之句也。"⑤他的和歌也被收录在《百人一首》中。⑥

宋商曾在东亚海域的外交中，扮演重要角色，是宋朝与日本、高丽建立"准外交关系"⑦的直接参与者。宋商在日本经历了"宾馆贸易"到"住番贸易"的过渡，在日本娶妻生子，全面融入日本社会。⑧日本大宰权帅师信于日承德元年(1097)去世，宋商纷纷前来吊唁。儿子源俊赖回来奔丧，当他看到如此多的宋商也来参加他父亲的葬礼，而且以诗哀悼，咏唱挽歌时，这位为人之子不胜感慨："博德治丧时，唐人皆来拜，咏唱挽歌。"⑨同时和歌："言及离别苦，同命总相怜，我与唐人共。"⑩诗中发出了"有种同病相怜之感"的感叹。源俊赖也是著名诗人，其诗作也入选《百人一

① 《高野群载》，《大宰府天满宫史料》卷五，第324页。

② 《江谈抄》，《大宰府天满宫史料》卷五，第350页记载：都督又云，取身自赞又十余，又云，自高丽申医返牒云，双鱼离达凤池之月，扁鹊何入鸡林之云，是则承历四年事也取身自赞又云：自高丽申医返牒云。

③ 《水左记》："永保二年十月十三日，早旦，(大江)匡房朝臣来示予云，大宋国牒状云，材非子路，何折片言之狱，件句定有议讼，匡房朝臣引论语疏书出征文，片言之句，如论语疏文者，虽有两说，犹无由哉，被改直何事有乎者，匡房于其座书改也。"《大宰府天满宫史料》卷五，第365页。

④ 《白练抄》五白河天皇："永保二年二十一日，遣大宋返牒孙忠遣归本朝事，右大辨匡房朝臣书之，首书入木函以五色漆封之云云，金字出钱体。"《大宰府天满宫史料》卷五，第365页。

⑤ 《江谈抄》五诗事，《大宰府天满宫史料》卷五，第352页。

⑥ 大江匡房的和歌在第七十三首："高砂の/をのへのさくら/さきにけり/とやまのかすみ/たたずもあらなむ/"(汉译：高砂山顶樱花开，山外霞光莫阻碍。)三木幸信、中川浩文《评解〈新小仓百人一首〉》。

⑦ 赵莹波《宋朝与日本、高丽之间"准外交关系"初探》《史林》2014年第5期。

⑧ 赵莹波《从"旅馆贸易"到"唐房贸易"看唐宋时期中日关系之变化》《内蒙古大学学报》2014年第4期。

⑨ 《散木奇歌集》六悲叹部："博多に侍りけるに/唐人どもの詣で来て/弔ひけるに詠める/たらちねに別れる身は/唐人の/言問ふさへぞ/この世にも似ぬ/"《大宰府天满宫史料》卷六，第60页。

⑩ 《散木奇歌集》六悲叹部："博多に侍りけるに/唐人どもの詣で来て/弔ひけるに詠める/たらちねに別れる身は/唐人の/言問ふさへぞ/この世にも似ぬ/"《大宰府天满宫史料》卷六，第60页。

首》:"憂かりける/人を初瀬の/山おろしよ/はげしかれとは/祈らぬものを/"①
(汉译:唯愿冰心回暖,无奈观音风寒,情何以堪。)

日本深受中华文化经典的影响和熏陶,据宋人杨忆的《杨文公谈苑》记载,日本每年春秋两次科举,考试内容有诗词歌赋,并且有很多中华文化、诗歌经典:"国王年二十五,大臣十六七人、群僚百余人,每岁春秋二时集贡士,所试或赋或诗,凡及第者常三四十人。国中专奉神道,多祠庙,伊州有大神,或托三五岁童子,降言祸福事,山州有贺茂明神,亦然。书有《史记》《汉书》《文选》《五经》《论语》《孝经》《尔雅》《醉乡日月》《御览》《玉篇》《蒋魴歌》《老》《列子》《神仙传》《朝野金载》《白氏六帖》《初学记》。"②

(二)高丽与元朝的"汉诗外交"及汉诗情结

元朝与日本的关系经过两次战争而变得紧张。③ 高丽成为元朝的附属国,其对外交流也常以汉诗作为外交的手段。并且高丽朝廷也大力学习和推崇汉诗文化。公元 1117 年,高丽睿宗在御清晏阁命翰林学士朴昇中讲《诗经·关雎》。④ 高丽忠烈王王昛,还曾于公元 1280 年召集文臣和进士及第者,展示其汉诗诗作。虽然有些朝廷重臣不愿与后辈为伍,但也只能从命同台,以汉诗切磋:"丙寅,召文臣及殿试及第,示所制四韵诗,令刻烛和进。左司议潘阜、待制郭预耻与后辈同赋、为左右所迫,不得已亦进焉。⑤"其中左司议潘阜曾作为高丽国使被元宗王禃派遣出使日本:"(至元四年)九月,禃遣其起居舍人潘阜、书状官李挺充国信使,持书诣日本。"⑥

公元 1318 年高丽国忠肃王王焘打马球归来,大宴宾客。乘兴书写元代大书法家姚道安所做的《玄宗打球图》诗:"金殿千门白昼开,三郎沈醉打球回。九龄已老韩休死,明日应无谏疏来。"⑦王焘是高丽忠宣王王璋的次子,受其父王禅让而继位。他在位期间,实权仍在忠宣王手中,并于公元 1321—1325 年被元朝扣押,还遭遇了元朝将高丽废国立省的危机。

忠肃王对汉诗非常喜欢,常让使者从元朝携带中华经典,赐予大臣:"己酉,秘

---

① 三木幸信、中川浩文:《评解〈新小仓百人一首〉》第七十四首。
② 《善邻国宝记》,集英社,1995 年,第 62 页。
③ 元朝分别于 1274 年和 1281 年入侵日本,日本史称"永安之役"和"弘安之役"。
④ 郑麟趾等编著,孙晓主编:标点校勘本《高丽史》卷十四,世家十四,睿宗三,西南师范大学出版社、人民出版社 2014 年版,第 415 页。
⑤ 郑麟趾等编著,孙晓主编:标点校勘本《高丽史》卷二十九,世家二十九,忠烈王二,第 16 册,第 921 页。
⑥ 《元史》外夷传九五,中华书局 1977 年版,第 4606 页。
⑦ 郑麟趾等编著,孙晓主编:标点校勘本《高丽史》卷三十四,世家三十四,忠肃王一,第 1095 页。

书省进新刊《礼记正义》七十本，《毛诗正义》四十本，命藏一本于御书阁，余赐文臣。"①公元 1072 年，肃宗甚至在高丽的进士复试中召集太子、宰相和投化的元朝进士，以"春风扇微和"为题，作汉诗来评判并赐进士及第，令太子及词臣各赋六韵诗以进。赐康涤等及第，并召试投化宋进士章忱，赐别头及第"②。孔子曾说："诗，可以兴，可以观，可以群，可以怨。"③他书写姚安道所赋的《玄宗打球图》诗，正是他刚从元朝归国不久之时。忠肃王或许是在借诗讽刺唐朝故主，表达对元朝的不满吧。

公元 1366 年，高丽恭愍王时期，元朝河南王遣中书检校郭永锡偕金齐颜来高丽报聘。④ 同年，郭永锡归国，至平壤府，题箕子庙，诗曰："何事佯狂被发为？欲将殷祚独扶持。去之只为身长洁，谏死谁嗟国已危。鲁土一丘松柏在，忠魂万古鬼神知。晚来立马朝鲜道，仿佛犹闻麦秀诗。"另外，恭愍王王颛临幸仁熙殿时，奏唐乐，让同行的郭永锡观其乐："十五年十二月甲寅，宰枢享河南王使郭永锡，奏乡、唐乐，以请观我乐也"。⑤ 高丽唐乐直接来源于宋代的教坊乐，其节目主要由天宁节祝寿乐舞创造。⑥ 据《高丽史》记载，高丽唐乐中，出现很多《诗经》⑦和唐诗、宋词的典故，以及宋词的词牌⑧。此时郭永锡在异乡听到故乡的音乐和诗歌定会倍感亲切，也定会在回国时，给高丽大加赞扬。

恭愍王在与大臣下棋时，相约负者以诗歌为赠："戊辰，王与判事尹虎围棋，约不胜者书事以赠，虎不胜，书诗以进曰：'欺暗常不然，欺明当自戮。难将一人手，掩得天下目。'"⑨由此可见，高丽朝廷对汉诗的喜爱和痴迷。

另外，元朝也常把中华经典赐予高丽，如在高丽宣宗王朝时，"赐《韩诗》二十

① 郑麟趾等编著，孙晓主编：标点校勘本《高丽史》卷六，世家六，靖宗十一，第 175 页。

② 郑麟趾等编著，孙晓主编：标点校勘本《高丽史》卷十一，世家十一，肃宗一，第 330 页。

③ 《论语·阳货》，选自《论语》第十七章。

④ 郑麟趾等编著，孙晓主编：标点校勘本《高丽史》卷四十一，世家四十一，恭愍王四，第 1277 页。

⑤ 郑麟趾等编著，孙晓主编：标点校勘本《高丽史》七十一，志二十五，乐二，第 2254 页。

⑥ 王小盾：《〈高丽史·乐志〉"唐乐"的文化性格及其唐代渊源》，《域外汉籍研究》，第一集。参见王小盾：《高丽俗乐的中国渊源》，《中国社会科学》2012 年第 7 期。

⑦ "乐官奏《金盏子令》，嗺子。两挟舞舞进，舞退，复位，乐止。两挟舞唱《东风报暖词》曰：东风报暖，到头嘉气渐融怡。巍峨凤阙，起砧山万仞，争耸云涯。梨园弟子，齐奏新曲，半是埙篪，见满筵簪绅醉饱，颂《鹿鸣》诗。"《高丽史》七十一，志卷，第二十五，乐二，第 2213 页。

⑧ "教坊奏：女弟子真卿等十三人所传《踏莎行》歌舞，请用于燃灯会。""十六年正月丙午，告锡命于徽懿公主魂殿，初献，奏《太平年》之曲；亚献，奏《水龙吟》之曲。"《高丽史》七十一，志卷，第二十五，乐二，第 2254 页。

⑨ 郑麟趾等编著，孙晓主编：标点校勘本《高丽史》卷四十四，世家四十四，恭愍王七，第 1318 页。

卷,业遵《毛诗》二十卷,《元白唱和诗》一卷,《古今诗苑英华集》二十卷"等诗歌典籍。①

三、明朝时期东亚海域各国之间的诗歌外交

（一）明朝与日本的诗歌外交

洪武九年（1376），日本临济宗梦窗派禅僧绝海中津入明，在英武楼受到洪武帝召见，当明太祖垂询熊野古祠时，绝海赋诗《应制三山》一首作答："熊野峰前徐福祠，满山药草雨余肥，只今海上波涛稳，万里好风须早归。"太祖亦即席和韵赐诗："熊野峰高血食祠，松根琥珀也应肥，当年徐福求仙药，直到如今更不归。"②由此，明太祖亲自开启了明朝与日本的"汉诗外交"。

另外，公元1396年明太祖询问朝鲜使节权近③朝鲜开国历史，他用汉诗如是回答："传说洪荒日，檀军降树边。位临东国土，时在帝尧天。川师不知几，历年曾过千。后来箕子代，同是号朝鲜。"④明太祖也同时亲自开启了明朝与朝鲜的"汉诗外交"。东亚的"汉诗外交"在明朝可谓达到顶峰。

汉诗也常在外交使节出发或抵达时，用以饯行、壮行或欢迎、接风。洪武五年（1372）日本九州岛征西将军怀良遣使臣禅僧祖来朝贡。⑤ 明太祖遣明州天宁僧祖阐（仲猷）和南京瓦棺寺僧克勤（无逸）等八人护送其回国。⑥ 他们在赴日之际，僧人守仁为他们赠诗一首以壮行：

> 大明建国如唐虞，万方玉帛朝明堂，五百僧中选僧使，奉诏直往东扶桑。
> 扶桑东去渺烟水，百万楼台海中起，珊瑚珠树赤松西，玉嶂金峰碧云里。重城
> 坚壁铁不如，衣冠礼乐传中都，楼船谩说嬴氏使，劫灰不动苍姬书。白河关高

---

① 丙午，李资义等还自宋，奏云："帝闻我国书籍多好本，命馆伴书所求书目录授之，乃曰：'虽有卷第不足者，亦须传写附来。'"百篇《尚书》，荀爽《周易》十卷，京房《易》十卷，郑康成《周易》九卷，陆绩注《周易》十四卷，虞翻注《周易》九卷，《东观汉记》一百二十七卷，谢承《后汉书》一百三十卷，《韩诗》二十卷，业遵《毛诗》二十卷，吕忱《字林》七卷，《古玉篇》三十卷，《括地志》五百卷，《舆地志》三十卷，《新序》三卷，《说苑》二十卷，刘向《七录》二十卷，刘歆《七略》七卷，王方庆《园亭草木疏》二十七卷，《古今录验方》五十卷，《张仲景方》十五卷，《元白唱和诗》一卷，《古今诗苑英华集》二十卷，《集林》二十卷，《计然子》十五卷。《高丽史》10 卷世家 10 宣宗，第 289 页。

② 绝海中津：《蕉坚稿》，参见村井章介《日明關係史研究入門—アジアの中の遣明船》勉誠出版 2015 年版。

③ 权近（1352—1409）朝鲜高丽末期、李朝初期的哲学家，字可远、思权，号阳村，出身于贵族，李穑弟子，1370 年文科及第，官至密直。

④ 陈尚胜：《中韩交流三千年》，文史知识文库，中华书局 1997 年版。

⑤ 《大明一统志》八十九，外夷，日本国，《大宰府天满宫史料》卷十二，第 245 页。

⑥ 《闽书》一百四十六，岛夷志，《大宰府天满宫史料》卷十二，第 245 页。

玉绳下,天上灵梅移北野,八帙神师解蔡龙,十岁小儿知习马。自从日姓开封疆,履地不敢称天王,一君四相替吁咈,本支百世同蕃昌。读书不贵论王霸,上下唯知尊佛化,尚想兵残五季余,全奉台书复中夏。故人自是吾宗杰,北峰印灯垂六叶,此行岂夸专对才,要播玄风翊王业。飘飘瓶锡辞九重,大飔四月开南风,游龙双迎浪花白,天鸡一叫东方红。我歌白云天万里,人生生为当若是,瓦官阁上望秋涛,待汝归来报天子。①

诗中对同为僧人的使者的外交破冰之旅,寄予厚望,坚信中华文化必定再次沐浴扶桑。另外,他们抵达博德时,收到日本临济宗的禅僧春屋妙葩②为他们两人写的汉诗二首,以表欢迎之意:

其一 寄大明天宁和尚(祖阐)来朝

百世圣明臣亦贤,非虞奸起梗山川。阵云横海三千里,杀气吹天五十年。痛念蒸藜多作鬼,不知边塞几回烟。林泉老朽非无意,喜见太平消息传。修盟温故为通津,两国生灵受贶新。雨露乾坤齐育物,东西日月互推轮。赐衣香暖瑶花雪,阐馆定深蓬嶋春。盛化何妨今视古,吾门宗祖大唐人。

其二 寄大明瓦官讲师(克勤)来朝

吾朝举国知归法,圣祚绵绵民所凭。三百尺金南寺佛,十千余锡北山僧。当初睿愿坚磨铁,近世危机薄履冰。否泰时乎着老去,真风谁复勉旃兴。为法忘躯来此土,披云蚤晚见假期。世涂通塞非今日,教道流行况有时。袍裹天香辞北阙,针浮雾海指南师。人生叔末感缘遇,藏里摩尼开示谁。③

春屋妙葩在诗中回顾了两国的友谊,以及中日两国所经历的坎坷,又为两国即将恢复和平的友谊感到欣慰。同时还念念不忘自己所在禅院的中华祖庭。

公元 1373 年(洪武六年)11 月 28 日,明使赵秩、詹钲给在博多给在丹后云门寺的春屋妙葩以及弟子寄赠图书、印章、唐笔两支,并赠汉诗以表慰问之意。

赵秩的赠诗是:

山色连云锁竹帘,万里思君情最初,长吟捻断数茎髯。愁听夜雨滴池荷,可奈客情如雨何。客情恰似荷翻雨,滴碎乡心愁转多。江南昨夜梦初回,万里烟波雁亦来。驿使相逢无可寄,殷勤折赠一枝梅。愁云终日锁柴门,人事相催晓复昏。归计未成羁思恶,江山无语暗销魂。④

---

① 《梦观集》《邻交征书》二篇二,送勤无逸使日本,《大宰府天满宫史料》卷十二,第 245 页。

② 春屋妙葩(1311—1388,日本),妙葩和尚,山梨人。七岁出家学法华;十七岁上京,参于梦窗;梦窗圆寂后,奉侍元翁;又参于竺仙、清拙。住净智寺,敕住天龙寺。

③ 《智觉普明国师语录》六,《大宰府天满宫史料》卷十二,第 251 页。

④ 《云门一曲》,《大宰府天满宫史料》卷十二,第 293 页。

詹钲也寄诗以表敬意:小诗忆献上天龙东堂和尚芥室大德宿尊禅师,伏乞斤斫鉴纳。

> 久慕相知恨见迟,床头百遍读君诗。露凝丹灶龙吟夜,月上云门鹤唳时。多难只存危节在,穷途惟有老僧知。丁宁北海双鳞约,好把封书慰我思。无由缩地见天津,丹府龙光夜自暾。梦入扶桑红日出,愁连北海碧云屯。姓名肯为千金易,生死难忘一诺恩,最是石城①风雪际,思君肠断欲销魂。

明使赵秩和詹钲虽然不是佛门弟子,但诗中也对春屋妙葩表现出相见恨晚之情。明朝时期,不仅明朝赴日使者与日本禅僧以书信形式进行诗歌互动,开展"汉诗外交",日本幕府将军在写给明朝皇帝的国书中,也常引用汉诗经典开展诗歌外交。明成化元年(1465)日本遣明正使天与清启献上日本幕府将军足利义政的表文。现摘录如下:

> 宽正六年乙酉,遣大明书　瑞溪和尚制之黄河北流,一清以生上圣,白日西照,再中以发皇明,既安亿万兆之心,孰敢二三其德②,共惟大明皇帝陛下③,统接千载威加四方,重熙累洽,诞膺昌期,合庆同欢罩及弊邑,渺茫海角,虽不隶版图中,咫尺天颜,犹如在辇毂下,兹遣专使清启长老④,谨捧方物,亲趋阙庭,伏望宽容、曲赐省察、谨表以问。(印文"体信达顺")⑤

在这份日本幕府将军足利义政给大明皇帝的表文中,向明朝表达了忠心,称"孰敢二三其德"。另外,其中的"白日西照,再中以发",引用了李白的诗句"大驾还长安,两日忽再中"⑥。"两日"指玄宗上皇和肃宗皇帝,因安禄山之乱而离开长安的玄宗,在平定动乱后回到长安,与比他早回京的肃宗见面。通过李白的诗作暗示明朝虽然同时出现正统帝和景泰帝⑦,但是最后正统帝英宗夺回皇权重新践祚。

日本不仅高层喜欢在涉外文书中引用汉诗经典,地方官员也不例外。公元

---

① 石城:妙乐寺。

② 孰敢二三其德:一心向明朝廷(皇帝)不敢有二心。

③ 大明皇帝陛下:景泰帝以及正统帝。

④ 辇毂下:天子的膝下。清启:天与清启,生没不详。临济宗大鉴派僧人。

⑤ 田中健夫:《善邻国宝记》,集英社,1995年,第176页。

⑥ 李白《流夜郎半道承恩放还兼欣克复之美书怀示息秀才》:黄口为人罗,白龙乃鱼服。得罪岂怨天,以愚陷网目。鲸鲵未翦灭,豺狼屡翻履。悲作楚地囚,何日秦庭哭。遭逢二明主,前后两迁逐。去国愁夜郎,投身窜荒谷。半道雪屯蒙,旷如鸟出笼。遥欣克复美,光武安可同。天子巡剑阁,储皇守扶风。扬袂正北辰,开襟揽群雄。胡兵出月窟,雷破关之东。左扫因右拂,旋收洛阳宫。回舆入咸京,席卷六合通。叱咤开帝业,手成天地功。<u>大驾还长安,两日忽再中</u>。一朝让宝位,剑玺传无穷。愧无秋毫力,谁念矍铄翁。弋者何所慕,高飞仰冥鸿。弃剑学丹砂,临炉双玉童。寄言息夫子,岁晚陟方蓬。

⑦ 正统(1436—1449)为明朝第六个皇帝明英宗朱祁镇登基后的年号,前后共十四年,正统十四年(1449)九月英宗于土木堡之变被俘,明代宗即位改元景泰。景泰元年(1450)八月,英宗返回北京。后复辟。

1660 年，日本马藩宗氏的官员伊川元育在写给同僚平田隼之允和内野权兵卫的书信中，自诩日本为德化之邦，并引用杜甫赞美日本之诗加以佐证，且奉劝送还漂流的朝鲜全罗道、庆尚北道七十五名漂流民。"大君之德泽，及八丈夷、蛮夷之地，而改及蛮夷，若凭兹不怨天不尤人。杜子美诗云：至今有遗恨，不得穷扶桑。① 既已穷，有何遗恨？"②杜甫在诗中，遗憾平生无法东渡扶桑，对日本充满了美好的憧憬。伊川元育在文书中引用杜甫的这首诗，旨在告诫对方释放漂流民以彰显日本天皇的仁慈。③ 这说明中华经典，汉诗文化已经在日本深入人心。

（二）朝鲜与日本的诗歌外交

日本应永二十七年（1420）三月，朝鲜回礼使宋希璟出使日本，这是朝鲜在前一年"己亥东征"出兵对马打击倭寇④之后第一次派遣国使出使日本，宋希璟在他的《老松堂日本行录》中记述了这次出使日本的情况，并用汉诗记录下当时的重要场景。首先，宋希璟一行来到博德断桥寺下榻。日本接待使亮倪在此设宴招待他们。宋希璟以汉诗作谢："东溟日出海云开，井邑山川碧水回，按辔徐行入僧舍，烹茶酌酒慰宾来。"⑤接着，日本九州岛节度使（又称"九州岛探题""九州岛元帅"）源义俊又派代官伊东将军，送来美酒三十五桶款待宋希璟一行。宋感慨良久，作诗以表感谢之情：

> 淼淼石城耸水云，小区烟火一乾坤。代官馈食犹堪饱，元帅呈樽亦可醺。列岳高低临水野，平波浩渺抱孤村。由来此地人难信，重复言辞谕圣恩。⑥

其中"石城"为日本博多的别称，诗中表达了宋希璟一行对主人盛情的感谢之情，又表达了要克服艰难困苦，以重建两国睦邻友好之谊的决心。此后，又拜会了博德承天寺主僧，并赠主僧汉诗一首：

> 精舍高僧在，几年向壁间。水俱三业净，云与一生闲。诵榻香灯静，禅房花木斑。师心谁得识，念佛透机关。⑦

接着，亮倪带领宋希璟一行来到了博德北边的"松亭"，据说此处是"弘安之役"

---

① 杜甫《壮游》诗："东下姑苏台，已俱浮海航。至今有遗恨，不得穷扶桑。"杜甫曾经到达苏州，在江边准备东渡日本，但没有成行，终生遗憾。

② 田中健夫：《善邻国宝记》，集英社，1995 年，第 478 页。

③ 《善邻国宝记》："刷还朝鲜全罗道、庆尚道边浦之漂民七十五名，书契云云，臣述职武城，而辱承严命，曰怀土思乡，实其理，而人情之所不忘也。早施船具与衣粮，速可反朝鲜，今恩以深，渔父匈忖度，我大君之德泽。"集英社，1995 年，第 478 页。

④ 公元 1419 年（己亥年，日本应永二十六年）李氏朝鲜进攻日本对马岛，朝鲜史称"己亥东征"，日本史称"应永外寇"。

⑤ 《老松堂日本行录》，《大宰府天满宫史料》卷十三，第 6 页。

⑥ 《老松堂日本行录》，《大宰府天满宫史料》卷十三，第 10 页。

⑦ 《老松堂日本行录》，《大宰府天满宫史料》卷十三，第 11 页。

（朝鲜史称"辛巳东征"）高丽人的战没之地。面对两国的古战场，宋希璟感慨万千，即兴赋诗一首：

> 初从一径入，豁见画图屏。日月垂鲸海，风烟接鹤汀。沙堤千顷白，松木万条青。昔日干戈地，伤心更上亭。①

宋希璟为和平而来，当他面对"昔日干戈地"时，不禁感慨此行任务艰巨。接着在博德妙乐寺，主僧林宗设茶宴请，宋希璟诗兴大发，提笔作诗歌赠主僧：

> 妙乐亦禅寺，春深尚掩扃。我来忘万虑，师坐见三生。殿北波光白，窗前草色平。煎茶留半月，又听晚潮声。②

他同时还赠送妙乐寺僧人七言绝句一首："缁衣仙客道机闲，访我求诗似旧颜。莫说扶桑一兰若，朝鲜处处好溪山。"③由于宋希璟诗名在外，在博德圣福寺有七八位僧人向他求诗，他有求必应，即兴作七律一首："求诗释子往来频，寂寞何嫌面目新。窗前花木春风遍，谁是无为闲道人。"④

宋希璟出使日本虽然信心十足，不辱使命，但也是性情中人，在投宿断过寺时，时值春天，也不免伤春怀远，不由作伤春诗歌二首：

其一

> 来投断过寺，倏忽见三春。日日壶樽至，人人面目新。江山皆异态，僮仆转相亲。早晚回归节，彤庭谒圣震。

其二

> 古寺何寥落，谁知游子心。风光千里远，草色一春深。啄雀飞空院，鸣鸦集晚林。方人虽劝酒，却恨少知音。⑤

三月二十一日，宋希璟一行离开博德，来到志贺岛，晚上梦见京师的朋友，欣然作诗一首："故人遥在海西头，梦里治装似我游。相对欢然同饮酒，觉来依旧一扁舟。"⑥最后，博德商人宗金乘船为他践行，宋希璟作诗以表感谢："奉节西离赭袍光，烟花三月向扶桑。行舟处处风涛恶，犹喜方人劝酒觞。"⑦诗中和宗金依依惜别，诗歌的风格，和李白的《黄鹤楼送孟浩然之广陵》极为神似⑧，尤其是"烟花三月

---

① 《老松堂日本行录》，《大宰府天满宫史料》卷十三，第 12 页。
② 《老松堂日本行录》，《大宰府天满宫史料》卷十三，第 12 页。
③ 《老松堂日本行录》，《大宰府天满宫史料》卷十三，第 12 页。
④ 《老松堂日本行录》，《大宰府天满宫史料》卷十三，第 13 页。
⑤ 《老松堂日本行录》，《大宰府天满宫史料》卷十三，第 13—14 页。
⑥ 《老松堂日本行录》，《大宰府天满宫史料》卷十三，第 14 页。
⑦ 《老松堂日本行录》，《大宰府天满宫史料》卷十三，第 14 页
⑧ 李白《黄鹤楼送孟浩然之广陵》："故人西辞黄鹤楼，烟花三月下扬州。孤帆远影碧空尽，唯见长江天际流。"

向扶桑"句,完全是从李白的"烟花三月下扬州"演化而来。

宋希璟出使日本,一路作诗,开展"汉诗外交"。这增进了与日本使者和僧人的友谊,加深了两国民间的感情,从他的汉诗来看,不仅有五言绝句,也有七言律诗,说明他十分擅长汉诗。

四、余论

东亚海域各国在不同时期,开展着"汉诗外交"。说明中华文化在东亚地区起着主导地位,中华文明主导着东亚的国际秩序。

隋朝时期,隋炀帝大力向东亚周边推广佛教,佛教外交成为东亚外交的通行法则。① 佛教经典一直是遣隋使和遣唐使以及朝鲜半岛使者所追求的目标。② 之后,东亚各国产生了一批"外交僧"③。随着佛教文化以及佛教汉译经典从中国传入,汉字和中华文化在东亚各国得到传播和普及。"汉诗外交"开始出现在东亚海域各国的外交事务中。可以说"汉诗外交"是继"佛教外交"之后东亚外交中的又一个形态,二者并行不悖。

东亚的"汉诗外交"在不同时期各有特点。唐朝时期,日本不断派遣唐使以及大量的留学生和留学僧学习中华文化,两国诗人相互切磋,以诗会友。而同时日本那些深受中华经典文化熏陶的官员,在"鸿胪馆"开展"汉诗外交",以中华文化增进中日友谊。

宋元时期,东亚各国虽然彼此没有外交关系,但是中华文化维系着彼此之间的联系。宋商不断地来往于东亚海域各国之间开展贸易,并进一步扩大传播中华文化。④ 从此日本朝廷和贵族都养成了在涉外文书中引用汉诗委婉表达自己意志的习惯。

高丽/朝鲜对中华文化钦佩不已,由于身为元朝附属国,便常在两国的对外交流中以汉诗或以"汉诗外交"的形式,委婉地表达个人或本国的立场。可以说汉诗弥补了其语言和口语的不足,同时也体现了东亚外交丰富多彩的一面。换言之,东亚海域之间的"汉诗外交",是继"佛教"成为东亚的国际法则以来,汉语国际化以及汉语学习交流的又一个高峰。佛教的传播为汉字、汉文在东亚的普及做出了贡献。

明朝与东亚海域各国的"汉诗外交"是在明太祖与日本僧人、朝鲜使臣的汉

---

① 《日本と朝鮮半島2000年》の《第三回仏教伝来渡来人がもたらした飛鳥文化》第三回,NKH2009年。

② 赵莹波:《浅析明朝初期日本与朝鲜的"大藏经外交"》,《元史及民族与边疆研究集刊》第33辑,南京大学民族与边疆研究中心,2017年6月。

③ 赵莹波:《浅析明朝初期日本博德、赤间关和兵库航线上的东亚"僧侣外交"现象》,2017年8月河南大学中国社会科学院历史研究所和日本东方学会共同举办的"第九届中日学者中国古代史论坛"提交论文。

④ 赵莹波:《宋朝与日本、高丽之间"准外交关系"初探》,《史林》2014年第5期。

诗互动下开启的。明朝国使不论在出发前还是在日本国内,都会受到"汉诗外交"的洗礼。而朝鲜使者在出访日本时期,一路上开展"汉诗外交",并以汉诗相赠,答谢日本方面对他们的关照。可以说,东亚海域各国"汉诗外交"在明朝达到了顶峰。

刘郁《西使记》的地理数据定位与地图表现[*]

黄　鸣

内容提要　元人刘郁所作《西使记》，记载常德于 1259 年奉大汗蒙哥之命，由和林出发出使西亚，觐见旭烈兀之事，该书记载了去程中的沿途见闻，为研究丝绸之路交通史与文化交流史提供了第一手资料，是非常宝贵的关于这一主题的汉文史料。前人如丁谦与王国维均进行了重要考订。本文在前贤考订基础上，将《西使记》的地理数据矢量化，并赋予其相关地图表现，并与由中亚至西亚的现代地点相对应。

关键词　刘郁　《西使记》　地理数据　地图

公元 1259 年，一位蒙古大汗蒙哥麾下的官员，名叫常德，奉蒙哥之命，从和林出发，前往西域旭烈兀处。旭烈兀是成吉思汗之孙、托雷之子、蒙哥之弟。他也是蒙古第三次西征的统帅，于 1252 年奉诏西征，先后攻灭木剌夷（今伊朗北部）、报达（今巴格达），并进攻西里亚（今叙利亚）。常德此去，往返十四个月，刘郁根据常德的行程，写下了一份宝贵的汉文史料记录——《西使记》。

《西使记》篇幅不长，约 2200 字，但其内容广泛，地理信息丰富，是难得的反映蒙古治下时期时代由东亚至西亚地理的原始史料。本文以《西使记》为例，介绍文史研究中常用的地理定位与地理数据地图化的方法。

一、地名要素的提取与分类

任何一个古代文史的文本，从地理学的角度来看，我们对其关注的第一顺位的信息，就是其地理要素的确定。而在诸多地理要素中，最先值得我们关注的是地名要素。

地名是在历史发展过程中形成的地理实体。它们与各国家、各民族、各文化的发展息息相关，是处在国家、民族、文化中的个人或组织对其周边乃至其视野延伸

---

*　本文为国家社会科学基金一般项目"辽金元文学地理地图集"（项目编号 17BZW103）成果之一。

之极境的广阔地理空间的标注性定位。借助于地名,我们能借以勾勒该国家、民族、文化发展的空间背景。

以《西使记》为例,首先我们需要提取其中的地名要素(提取之地名要素加下划线表示)。

壬子岁,皇弟旭烈统诸军奉诏西征,凡六年,拓境几万里。

己未正月甲子,常德驰驿西觐。自和林出兀孙中,西北行二百余里,地渐高,入站经瀚海,地极高寒,虽酷暑,雪不消。山石皆松文。西南七日过瀚海,行三百里,地渐下,有河阔数里,曰昏木辇,夏涨以舟楫济。

数日过龙骨河,复西北行,与别失八里南北相直近五百里,多汉民,有二麦黍穀。河西注潴为海,约千余里,曰乞则里八寺,多鱼可食,有碾硙,亦以水激之。

行渐西,有城曰业瞒。又西南行,过孛罗城,所种皆麦稻。山多柏,不能株,络石而长。城居肆闹间错,土屋窗户皆琉璃。城北有海,铁山风出,往往吹行人堕海中。西南行二十里,有关曰铁木儿忏察,守关者皆汉民。关径崎岖似栈道。

出关至阿里麻里城,市井皆流水交贯,有诸果,唯瓜、蒲萄、石榴最佳。回纥与汉民杂居,其俗渐染,颇似中国。

又南有赤木儿城,居民多并、汾人。有兽似虎,毛厚,金色,无文,善伤人。有虫如蛛,毒中人,则烦渴,饮水立死,惟过醉蒲萄酒,吐则解。有嗜酒。孛罗城迤西金、银、铜为钱,有文而无孔。方至麻阿中,以马纤拖床递铺,负重而行疾,或曰乞里乞四,易马以犬。

二月二十四日过亦堵两山间,土平民夥,沟洫映带,多故垒坏垣。问之,盖契丹故居也。计其地,去和林万五千里。而近有河曰亦运,流汹汹东注。土人云,此黄河也。

二十八日过塔剌寺。

三月一日过赛蓝城,有浮图,诸回纥祈拜之所。

三日过别石兰,诸回纥贸易,如上巳节。

四日过忽章河,渡船如弓鞋然。土人云,河源出南大山,地多产玉,疑为昆仑山。以西多龟蛇,行相杂。邮亭客舍,甃如浴室,门户皆以琉璃饰之。民赋,岁止输金钱十文,然贫富有差。

八日过挦思干,城大而民繁。时群花正坼,花惟梨、蔷薇、玫瑰如中国,余多不能名。隅城之西,所植皆蒲萄、粳稻,有麦亦秋种。其乃满地产药十数种,皆中国所无,药物疗疾甚效,曰阿只儿,状如苦参,治马鼠疮、妇人损胎,及打扑内损,用豆许,咽之自消;曰阿息儿,状如地骨皮,治妇人产后衣不下,又治金疮脓不出,嚼碎傅疮上即出;曰奴哥撒儿,形似桔梗,治金疮及肠与筋断者,嚼碎傅之自续。余不能尽录。

十四日过暗不河,夏不雨,秋则雨,溉田以水。地多蝗,有鸟飞食之。

十九日过里丑城，其地有桑、枣，征西奥鲁屯驻于此。

二十六日过马兰城，又过纳商城。草皆苜蓿，藩篱以柏。

二十九日殡扫儿城，山皆盐，如水晶状。近西南六七里，新得国曰木乃奚，牛皆驼峰黑色，地无水，土人隔山岭凿井，相沿数十里，下通流以溉田。所属山城三百五十，已而皆下。惟担寒西一山城，名乞都不，孤峰峻绝，不能矢石。丙辰年王师至城下，城绝高险，仰视之帽为坠，诸道并进，敌大惊，令相大者纳失儿来纳款，已而兀鲁兀乃算滩出降。算滩，尤国王也。其父领兵别据山城，令其子取之，七日而陷，金玉宝物甚多，一带有直银千笏者。其国，兵皆刺客。俗见男子勇壮者，以利诱之，令手刃父兄，然后充兵。醉酒扶入窟室，娱以音乐、美女，纵其欲数日，复置故处。既醒，问其所见，教之能为刺客，死则享福如此。因授以经咒日诵，盖使盅其心志，死无悔也。令潜使未服之国，必刺其主而后已。虽妇人亦然。其木乃奚在西域中最为凶悍，威胁邻国，霸四十余年。王师既克，诛之无遗类。

四月六日过讫立儿城，所产蛇皆四跗，长五尺余，首黑身黄，皮如鲨鱼，口吐紫焰。

过阿剌丁城，裯咱苍儿人被发，率以红帕首，衣青，如鬼然。

王师自入西域，降者几三十国。有佛国名乞石谜西，在印毒西北，盖传释迦氏衣钵者。其人仪状甚古，如世所绘达摩像，不茹荤酒，日啖粳一合，所谈皆佛法，禅定至暮方语。

丁巳岁，取报达国。南北二千里，其王曰合里法。其城有东西，城中有大河。西城无壁垒。东城固之以甃甓，绘其上甚盛。王师至城下，一交战，破胜兵四十余万。西城陷，皆尽屠其民。寻围东城，六日而破，死者以数十万。合里法以舸走，获焉。其国俗富庶，为西域冠。宫殿皆以沉檀乌木降真为之，壁皆以黑白玉为之。金珠珍贝，不可胜计。其后妃皆汉人，所产大珠曰太岁强，兰石、璬璬、金刚钻之类。带有直千金者。其国六百余年，传四十主，至合里法则亡。人物颇秀于诸国。所产马名脱必察。合里法不悦，以橙浆和糖为饮。琵琶三十六弦。初，合里法患头痛，医不能治，一伶人作新琵琶七十二弦，听之立解。土人相传，报达，诸胡之祖，故诸胡皆臣服。报达之西，马行二十日，有天房，内有天使神，国之祖葬所也。师名癣颜八儿，房中悬铁絙，以手扪之，心诚者可及，不诚者竟不得扪。经文甚多，皆癣颜八儿所作。辖大城数十，其民富实。西有密乞儿国，尤富，地产金，人夜视有光处，志之以灰，翌日发之，有大如枣者。

至报达六千余里，国西即海。海西有富浪国，妇人衣冠如世所画菩萨状。男子胡服，皆善寝，不去衣，虽夫妇亦异处。有大鸟，驼蹄，苍色，鼓翅而行，高丈余，食火，卵如升许。

其失罗子国，出珍珠。其王名袄思阿塔卑云。西南，海也。采珠，盛以革囊，止露两手，腰絚石坠入海，手取蛤并泥沙贮于囊中，遇恶虫以醋噀之，即去。既得蛤满囊,撼絙,舟人引出之,往往有死者。

印毒国去中国最近,军民一千二百万户。所出细药、大胡桃、珠宝、乌木、鸡舌、宾铁诸物。国中悬大钟,有诉者击之,司钟者纪其事及时,王官亦纪其名,以防奸欺。民居,以蒲为屋。夏大热,人处水中。

己未年七月,兀林国阿早丁笄滩来降,城大小一百二十,民一百七十万。山产银。

黑契丹国,国名乞里弯。王名忽教马丁笄滩,闻王大贤,亦来降。

其拔里寺大城,狮子雄者鬃尾如缨拂,伤人,吼则声从腹中出,马闻之怖溺血。狼有鬣,孔雀如中国画者,惟尾在翅内,每日中振羽。香猫似土豹,粪溺皆香如麝。鹦鹉多五色,风驼急使乘,日可千里。鹁鸽传,日亦千里。

珊瑚出西南海,取以铁网,高有至三尺者;兰赤生西南海;山石中有五色鸭,其价最高;金刚钻出印毒,以肉投大洞底,飞鸟食其肉,粪中得之;撒八尔出西海中,盖玳蝐之遗精蛟,鱼食之吐出,年深结为,价如金,其假者即犀牛粪为之也。骨笃犀,大蛇之角也,解诸毒;龙种马出西海中,有鳞角,牝马有驹,不敢同牧,骟马引入海,不复出;皂雕一产三卵,内一大者,灰色而毛短,随母影而走,所逐禽无不获者;垄种羊出西海,羊脐种土中,溉以水,闻雷而生,脐系地中,及长,惊以木,脐断啮草,至秋可食。脐内复有种,又一胡妇解马语,即知吉凶,甚验。其怪异等事,不可殚纪。

往返凡一十四月。郁叹曰:西域之开,始自张骞。其土地山川固在也,然世代浸远,国号变易,事亦难考。今之所谓瀚海者,即古金山也,印毒即汉身毒也;曰驼鸟者,即安息所产大马爵也;密昔儿,即唐拂菻地也,观其土产风俗可知已。又《新唐书》载,拂菻去京师四万里,在西海上。所产珍异之物,与今日地里正同,盖无疑也。中统四年三月浑源刘郁记。[①]

提取地名要素后,我们需要对其进行分类。一般的分类原则,是按通名、实名来划分,通名无确定标注点,往往用横跨图幅一定范围的黑体字来标示,如区域名、部族名或不知首都之国名。实名可按层级划分,如确知首都之国名、城名、村镇名等。另外,实名中还有山、水、关隘之名,均各自为类。

《西使记》中,我们可以对相关地名要素进行如下分类:

1. 通名

①区域名:兀孙、瀚海、麻阿。

②国名:木乃奚、乞石迷西、密乞儿(密昔儿、拂菻)、富浪、印毒、黑契丹。

③部族名:乞里乞四、祃咱苍儿、兀林。

---

① 本文所引《西使记》文本,引自杨建新主编《古西行记选注》所收《西使记》,宁夏人民出版社 1996 年版,第 237—250 页。

2.实名

①国名:报达、失罗子。

②城名:和林、别失八里、业瞒、孛罗、阿里麻里、赤木儿、塔刺寺、赛蓝城、别石兰、挦思干、里丑城、马兰城、纳商城、斞扫儿城、担寒、乞都不、讫立儿、阿剌丁、天房、拔里寺。

③关名:铁木儿忏察。

④河流、湖泊、海名:昏木辇河、龙骨河、乞则里八寺湖、亦运河、忽章河、暗不河、西海、西南海。

⑤山名:金山。

二、古今地名定点工作

分类既定,则下一步,是根据古今载籍与地理位置,进行古今地名的定点定位工作。这一步的工作,既要参考典籍,也要根据所经之地的地形,以确定其可能行进的轨迹。一般来说,西域地理,学有专门。近代以来,晚清地理学即关注西北地理,魏源、林则徐、左宗棠尤其重视。现当代的学术研究则以元史研究及民族史研究领域的学者为主。以《西使记》为例,我们主要参考王国维、丁谦、邓锐龄、陈得芝诸家的考订。[①] 此外,本文所参考的地图有"中国1:1000000地形图""世界地形图(IMW)1:1000000""世界地形图JOG(美空军战术引航图)(1:500000)"等。由于本文的主要目的为制图工程的阐述,故地名考订过程,除有歧义者外,一般从略。

1.通名

①区域名:

兀孙:丁谦认为兀孙是和林西南地名,以原文文意,为"出兀孙中",此为区域名之例。和林地处杭爱山脉东端,欲往西行,需先行向西南方向沿杭爱山脉东沿南下,再折而西转,进入阿尔泰山与杭爱山脉两座山脉之间的台地西行,这条台地长七百余公里,横跨今蒙古国的巴彦洪果尔省与戈壁阿尔泰省,此处当即"兀孙"区域。

瀚海:瀚海原指戈壁,但刘郁在这里使用了一个很独特的用法,即以瀚海为金山,金山即阿尔泰山脉,绵延至今蒙古国西部。《西使记》文中说:"地极高寒,虽酷

---

① 王国维:《古行记四种校录》,收入《王国维遗书》第十三册,上海古籍书店据1940年商务版影印,1983年版;丁谦:《西使记地理考证》,收入《浙江图书馆丛书第二集》,1915年浙江图书馆校刊本;邓锐龄:《〈中国历史地图集〉南宋、元时期西北边疆图幅地理考释》,中国藏学出版社2016年版;陈得芝:《常德西使与〈西使记〉中的几个问题》,收入氏著《蒙元史研究丛稿》,人民出版社2005年版,第613—630页。

暑,雪不消。山石皆松文。"正是这种地形的反映。使团经过兀孙台地,在今戈壁阿尔泰省西北的达尔维山附近开始进入阿尔泰山,即刘郁所说的"金山""瀚海"。

麻阿:不详。

②国名:

木乃奚:13世纪著名的木喇夷国。其国立国于今伊朗德黑兰北部的厄尔布尔士山脉中,由西向东,是其国境,以山城为主。1256年蒙古军围而灭之。其国养刺客以威胁周边诸国,元宪宗蒙哥闻而恶之,命旭烈兀率军灭之。

乞石迷西:克什米尔。13世纪时,该地还是佛国,这是《西使记》给我们带来的信息。

密乞儿(密昔儿、拂菻):今之埃及。其时埃及算端的兵力驻于巴勒斯坦地区与叙利亚,最终在此挡住了蒙古军进军非洲的步伐。

富浪:法国。

印毒:印度。

黑契丹:已灭之西辽。

③部族名:

乞里乞四:吉尔吉思族。

祃咱苍儿:马赞德兰人。分布于伊朗德黑兰之北、里海南麓的马赞德兰省。

兀林:阿富汗北部山区民族。

2. 实名

①国名:

报达:巴格达。哈里发所居之处。

失罗子:设喇子。今名设拉子,在今伊朗法尔斯省首府设拉子。

②城名:

和林:在今蒙古国前杭爱省哈尔和林废墟,坐标北纬47度14分,东经102度50分15秒。

别失八里:在今新疆昌吉吉木萨尔县北庭故城。其地北距龙骨河(乌伦古河)500余里,与《西使记》记载相符。

业瞒:今新疆塔城地区额敏县。

孛罗:今新疆博乐市。《西使记》所称由业瞒西南行,有孛罗城,城北有海。应为城南有海,此海即今博乐市赛里木湖。该湖为高原湖泊,在天山山脉博罗科努山的盆地之中。博罗科努山,即《记》中所称的铁山。此湖是元代以来由天山北路出入伊犁河谷的必经之路。前此丘处机经过此湖,《长春真人西游记》所谓"大池方圆二百里,雪峰环之,倒影池中,真人名之曰天池"也。邓锐龄以为城北有海无误,此湖应为今博乐以北,哈萨克斯坦境内的阿拉湖,可备一说,从此说,则铁山为阿拉湖心之山。陈得芝认为阿拉湖与赛里木湖均误,但未明指"城北有海"之海为何处。

阿里麻里:丁谦误从徐松《西域水道记》之说,以阿里麻里为阿拉木图,误。去阿里麻里的路程是由赛里木湖西南行,过铁木儿忤察关,进入伊犁河谷,其废城在今新疆霍城县西北 61 团团场附近。

赤木儿:《中国历史地图集》元时期图幅定其于今霍城西,今按邓锐龄先生之说,定于霍城县西札曼塘废址。

塔剌寺:塔喇思,在今哈萨克斯坦塔拉兹。

赛蓝城:综合各家之说,此城在哈萨克斯坦奇姆肯特东之赛拉姆城。

别石兰:乌兹别克斯坦塔什干城。

挦思干:乌兹别克斯坦撒马尔罕城。

里丑城:其地在今土库曼斯坦雷佩泰克。

马兰城:其地在今土库曼斯坦马雷城。

纳商城:其地在今土库曼斯坦阿什哈巴德西尼萨城。

殡扫儿城:其地不详。

担寒:今伊朗塞姆南省的达姆甘。

乞都不:在达姆甘西侧的群山之中。

讫立儿:其地不详。当在里海南岸。

阿剌丁:丁谦以其为里海南部的阿喇巴德,为木喇夷三大堡之一。其地在今伊朗西北部吉兰首府拉什特。陈得芝认为丁谦误,其地为阿剌模式,在今伊朗加兹温北。今取丁谦说。

天房:今沙特阿拉伯麦加克尔白石殿。

拔里寺:其地不详。当在西辽境内。

③关名:

铁木儿忤察:此关名为铁关之意,离开赛里木湖后西南行二十里即到,为进入伊犁河谷的要道,关址在今霍城县东北二台果子沟附近。

④河流、湖泊、海名:

昏木辇河:今蒙古国巴彦乌列盖省南部由北向南流经的布尔根河。该河流入戈壁阿尔泰省西部,在布尔根市附近转而西流。使团从布尔根市东部约 300 里之处南出阿尔泰山,转而西行,约在布尔根市继续沿河西行。

龙骨河:布尔根河的下游。蒙古国境内的布尔根河西向流入中国境内。在今新疆阿尔泰市境内称乌伦古河,徐松《西域水道记》曰:"龙骨则乌隆古之转语矣。"

乞则里八寺湖:中国新疆阿勒泰地区之乌伦湖。

亦运河:托克马克附近之楚河。

忽章河:锡尔河。

暗不河:阿姆河。挦思干即撒马尔罕,在两河之间,元称河中府。两河者,一为锡尔河,二为阿姆河。

西海：地中海。

西南海：波斯湾。

⑤山名：

金山：瀚海。见上之"瀚海"条。

三、地名地理矢量数据化

地名的地理数据化，指用 gis 软件将其定点，生成 tab 或 shp 图层文件。

在数据矢量化的过程中，我们需要遵循图层观念。即：一个主题数据，作为一个图层。比如，上节中定点的"城"要素，给它制作到一个图层里。

这个图层保存下来，就是一个 tab 或 shp 文件。

同理，有确定地址的"关""国"均可以矢量化。

进行到这一步，其实我们已经可以运用浙江大学与哈佛合作的学术地图系统了，其网址为 http://amap.zju.edu.cn。只要把我们制作的 shp 文件上传到该学术系统的服务器，就可以利用它的地图架构来绘制地图。如果对地图细部表现要求不高的学者，可以使用这个在线式地图，作为普及或业余爱好之用。但如果要制作达到出版或发表论文级别的地图，则只能用专业地图软件来完成。

四、一幅学术地图的制作过程

如前两节所述，制作一幅学术研究级别的学术地图，其前期的工作是十分繁重的，包括历史地名的定点定位，往往要查阅大量资料，进行取舍，并根据实际路程与地形，来加以断定。

当将地图各要素存储为图层文件后，则还有学术地图的构思与绘制工作。

其步骤大约如下：

1. 确定学术地图的主题

一般来说，一幅地图一个主题，是比较稳妥的做法。多则紊乱，少则眉目清晰。以《西使记》为例，为它配学术地图，最好是配行程图。因为《西使记》代表的，是中古亚洲行记传统。所以，在各实体要素已做成 shp 或 tab 文件的基础上，我们还要制作行程指示线。

2. 确定学术地图的要素

地图上的要素可以无尽出现，但作为展示在人们面前的地图，需要对要素进行取舍，否则，地图会变得烦冗，失去中心。在《西使记》地图中，我们确定要出现的图层，有以下这些：

①城

②关

③国

④区域名

⑤河流湖泊

而作为历史地图，按中国传统历史地图古墨今朱的传统，最好还有今天的政区地名的标注，则还需：

⑥现势国界。

⑦现国名与首都名、省州首府名。

这样，一幅基本的历史地理地图就可以搭建完成了。

3. 确定学术地图的底图

对于历史地图来说，地形底图是最好的选择。但由于以往技术手段的原因，绝大多数历史地图都是空白底图，未附上地形。这给我们阅读和理解带来了很大问题。须知，不识地形，则有如盲人摸象，始终只能得历史真相之一隅。包括谭其骧先生主编的《中国历史地图集》，除了 20 世纪 70 年代的八开本有渲染地形外，其余常用版本均无地形，这不能不说是一个缺憾。

目前我们可以使用的地形底图，有如下来源：

①各网络地图服务公司提供的地形底图。

如天地图、谷歌地图、腾讯地图、必应地图、百度地图、高德地图、OpenStreet-Map、ArcGIS 地图等，都是比较常用的地形底图。

这种在线搭载的地形底图，是网络地图公司利用遥感卫星图像，进行调制之后得出的图层，这些图层往往已经叠加如河流湖泊或者现代国界等地理要素，配色和谐，可直接用于制图中。尤其是 ArcGIS 公司发布的许多在线图层，在宏观和局部都有良好的表现，是我们可以经常使用的一种地形图层。例如，ArcGIS 公司的 hillshade（山体效果图层），就异常精美，特别适用于大比例尺地图。

②在 DEM 或 TIFF 卫星图象中提取等高线，用等高线分层设色法或单纯的等高线渲染法来构建地形底图。这是比较传统的地形表现法，现代多用于军事地图，或大比例尺地图之中。

等高线底图适合黑白印制的地图，当然，其地形特征没有山体效果的底图直观。

选择什么样的底图，根据实际要求而定。

4. 搭建一幅学术地图

以上要素选定之后，就可以来搭建一幅学术地图了。我们需要在地图软件中将需要表现的要素加载，并避免其标注的相互干扰，配上适宜的底图，再进行区域标注。

这样,一幅出版及印刷级别的地图就完成了。

五、学术地图在学术研究中的作用

学术地图的作用很大,现在虽然逐渐开始有人注意到学术地图的作用,但更多中国文史研究者,还未完全认识到它的价值所在。在此以《西使记》为例,简而言之。

1. 学术地图有助于对史料内容之理解

如《西使记》记载由今吉尔吉斯斯坦托克马克附近的西辽废都虎思窝鲁朵西行至塔剌寺(今哈萨克斯坦塔拉兹),由二月二十四日到二月二十八日,四日即到,两地之间地理距离约 320 公里,可见常德使团日行约 80 公里,此条道路较为平整,在戈壁南缘,群山北麓,故速度甚快。但日行 80 公里,这是蒙古骑兵的非战时行军速度,可见常德使团均以马行为主(若杂有木轮车辆,则行进不可能如此之速),由此可见当时蒙古军中均娴于弓马,使团主官及护卫均驱马完成使命,无后世汉官习气也。

2. 学术地图有助于对史料的细部观察

以《西使记》为例,由和林越过阿尔泰山这一段路程,为蒙古高原向西之驿路,自古以来记载简略。

如果从地形图来判读,则由和林经阿尔泰山(金山)西去,是元代由蒙古高原西去的主要驿路,其地设有驿站。兀孙之地,应即杭爱山脉与阿尔泰山脉之间的低平高原台地。又由其行进方位,先西北,再西南,过昏木辇河,数日过龙骨河,复向西北方向而行,至乞则里八寺湖,再西行到业瞒。这条线路是清楚的,我们据此可以还原出这条道路来。而这段路程,在同时期被研究者称为记述详尽的《海屯行纪》里面,却是以"在三十天内抵达胡木升吉儿"[①]一笔带过。据《西使记》辅以地形图,我们则可以大致还原这一路程,了解著名的天山北路是如何与和林相连接的。

3. 学术地图有助于确立史料的时空结构

时间和空间,一向是文史资料的两个重要维度。长期以来,对时间维度的重视,成为学术研究中的主流;而对空间维度的重视,是近年来的事情。

空间理论,在西方文学理论批评体系中自有其意义,可上溯至柏拉图的思想体系,其后逐渐发展,与宗教的彼岸理论以及社会等级制度相融合,形成现代西方的历史空间、社会空间、精神空间并存的理论体系。而与地理学紧密联系的空间概念,脱胎于 spatial,即空间的、与空间相关或存在于空间之中的,它与另一个词 ge-

---

① 见何高济译:《海屯行纪 鄂多立克东游录 沙哈鲁遣使中国记》,中华书局 1981 年版,第 14 页。

ographic,即地理的、地球的或与地球相关的紧密相关。地理学是研究地球表面各类自然、生物、经济和文化要素的描述、分布以及各要素之间相互作用的学科。这个定义本身就蕴含了文学地理学的可能性。而空间又可分为绝对空间（absolute space）和相对空间（relative space），前者关注清晰明了的、真实存在的、作为客观物理对象的空间要素，后者关注空间事件之间受时间和过程制约的关系问题。[①] 对于后者，现当代的地理学逐渐围绕它形成了一种区位或区域的社会空间分析思想，逐渐向一种社会分析转化，如约翰斯顿所说："社会空间分析已经不是越来越多地强调它的抽象几何形态，而是越来越多地注重阶级、种族和性别的关系，这些关系根植于它的地方、区域和景观之中（并且部分地通过它们而构成）。"[②]文学属于人文社会科学的一部分，也在人文地理学的应用范畴之中。

学术地图对于文史资料的作用，在于将这种空间分析具象化，并提供研究的有力支撑。在《西使记》的很多有意味的记载中，我们都能注意到相关联结点。

《西使记》虽然仅有 2000 多字，但给我们构建的时空系统却是广阔的，它与旭烈兀西征以及他在其后建立的伊利汗国的空间要素有着千丝万缕的联系。

元宪宗八年(1258)，常德出使西亚的前一年，旭烈兀率军攻下了报达城(今巴格达)，杀死了末代哈里发，黑衣大食灭亡。

公元 1260 年，常德回到蒙古的这一年，密昔儿国算端忽秃思军击溃了旭烈兀留在叙利亚的怯的不花军，蒙古军退回波斯，不再西进，并在波斯建立了伊儿汗国。

公元 13 世纪末，伊儿汗国的统治者频繁与英、法诸国及罗马教廷进行外交活动，且亲自致信法国国王。富浪国不再遥远。

遥远的佛国乞石迷西(今克什米尔)，在半个世纪后不再是佛国，于 14 世纪前期伊斯兰化。这也埋下了后世印巴分治后克什米尔发生争端的根源。

南宋被元朝所灭，元朝占有蒙古本部与中原、江南地区，四大汗国与之保持名义上的宗属关系。

约 100 年后，1355 年，钦察汗国札尼别汗攻入桃里寺，伊利汗努失儿完不知所终。蒙古贵族哈散建札剌亦儿朝，于 14 世纪末被帖木儿帝国所灭……

常德作为彰德路宣课使（彰德路是旭烈兀的封地），被蒙哥派去安抚旭烈兀。他所走的道路是草原丝路，草原丝路在同时期的《长春真人西游记》、耶律楚材《西游录》、《鲁布鲁克东行纪》、《海屯行纪》中均有记载。《西使记》是这一行程的宝贵文献，无论在地理上还是历史上，都是值得我们珍视的。本文以此为例，叙述了学术地图的制作理念及其在文史研究上的应用，鄙陋之处，请方家指正。

---

① [英]梅休(Mayhew，s)著:《牛津地理学词典》,上海外语教育出版社 2001 年版,第 391 页。

② [英]R.J.约翰斯顿:《人文地理学词典》,商务印书馆 2004 年版,第 667 页。

元代高丽士人著述丛考

罗海燕

内容提要　在 13－14 世纪,元与高丽之间由战争与对抗转为和平与稳定,尤其在两者之间实现政治联姻后,大量高丽人纷纷进入东北与大都。其中的高丽士人政治上高度认同大元,文化方面主动接受理学与文学。他们通过献赠、上书、题咏、唱酬、咏史、纪事、评赞、议论、抄诗、请益、纪行、雅集等,活跃于元代文坛,不仅壮大了元代作家队伍,而且所撰述的大量与元代有关的论著,更是元代文学的重要组成部分。元代高丽士人与南方士人、北方士人以及西域士人,自东西南北涌入元大都,他们共同推动了元代文学与文化的繁荣。

关键词　元代　高丽士人　著述　考论

一

广义上的元朝起自公元 1206 年孛儿只斤·铁木真统一蒙古,被推为成吉思汗(《元史》称元太祖),终结于公元 1401 年北元国主孛儿只斤·坤帖木儿被弑[①]。高丽王朝则由王建开创于公元 918 年,至 1392 年为李成桂开创的朝鲜王朝所取代,前后长达 475 年,历经 32 王。约自蒙古成吉思汗十三年(1218),时为高丽高宗五年,蒙古军队开始进入高丽之境,双方最初虽约为兄弟,合歼契丹遗部,但两者之间更多的是处于对抗和战争状态。及蒙古中统元年(1260),高丽世子王倎(一名禃)

---

① 元顺帝妥欢帖睦尔北遁大漠后,覆亡前的高丽一直与之时有交通,《高丽史》称北迁元室汗廷为北元。清人朱彝尊《书高丽史后》尝云:"至若庚申君遁走沙漠之后,君臣事迹,不得而详。高丽间犹通使,称北元。主奔应昌,以洪武三年庚戌四月殂落,国人追谥曰惠宗,即顺帝也。其子嗣立,以余兵走和林。十月丁巳,遣使至高丽,行宣光年号,国人不允。后二年,又遣金院甫告纪年天元,辛禑遣永宁君王彬往贺。相传立十一年而殂,北元谥为昭宗者也。"李朝学者安鼎福《与郑沄马子尚志俭书》云:"元之亡,止于顺帝。而考《东史》,其后亦有数世称号。此不见于中国史,故人多不识。按顺帝殂,国人谥惠宗。太子爱猷识理达腊立,是为昭宗,改元宣光,洪武己未,改元天元,庚申殂。次子益王脱古思帖木儿立。戊辰,大明将蓝玉击灭之。元主出走也速迭儿之地,为其所杀,部落溃散。更考郑晓《吾学编》,脱古思亡后,大臣立坤帖木儿,建文三年死。鬼力赤立为可汗。"

拥护忽必烈为帝，并回国继承王位，元与高丽之间关系由之趋于缓和。高丽完全接受了元廷的所谓"臣服六事"，即君长来朝、子弟入质、编民数、出军役、输纳税赋、置达鲁花赤。之后，忽必烈又将幼女忽都鲁揭里迷失（齐国大长公主）嫁于当时入质宿卫的高丽世子王谌（后为高丽忠烈王），元与高丽在政治上自此实现联姻，并确立了密切的"舅甥之好"关系。高丽学者崔瀣在其《送郑仲孚书状官序》中曾道："自臣附皇元以来，以舅甥之好，视同一家。事敦情实，礼省节文。苟有奏禀，一个乘传，直达帝所。"（《拙稿千百》卷二）郑道传对此亦尝评论说："自是世结舅甥之好，使东方之民，享百年升平之乐。"（《三峰集》卷十二）李朝学者沈光世在《海东乐府》中也评道："丽自元宗事元，忠烈王遂尚主，结舅甥之好，几百余年。忠宣王以下皆元外孙也，代有其国。"当代元史大家萧启庆对此评论说，"它象征着高丽对元廷的完全臣服和元廷对高丽王室的信任和支持"①。其后一直到高丽灭亡，高丽国王往往身兼元廷太尉、驸马、沈阳王等职务，并署征东省事。也因此，我们将这一时期的高丽士大夫以及僧徒教众，尤其是其中或长或短寓居中国者，统称为元代高丽士人。

当时大量的高丽人，包括往来使者、入质王族、陪臣侍从、就学进士、宿卫子弟、仕宦元廷者、贬谪流放者、通事译史以及释道僧众等，纷纷涌入东北和中原，总人数多达40万。现据笔者最新考证统计，有姓名事迹可考的元代高丽士人总人数超过400人，有诗、词、文等作品留存者凡219人，有文集传世者超过60人。这使得元与高丽之间文化方面的交流，达到了前所未有的广度与深度。高丽士人李穀在《送白云宾还都序》中曾描述当时交往的盛景："王京去京师才四千里，又无道途危险梗涩之虞，传递往来络绎，而商旅之行日夜不绝。"（《稼亭先生文集》卷九）当代学者陈得芝也明确指出："有元一代，中国与高丽的经济、文化关系在特殊历史条件下有很大的发展。来元高丽人比以往各代都多，其中有不少精通汉文的文人学者和高僧，他们与中国文人交往密切，相互切磋唱和，元人文集中此类诗文屡见不鲜。"②这些元代高丽士人大多有著述存世，当代学者吴晗、张言梦、张德秀、杜宏刚、邱瑞中、黄纯艳、赵季、舒健、张建松等，都曾通过不同方式对其加以搜辑整理。③但是，由于相关文献主要留存于韩国，目前的介绍与辑考等，不免仍有遗漏甚至错讹，故笔者

① 萧启庆：《元丽关系中的王室婚姻与强权政治》，《元代史新探》，台北新文丰出版公司1983年版，第237页。

② 白寿彝总主编，陈得芝分卷主编：《中国通史》第8卷"中古时代元时期"（第2版），上海人民出版社2013年版，第532—533页。

③ 如吴晗《朝鲜李朝实录中的中国史料》（中华书局1980年版），张言梦《元代来华僧人考述》（《内蒙古社会科学》1999年第4期），张德秀《朝鲜民族古代汉诗选注》（辽宁民族出版社2002年版），杜宏刚、邱瑞中、（韩）崔昌源《韩国文集中的蒙元史料》（广西师范大学出版社2004年版），黄纯燕《高丽史史籍概要》（甘肃人民出版社2007年版），邱瑞中《高丽末年三十家文集提要》（韩格平、魏崇武主编《元代文献与文化研究 第1辑》，中华书局2012年版），赵季、张景昆《〈箕雅〉五百诗人本事辑考》（舒健、张建松《韩国现存元史相关文献资料的整理与研究》，上海大学出版社2015年版）。

现依据自己在韩国所搜集的文献史料,对元代高丽士人的诸多著述,全面加以论考,以此呈现他们的文学成就,并为重新估衡元代文学的世界性影响提供重要参考。

<h2 style="text-align:center">二</h2>

元代高丽士人的著述,按照时间先后顺序,可以分为三个时期:一是元代前期。这一时期高丽士人与由金入元、由宋入元的汉族士大夫一样,在对待蒙古态度方面,无论是情感认同、政治认同,还是文化认同,都相对较低。元与高丽之间,尚属于王朝与王朝的关系。其间高丽士人的著述立场,更多的是属于"异域之眼"的观照产物。二是元代中后期。这一时期元与高丽之间已处于相对稳定的君臣关系状态,高丽士人高度认同元朝。李穑就曾多次表示过:"生于大元全盛日,目睹中原圣人出。""志欲仕中原,挺身归大元。"他代表了当时高丽士人的基本态度。韩国当代汉学家许世旭也曾以李齐贤为例,论元代高丽士人与清代李朝士人的不同,他说:"李齐贤到元朝去,已经分不清楚'彼我'。你是你,我是我,你是贵国,我是彼国,这种观念在李齐贤那里几乎没有。"并认为:"李齐贤与中国读书人的不同,只是语言的不同。"[1]而且,元代高丽士人还不满自身归于元朝的"汉人"一等,曾多次请求要等同于"色目"。安轴《请同色目表》就上书奏请:"亲则是一家甥舅,义则为同体君臣。兹远别于汉、南,得同入于色目。"(《谨斋集》卷二)李齐贤所拟《乞比色目表》也称:"既然得附于本支,何乃未同于色目?肆历由中之恳,仁沾无外之恩。伏望赐以俞音,顺其景慕。"(《益斋乱稿》卷八)不过,元廷对于他们的请求一直未允,甚至元顺帝在计划退守高丽以反攻朱元璋时,依然视他们为"汉人"。这一时期高丽士人的著述,可以说完全属于"元人著述"范畴。三是元明之际。此时期也正值王氏高丽与李氏朝鲜更迭之时,按照政治态度的不同[2],高丽士人分为忠于元廷以遗民自居者、疏离元廷但不仕李朝者,以及反元亲明而出仕李朝者。其间的大多数人,尤其是曾经往来中国与朝鲜半岛者,他们的著述往往较多涉及元朝历史与人物等[3]。

---

[1] 许世旭、刘顺利:《在沟通中增进了解——与韩国著名汉学家许世旭教授的对话》,见刘顺利《半岛唐风:朝韩作家与中国文化》,宁夏人民出版社2004年版,第6页。

[2] 李朝沈光世《海东乐府》曾载:"大明初兴,恭愍王虽以义主事之,一时议论多以不可轻绝北元为言。郑道传、朴尚衷等诸人主事明,李仁任、池奫等诸人主事元,互相诋斥,至有被罪者。"

[3] 如陈得芝对此曾指出:"研究元史的诗文集资料,还应该提到当时高丽人的著作。太祖进兵高丽以来,高丽文献中就不断有蒙元史事的记载,特别是世祖与高丽'和亲'后,关系密切,来往人员甚众,其中文华之士所作诗文多有关涉元朝史事人物者。"参见陈得芝:《蒙元史研究导论》,南京大学出版社2012年版,第63页。

三

按照具体的文献类型，元代高丽士人的著述又可以分为两大类型：一是完整的文集以及单行的书；二是涉及元朝时期中国的零散诗词文等作品。现则按照时间先后，以人物为中心，通过传记、提要、摘录等不同方式，对元代高丽士人的著述统一加以论考。

1. 李奎报

李奎报（1168—1241），字春卿，号白云居士。经史百家，佛道之学无不遍览，诗文独步三韩。累官至枢密院副使、参知政事、太尉等。多次奉敕撰写上蒙古表章。著有《东国李相国集》四十一卷，现有韩国首尔大学奎章阁藏本。其中，第二十八卷收录《蒙古兵马元帅幕送酒果书》《蒙古国使赍回上皇大弟书》《谢蒙古皇帝表》《蒙古国使赍回上皇帝表》《蒙古行李赍去上皇帝表》《国衔行答蒙古书》《同前答儿巨元帅状》《淮安公答同前元帅状》《送蒙古国元帅书》《送撒里打官人书》《答河公元帅书》《淮安公答河公元帅书》《送其官状》《答蒙古官人书》《答沙打官人书》《上都皇帝起居表》《陈情表》《答沙打里书》《送蒙古大官人书》《答蒙古大官人书》《蒙古皇帝上起居表》等书状表笺等 20 余篇。而《送晋卿丞相书》等，则是李奎报致耶律楚材的书信。

2. 崔滋

崔滋（1188—1260），字树德，初名宗裕，又名安。少力学，能属文，历任尚州司录、同中书门下平章事等职。多次如蒙古，往来交通文字多出其手。文才出众，有吏能，颇多政绩。诗文多收录于《东文选》，又著有《补闲集》三卷。卷首有崔滋自序，叙记其续接李仁老《破闲集》，记载诸贤诗文，旨在不使高丽名贤诗文湮没。卷上不分条目，记载历朝典故，以及朴寅亮、权适等 40 余高丽儒贤之诗。卷中记载儒贤事迹 38 人，评论其诗文成就和风格。卷下记载、评说高丽名贤诗句以及儒贤事迹、学问典故、朝野遗闻等。

3. 金之岱

金之岱（1190—1266），初名仲龙，力学能文，早年从戎，为元帅赵冲所赏。后赵冲知贡举，擢金之岱为第一。历任全州司录、门下平章事等职，谥英宪。曾出西北，抵御蒙古军队，有战功。能诗，善用拗体。著有《双修堂集》二卷，由其后世金遇坤编辑，现有首尔大学奎章阁藏本。卷首有尹定铉序。卷一为诗赋文，收录《次赵嘏长安秋望》《次杜牧早雁》《次杜牧萤火》等。卷二为"附录"，收录"行状""墓志""赠诗""挽词"等。

4. 李藏用

李藏用(1201—1272),初名仁祺,字显甫。博览经史,阴阳、医药、律历,靡所不通。历官平章事、门下侍中等。曾侍从高丽元宗入朝蒙古,忽必烈、安童、王鄂等对其颇为称赞,誉其为"海东贤人"。李穀曾评李藏用:"德业文章,闻于中国。时右丞相东平忠宪王,甚器重之,待以殊礼,坐必虚其右。翰林王学士诸公,歆其风裁,皆愿内交。"曾参修高丽神、熙、康三朝实录。为文清警优赡,又喜浮屠书,著有《禅家宗派图》,并润色过义湘所著《华严锥洞记》。诗作往往气象广豁,《东文选》《箕雅》均有收录。

5. 金坵

金坵(1211—1278),字次山。四五岁即多通经史,善为诗文,时人目为神童。李奎报称其为继自己后秉文衡者。历官平章事等。曾为修撰官,修神、熙、康三朝实录。其所撰上元朝表文,受到元帝及文士的称赏,后又以书状官身份入蒙古。著有诗文集《止浦集》三卷,现有首尔大学奎章阁藏本。其中卷二收录《告奏起居表》《贺新登宝位》《贺立元》《贺立大元国号起居表》《贺圣节起居表》等与元朝交往表笺52篇。卷三则收录其致王约等人的《与张学士书》《与王学士书》《又与王学士书》等。

6. 李承休

李承休(1224—1300),字休休,号动安居士。历官正言司谏、词林学士等。曾随高丽顺安公等多次入元,上表出语惊人,名声大振。著有《动安居士集》四卷,现存有朝鲜古典刊行会本。其中,卷一"行录",收录与同僚交往之作,所作《始宁柳平章二首》《谢饯诗》等分别叙及元朝颁赐羊、高丽国王赴元以及出使元朝时诸同僚饯行等事。卷四为"宾王录",载录至元十年随高丽顺安侯入元朝贺册立皇后、皇太子事,并叙述了高丽使团在元朝的活动、所受待遇、与元朝士大夫交游等。诗文贺表共20篇,每首诗及表前皆有序,记载沿途情况及做表事由。又撰有《帝王韵纪》二卷,叙记中国史事,以"善可为法,恶可为诫者"编撰而成,旨在言忠臣孝子卫于君父之大义。

7. 郭预

郭预(1232—1286),字先甲。历官至文翰学士,多次奉使入元,后卒于使途。以文章笔法闻于世,诗风气象疏荡。诗播诸《箕雅》,书著于《笔苑》。《感渡海》等诗为其代表之作。

8. 安珦

安珦(1243—1306),又名安裕,号晦轩。历官国子司业、儒学提举等。侍从入元时,抄写朱子之书,摹朱子之像,购置经史祭器,回到三韩后倡扬朱子之学,是元代理学高丽一脉的重要奠基人，被推为"东方道学之祖"。门人有辛蔵、白颐正、权溥、李瑱、李兆年、禹倬等。李朝安明烈编《晦轩先生实纪》四卷，记载安珦生平事迹、学术渊源等。其中，卷一收录安珦《题学官》《赠太守李蕴古》《题松京甘露寺》《侍从忠宣王入元时感吟》等诗，以及《荐李俨李瑱等奏》《谕国子诸生文》《真像赞诗四首》《真像赞文四章》等文。《晦轩先生实纪（三刊）》五卷，则辑补有安珦《题万里城》等诗作。

9. 李瑱

李瑱（1244—1321），又名李芳衍，字温古，号东庵，谥文定。自少好学博通，文才出类。历任典法判书、检校佥议政丞等。卒后入道统祠。著有《东庵集》。李朝李用雨编《东庵先生实纪》，收录李瑱诗文等。其收录李瑱诗作四首，分别为《山居偶题》《永嘉乡校诸仙设宴送行作诗为谢》《慕安文成公韵》《附次》，文则有《陈时政得失疏》《三重大匡南阳府院君洪公墓志铭》等。

10. 白颐正家族

白颐正（1247—1323），字若轩，号彝斋。历官至佥议评事，封上党君，谥文宪。受学于安珦。随高丽忠宣王入元时，得程朱之书，回三韩后致力于传扬程朱之学，被称为"海东夫子"。李齐贤、朴忠佐等皆出其门下。李朝白东赫编《彝斋先生实记》二卷，记录白颐正事迹、诗文等。其中，卷首有赵寅永序，叙记白颐正在高丽传播程朱之学，以及在"九斋"之学衰微后重振高丽之学等方面贡献。卷一收录白颐正《燕居诗》一首、联句诗一绝。

此外，白颐正之父白文节，字彬然，号淡岩，谥文献。历官至大司成。曾侍从高丽元宗入元。能诗，立意高卓，韵味清远，所作《唐尧》《光武》《访山寺》等流传颇广。《东文选》《箕雅》皆选录其诗作。

11. 洪侃

洪侃，字平甫，一字云夫。历官至都佥议舍人知制诰等。卒于元大德八年（1304）。以诗文鸣于世。著有《洪崖集》，行于世。所作《孤雁行》《懒妇引》《山水图》《送秋玉蟾》等诗，见于《东文选》《大东诗林》《青丘风雅》《三韩诗龟鉴》。其后世洪万朝曾刊刻其《洪崖遗稿》，现有韩国首尔大学奎章阁藏本。

12. 李混

李混（1252—1312），字去华、太初，号蒙庵，谥文庄。历官文翰学士等，侍从高丽忠宣王久居大都。为诗清便，有长短句传于世。《东文选》等皆收录其作。

13. 白元恒

白元恒，历官至赞成事，侍从高丽忠惠王居大都，能诗，《燕都秋夜》《金连川》是其中代表。《东文选》等收录其诸体诗作。

14.郑瑎

郑瑎(1254—1305),字晦之,谥章敬。诗作收录于《西原世献》,有《东还寄李起郎二首》《在燕都》《赴燕途中》《代书寄李起郎》等。

15.权溥

权溥(1262—1346),初名永,字齐万,号菊斋,谥文正。历任国子学学谕、征东行省员外郎等职。为安珦嫡传,是元代理学高丽一脉的代表人物,被奉为高丽儒宗。著有《世代编年》《丽朝提纲》《桂苑录》《银台集集注》《孝行录》等。李朝权重显曾辑编《菊斋先生实记》,其中收录权溥遗诗《次李东庵瑱韵》等五首。《孝行录》分上下两编,载记尧舜至唐宋时期以孝行著称者60余人事迹。

16.蔡洪哲

蔡洪哲(1262—1340),字无闷,号中庵、耻庵、紫霞洞主人。历官赞成事等,多次奉使如大都。长于文且能诗擅乐府。诗以《答寄权奏事汉功》等为代表,乐府诸作有《清平乐》《水龙吟》《金殿乐》《履霜曲》《五冠山》《紫霞洞》等。

17.辛蔵

辛蔵(?—1339),号德斋,谥凝清。安珦门人。曾中元科举,官至判密直司事。其诗善于讽诫,写景自然流利。著有《辛德斋诗集》,由其后世辛履奎汇辑而成。尹愭《辛德斋诗集序》称:“德斋辛公讳蔵,安文成公门人也。文章行义,为一世所推。则意必有炳烺乎当时,模范乎后世,而不少概见。有文集,而亦不传。”《青丘风雅》《东文选》收录其诗作。诗风平淡闲适,可以想见其怀抱气象。

18.权汉功家族

权汉功(?—1349),号一斋。历官至密直副使,同知密直司事。曾侍从高丽忠宣王久居大都。高丽忠宣王曾奉御香南游江浙至宝陁山,权汉功与李齐贤从之。忠宣王在吐蕃时曾寄汉功诗云:“瘴烟蕃地旧闻名,未识离都几万重。梦里备尝艰险了,思君况乃不胜情。”其应制诗作,典丽华缛,登临诗作,气象阔大。著有《一斋先生逸稿》一卷,与权仲和、权克立、权對诗文合为《永嘉世稿》四卷。其中收录其年谱以及《与元朝冯待制》等诗作18首。“附录”部分则收录他人所赠权汉功诗,以及记载权汉功事迹之文8篇。李朝权载奎编《一斋先生实纪》二卷,辑录权汉功诗文等。其中,收录权汉功《将之江浙舟中与李仲思齐贤共赋》等诗20余首,以及高丽忠宣王、李齐贤、邢君绍、崔瀣、安轴、李穀、李茂芳、柳季闻、白文宝、辛蔵、元松寿、李穑、成士达、洪彦博、李嵒、黄石奇、田禄生等20余人与其酬唱之诗作。

权仲和,字庸夫,权汉功之子,生于元至治二年(1322),三十二岁及第,与李穑同榜。曾游历淮河、苏州等地。历官门下赞成事等,曾侍讲筵。著有《东皋逸稿》,是为《永嘉世稿》卷二。其收录权仲和年谱及诗二首,“附录”收录他人所做的与权仲和相关诗文。此外,《永嘉世稿》卷三为权克立《东峰先生逸稿》,卷四为权對著《省斋公逸稿》。两人为李朝时代人。

19. 禹倬家族

禹倬(1263—1342),字天章、卓甫、卓夫,号易东、白云、丹岩。通经史,尤深于易学卜筮,为元代理学高丽一脉的代表人物。历官至成均祭酒。著有《易东先生文集》。卷首有金麟燮、方尹定序,叙记禹倬在高丽传播易学、劝导忠宣王事迹等。其中"诗"收录禹倬所撰诗《题映湖楼》《残月》《舍人岩即景》等,而"舍人岩笔迹"收录禹倬的石刻。此外,也收录禹倬之子禹吉生诗文及事迹,其中"诗"有《清州拱北楼应制诗》《送洪敏永进士诗》。

禹玄宝(1333—1400),字原功,禹倬之孙,号养浩堂,又号独乐堂,谥文靖公。历任宁海司录、侍中等。高丽覆亡后,他入明,游于五湖,后还三韩,但屡召不起。与郑梦周、李穑并称"三先生",同为高丽理学代表人物。其诗文集《养浩堂先生文集》二卷附于禹倬《易东先生文集》后。上卷收录禹玄宝《清州拱北楼应制诗》《失题》《麦薇歌》等诗文。下卷为补遗,载录关于禹玄宝的史籍等,并收录《当时诸贤赠和诗》,如李穑、李集、金九容等与禹玄宝唱和诗。禹浣曾撰《养浩堂先生实纪》三卷,其中"遗稿"收录禹玄宝《清州拱北楼应制诗》七首。

20. 李兆年家族

李兆年(1269—1343),字符老,号梅云堂、百花轩,谥文烈,安玽门人,历官至政堂文学,封星山君。自少力学,以文学见称,擅时调。曾侍从高丽忠惠王宿卫于元。历官安南书记、艺文馆大提学等。著有《鹰鹘方》,载记鹰的辨识、饲养、调驯等方法,全书不分卷,以目系事。

李仁复(1308—1374),字克礼,号樵隐,为李兆年之孙。曾中元科举,与马彦翚、傅子通等为同年。元授征东行省都事,后历官至侍中。多次奉使入大都,一时辞命,多出其手。著有《樵隐集》。

21. 安轴家族

安轴(1282—1348),字当之。元泰定元年(1324)中举,授辽阳路盖州判官。后历官密直副使、佥议赞成事等,封兴宁君。高丽表笺词命多出其手,参修忠烈、忠宣、忠肃三朝实录。安有尚称其:"以文学进,位至宰保,名振华夷。"其与李齐贤、崔瀣、李穀、白文宝等人,都是元代高丽士人的代表。著有《谨斋集》四卷,现有韩国延世大学校中央图书馆藏本。卷一为"关东瓦注",收录李齐贤《谨斋先生集序》以及《天历三年五月受江陵道存抚使之命是月三十日发松京宿白岭驿夜半雨作有怀》《过铁岭》《六月三日入铁岭关望和州作》《次和州本营诗韵》《次襄州公馆诗韵》《次安昌驿亭许正言诗韵》《次兴富驿亭诗韵》《三陟西楼八咏》等诗作120余首。李齐贤曾评其诗:"吟哜风月,摹写物像,固亦无让于前人矣。其感愤之作,关乎风俗之得失、生民之休戚者,十篇而九,读之使人惨然。"崔瀣则称:"词意精妙,自成一家,皆无迹所不道也。"其中,至顺元年(1330)自和州赴京师沿途所作纪行组诗,载记了沿途所经驿站情况。集后有郑载圭、赵贞奎、安有商三人所撰跋文,叙记《谨斋集》刊行过程,称安氏有安裕、安辅和安轴,堪为一家三贤。赵贞奎称其诗文:"文则甚劲,简乎荡荡,正大精白。诗则善状,恳乎惓惓,忠爱恻怛,盖处变雅。"

安辅(1302－1357),谥文敬,安轴之弟。元至正四年(1344)与尹安之、郭珝同赴元大都参加科举,中举后授辽阳路行中书省照磨。后历官至政堂文学等。性刚直廉洁,不事生产,及殁而家无担石之储。

22. 崔瀣

崔瀣(1287－1340),字彦明父,一字寿翁,号拙翁、猊山农隐。高丽忠烈王时登第,入元中科举。历官艺文提学等。曾秉文衡,为一代宗匠。为诗不以声色为工,善反古人之意而出新裁,而一主于理致,要以畅其意而止。为文本源经术,该赡典实,不为空言。生平著述甚富,编纂有《三韩诗龟鉴》《东人文》等。现存文集《拙稿千百》,最早刊行于元至正十四年(1354),有韩国国立中央图书馆藏本。其中《李益斋后西征录序》《送郑仲孚书状官序》《送奉使李中父还朝序》等文,多记载高丽士人与中原士大夫的密切交往。此外,崔瀣后世崔映淑曾辑录《农隐集》二卷,其中,卷一收录崔瀣诗 34 首,卷二收录崔瀣书、记、序、墓志等文 33 篇,附录则收录郑国径撰《农隐先生行状》、李穀为其所撰《墓志铭》等,而《诸辞叙述》则汇辑《李益斋和赠诗》《后儒仙歌》等。

23. 韩宗愈

韩宗愈(1287－1354),字师古,号复斋,谥文节。历官密旨提学等,封汉山府院君。侍从高丽忠肃王入大都,录行宫日历且书批判文字。诗作收录于《东文选》。

24. 李齐贤

李齐贤(1288－1367),初名之公,字仲思,号益斋、实斋、栎翁,李瑱之子。历官门下侍中君等,曾封金海侯、鸡林府院君,谥文忠。高丽忠宣王在大都,召李齐贤,前后留元时间近 30 年。其间他与张养浩、赵孟頫、阎复、元明善、萧奭、朱德润等人过从甚密,时常探讨学术,切磋诗文。还曾随从忠宣王游览江南、四川等地。李齐贤既是理学东传的重要人物,更是知名诗文大家。文学创作丰富,涉猎诗、词、散文等,且皆可称一家,被视为朝鲜"三大诗人"之一、"四大文豪"之一。一生著述宏富,现存《益斋乱稿》《西征录》《栎翁稗说》及《孝行录赞》等,其后世曾将其部分诗文结为一集,名曰《益斋集》。清朝学者伍崇曜辑印《粤雅堂丛书》时,曾将《益斋集》收入其中,刊行于世。

李齐贤所撰《栎翁稗说》,分为前集和后集,各二卷。其中前集一记载了高丽王室姓氏、世系、名号以及高丽先祖事迹、高丽祭祀配享制度、职官制度、选举制度、朝堂礼仪等。前集二记载徐神逸、朴世通等救护动物，获得善报故事等。后集一记载中国和朝鲜半岛历代先贤诗句，或加品高评，或叙典故，或阐述经义。后集二主要记载苏轼、郑知常等中国和三韩诸贤诗作及事迹。此外，又有《喜闻盒随录》上下卷，上卷收录《益斋集》《益斋文抄》两稿。下卷收录书、记、墓志铭、史赞、策问、史论、跋文等。

25. 李嵒家族

李嵒(1295—1363)，初名君侅，字翼之，后改名嵒，字古云，号杏村，谥文贞。历官秘书省校勘、都金议侍中等。才兼将相，诗文书法皆称绝妙。其子李冈(1332—1368)，字思卑，号平斋，初名纲，谥文敬。以文章节行名世，与李穑、韩修、廉兴邦等为至交。历官至奉翊大夫。李原，字次山，号容轩，李冈之子。仕宦于李氏朝鲜。三人皆有诗文结集，但散佚。李朝李周桢辑《铁城联芳集》三卷，则汇编三人诗文集。其中，卷一收录李嵒《杏村先生逸稿补遗》与李冈《平斋先生诗集》。

26. 闵思平

闵思平(1295—1359)，字坦夫，号及庵。官至都金护赞成事，谥文温，侍从高丽忠定王朝于元。笃喜诗文，著有《及庵诗集》五卷，现有诚庵古书博物馆藏本。卷首有李齐贤、白文宝、李穑序，卷尾有李达衷撰墓志、年谱，李齐贤撰"及庵挽词"，以及李穑、李仁复所作跋文。李齐贤称其："每酒酣辄为诗，无尘俗语。"李穑称："先生诗似淡而非浅，似丽而非靡，措意良远。愈读愈有味，其亦超然妙悟之流欤。"《赠送云南使臣》等，是其中代表之作。

27. 李穀

李穀(1298—1351)，初名芸，字中父，号稼亭，元统元年(1333)会试中第，赐进士出身，历任翰林国史院检阅、都金议赞成事等。《东人诗话》曾评："稼亭、牧隐父子相继中皇元制科，文章动天下，今二集盛行于世。牧隐之于稼亭，犹子美之于审言，子瞻、子由之于老泉，自有家法。评者曰：'牧隐之诗雄豪雅健，天分绝伦，非学可到；稼亭之诗精深平淡，优游不迫，格律精严。自有优劣，具眼者辨之。'"著有《稼亭集》二十卷，现有韩国延世大学中央图书馆藏本。其中组诗《滦京纪行》为扈从元帝时所作。而"杂录"一卷，收录元朝人陈旅、揭傒斯等所撰《送李中父使征东行省序》及《送诗》等。赠者有元朝士大夫黄溍、王思诚、宋耿、苏天爵、刘闻、刘阅、程益、余阙、王士点、成遵、周璇、张起岩、林希光、方道睿、程谦、郭嘉、谢端、王沂，以及在大都的高丽人崔瀣、李齐贤、权汉功、安震、安轴、闵子夷、郑天濡、李达尊、白文宝、郑浦、安辅等，足见元代高丽士人在元代文坛活动之盛。

28. 申贤

申贤(1298—1377)，字信敬，一字浩仁，号月斋。师从禹倬。历官左仆射，与高丽忠肃王、忠惠王、元仁宗、明太祖皆有问对，以及与拜住、刘基等有交往。一生多次入大都和南京。并与许谦、朱公迁、桂彦良、王祎、胡翰、欧阳玄等多有论学往来。其诗文汇辑于《华海师全》等。

29.释景闲

释景闲(1299－1375)，著有《白云和尚文集》，收录《白云和尚语录》《直指心论》等。

30.释普愚

释普愚(1301－1382)，俗姓洪，释名普愚，号太古，著有《太古集》二卷，卷首有郑梦周序，卷上收录《答方山居士》等诗作，卷下收录《铁牛》等偈颂。

31.白文宝

白文宝(1303－1374)，字和父，号淡庵，又号动斋，早年受学于权溥等人。白颐正自大都购得程朱著述回三韩后，白文宝与李齐贤、李穀、朴忠佐、李仁复等师受之，讲明性理之学，为元代理学高丽一脉的代表人物。历官翰林学士、典理判书政堂文学等，曾掌修国史，并扈从高丽国王入元。著有《淡庵先生逸集》四卷，现有首尔大学奎章阁藏本。其中卷一"诗"，收录《送奉使稼亭李中父穀还朝》《赠送李中父》《洪武四年驾行长湍拜献主上殿下》等。附录收录"赠遗诸篇"，有李穀、郑誧、李崇仁、朴愚与白文宝唱和诗六首以及李达衷所撰《动斋说》。金道和撰《淡庵集后叙》及李晚焘撰《淡庵逸集跋》，叙记白文宝倡导理学及辟佛等事迹。

32.河楫家族

河楫(1303－1380)，字得渗，号松轩。历官至崇禄大夫、侍中。所作诗文如《送孙自宗赴上国》等，皆收录于《晋阳联稿》卷一。《晋阳联稿》为河楫、河允源、河自宗、河演等人合集，由河浑编辑。河允源(1322－1376)，字湛之，号若轩，为河楫之子，历官至大司宪等，以文章家法名于世。诗文收录于《晋阳联稿》卷一。河自宗(1350－1387)，字汝长，号木斋，为河允源之子，历官至兵曹判书，事迹、诗文均收录于《晋阳联稿》卷一。

33.廉悌臣家族

廉悌臣(1304－138)，字恺叔，历官至侍中、右政丞；廉国宝，号菊坡，廉悌臣长子，受学于安珦，与郑梦周、李穑等为同道，历任艺文馆大提学、知春秋馆事等；廉兴邦，字仲昌，号东亭，廉悌臣次字，历官至成均馆大提学、艺文馆大提学，与郑梦周、李穑等相友善；廉延秀，字民望，号清江，廉悌臣第三子，受业于李穑，历官右文馆大提学等。四人所著诗文，收录于李朝廉在业等所编《梅轩世稿》。其中，卷一为廉悌臣《梅轩稿》，收录有《扈驾自福州至元岩》等诗34首；卷二为廉国宝《菊坡诗稿》，收录有廉国宝所撰及李穑等人与廉国宝唱答诗八首；卷三为廉兴邦《东亭诗稿》，收录有廉兴邦所撰及其与诸贤唱答诗60余首、记文二篇、跋文一篇与"行迹"一篇；卷四为廉延秀《清江诗稿》，收录有廉延秀诗八首及"行迹"一篇。

34．洪彦博

洪彦博（1309—1363），字仲容，号阳坡，历任左政丞、门下侍中等，封南阳侯。李穑出其门，后人称"大东文章以牧隐为首，而其源实出于公"。洪彦博曾有文集刊行，后散失不传。李朝洪宇正编《阳坡先生实记》三卷，自"家乘"及《东文选》《舆地胜览》等书，辑录洪彦博《北山途中》等诗文。

35．李达衷

李达衷（1309—1385），初名达中，后改达衷，字仲权，号霁亭，为李齐贤之侄，历官密直提学、南北面都巡问使等。曾与李齐贤、白文宝等病高丽国史不备而分工作纪年传，李齐贤作高丽太祖至肃宗，李达衷与白文宝作睿宗以下，而成全书。著有《霁亭集》四卷，现有高丽大学中央图书馆晚松文库藏本。李璧秀曾评论："公生高丽文物全盛之时，以文章气节，冠冕斯道。"卷首有李仁行序，附录有朴时源、李宗梓、李璧秀所作跋，叙记李达衷生平及文集编辑刊行过程。

36．郑誧家族

郑誧（1309—1345），字仲甫，号雪谷。受学于崔瀣，后为崔瀣婿。历任翰林内侍、谏议大夫等。奉表入元时，尤为丞相别哥普化所重，后病卒于大都。著有《雪谷集》二卷，现有韩国启明大学中央图书馆藏本。李穑曾论其诗作："予观雪谷之诗，清而不苦，丽而不淫，辞气雅远，不肯道俗下一字，就其得意。往往与予所见中州才大夫相上下，置之唐姚、薛诸公间不愧也。"集后有李邦翰撰《雪谷集跋》，叙记郑誧使燕京病逝以及得其诗文稿付梓刊行事。

郑枢（1333—1382），号圆斋，郑誧之子，历官谏议大夫等。著有《圆斋稿》三卷，现有高丽大学中央图书馆晚松文库藏本。郑卷首有权近、河崙撰序，叙述了郑与李穑等时贤的交往，称其诗文"气雄而词赡，清高而浏亮"，并记载其父子几代人物以及文集刊行过程。其中诗有《读唐高宗纪》《读唐中宗纪》《读书用前韵》等，文有《忠肃王室加上尊谥册文》《贺千秋笺》《奇皇后受册贺太子笺》等。集有许冲所撰《圆斋稿跋》则叙记文集的刊行经过。

37．田禄生

田禄生（1318—1375），字孟畊，号埜隐，历官至济州司录、右司谏，曾使元廷及浙东方国珍，带《玉海》《通志》等回朝鲜半岛。元室北迁，与郑梦周、朴尚衷等力主拒绝北元而臣服明朝。著有《埜隐逸稿》六卷，现有韩国首尔大学奎章阁藏本。卷首为李宜显及朴弼周所撰序，叙记田禄生力主拒迎北元而被害。卷一收录有与白文宝、李穑、郑梦周等唱答之作。卷六"附录"有《田公禄生家状》记载田禄生生平经历及事迹，而《尊慕录附》收录郑梦周、朴尚衷、李詹、金九容、李崇仁、李齐贤、李穑、白文宝等田禄生师友 70 余人姓名及简要生平。

此外，《三隐合稿》四卷为田禄生、田贵生、田祖生三兄弟诗文与事迹合集。其中卷一为《樗隐先生逸稿》，收录《送江陵道按廉使金先生九容》等诗与《李穑辞免左代言不允批答》等文。

38.懒翁

懒翁(1320－1376)，俗姓牙氏，释名慧勤，号懒翁，曾遍游燕京、江南等地，著有《懒翁集》。收录有李穑与白文宝序，李稼撰《塔铭》，觉宏撰《行状》，觉琏撰《语录》，觉雷撰《歌颂》，李达在撰有题与跋。

39.释宏寅

释宏寅，懒翁弟子，尤能诗，著有《竹磵集》一卷，与欧阳玄、危素游，两人为之作序。

40.李集

李集(1327－1387)，初名元龄，字成老，号墨岩斋，又号南川，后改字浩然，号遁村。历官至奉顺大夫判典校寺事。著有《遁村杂咏》，现有首尔大学奎章阁藏本。卷首有河崙序，叙记与李集、郑梦周、李穑、李崇仁等诸贤同游唱答情形，以及李集之子李之直编辑刊行李集文集事。集后有李仁孙、李基白所撰跋，叙载明景泰二年(1451)李仁孙刊行《遁村遗稿》及崇祯四年(1631)其族孙重刊文集等事。

41.李穑

李穑(1328－1396)，字颖叔，号牧隐，李穀之子。初赴元大都为国子监生员，后中元科举，授翰林文字承仕郎、同知制诰兼国史院编修官。东还高丽后，历官政堂文学、门下侍中等。高丽覆亡后，忠于元廷，以遗民自居。著有《牧隐集》，其中《牧隐诗稿》三十五卷，卷首有权近及李詹撰《牧隐先生文集序》二篇，叙记仕宦元朝和高丽的经历，以及倡导理学的功绩，称"东方文学以来，未有盛于先生者"。其诗作题材广泛，载记了在中国与朝鲜半岛的丰富经历。其又精通儒家经史，故不少诗作如《读唐史》《读汉史》《读易》《读春秋》《读史》等，为其读书体悟。李穑诗集是高丽时期作品数量最大、内容最丰富的诗集，具有重要的文学和史学价值。《牧隐文稿》共二十卷，博收与中原士大夫和高丽士人的往来之作，也颇多书记表笺等政体文章。

42.元天锡

元天锡(1330－?)，字子正，号耘谷。高丽败乱，入雉岳山隐居，终身不出。著有《耘谷行录》五卷。卷首有朴东亮、郑庄、丁范祖三人序，叙记元天锡隐居不仕李朝，及李太宗亲赴其庐，元天锡避而不见等事迹，并将其与郑梦周、吉再并誉为"三先生"或"三仁"，称其诗为"诗史"。集中收录诗作 800 余首，《次康节邵先生十韵》堪为其中代表。高丽覆亡后，其诗多有故国之思。丁范祖《耘谷行录序》评道："其讴吟咏叹,与樵歌渔唱偕出,而有时感念宗国,轮写胸臆,直指则悲愤慷慨,婉寄则徘徊掩抑,宛然有麦秀、采薇之遗音。"

元天锡曾与范世东等合编《华海师全》七卷。其中,卷一为"本朝问答"和"元主问答",前者从夷夏之辩角度评论元朝接受中原文化一事,后者记载了高丽忠肃王入元与元英宗的问答;卷二为"明朝奏对"和"简斋笏奏对",记载申君平及其子与明太祖的奏对问答;卷三为"易东问答"和"出处",前者多阐述宋代程朱理学,后者则论儒学渊源、新罗及高丽朝人物;卷四为收录申子、金得培、安鲁生、李穑等人问答、申子的言行,并引中国诸子言,论述养性之道;卷五收录与申子有学术渊源的高丽朝诸贤,并叙记申子家世渊源。

43.卓光茂

卓光茂(1330? —1410?),字谦夫,号景濂亭,著有《景濂亭集》二卷。卷首有朴绮寿、柳圭、洪直弼、李鲁秉四人所作序。卷一收录《挽郑圃隐文忠》《和益斋》《次权阳村赠徐蕃村挽》《偶题稼亭》等诸体诗作;卷二为附录。此外,朝鲜卓鼎运编有《光山卓氏世稿及续》,其中载录有卓光茂诗文与事迹。全书分二卷,卷上收录卓光茂《景濂亭先生逸稿》。另有"续编"一卷,收录卓光茂所撰诗 30 余首,多为唱答交游诗作,如《和李益斋齐贤韵》《泪和文三忧益渐谪南荒韵三首》《示李陶隐》《寄李樵隐仁复》《寄李麟斋种学谨呈牧隐几下》《赠吉冶隐再》等,大都并附有"原韵"。《光山卓氏事迹书》也收录卓光茂等人诗文与事迹,其中卓光茂《景濂亭集》收录诗 20 首,多为与李齐贤、李穑、郑梦周、李崇仁等人的酬答之作。

44.偰逊家族

偰逊,字公远,号近思斋,回鹘人,元朝进士,后任翰林应奉文字、宣政院断事官,并选未端本堂正字,授皇太子经。元末大乱,避兵入三韩,封高昌伯,后改富原侯。卒于元至正二十年(1360)。偰氏为回鹘大族,在有元一代,登第者有九人,诗书礼义,浸渍数世。偰逊擅诗能文,与马祖常、余阙相上下。有子长寿、延寿、福寿、庆寿、眉寿,都以文学见长。著有《近思斋逸稿》。据偰长寿跋文,《近思斋逸稿》结集于元大都,最早为七册十三类,但后散佚仅余两卷,凡诗文共 700 余首。及东渡鸭绿江之后,又成《东录》一卷,计诗 300 余首,至洪武间,经偰长寿汇编刊刻行世。

45.文益渐

文益渐(1331—1400),小名益瞻,字日新,号大庇斋,历官至右文馆提学兼知制教。其见丽季儒学废而释教行,慨然以继绝学为己任,倡明正道,诋斥异端,教人必以忠孝之行、性理之学。以文章名世,留居大都时,与中原士大夫多有唱和。曾获罪于元顺帝,贬谪于交趾,在贬所撰有《云南风土集》。后还三韩。及李朝代兴,杜门不出。其后世文载豹撰《三忧堂先生实记》六卷,记载文益渐诗文及事迹。其中卷一为"诗"和"疏",收录文益渐所作《谪南荒叙别三首》等诗与《庚午封事》《元朝奏对》等文。

46.朴尚衷

朴尚衷(1332—1375),字诚夫,号潘南,谥文正,李穑门生。历官至判典校寺事,因主拒北元亲朱明而被杀。能诗擅文,著有《祀典》,其诗器局阔大,庄重典正。《东文选》《箕雅》均收录其诗作。

47.朴翊

朴翊(1332—1398),字太始,初名天翊,号松隐,历任礼部侍郎、翰林文学等。曾与郑梦周等讲论理学,才兼将相,屡次率兵抗击倭寇及平定内乱,多有战功。高丽将亡,与弟朴天卿解官归里,自号松隐,徜徉山水,咏诗抒怀,并与郑梦周、李穑、吉再等以忠义互勉。李朝建立后,杜门遁迹,屡召不仕。著有《松隐集》四卷,现有首尔大学奎章阁藏本。卷首为洪命周、赵斗淳序,叙记朴翊才学交游,不仕李朝的节行,特别褒扬他与郑梦周等倡导理学的功绩。诗作多为与郑梦周、李穑、吉再、朴宜中、卞季良等交游唱答之作。

48.韩修

韩修(1333—1384),字孟云,号柳巷,师从李齐贤、李穑,历任密直提学、进贤殿大提学等。文章雄赡,为诗清峻。著有《柳巷诗集》,现有首尔大学奎章阁藏本。卷首有权近撰《柳巷诗集序》,叙记韩修与李穑、李榖、李齐贤等人交游情况及其诸子编辑遗稿经历。全书收诗近300首,多是如《奉和益斋相国东国故事四诗》《逆李郎中入燕京》《次韵奉答牧隐先生》等唱酬之作。集后有尹会宗、韩浚谦识跋,叙记锦山州知州李通训等付梓刊行《柳巷诗集》经过,及壬辰倭乱中板毁,韩浚谦奉韩孝纯之命重新刊行诗集等事。

49.郑梦周

郑梦周(1337—1392),初名梦兰,后又改名梦龙,既冠改名梦周,字达可,号圃隐。历任艺文检阅、成均馆大司成、门下侍中等。与李穑等讲学兴儒,传扬理学,为元代理学高丽一脉的代表人物。忠于高丽,但力主拒绝元使,而臣服明朝,多次入明,后因反对李成桂代高丽被杀。著有《圃隐集》(《圃隐先生诗稿》)三卷。卷首有卢守慎序,称赞郑梦周"以性理之学倡导东方"。卷一为"诗",主要收录出使明朝所作诗,如《山东途中》《韩信墓》《高邮湖》《扬州》等,计126首。郑梦周与申叔舟等撰《海行总载》二十八卷,记载高丽、朝鲜外交与航海等史事。其中第一卷《前后使行备考》为郑梦周所撰,《郑圃隐奉使时作》为其洪武年间奉使时所作诗,共13首。

50.成石璘

成石璘(1338—1423),字自修,号独谷。历任翰林检阅、商议门下赞成事等。入李朝,授门下侍郎赞成事、判户曹等。著有《独谷集》二卷。卷首有徐居正序,称成石璘"气度豪逸，风流文采，迥出尘表，人望之为神仙"，其诗文"气雄以放，词赡而丽"。集中诗大部分成于高丽时期，主要为交游唱答之作。集后有赵瑾跋。

51. 金九容

金九容（1338—1384），字敬之，号惕若斋。元至正十三年（1353）登进士第，与郑梦周、李崇仁、郑道传等相友善，共同倡导性理之学。历任左司议大夫、成均大司成等。明洪武五年（1372）曾以书状官出使明朝，后被流放于大理，病卒于泸州。著有《惕若斋学吟集》三卷。卷首有河崙、郑道传序等，叙记金九容与李穑、郑梦周、李崇仁等人交游，称其诗"平澹精深"。集中《夜泊扬子江》《上汪丞相》《上礼部陶尚书》《金山寺》《高邮州次达可韵》《黄州》《荆州》等诗，都是其代表之作，广为流传。

52. 李存吾

李存吾（1341—1371），字顺卿，号石滩，历任右正言等职。早透性理，践履实地，学问既精，文章亦炳，与郑梦周、朴尚衷、郑道传、李崇仁、金九容等相友善，常相讲论。著有《石滩先生集》三编，现有延世大学中央图书馆藏本。上编"先生遗稿"，收录李存吾诗文，其中诗作《送胡若海照磨还台州》《送李副令使浙江》，广为流传；下编收录李存吾生平事迹文献及郑梦周、李穑、郑都卿、李春英等人所作追念诗文；补遗编收录《显义祠记》等。集后有李裕庆《石滩先生集后记》、李行敏《石滩先生集跋》，叙记其生平、气节及文集的集刊经过等。

53. 郑道传

郑道传（1342—1398），字宗之，曾游学于李穑门下，历任成均大司成、政堂文学等，与郑梦周、李崇仁、李存吾、金九容等相友善，相与讲论性理之学。学问深广，文章浑厚，是元代理学高丽一脉的代表人物。高丽末力主拒绝北元，臣服明朝。曾与郑梦周出使明朝，恢复与明朝关系。著有《三峰集》十四卷。卷首有权近、申叔舟序，称郑道传信道笃而不惑，并高度评价其诗文成就。除表笺书状之外，《仪真驿》《到广陵忆贺正使》《淮阴驿立春》《癸酉正朝奉天殿口号》《谢恩日奉天殿口号》《次黄州板上诗》《旅顺口用前韵呈徐指挥》《古亭驿》《登州待风》等，都是其代表之作。

54. 李詹

李詹（1345—1405），字中叔，号双梅堂，谥文安公历任艺文检阅、春秋馆编修官等。入李朝，任集贤殿大提学等。著有《双梅堂箧藏集》二十五卷，现存六卷，为朝鲜太宗、世宗年间刊本。其中，卷首有《双梅堂先生年谱》，卷一为"诗类"，卷二"观光录"，则收录其到南京朝贡往返沿途所作诗180余首。

55. 赵浚

赵浚（1346—1405），字明仲，历任通礼门副使、知密直司事兼大司宪等职。与郑道传等议革私田，力主行之。著有《松堂集》四卷。其中，卷首有李元祯、赵载明、赵载坤三人所作序,称"观其诗若文,发扬道德之光,摆脱雕镂之习,有可以兴起斯文,扶植风化者焉。其所造之深,所就之高,宜有以振当世之英声,起后人之敬服也"。卷一收录《寄徐御史》等诗作 120 余首。卷二收录《送大明使周倬》等诗作 50余首。卷三、卷四收录"疏"及"笺"。

56.河崙

河崙(1347—1416),字大临,号浩亭,受学于李穑,历任春秋馆检阅、密直提学等。入李朝,任赞成事等。元明之际,他与郑梦周、李崇仁等建议服华服,臣服明朝。明使周倬使高丽,河崙奉命迎送,与之多有交游。著有《浩亭集》五卷。卷首有柳致明、李景在二人序,叙记其与李穑之师承关系,赞颂其在理学方面的功绩,称其"文典重简雅,诗尚宋调,平铺浑厚"。诗作主要集中于卷一,收录有《次吉冶隐韵》《次权阳村韵》等交游唱答之作。

57.李崇仁

李崇仁(1347—1392),字子安,号陶隐,历任太学教授、艺文馆提学等。曾与郑梦周等共定学制,讲论程朱之书,倡导性理之学。明朝建立后,高丽遣使臣服,表文大多出自李崇仁之手。主张拒绝北元之使,而朝贡明朝,百官服一遵华制。著有《陶隐集》七卷,包括《陶隐先生诗集》和《陶隐先生文集》。明人周倬《陶隐先生诗集序》叙记洪武十八年(1385)出使高丽时与李崇仁握手论心情景,称李崇仁诗"清华而不浮,质而不俚,发奇丽于和平之中,寓优柔于严整之外"。郑道传、权近则认为,李崇仁"精深明快,度越诸子","天资英迈,学问精博","濂洛性理之学,经史百氏之书,靡不贯穿"。集中《阻风留登州次壁诗韵》《扬子江》《过仪真》《过淮阴有感漂母事》等,都是出使中国时所做的纪行诗。卷五中多收录李崇仁所拟高丽进明朝表。

58.崔瀁

崔瀁(1351—1424),字伯涵,号晚六。早年问学于舅父郑梦周,后中三元,与李成桂同榜,擢为第一。历任文院检阅、门下赞成事兼吏部尚书等。精于理学,曾与郑梦周一同出使明朝。入李朝后,隐居乡里,屡召不起。诗文结集为《晚六先生遗稿》,其中收录《龟赞诗》等诗。

59.李行

李行(1352—1432),字周道,号骑牛子,又号一可道人、白岩居士。历任艺文馆大提学等职,与郑梦周上疏斥佛,倡导程朱理学,并与李穑等表请服明朝衣冠,呼吁子弟入学,被称为"一代道学之宗典"。入李朝后,骑青牛归隐,多与元天锡、吉再等人往来酬唱,而屡召不起。博于经学,文章义理精深。诗文结集为《骑牛集》三卷,由朝鲜李之远、李天燮等编次。卷首有许传序,叙记李行才学政绩和忠于高丽的节行。诗作多写景纪行。

60.权近

权近(1352—1409)，字可远，号阳村。著有《阳村集》四十卷。卷首有明太祖朱元璋赐权近诗《题鸭绿江》《高丽古京》《使经辽左》三首。卷一至卷十为诗，收录诗共 900 余首。卷一主要收录权近出使明朝所作诗《出使》《奉朝鲜命至京》等 20 余首。卷六中组诗《奉使录》为其洪武二十二年(1389)奉高丽国王命出使明朝的日记诗，共 130 余首，"记奉使所历之地，所见之事"。组诗详细地记载了权近一行使团出使和行进时间、路线、所受迎送接待之礼，沿途游览及与高丽和明朝官员的交往、在南京朝见、赐宴情况等。卷十一至卷十四收录记文 45 篇，多记载山川景色、亭台楼阁、寺院庙宇、乡校官厅等。卷十五至卷二十收录《送天使端木公使还诗序》等序文 66 篇。卷二十一至卷二十三收录说、传、跋语、铭、赞、祭文等。卷二十四收录上明表笺 21 篇，本朝笺文 16 篇，内容涉及洪武二十一年(1388)明朝令开原军民归属辽东事，以及高丽与辽、元、明的疆界事等。余卷则收录疏、青词、策问、传状等。

61.卞仲良

卞仲良，号春堂，密阳人。生于元至正十三年(1353)，卒于明建文年间。受学于郑梦周，官至密直司左承旨。著有《春堂先生文集》，以目分为六部分。其中，卷首为金是瓒、洪奭周序言。"遗著"收录卞仲良诗 12 首。"拾遗诗并序"收录诗一首，序文一篇。"记迹"叙述卞仲良生平经历和登科事迹。"诸家摭言"则收录各书所载卞仲良事迹。

62.姜淮伯

姜淮伯(1357—1402)，世称通亭公，韩修门人，历任成均馆祭酒、大司宪等。入李朝后为东北面巡问使。李朝姜时会编《晋山姜氏行状实录》。其中《通亭公遗集》收录姜淮伯《客过旅顺口》《客中闻雁》《洪武戊辰冬奉表请王世子朝觐行至宝山驿次壁上韵》《次义州馆壁上韵》《扬州舟中》《读马援传》等诗作。

63.郑捴

郑捴(1358—1397)，字曼硕，号复斋，历官艺文馆学士等。著有《复斋集》二卷。卷上为诗，收录《送靖安君赴京师》《月夜独坐有感呈阳村》等交游酬赠诗作 160 余首。卷下为文，收录《高丽国史序》以及《贺圣节表》《贺平定胡人获宝玺表》等高丽上明朝表 14 篇。集后有皇甫良跋文，称赞郑捴之文"酿郁咀华，闲中肆外，可谓儒林之师范也"。

64.李种学

李种学(1361—1392)，字仲文，号麟斋，李穑之子，著有《麟斋遗稿》。所收《关东录》《南迁常山》等，均为纪行诗，其中《南行录》为其贬谪顺天府后赴贬所沿途所作诗，如《洪武己巳十二月初八日流顺天府青郊途中别弟兄》等，计 70 余首。

65.金澍家族

金澍,字泽夫,号笼岩。曾为高丽使节,出使明朝。归至鸭绿江时,闻李朝代高丽,于是寄其衣冠回家,只身返回中原,后隐于江浙间。金济为金澍之兄,号白岩,高丽覆亡后,乘舟浮于海,不知所终。李朝金养善辑编《双节录》三卷,记载金澍、金济兄弟事迹。其中,卷一为"遗稿"和"实记"。"遗稿"收录《鸬鹚赤壁联句》《平海海上诗》《鸭绿江别书状官》《寄夫人柳氏书》等诗文;"实记"收录金澍谥状等。此外《白岩先生复享实纪》则专门记载与金济有关的纪念诗文。

除上述之外,还有一些诗文总集等,广收元代高丽士人作品。较为知名者如《儒林考》收录高丽朝儒贤47人,按师承门派排列,指出其学术渊源。再如徐居正等编《东文选》,其中收录元代高丽士人白文宝等近百人所撰辞、赋、诗,有些高丽士人无文集行世,而赖此选以传。李朝洪重寅编《海东诗话汇成》二十二卷,其中卷五、六、七、八集皆为高丽士人之作。

四

元朝的大一统,促使当时的学者、文人经由历史意义上的"一带一路",自东西南北涌入中原,前所未有地结束了南北对抗而加强了东西沟通。自东而来的高丽士人与南北方和西域士人共同推动了元代文学与文化的繁荣。由以上考论可知,当时元代高丽士人数量众多,著述宏富,成就也颇高。金宗直《万卷堂记》曾评论说:"元有天下且百余年,文明之治,靡间华夷。"再加上科举复兴之后,"元一视同仁,立贤无方,东士故与中原俊秀并举,列名金榜"。在元代独特的文化生态中,元代高丽士人的学术与文学也蔚为大观。明人对其多有赞誉,高异志在《陶隐集跋》中曾引述出使高丽的周倬的话:"东方之国久被声教,而文学才艺之士后先相望。其见乎篇章、简什者,论事析理与属词之雅正,往往取法作者,有华夏之遗风。若牧隐李氏、圃隐郑氏、陶隐李氏皆其巨擘,而牧隐尤为先达也。"并肯定道:"余读之浃日,益信三韩之多士,而云章之言非过情之誉也。"元代高丽士人更通过献赠、上书、题咏、唱酬、赓和、咏史、纪事、评赞、议论、抄诗、请益、纪行、雅集等,活跃于元代文坛,不仅壮大了元代作家队伍,而且他们撰述的大量与元代有关的论著,更是元代文学的重要的组成部分。

"一带一路"视阈下 7—15 世纪阿拉伯地理古籍以及古地图中的中国研究

郭筠

内容提要　7—15 世纪的阿拉伯地理学、地图学高度繁荣,随着陆上丝绸之路和海上丝绸之路的发展,阿拉伯地理学家对遥远的中国的认识逐渐加深,留下了很多游记、交通史等地理著作。本文对 7—15 世纪阿拉伯地理古籍中有关中国的内容进行归纳、翻译,与中文典籍进行比勘,分析其最早记载中国的时间和内容,并归纳这一时期的阿拉伯地理古籍中的中国形象的认知特点。从阿拉伯世界的角度重新审视丝绸之路上中阿交往的历史以及文化传承发展,加强了"丝路故事"的历史根基,证明了中阿友好交往既是一种现实需求,也是一种历史发展的自然延续。随着中阿两大民族的互学互鉴和民心相通,中阿交往的优良传统必将进一步发扬光大,为进一步深化"一带一路"建设提供可资借鉴的启示。

关键词　7—15 世纪　阿拉伯　地理文献　中国形象

中世纪时期,阿拉伯文化凭借其特有的包容性、继承性和开创性,取得了令世人瞩目的成就,尤其是在地理学方面。7—15 世纪的阿拉伯地理学、地图学高度繁荣,地理学家开创了思考和研究地理知识的新的科学方法。在这一时期,随着陆上丝绸之路和海上丝绸之路的发展,阿拉伯地理学家通过游历、实地考察以及往来于海陆两条商贾的可信的参考资料,对遥远的中国产生了认识,这种认识随着时间的推移不断完善,留下了很多游记、交通史等地理著作。本文对 7—15 世纪阿拉伯地理古籍中有关中国的资料进行深入的研究,除去对道路和地名的考评外,以文献中对中国的宏观形象的关注和综合记载为主,从阿拉伯世界经典的角度审视这一时期中阿两大民族之间的跨文化交流以及阿拉伯世界对中国形象的认知情况,以史为鉴,为进一步深化"一带一路"建设提供可资借鉴的启示。

一、提及中国的阿拉伯地理古籍的数量及其原因

阿拉伯帝国创建之后,其经济、文化事业得到了迅猛发展。中世纪时,阿拉伯学者对于世界地理学的发展做出了非常卓越的贡献,涌现出一大批专业性的书。其中,很多专业书谈到中国。我们无法统计这类书的确切数量,但此类书在传播中国古代文化方面一直发挥着至关重要的作用。冯承钧通过广泛深入地研究,发现至少有 56 部出自大食、波斯、突厥地理学家的著作,内容都涉及了东方①。张星烺在《中西交通史料汇编》中介绍了阿拉伯国家的十位作家的地理学作品,他认为此类作家所撰写的资料对于研究中国历史有着重要影响②。在《阿拉伯波斯突厥人东方文献辑注》中,费琅提到,有 44 位阿拉伯作家在传播东方文明方面做出了贡献,此类作家几乎都出生于中世纪③。《蒙吉德辞典》中曾列出 60 本 7—15 世纪的历史地理古籍④,通过对已找到的手抄本的记载的研究,我们发现有 32 本书提到过中国,这些手抄本现存于埃及、沙特、伊朗以及法国、英国的博物馆中。开罗大学历史学家侯赛因·艾尼斯的《中世纪阿拉伯地理学以及地理学家史》以及著名地理学家克拉克·菲斯基的《阿拉伯地理文学史》中,列出了 7—15 世纪基本上所有的地理学家,我们从他们的地理学、地图学的相关代表作中(有些已遗失),找到了 50 部内容涉及中国的阿拉伯地理古籍。可以看出,阿拉伯地理古籍中包含中国内容的古籍的比例相当大。本文即以这些著作为基础展开研究。

7—15 世纪阿拉伯地理古籍中有相当大比例的古籍提及中国,其原因主要包括以下几个方面:

(1)悠久的中阿丝路交往史。首先,中阿两大民族均拥有悠久的历史和灿烂的文明。《史记·大宛传》中就提到,汉武帝就曾派使者访问阿拉伯地区⑤。早在公元 5 世纪之初,伊斯兰教出现之前的贾希利亚时期,中国人便开始和阿拉伯人通商⑥。考古学家在印度洋沿岸发现了许多中国陶器,这些陶器的历史可以追溯到公元 8—10 世纪,即中国唐朝和五代时期。许多文献、史实记录了中阿两国在丝路上的广泛交往。特别是中国的造纸术西传之后,中阿两国的形象与地理知识在两国中广为流传,而且随着时间的推移日渐丰富。中阿两国在各自人民的眼中再也不是一个未知的区域。唐代历史学家杜佑清晰地记载了有关大食的简要历史、地

---

① 冯承钧:《西域南海史地考证译丛》,第 2 册,商务印书馆 1995 年版,第 186 页。
② 张星烺:《中西交通史料汇编》,第 2 册,中华书局 2003 年版。
③ [法]费琅辑注,耿昇、穆根来译:《阿拉伯波斯突厥人东方文献辑注》,中华书局 2001 年版。
④ 蒙吉德:《蒙吉德辞典》,上海穆民经书社 1958 年版。
⑤ 江淳、郭应德:《中阿关系史》,"序言",经济日报出版社 2001 年版,第 15 页。
⑥ [法]安田朴:《中国文化西传欧洲史》,商务印书馆 2000 年版。

理环境、产品和习俗以及该地区的政治形势,这部分记载构成了唐代十分关注的西戎(the Western Barbarians)的大部分内容①。公元 8 世纪中叶,海运贸易已经有了长足的发展,正如哈里发所言,巴格达和中国之间没有任何障碍。因此,阿拉伯地理学家为了方便商人及使者了解中阿交往中必需的路线、交通、城市、天气、海上航行等信息,便开始了对中国的关注和记载的过程。

(2)求知欲望。中阿交往的一个重要原因在于求知,《圣训》中有这样一句话:"知识虽远在中国,亦当求之。"随着阿拉伯帝国的日益强盛,其版图横跨亚、非、欧三大洲,信徒们可以旅行到更加遥远的地方。这条圣训使阿拉伯人对中国产生了强烈的好奇心并对此十分向往,甚至在潜移默化中产生了情感。葛铁鹰教授对"去中国"圣训是否存在进行过研究,认为该圣训不过是断章取义,其后还附有:"知识虽远在中国,亦当求之,因为求知是每个穆斯林的义务。"中世纪阿拉伯人求知精神最重要的体现之一是翻译运动。学者们将希腊、波斯和印度的科学作品翻译成阿拉伯语。哈里发麦蒙十分重视地理学的发展,他曾要求通过土地测量绘制一张准确描绘世界形状的世界地图,以区分阿拉伯国家征服的土地和被征服的土地②。阿拉伯文化作为一类包罗万千的实用文化,正是求知的精神激励和鼓舞着阿拉伯地理学家不远万里地探索中国这片神奇的土地。

(3)对外扩张。四大哈里发时期,阿拉伯人以真主的旨意为由,开始对外征服,而土地的扩张十分需要地理书的指导。正如此类地理书的标题所示,很多地理书都称为路线、地区和王国之书,例如伊本·胡尔达兹卜的《道里邦国志》、伊本·豪盖勒的《省道与省区》、伊斯塔赫里的《省道图志》、巴克里的《列国道路志》等。《道里邦国志》一书提供了很多关于行政区域和城市划分的实用信息,包括从巴格达通往各个目的地的道路、重要的贸易港口和路线,以及对不同地区的税收评估。随着土地的扩张与阿拉伯帝国成立,伊斯兰教在整个阿拉伯半岛以外的地区迅速传播,毫无疑问地推动了其交通的发展。同时,波斯的衰败将阿拉伯势力引入中亚,通往丝绸之路中重要的绿洲城市的道路也迅速被打通③。伊斯兰教通过丝绸之路传入中国。

(4)阿拉伯人的固有文化。阿拉伯人的祖先自古以来就生活在沙漠上,因此喜爱猎奇和探索,这是由固有文化决定的性格特征。固有文化又称为沙漠文化或者游牧文化。而 7—15 世纪阿拉伯地理学家们正是因为这种性格的驱使,对于政治、交通、国王、建筑、民风、动植物等方面颇为热衷,甚至还包括长生不老药。而发生

---

① (唐)杜佑:《通典·边防九·西戎总序》,中华书局 1984 年版。

② Heribert Busse. *Arabische Historiographie und Geographie*[M]. Literaturwissenschaft. Wiesbaden,1987.

③ [德]克林凯特著,赵崇民译:《丝绸古道上的文化》,新疆美术摄影出版社 1994 年版。

在遥远的中国的故事能极大地满足他们的猎奇心理,所以作家们在编故事的时候,无须理会故事的真实性。这样的故事可以分为两类体裁,我们可以从地理古籍的名字中发现这一特点,即 رحلة rihla(游记或见闻录)和 عجائب aja'ib(奇闻趣事),而这些故事在阿拉伯国家中广为流传。例如伊本·胡尔达兹卜在他的《道里邦国志》中经常在路线的描述中插入一些有关当地习俗和商品的趣闻。阿拉伯地理学家对中国文化环境的描述,更偏向于大众的喜好,并非出于学术方面的探索。这些故事大多数来源于作者亲历的事件或者有过亲历经验的水手、商人的叙述,具有一定的真实性。此外,他们所描述的商品、民族、传教的重要数据及信息,都增进了他们对中国古代文明的了解。

二、阿拉伯地理古籍中有关中国的最早记载

中阿之间通过陆上和海上丝绸之路,建立起源远流长的历史交往。但我们对第一本有关中国记载的阿拉伯地理古籍仍需深入地探讨。在目前的研究中,提及中国的中世纪阿拉伯地理书籍可以分为三大类:第一,rihla(رحلة),翻译成中文就是"游记""见闻"等,主要描述作者来中国旅行、游历的见闻等;第二,地理专著类作品,主要是介绍道路、交通、城市或者城市风貌等;第三,地图,主要是标记有中国城市、海域的地图。

1."游记"类古籍

《中国印度见闻录》被誉为"在《马可·波罗游记》问世前,欧洲人了解和研究远东地理的最重要的参考书"[①]。书中描写了苏莱曼在中国的旅居生活以及他在中国的所见所闻。索瓦杰明确表示:"《中国印度见闻录》为人们呈现出来的史料价值是其他所有著作都望尘莫及的,它比《马可·波罗游记》早了将近 400 年,在目前存世的阿拉伯地理学文献当中,这是最早叙述中国风土人情的游记。虽然书中的内容存在阐述方面的缺陷,不过,这并不影响其在阿拉伯文献资料中的杰出地位。"[②]商人苏莱曼在其航行报告中对中国和其他国家的海上贸易做了详细记录[③]。中世纪,旅游的危险无处不在,地理学家对中国虽有向往,但通常无法成行,因此,他们大量地复制其他地理学家在水手、旅行家及其他旅行者处听到的故事。费琅考察了 46 部有关东方的阿拉伯著作,他认为"只有苏莱曼是真正到过印度、印度尼西亚和中国的旅行家"。公元 851 年,苏莱曼完成了著作《中国印度见闻录》,随后,艾

---

① 许晓光:《天方神韵:伊斯兰古典文明》,四川人民出版社 2002 年版,第 219 页。

② [阿拉伯]苏莱曼著,穆来根、汶江、黄倬汉译:《中国印度见闻录》,中华书局 2001 年版译者"前言",第 27 页。

③ [美]希提著,马坚译:《阿拉伯通史(下册)》,商务印书馆 1995 年版,第 377 页。

布·载德·哈桑·西拉菲对该著作进行了增补。张星烺认为该书是目前已知的最早介绍中国风情的阿拉伯地理书。这本书与《道里邦国志》相比，更为丰富地描写了有关中国的地理、文化、历史遗迹和风俗。例如，苏莱曼就对中国人饮茶的习俗进行了详细的描述，中国的茶文化也借此在西方世界声名远播。

此外，还有一部游记类地理书我们不得不提及，即《伊本·白图泰游记》。该书涉及中国的篇幅不是很多，但作者着重介绍了中国的道路建设、城市发展事宜。这本书中记载的某些事件与我国史料的记载高度一致，有些甚至是我国史书上所忽视的，其内容反映了元朝时期穆斯林在我国的游历状况，是我国史学家们经常参考的重要史学资料[①]。

2. 地理专著类古籍

就此类作品而言，伊本·胡尔达兹卜（820—912）所撰写的《道里邦国志》是阿拉伯国家最早描述性地理学的作品，同时它也是第一部描述中国生活风俗的阿拉伯地理著作。在其影响下，逐渐形成了伊拉克学派独特的风格。"他的书是迄今为止单独成帙的最早的地理学著作。"[②]经过与法国、英国、荷兰学者的合作考证，日本著名地理学家桑原骘藏在《唐宋贸易港研究》中提到的"记载当时回教徒航行于中国贸易港之事迹，最早而确实者"[③]，即是《道里邦国志》。相较于游记类作品，其对于中国的描述更加完整、更加立体，语言较为正统、严肃，不仅介绍了通往中国的道路，还花费大量笔墨来介绍中国的"港口"。该著作一度被人奉为圭臬，对后人的创作产生了较大的影响。地理学家艾布·菲达（1273—1332）曾多次在其《地名辞典》一书中引用："《道里邦国志》作者曾在书中提过，中国境内城市众多，水道纵横。"[④]依据德·胡耶的考证，此书的初稿应该完成于846年，885年才真正定稿。学术界对于该观点持存疑态度，有部分学者认为此书在撰写进程中并没有所谓的一稿、二稿。如果说该书真的有初稿，那么这个初稿就是最早记录中国人生活状态的阿拉伯地理古籍。

除了以上著作外，影响比较大的还有《地名辞典》，其作者是雅古特·哈玛维（1179—1229）。《地名辞典》有着"集中世纪地理学之大成"的美誉，其对后世的影响可见一斑。在该书当中，作者单独列举了一章来讲述中国，此章的字数超过了1万字。有关数据显示，除了这个专门叙述中国风俗民情的章节外，在其他章节中作者经常提到中国。中国一词出现的次数为11次，在前言当中出现了22次。《地名辞典》重点介绍了中国的山川、历史遗迹、商道建设情况等内容。

---

① ［摩洛哥］伊本·白图泰著，马金鹏译：《伊本·白图泰游记》，宁夏人民出版社1985年版。

② ［波斯］伊本·胡尔达兹卜著，宋岘译：《道里邦国志》，中华书局1991年版，译者"前言"，第13页。

③ ［日］桑原骘藏：《唐宋贸易港研究》，山西人民出版社2015年版，第64页。

④ 郭筠：《中世纪阿拉伯地理学研究》，上海外国语大学2012年博士学位论文。

3.地图

众所周知,天文学家花剌子密(780—850)翻译了托勒密的《地理学》,并以此为基础编写了《地形学》。书中附着的地图被认为是伊斯兰教兴起以来第一张地图,这张地图中描绘了天空和地球,但这张图现已遗失。在托勒密的地图中,并没有出现中国南海以及各大港口,但在花剌子密的书中仍有关于中国的描述①。花剌子密在书中描述了三个中国港口城市②。朴贤熙教授也证明了这一观点,"这本书是伊斯兰世界现存最早的地理记录,也是第一个用 al-Sin(الصين)来指代中国的阿拉伯记录"③。中世纪阿拉伯地理学家们常常忽视或者轻视这些地图,认为这些地图并没有准确地描摹出世界。但他们所绘制的世界地图远比希腊地理学家绘制的地图更为全面和完善,尤其对位于最东方的中国地理位置的描述更是如此,打开了世界了解中国的窗口。例如巴勒希学派的地理学家在撰写地理专著时,往往带有浓厚的伊斯兰教色彩,在他们的想象图中,世界陆地像一只神鸟,中国是鸟的头。地理学家伊德里西(1100—1166)在他的《云游者的娱乐》(又称为《罗吉尔书》)中留下 70 多幅地图,其中最著名的是《伊德里西世界地图》④,该书首次提出把地球划分为"七大区域"并进行了十分详细的描述。根据这一观点,中国属于第七区域:中国或"中国之中国"、最东方的区域。麦斯欧迪在他的《黄金草原》中也提到了七大海洋,最东方的是中国海。⑤ 阿拉伯地理学家的地图更像是"理想图",代表了人们是如何感知世界的,如何表达以及传播他们的认知的。

三、阿拉伯地理文献中的中国形象特点

1.中国的总体形象是积极、正面、美好的

(1)中国君主贤明智慧,拥有至高无上的权力。

《中国印度见闻录》有四处提到了中国的皇帝。他认为,中国国王是仅次于阿拉伯的国王的君主,是位于世界第二位的国王。麦斯欧迪曾高度赞誉中国国王,他说中国国王不但拥有庞大的军队和无尽的财富,还体恤民情,刚毅勇敢,其养兵之道堪比巴比伦国王们。他还提到中国出口的商品"金、银、珍珠、锦缎和丝绸,所有

---

① Ptolemy, trans. Helmut Humbach. *Geography*, Book 6: *Middle East*, *Central and North Asia*, *China*. Wiesbaden: L. Reichert, 1998—2002,102—104.

② 花剌子密:《地形学》,手抄本,现存于亚历山大图书馆。

③ Park Hyunhee. *Mapping The Chinese And Islamic World*. Cambridge: Cambridge University Press,2012.

④ 穆罕默德·伊德里西:《云游者的娱乐》,手抄本,现存于亚历山大图书馆。

⑤ 麦斯欧迪:《黄金草原与珠玑宝藏》,贝鲁特时代书局 1988 年版第一卷,第 160 页。

这些东西都非常丰富"①。从中可见,在阿拉伯人的心里,中国皇帝是至高无上的、神圣的,更有甚者是理想化的,其地位仅次于阿拉伯国王,若不向其交纳贡品,当地连雨水都不会光顾。中国皇帝掌管着幅员辽阔的土地和富饶的资源,其卫城宏伟壮观、超凡脱俗。

(2)中国地大物博、物产丰富、制度严明、商贸安全。

阿拉伯人对中国的生活是怀有好感且十分向往的。伊本·白图泰在《伊本·白图泰游记》中生动地描绘了这一点:"中国幅员辽阔,地大物博,从农林果蔬到金银矿藏,都是其他国家无法相比的。"《中国印度见闻录》中写道,Khanfu(现在的广州),是中国最大的港口,商人们在广州经商的过程非常规范与公平。广州穆斯林的数量非常庞大,穆斯林法官会按照伊斯兰教的法律来维护和保障穆斯林商人的权益。除此以外,书中对中国的四大港口也有描述。

说到中国的商贸,伊本·白图泰给予了高度评价。他说:"对于商旅来说,中国地区是最美好的地区。"伊本·瓦尔迪(1292—1349)在《异境珠玑与胜景宝藏》中写道:"中国幅员辽阔,从最东边到最西边大约要三个月,从中国海一直延伸到印度海南部,经度跨度比纬度要大。中国主要分为七个地区。据说有七百多座城池,数不清的村庄和岛屿,地底埋藏着金矿。"②该书还写道:"中国人精于政治,公正贤明,又善于雕刻、绘画。"此外,伊德里西在他的《云游者的娱乐》中甚至写到中国人会杀死偷盗者来维持公平。

(3)中国人心灵手巧,手艺精湛。

中国人的心灵手巧是举世闻名的。《中国印度见闻录》中,把中国人描写成"地球上最聪明的人"以及"家具和工艺品的大师"。对于制作得美妙绝伦的器皿,不管其原产地是哪里,阿拉伯人都习惯将其称作"中国的"。"中国"这个词在阿拉伯语中不做专有名词时,它的意思就是瓷器。时至今日,那些精致的盘碟依然被人们称作"中国"。古往今来,中国人对于奇珍异宝的制作一直独具天分,以巧夺天工的精湛手艺赢得举世称颂。麦斯欧迪对中国人的评价非常之高,《黄金草原与珠玑宝藏》一书中称赞中国人在雕刻、丝绸、瓷器以及手工艺方面是技术最娴熟的人③。《伊本·白图泰游记》写道,中国瓷器是最物美价廉的。中国瓷器以其精美绝伦而举世闻名,它物美价廉,销路非常之广,远销至印度、阿拉伯国家。

2.有关中国的记载具有连贯性

本文选择了7—15世纪这一时间段作为背景,阿拉伯帝国在这一时期历经了

① 麦斯欧迪:《黄金草原与珠玑宝藏》,贝鲁特时代书局1998年版第一卷,第160页。

② 伊本·瓦尔迪:《异境珠玑与胜景宝藏》,手抄本,存于沙特阿拉伯国王大学。

③ 葛铁鹰:《阿拉伯古籍中的中国研究——以史学著作为例》,上海外国语大学2008年博士学位论文,第19页。

几个王朝的更迭,中国历史也从唐朝至宋朝再到元朝。大约在公元 750 年,这两个民族的历史进入了一个新的戏剧性的阶段。从《地形学》《中国印度见闻录》《道里邦国志》等首批描写中国的阿拉伯地理古籍开始,到伊本·纳迪姆(935—990)的《目录》、比鲁尼(973—1048)的《印度志》、麦格迪西(945—990)的《各地知识的最佳分类》、伊德里西(1100—1166)的《云游者的娱乐》、艾布·菲达(1273—1332)的《地名辞典》等,直至 14 世纪,整个阿拉伯地理学开始日渐衰落,此时尚有《伊本·白图泰游记》问世。在此期间,阿拉伯地理古籍中从未停止对中国的关注,甚至在书中辟有中国专章。阿拉伯人对中国的向往一脉相承,从未停歇。

3. 绝大多数的内容源自实际生活,切实可信,非常翔实

阿拉伯地理古籍有着独特的使用价值,我们可以将其与中国史书进行比勘,并从阿拉伯人眼中反观中国文化。如伊本·纳迪姆《目录》中提到了中国医生拉齐的故事,虽然对中国医生的能力有些夸大,但是从这些细致的描写中,我们可以发现当时的阿拉伯人对中国已经有了比较深入的了解。唐贞元年间地理学家贾耽(730—805)在书中记录了我国通往西域的道路,对于碎叶至咀逻斯路段的描述和阿拉伯人的记载是一致的。他的《海内华夷图》是"中国和伊斯兰世界最早描述广州与波斯湾之间海上航线的现存记录"。我们可以将《伊本·白图泰游记》中所记载的内容与贾耽所记录的广州入南海道相对照。我们发现,唐朝时国人将撒拉赫特海称之为"质海",而古代典籍当中所提到的"碳"其实就是马六甲海峡;昆都兰海在唐代被称为军突弄海,其实就是现在的爪哇海北部以及暹南部;桑吉海其实就是我国的南海[①]。阿拉伯地理古籍中提到的中国穆斯林的情况,也成为那个时代阿拉伯人在华生活的例证。《伊本·白图泰游记》中描述的景象,在与其同时期的中山府(今河北定县)《重建礼拜寺记》中就有对应的话:"回回人遍天下。"[②]唐、宋时期的中国经济已经非常繁荣,阿拉伯、波斯等国的商人纷纷入华淘金,将东西方的交往推向了新的高度,两国人民彼此更加了解,建立了深厚的友谊。南宋、北宋时期,伊斯兰教主要在留居、侨居中国的阿拉伯人、波斯人及其后裔之间传播,这与唐朝时期并无二致,是伊斯兰教在我国初步传播的特征之一。还有很多阿拉伯古籍中提到的中阿丝路交往的路线,我们也可以从中国陶瓷、银锭和钱币的考古研究中得到证实。

但是,7—15 世纪阿拉伯地理古籍中有关中国的描述也有很多缺失之处。为了吸引读者的注意力,他们对于有关中国形象的描写过于想象化和随意化,例如中国的鸡体格堪比鸵鸟,作者将所有精巧的手工艺品全都归为中国制造,等等。学者

---

① 张广达:《西域史地丛稿初编》,上海古籍出版社 1995 年版。
② 邱树森:《伊本·白图泰眼里的中国穆斯林》,《西北第二民族学院学报》(哲学社会科学版),1993年,第 1 期。

们将这些书与汉文古籍进行对比研究后得知,阿拉伯地理学家们经常互相抄袭[①],《黄金草原与珠玑宝藏》一书中有不少内容与《中国印度见闻录》相似。虽然这些地理学著作充斥着大量令人不可置信地奇闻,还存在抄袭的内容,但是绝大多数的内容是源自实际生活、切实可信的。

四、对进一步深化"一带一路"中阿文明互鉴的启示

本文从阿拉伯世界的角度重新审视丝路中阿交往的历史,并以史为鉴,顺应"一带一路"的倡议,加强"丝路故事"的历史根基,依托并增进中阿传统友谊,证明中阿友好交往既是一种现实需求,也是一种历史发展的自然延续。经贸、文化、宗教各方面官民并举的友好交往,不断发扬光大,一直延续到今天。早在 2014 年 6 月,习近平主席在中阿合作论坛第六届部长级会议开幕式上的讲话中就指出:"中国同阿拉伯国家因为丝绸之路相知相交,我们是共建'一带一路'的天然合作伙伴。"[②]丝绸之路上满载着中阿互通有无、互助共荣的故事。"讲历史传统友谊"成为当今中阿外交话语体系的共同话语之一。因此,中阿交往应依托并增进中阿传统友谊,加强中阿彼此的认知和相互了解,尊重世界多样性,讲好丝路故事,实现中阿文化的良性互动与完美交融,才能超脱文明之间的隔阂与冲突、实现各种文明之间的共存。研究 7—15 世纪阿拉伯地理古籍中的中国,既是中阿交往史、历史地理等学科的需要,也对"一带一路"中阿文明互鉴具有十分重要的现实意义。

---

① 葛铁鹰:《阿拉伯古籍中的"中国"研究——以史学著作为例》,上海外国语大学 2008 年博士学位论文。
② 习近平:《在中阿合作论坛第六届部长级会议开幕式上的讲话:弘扬丝路精神,深化中阿合作》,2014 年 6 月 5 日。http://politics.people.com.cn/n/2014/0605/c1024-25109727.html。

全球视野中的元代文人游历之风[*]

黄二宁

内容提要 受到疆域扩大、道路开通、交通便利以及机会利好等因素的影响，元代东、西、南、北之间的人员往来和经济文化交流呈现出前所未有的繁荣景象。元代文人或被动或主动地受到时代潮流的感染，游历之风盛行。游历成为元代文人的日常生活状态，这使得元代文人走向自然、走向异域、走向新的陌生世界，极大地影响着元代士风与元代文学风貌，并深刻地影响着元代文人的思想与观念。从全球史的视野来看，元代文人的游历活动是13—14世纪全球范围内兴起的远距离游历与跨文化互动的重要组成部分，极大地推动了南北文化、东西文化之间的相互影响与融合。

关键词 元代 文人 游历 全球史

元代疆域之辽阔，陆、海交通之便利，远超往代。元代文人随军征战、海外出使、朝圣代祀、北游求仕、宦游各地，江南、塞北、东海、西域以及海外，都留下了元代文人的足迹。与元代以前的文人游历相比，元代文人游历出现了一些新的变化，表现为人数规模变大、游历地域变广、距离变远、族群变广泛、样态变多样等等。但长期以来，学术界对元代文人游历之风的认识是缺失的，至少是不完整的。或许是囿于元朝是由蒙古族建立起来的统一王朝，研究者多关注元代的隐逸风气，并将元代文人隐逸与不出仕异族王朝的民族气节相联系。近年来，学界开始关注元代文人游历盛行的事实。查洪德《元代诗学通论》指出，游历之风是元代文坛四种风气（隐逸之风、游历之风、雅集之风、题画之风）之一，"在元代，文人之游历，不管从人数规模说，还是从地域范围说，都是空前的。游历所受到的关注，也是空前的。游关乎诗文，也关乎人生"①。最为集中关注元人游历问题的是《文史知识》2015年第11

---

* 本文系国家社科基金重大项目"13—14世纪'丝路'纪行文学文献整理与研究"（立项号：17ZDA256）成果之一。

① 查洪德：《元代诗学通论》，北京大学出版社2014年版，第79页。

期的《特别关注:蒙元人的游历》①,这可以说是近年学界有关元人游历研究的标志性成果。这些成果为我们认识元代文人游历风气廓清了历史的迷雾,但还缺乏整体性的论述。本文将在学界已有研究的基础上,从全球视野出发,进一步考察元代文人游历之风的相关问题。

一

元代以前,文人游历以战国游士与唐代文人漫游最具代表性,但其活动的地域范围均难与元代文人的活动范围相提并论。陈栎在《送赵子用游京师序》中表示:"按太史公所游不过江南而止耳。苏子由……所谓京师,乃指汴梁之京,京以北未尝游也,曷尝得见? 今日之天下,乃从开辟以来,未尝有之混一,极天地之所覆载、日月所照临之疆域……"②元代以前的文人游历范围不过是在中原和江南,和"极天地之所覆载,日月所照临之疆域"的大元相比,自然是相形见绌。可以说,元代文人游历首次具有了世界性。

元代文人游历的世界性,首先得益于空前广大的疆域。兴起于漠北草原的蒙古族群,历经数十年西征南伐,"……起朔漠,并西域,平西夏,灭女真,臣高丽,定南诏,遂下江南,而天下为一。故其地北逾阴山,西极流沙,东尽辽左,南越海表。……元东南所至不下汉、唐,而西北则过之,有难以里数限者矣"③。横跨欧亚的元帝国,其疆域远迈汉唐,实现了"五代宋辽金时期所梦想不到的对于辽阔疆土的大统一"④。论者均认为:"元时武功,超轶前代,远征军足迹之所至,东至于高丽及日本海,西服中央亚细亚、大食、波斯,以及欧罗巴之东部,北及于北冰洋,南达印度洋诸岛。"⑤可以说,元代首次将各自独立的东西方世界长期地联系在一起,使得元代文人游历带有了世界性的特点。

辽阔的疆域极大地拓展了元代文人的活动空间,使得元代文人在游历空间范围上极大地超越了前代文人。我们略举几例,以见元人游历之广远。比如往西方,早在1220年,耶律楚材随蒙古大军西征,到达河中府(中亚撒马尔罕)。再往西,至元二十四年(1287),出生在大都的景教徒列班·扫马受伊利汗阿鲁浑派遣出使罗

<hr>

① 本期《文史知识》共刊发五篇文章,分别是:魏崇武《蒙元初期儒士的朝圣之行——以杨奂〈东游记〉为中心》、党宝海《蒙元时代的中国西行者》、黄二宁《元代的海洋经略与元人的海上游历》、周思成《元人诗歌中的安南出使与南国奇景》、邱江宁《元代北游风尚与上京纪行诗的繁兴》。《文史知识》2015年第11期第3—42页。

② 陈栎:《送赵子用游京师序》,李修生主编《全元文》,第18册,第83页。

③ 宋濂等:《元史》卷58《地理一》,中华书局1976年版,第1345页。

④ 陈鸿彝:《中华交通史话》,中华书局2013年版,第347页。

⑤ 白寿彝:《中国交通史》,岳麓书社2011年版,第153页。

马教廷、英国、法国等,被称为是最早访问欧洲各国的中国旅行家。往北方,元代文人走出长城,走向塞外,走向和林(今蒙古国境内后),打开了更为壮阔的草原画卷。往东方,元代文人到达辽东、高丽、日本等。往南方,大理、云南、安南(今越南)、真腊(今柬埔寨)以及东南亚诸国,都遍布元代文人足迹。大德五年(1301),元廷派遣穆斯林前往索马里、摩洛哥访问,并采购珍禽异兽与香药。杨枢(1283－1331)[①]曾经到过忽鲁模思,忽鲁模思在今伊朗境内,是位于霍尔木兹海峡以北的滨海城市。[②] 江西人汪大渊不仅效仿司马迁在南北游历,更乘舟游历海外,成为横跨欧亚的元帝国的受益者。"唯豫章汪君焕章,少负奇气,为司马子长之游,足迹几半天下矣。又以海外之风土,国史未尽其蕴,因附舶以浮于海者数年然后归。其目所及,皆为书以记之。较之五年旧志,大有径庭矣。"[③]至正九年(1349),汪大渊著《岛夷志略》一卷成。该书载有99个国家和地方,提及地名达220个,是中国古代关于太平洋西岸、印度洋北岸区域地理著作之最杰出者。[④]

元代文人游历的世界性,其次得益于蒙古治下时期空前便利的交通网络与驿站设施。根据学者的研究,自成吉思汗时期起,大蒙古国在其境内普遍设立驿站,配备人员和牲畜。窝阔台汗时期,确立驿站制度,并将驿站交通线路扩大到钦察汗国、察合台汗国、窝阔台汗国、伊利汗国境内。贵由汗、蒙哥汗时期,蒙古帝国的驿站对东西方往来起到了更为积极的作用。忽必烈统治时期,在蒙古帝国驿站的基础上,在元朝全国范围内实行驿站制度,以元大都为中心,形成较为发达的交通网络,贯通东西南北。在元朝全境内,自大都向四周辐射出严密的驿站交通网络,水站、陆站多达1500处。[⑤] 可见,元代高效便捷的交通网络,为当时东西南北之间的人员大循环创造了前提条件。论者指出:"元代的交通,是对汉唐大陆交通与两宋海外交通的综合与拓展。元代的海陆交通网覆盖了亚洲大陆的广阔地区,直达东欧与阿拉伯半岛……并直通孟加拉湾、波斯湾与红海一带,直通非洲东海岸。它使汉唐时代人们就向往着的与欧非人民的直接交往变成了现实。"[⑥]中、西方世界之间的交通主要是依靠两条线路:陆上丝绸之路和海上丝绸之路。而在元代,陆、海丝绸之路全面贯通,进入"东西方陆路交通的鼎盛时代"[⑦],"元代的海外交通,规模之大,超过了包括宋朝在内的以往任何一个时代"[⑧]。

---

① 李修生主编:《全元文》,凤凰出版社2004年版,第30册,第293－294页。

② 杨镰:《元代文学编年史》,山西教育出版社2005年版,第365页。

③ 陆心源:《皕宋楼藏书志》卷35,清光绪万卷楼藏本。

④ 邱江宁:《中国学术编年史·元代卷》,华东师范大学出版社2013年版,第366页。

⑤ 乌云高娃:《站赤:元代驿站交通网新样态》,《中国社会科学报》2017年3月27日。另外,党宝海《蒙元驿站交通研究》(昆仑出版社,2006年版)对蒙古治下时期的驿站交通做了专门深入的研究。

⑥ 陈鸿彝:《中华交通史话》,中华书局2013年版,第347页。

⑦ 刘迎胜:《丝绸之路》,江苏人民出版社2014年版,第228页。

⑧ 陈高华、陈尚胜:《中国海外交通史》,中国社会科学出版社2017年版,第66页。

除了学界关注较多的中西之间的陆、海交通,元代南北之间运河的连接与海运交通航线的开辟,也为南人北游和北人南游提供了极大便利。元廷在至元二十六年(1289)和至元二十八年(1291)先后开凿了会通河与通惠河,贯通了南起杭州,北至大都的大运河,大大提高了内陆水路交通的效率。黄公绍《题燕山行录》云:"今天下之趋燕者千途万辙,而由江右,则扬澜左蠡,浮于江,达于淮泗,至于汴,达于河,济河惟冀州,以至于燕。由江左,则当涂采石,济江惟扬州,至于清河,达于邳徐,至于河,济河惟兖州,至于河间,以达于燕。"①另外,元代先后开辟了三条南北之间的海运航线。其中,第三条航线是至元三十年(1293)开辟的,顺风十日即可抵达目的地。特别是到了元中后期,文人南下北上多走海路。郑东《送郭彦昭北游三首》之一云:"白面郎君好远游,却从辽海上幽州。十日南风行万里,牵牛夜夜在樯头。"②由此可见由海路北上的效率非常高。

元人对于元代的交通驿站成就颇感自豪。虞集《龙兴路新作南浦驿记》云:"我国家建元立国,统一海宇。著驰驿之令,以会通天下之情,以周知天下之务。视日力之所及,道理之远近,纵横经纬,联络旁午,皆置馆舍,以待往来。水行者,有舟楫以济不通,置驿亦如之,无间内外者久矣。"③俞希鲁《驿传序》亦云:"皇元奄有区宇,薄海内外,罔不臣属,驿置之设,未有盛于今日者。"④石仁博《重修石首水驿记》:"皇元立法,陆传以骑,水运以舟,规模弘远矣。"⑤

此外,从全球史的角度来看,"在 1000 年至 1500 年间,东半球各民族在旅行、贸易、交流和互动方面比以往任何一个时期都更为频繁和密切。蒙古以及其他游牧民族所建立的庞大帝国为这一跨文化的交流互动提供了政治基础。当他们征服并平息了广大地区时,游牧民族为过往的商人、外交人员、传教士以及其他旅行者提供了安全的通道……所以,远距离旅行变得比以往任何时期都更加容易,而像伊本·白图泰和马可·波罗这样的个人旅行家有时还冒险在东半球大部分地区旅行"⑥。贸易、外交和传教活动是三种最为重要的游历原因。如果我们将元代文人的游历放在全球范围内的远距离游历的背景下来看,就会发现元人游历与元代以前文人游历的不同之处,即元人游历的世界性,它是伴随着蒙古帝国的建立,在 13世纪的全球范围内兴起的远距离旅行和跨文化互动的重要组成部分。蒙古帝国不

---

① 黄公绍:《题燕山行录》,《全元文》,第 13 册,第 37 页。
② 郑东:《送郭彦昭北游二首》,顾瑛辑、杨镰、祁学明、张颐青整理《草堂雅集》,中华书局 2008 年版,第803 页。
③ 虞集:《龙兴路新作南浦驿记》,《全元文》第 26 册,第 591 页。
④ 俞希鲁:《驿传序》,《全元文》第 33 册,第 36 页。
⑤ 石仁博:《重修石首水驿记》,《全元文》,第 54 册,116 页。
⑥ [美]本特利、齐格勒著,魏凤莲译:《新全球史(第五版):文明的传承与交流(1000—1800)》,北京大学出版社 2014 年版,第 134 页。

仅让中国南北重归一统，也让东西方世界空间连接在一起。西方大量传教士、商人、旅行家东来，就是一种具有历史开创性的新现象，是明清时期西方传教士东来的先声。

二

元代文人游历除了具有世界性的特点以外，还具有长期性的特点。这种长期性与政权的稳定性、南北大一统、两都制度的确立、文人群体华夷观念的淡化等有关。

蒙古帝国的建立，使得中西世界广大地域被统一在一个强有力的政权之下。元廷积极开通道路，建立驿站，修建馆舍，使得出行的便利性、安全性较其他时代更加突出。来自西方的传教士、商人等沿着虽然漫长但是空前稳定安全的草原丝绸之路和海上丝绸之路自如来往于中西世界。元代文人作为元廷使节，出使异域，前后延续数十年。比如从宪宗七年（1257）兀良哈台征安南时遣使招降开始，到后至元元年（1335）帖柱、智熙善、傅若金等赴安南宣顺帝即位诏，元廷 27 次遣使安南，前后持续近 80 年。不少文人如徐明善、陈孚、文矩、智熙善、傅若金等参与出使。①

相对而言，元代南北之间的文人游历更具有长期性的特点。元代文人南北游历长期性的原因是多方面的。

首先，南北大一统为文人远游创造了条件。元人对此有所描述："自中州文轨道通，而东南岩岷岛客，无不有弹冠濯缨之想。彼诚郁积久而欲肆其扬扬者也……"②"东南慷慨士大夫异时局于地狭，不得远游为恨。自中原道开，游者响奔影赴，惟恐居后。"③中原作为北宋王朝曾经的领地与中华文化发源地，对于南宋士人具有特别的政治意义和文化意义。在南方文人北游的同时，大量北方文人或因随军征战，或因职务调动，或因对南方风物的向往而游历南方。"较早到江南任职的'北人'，有胡祗遹、卢挚、燕公楠、高克恭、陈思济、鲜于枢等人。……作为清点南宋皇室文献的官员，临安刚刚易主，王构与李衎就受命到临安调取三馆图籍及礼器仪仗。此外，畅师文本来就是元南征的军士。而民间的交流如同潮流涌动：刘因、白朴、关汉卿、曾瑞等几乎所有重要的北方籍文学家都曾先后前往南方。"④

其次，大都作为统一政权首都的确立，对南人北游形成了强烈的政治吸引力。

① 黄二宁：《论元代安南纪行诗的书写特征与诗史意义》，《南开学报》2016 年第 5 期。
② 戴表元：《送子仪上人北游序》，戴表元著，李军、辛梦霞校点《戴表元集》，吉林文史出版社 2008 年版，第 158 页。
③ 戴表元：《送郑圣与游阙里序》，《戴表元集》，第 177 页。
④ 杨镰：《元代文学编年史》，第 106—107 页。

有学者指出，就文人群体流向的总体趋势观之，"是从外邑流向都城，由边缘流向中心"①。元大都作为当时的政治中心，是政治资源、文化资源的集中之地，自然成为南士北游的首选。"京师固舟车文物之会，而遭时休明，圣天子更化，群贤汇进。……今既遭其时矣，四方之游京师者，且相属道路矣。"②特别是至元二十三年（1286），程钜夫奉忽必烈之命南下江南招贤纳士，极大地激励了南方文人的仕进之心。以程钜夫江南访贤为标志，南士北游者迅速增多，成为更值得瞩目的现象。所谓"宋革，当天朝收用南士，趋者澜倒"③。特别是元贞、大德时期，元代南方文人的北游之风渐盛。方回《再送王圣俞戴溪》云："宇宙喜一统，于今三十年。江南诸将相，北上扬其鞭。书生亦觅官，裹粮趋幽燕。"④这是南北一统三十年以后南士北游盛况。元贞、大德、延祐年间是南士北游的高峰期。⑤ 这个时期的南方文人已经没有了元初南方文人的亡国悲情和遗民之思，而是开始理直气壮地北游大都，寻求仕进机遇，饱览自然山川。临川艾庭梧的话说出了广大江南士人的心声："吾生四十年前，欲一望大河之外，不可得。今幸遭盛明，极日月所出，车辙马迹皆可至，奈何守一丘一壑，而自比于井中之蛙乎？吾将浮游乎齐、鲁、燕、赵、韩、魏、秦、陇之郊，问古帝王之所都、圣贤之所起，其余风遗俗犹有存者乎？其高人魁士犹有伏畎亩、偃林薮而未起者乎？吾将求之，以益吾所欲闻。"⑥

值得注意的是，由于元代实行两都制度和文臣扈从制度，这一时期的南方文人游历上都之风甚盛。上都作为在元代繁荣一时的草原新都城，在元代以前可以说是寂寂无闻。元代诗僧释梵琦有诗云"向来冰雪窟，今作帝王州"（《上都十五首》）、"自从为帝里，无复少人烟"（《开平书事十二首》），可见一斑。虞集说："世祖皇帝建上都于滦水之阳，控引西北，东际辽海，南面而临制天下，形势尤重于大都。大驾岁巡幸，中外百官咸从，而宗王藩戚之期会、朝集，冠盖相望。"⑦特别是 1304 年国子监设分学于上都，1321 年翰林国史院设分院于上都，受此影响，文人游历上都之风达到最盛，也直接导致了上京纪行诗创作的盛行。论者指出："上京纪行诗的盛行实际是元仁宗、文宗时期，文治盛行，文臣开始有以扈从并大量分署上京之后。"⑧

再次，文人群体对游历的积极态度成为元代文人游历之风盛行的内在思想基础。随着元朝政府对南方文人的招揽任用，经历了元初约十年的对峙和观望，南方

---

① 梅新林：《中国文学地理形态与演变》，复旦大学出版社 2006 年版，第 436 页。
② 傅若金：《送刘伯原适武昌将之京师序》，傅若金著，史杰鹏、赵彧校点《傅若金集》，吉林文史出版社 2010 年版，第 257 页。
③ 杨维桢：《张北山和陶集序》，《全元文》，第 41 册，第 241 页。
④ 方回：《再送王圣俞戴溪》，《桐江续集》卷 28，清《文渊阁四库全书》本。
⑤ 可参看辛梦霞：《元大都文坛前期诗文活动考论》，花木兰文化出版社 2012 年版。
⑥ 吴澄：《送艾庭梧序》，《全元文》，第 14 册，第 248—249 页。
⑦ 虞集：《贺忠贞公墓志铭》，《全元文》，第 27 册，第 510 页。
⑧ 邱江宁：《元代上京纪行诗论》，《文学评论》2011 年第 2 期。

文人群体的遗民情绪逐渐消退。南宋灭亡时年龄尚幼的新一代南方文人成长起来,有着强烈的出仕需求。越来越多的南方文人尝试北游京师,寻求仕进机会,实现自己的用世抱负。在写给北游文人的赠序中,知名文人也不再强调华夷之别,而是鼓励南人北游。他们认为,南北一统的时代为文人北游提供了条件,南人北游,恰逢其时。比如李存《送朱可方序》云:"盖尝闻诸长老,前五十年,东南士君子之有志于四方者,局局然,惴惴然,不得过大江一步。今幸遇明时,际天极地,无不交车辙马迹焉。"①徐明善《送叶士心序》亦云:"盖六合同轨,既历三纪,东南士何可不北游也?"②吴澄《送何太虚北游序》云:"士可以不游乎?男子生而射六矢,示有志乎上下四方也,而何可以不游也?"吴澄将士人之游上升到了继承圣人之学的高度来认识,他认为:"夫子上智也,适周而问礼,在齐而闻韶,自卫复归于鲁,而后雅颂各得其所也。夫子而不周、不齐、不卫也,则犹有未问之礼、未闻之韶、未得所之雅颂也。上智且然,而况其下者乎?士何可以不游也。"③傅若金《送何时春北上》或许可以概括元中期士人远游求用的精神:"何郎早赋远游篇,慷慨题诗向别筵。自古衣冠多爱士,只今台阁况求贤。秦吴道路元通楚,赵魏人材总入燕。好向明时致勋业,莫将风雨负华年。"④这个时期的文人有一种盛世之感,出游求仕也就理所当然。"今天下为一家,而九州同风,万方同轨。士生斯时,以盛壮之年,有强毅之力,周游遐览,多其识而丰其蕴,独非愿欤?"⑤正如陶安《送易生序》中所说:"以是观于今之世,南士志于名爵者率往求乎北,北士志于文学者率来求乎南。求名爵有命得不得未可期也,求文学委心穷理必期于得也。"⑥可以说,游历成为当时流行于元代文人群体中的一种风尚。即使是由于种种原因不能远距离游历的文人,对游历依然持支持态度,表现出了对游历者的艳羡和自己不得游历的遗憾。比如元代中期江西士人李存年轻时曾想远游,但由于种种原因,未能成行,终身抱憾。只要有士人远游求序,他一定欣然作序,多加鼓励。

三

元代文人游历之所以能够成为当时盛行的时代潮流与社会风气,与游历的人数多、规模大、持续久、影响深密切相关。这体现在游历文人主体的方方面面。

首先,元代文人游历体现为官方与民间同时兴盛的局面。随着蒙古族群的不

① 李存:《送朱可方序》,《全元文》,第 33 册,第 309 页。
② 徐明善:《送叶士心序》,《全元文》,第 17 册,第 200 页。
③ 吴澄:《送何太虚北游序》,《全元文》,第 14 册,第 232 页。
④ 傅若金:《送何时春北上》,《傅若金集》,第 145 页。
⑤ 梁寅:《赠周孟辉序》,《全元文》,第 49 册,第 411 页。
⑥ 陶安:《送易生序》,《陶学士集》卷 12,清《文渊阁四库全书》补配清《文津阁四库全书》本。

断对外征服，元代文人被裹挟其中，充当各种使节，东奔西走，南下北上，甚至远渡重洋。正是因为元代文人作为使节出使的情况很多，所以有学者认为元代文人游历多奉使之游。[①] 与带有官方色彩的文人游历不同，元代文人的求仕之游、采诗之游、朝圣之游、山川之游等则更多地体现为民间化、个人化的色彩。[②]

其次，元代文人游历在族群、信仰等方面都呈现出多元化的特点。元代各族群文人均参与了游历。如元代文人西游的代表耶律楚材是契丹人，丘处机是汉人。元代南方文人北游则是以南方汉族文人为主。特别是随着北游文人的增多，在大都的南方士人逐渐形成了带有南方色彩的朋友圈与交游圈。"皇庆、延祐年间，籍贯东南的文人在京师形成了一个文化圈，如袁桷、虞集、柳贯、黄溍、贡奎、范梈、杨载、揭傒斯等人，都任职于集贤、翰林两院，驰骋清要，翰墨往复，更为倡酬。"[③]这是一个来自南方的、聚集在大都的游历文人群体。元代南游的北人则族群成分复杂。比如西域色目人大量迁入中土，游历江南，濡染中华文化，形成了值得注意的西域色目诗人群体，马祖常、贯云石、廼贤、萨都剌等均是游历南北的西域色目人后代、诗文大家。马祖常有诗《壮游八十韵》，叙述了自己的游历经历，其游踪涉及河南、安徽、甘肃、宁夏、河北、大都、上都、湖北、江苏、浙江、福建等。萨都剌一生足迹遍布大江南北，南到江苏、浙江、福建，北到大都、上都等。廼贤一生三次远游，北到大都、上都，南到江苏、浙江、福建等，所谓"其之官，绝巨海而北上；其出使，凌长河而南迈"[④]。高丽文人李齐贤游历中原和南方，成为元代北人南游的一道别致的风景。另外，僧人释梵琦北游大都、上都，道士丘处机西游西域，道士朱思本周游四方，畏兀儿人、基督教聂思脱里派教士列班·扫马出使游历欧洲，等等，都显示出元代游历文人在信仰上的多元化特点。元代是中国历史上一个民族大迁徙、大融合的时代。西方人游历中国，中国人游历西方，南方人游历北方，北方人游历南方，元朝使臣远渡重洋前往东南亚甚至抵达非洲，大量人员频繁的、常态化的交互流动成为元代社会充满活力的表征之一。

再次，元代文人游历在主体方面还具有家族性的特点。这种家族性特征主要体现在两个方面。一方面是家族成员结伴出游。吴莱《送宣彦昭北赴京师》写到了兄弟游历京师："去年春风来，我已送子兄。今年春风来，我复送子行。"[⑤]吴澄《赠兰谷曾圣弼序》可以看作是同辈出游的典型："其伯兄季弟亦皆出游。兄以儒得仕，

① 査洪德：《元代诗学通论》，北京大学出版社 2014 年版。

② 关于元代文人游历的类型样态，可以参看笔者的博士学位论文《元代知识精英流动与文学生成研究》，北京师范大学，2015 年。

③ 杨镰：《元代文学编年史》，第 433 页。

④ 张以宁：《马易之金台集序》，《全元文》，第 47 册，第 483 页。

⑤ 吴莱：《送宣彦昭北赴京师》，《渊颖集》卷 3，四部丛刊景元至正本。

弟以阴阳家得仕,各能随世择术,以干名利。"①还有父子、族亲等同时出游。比如揭傒斯、揭汯父子,揭汯"侍父入燕都,补太学生,端方有威仪,六馆士敬惮之。或哗笑方殷,闻君履辄止。是时,虞公及欧阳公皆在朝廷,交称君美"②。杜延之的父亲早游京师,影响所及,杜延之也表示要北游京师,一观上国之光,以洗耳目之陋。③欧阳玄与族弟齐吾同客京华,有暇则相聚谈诗。④浦江郑氏有不少人游宦大都,成为郑氏子弟北游的巨大动力。另一方面是文人游历与家族兴衰密切相关。从家族的角度来看,文人出游的目的之一在于显亲扬名、继承家声。刘鹗(1290-1364,江西永丰人)《送胡宗性归武宁诗卷序》云:"夫人生天地间,为人子者,孰不愿立功名以显扬其亲? 为人父者,孰不欲以功名显扬期其子? 故为子者乐于远游,为亲者往往亦喜其子能远游而无离忧也。"⑤因此,文人游历往往肩负着家族振兴的使命。如戴表元《送方中全北行序》写一个家族的兴衰,对方中全的北游给予了厚望:"方氏家世宦学能名,其将复自中全始矣。"⑥

四

从战国时期的游士到汉代的游学、游谒,再到唐代文人的漫游以及宋代文人的游宦,文人游历历代皆有。受到疆域扩大、道路开通、交通便利以及机会利好等因素的影响,元代东、西、南、北之间的人员往来和经济文化交流呈现出前所未有的繁荣景象。元代文人游历之风大盛,与战国时期的游士之风、唐代文人的漫游之风一起,构成中国古代文人游历史上的三个高峰。放在全球史的视野下,元代文人游历还是13-14世纪全球范围内的远距离游历与跨文化互动的重要组成部分。历史是由人参与的。正是因为有了众多个体的参与,才能形成潮流,造成影响,显出特点。那么,我们应该如何认识和评价元代文人的游历之风呢?

首先,要真切理解元代文人游历之风,必须将其放在13-14世纪全球大交流、中国大开放的角度来理解。"元时中外交通之盛,亘古未有,而中外文化之交换亦以此时最为频繁与深刻。"⑦正是元帝国的建立,才使得中西之间、南北之间的人员往来和文化交流呈现前所未有的繁荣。元代文人游历之风既是这种全球大交流的

---

① 吴澄:《赠兰谷曾圣序》,《全元文》,第14册,第150页。
② 宋濂:《元故秘书少监揭公墓碑》,《宋学士文集》卷63《芝园续集》卷3,《四部丛刊景明正德》本。
③ 蒋易:《送杜延之赴京序》,《全元文》,第48册,第108—109页。
④ 欧阳玄:《环山诗稿序》,欧阳玄著、魏崇武、刘建立校点《欧阳玄集》,吉林文史出版社2009年版,第80页。
⑤ 刘鹗:《送胡宗性归武宁诗卷序》,《全元文》,第38册,第519页。
⑥ 戴表元:《送方中全北行序》,《戴表元集》,第144页。
⑦ 白寿彝:《中国交通史》,岳麓书社2011年版,第153页。

背景下产生的，同时元代文人积极参与，也进一步推动了这种交流。可以说，在元代以前的文人游历，都不具有这种世界性、长期性以及多元性的特点。从全球史的视野来看，元代文人的游历活动是13—14世纪全球范围内兴起的远距离游历与跨文化互动的重要组成部分，极大地推动了南北文化、东西文化之间的相互影响与融合。

其次，元代文人游历之风的盛行，反映了元代文人积极的用世之志与求仕诉求，开拓了元代文人的视野、见识和心胸，激发了高昂进取的元代士风的形成。许有壬《大一统志序》云："我元四极之远，载籍之所未闻，振古之所未属者，莫不涣其群而混于一，则是古之一统皆名浮于实，而我则实协于名矣。"[①]游历可以看作是和隐居相对应的概念。在以蒙古人为核心族群建立起来的元王朝，文人游历必须克服长期以来形成的华夷有别的文化观念。在这一点上，北方文人要比南方文人更容易适应。耶律楚材、丘处机、金莲川幕府文人群体、南方文人大量北游等，都是元代文人寻求仕进机会的体现。在以往的研究中，我们对这一点的认识不足。游历进一步增进了元代文人对元政权的政治认同，激发了元代文人高昂进取的士风。苏天爵曾对比南宋士大夫与元代士人征行中的不同气概，指出南宋士大夫"起居服食，率骄逸华靡。北视淮甸，已为极边。及当使远方，则有憔悴可怜之色"，而元代士人面临远游"殊无依依离别之情也"[②]，可见元代士风之振作。

再次，元代文人大量的、长时间的游历，使其得江山之助，以全新的眼光看待和记录全新的自然景观和人文景观，元诗中出现了很多新内容、新观念、新风格。[③]吴澄有诗云："往年南北一江限，今日车书四海同。快哉双眸窥宇宙，鄙哉百计入樊笼。"[④]黄公绍看到了武阳大尹鲁斋李君所做的《北游吟记》，百感交集，但最让他感慨的是南北一统以后的畅意北游："少时读康节诗，有'车书万里旧山川'之句，尝恨此生不见斯事。今四海一家，而余老矣，此其感三。鲁斋挟一世豪，持四方志，乃今得遍观而访古，历览而骋怀。彼黍离离，过都兴闵周之叹；维水泱泱，见雒动思禹之想。其自谓情发于声，触事成句，鲁斋之感何如也？苏栾城于山见嵩华，于水见黄

---

①　许有壬：《大一统志序》，《全元文》，第38册，第124、125页。

②　苏天爵：《跋胡编修上京纪行诗后》，陈高华、孟繁清点校：《滋溪文稿》卷28，中华书局1997年版，第470页。

③　邱江宁《海陆"丝路"的贯通与元代诗文的独特风貌》（《文学评论》2017年第5期）、《海、陆丝绸之路的拓通与蒙元时期的异域书写》（《文艺研究》2017年第8期）两篇论文对此有集中翔实的讨论。本人的博士后出站报告《元代文人游历之风与元人行旅诗研究》（南开大学，2018年4月）对元代文人游历与诗歌风貌之间的关系也有所讨论。

④　吴澄：《送龚舜咨南归有序》，《吴文正集》卷94，《清文渊阁四库全书》本。

河,于京师见天子之宫阙,而后知天下之文章。"①那种在南宋时期欲北游而不得的心情,在南北一统以后得到了巨大的释放,"人海茫茫名利场,盛年快意一观光"②。张之翰《送白湛渊》:"君言南北久分裂,混一光岳气始全。平生眼界苦未宽,要看中原万里之山川。"③此诗为南士北游提供了正当的理由。游历成为元代文人的日常生活状态,这使元代文人走向自然、走向异域、走向新的陌生世界,深刻影响着元代文学风貌。耶律楚材和丘处机的西域诗歌、以南方文人为主创作的上京纪行诗、陈孚等出使文人的安南纪行诗,以及大量的北人南游行旅诗、南人北游行旅诗等,从题材、内容、风格等方面都改变了宋、金诗歌的旧面貌,体现了元代诗歌的新面貌。

最后,在六合同风、九州共贯的大一统时代,元代文人的游历生活深刻地影响着他们的思想与观念。文人在游历过程中积极参与当时社会的知识建构和文化传播,成为那个时代睁眼看世界的人。特别是考虑到那是一个多元文化急切需要互相了解、磨合、融合的时代,更可以凸显出元代文人游历的文化意义。可以说,元代文人游历促进了元代多族群、多地域文化之间的交流与认知,推动了元代多族士人圈的形成与活动,有利于东西文化交流和南北文化均衡发展,对于涵养出东西南北是一家的大元气象,形成多元一体的中华文化具有积极意义。

---

① 黄公绍:《题北游吟记》,《全元文》,第 13 册,第 36 页。元初,有不少以北游为主要内容的诗集,比如,黄仲元:《题宋蜀翁北游诗卷后》,《全元文》,第 8 册,第 315 页;张伯淳:《跋杨有之北游集》,《全元文》,第 11 册,第 202 页;张伯淳:《跋周子英游燕稿》,《全元文》,第 11 册,第 203—204 页;黄公绍:《题北游吟记》,《全元文》,第 13 册,第 36 页;黄公绍:《题燕山行录》,《全元文》,第 13 册,第 37—38 页;吴澄:《皮昭德北游杂咏跋》,《全元文》,第 14 册,第 474 页;欧阳玄:《北行录》,《全元文》,第 34 册,第 458 页;等。

② 吴澄:《彭泽遇成之之京都有序》,《吴文正集》卷 92,清《文渊阁四库全书》本。

③ 张之翰:《送白湛渊》,《西岩集》卷 3,清《文渊阁四库全书》本。

13—14 世纪丝路拓通背景中的日常生活书写

——以杭州为探讨中心

唐云芝

内容提要 借由蒙古所力拓之东西丝路的畅通,13—14 世纪由东西作家共同参与的,以杭州为典型场域的中国日常生活书写,呈现出异于传统形态的时代新变。其一,基于国家疆域的开拓与出行范围的扩大、交通的迅捷,视域开阔的空间体认与轻松愉悦的出行体验成为时人日常书写中的新风尚;其二,建立于深切融合与互动基础上的多族化与国际化社交场域于此时期形成,带来跨族属、国别交游书写的繁兴;其三,依托丝路商贸往来频繁且极速的流动,多种世界性交流之质素向中下层民众日常生活渗透,并输出于时人日常生活书写纪实之笔触,由此一改此前中土文人对丝路风物书写的整体虚拟形态与笔法。

关键词 13—14 世纪 丝路 日常生活书写 杭州 元朝

13—14 世纪的元王朝通过空前的疆域扩张与发达的交通建设实现了海、陆丝路的全面拓通,正所谓"梯航必达,海宇会同,元之天下,视前代所以为极盛"[①],中国历史呈现出开放与畅达程度前所未有的中西联结、南北一统的地理与政治格局,以征战、商贸、民族迁徙、跨国行旅等多种方式形成的东西经济与文化交流皆得到大幅拓展。在这一背景中,人们日常生活的多个方面较之前代发生着显著变化,而以此为对象的文学书写也体现出其时代新变。于此时期,先后沿着通达的丝路来到中国,以马可·波罗、鄂多立克、马黎诺里、伊本·白图泰等为代表的一批中世纪西方旅行家,更是以其游历之作,使中国之民情日常,以及大都、上都、杭州、泉州等一批丝路要道上的交流都会,第一次浓墨重彩地进入世界性书写。这些由东西作家共同参与的 13—14 世纪丝路拓通背景中的日常生活书写,构建出一幅极具世界性体验与交流的历史画面,非常值得关注。而较之有政治加持的北方两都与纯海港城市泉州,依托于陆、河、海运交通的三线贯通,由南方偏安政权首都变为大一统帝国南方统治中心及南北经济文化交流枢纽,甚而成为 13—14 世纪以丝路为纽带的世界经贸体系中心之一的杭州,无疑更具丰富的典型意义。

---

① 宋濂等撰:《元史》卷一〇一《兵志四·站赤一》,中华书局 1976 年版,第 9 册,第 2583 页。

一、丝路拓通背景中的杭州空间及其日常出行书写之变

自"吴越开镇,南宋启都"①,杭州确立起"东南第一州"的地位,但却长期处于一个因南北对峙与割裂而相对闭锁的地理空间里。至元十三年(1276),已征并西域,平定夏、金,臣服高丽、南诏的蒙古军队,攻入南宋都城临安,将偏安一隅近两个世纪的江南地区纳入一个"舆图之广,历古所无"②的南北大一统格局之中。后几经迁革,杭州被确立为元王朝最富庶之江浙行省省治,"山川之盛跨吴越闽浙之远,土贡之富兼荆广川蜀之饶"③。更重要的是,一方面,以大都为集结中心的南北大运河在元初的直线贯通,使得作为运河南端的杭州,成为东西陆上丝路的内陆延伸结点,杭州与包括蒙古高原在内的北方地区以及中西亚的陆上联系空前加强。另一方面,在元王朝开凿海漕,及远通欧、非二洲,近贯南亚、东南亚、东北亚国家的海上航线的开拓中,杭州不仅成为元初期所设七大市舶港口之一,更以作为江浙行省首府的政治优势与运河南端的地理优势,成为泉州、庆元、澉浦、温州、广州等其他海港贸易路线通向帝都与腹地,以及帝都、腹地资源由各港口运往世界的重要接入与接出点。陆上丝路由大都南下,伸延至杭州;海上丝路由杭州进入运河,接续北进。可以说,在海、陆丝路的全面贯通中,杭州虽然在入元之后失去了政治中心的地位,但成了南北经济文化交流的重要枢纽,也成为以丝路为纽带的东西经贸体系,尤其是世界海洋经贸体系的中心之一,与其时繁忙的地中海海域港口遥相呼应。

从"宋国旧宫墙"到"元朝新省府"④,这个发生了巨大变化的杭州及其外在关系空间成为与时人日常生活息息相关的重要背景,也由此,观瞻与感慨杭州及其所处疆域空间的变化成为时人日常生活书写中的一种新风尚。

可以在13—14世纪时人登吟具有杭州地标性质的拱北楼诗中窥见一二。拱北楼为大德年间元政府改旧宋朝天门遗址所建,"阑楯北向,实拱皇都","示尊君亲上之诚也"。文宗年间,楼毁,复"新兹崇构,以竦视瞻"⑤。文人柳贯铭曰"引首北顾,咫尺神京","提封四海,其旅莘莘"⑥。可见,拱北楼实际可视为元朝特设的一个代表着归附于元大一统政权之后杭州政治与地理空间的象征实体。这座位于交衢中心的楼宇成为当时五方之人往来杭州的日常经行之处,也吸引着一批名贤俊彦登临吟咏,如赵孟頫、鲜于枢、袁桷、张伯淳、戴表元、曹伯启、朱晞颜、杨载、钱惟

① 刘伯缙等修,陈善撰:《万历杭州府志·序》,万历七年刻本。
② 《元史》卷七《本纪第七·世祖四》,第1册,第138页。
③ 苏天爵:《江浙行省浚治杭州河渠记》,李修生主编《全元文》,凤凰出版社2004年版,第40册,第154页。
④ 释道惠:《送杨秀才游杭》,杨镰主编《全元诗》,中华书局2013年版,第20册,第403页。
⑤ 柳贯:《拱北楼铭》,魏崇武、钟彦飞点校《柳贯集》,浙江古籍出版社2014年版,下册,第345页。
⑥ 柳贯:《拱北楼铭》,《柳贯集》,下册,第346页。

善等皆有歌诗赋之。这些诗篇大多借楼咏城,体现出对杭州及其所处空间变化的自觉审视。如著名翰林馆臣赵孟頫与江浙行省色目官员庆童同上拱北楼,赋诗曰:"提封内向三千里,比屋同封百万家。"①喜登元朝延祐首科进士的杭州士子杨载在金榜题名后登临拱北楼,极目南北:"北瞻帝阙三千里,南控臣藩二百州。"②沉于下僚的浙籍诗人朱睎颜亦感于拱北楼"雄吞二景开黄道"之地理位置,并勾连起杭州"远接三辰入紫薇"③的空间局势。可见,在元朝南北一统格局中,杭州获得了向北向南极大延伸的外在关系空间,而活动于其中的诗人,不论身份、阶层,莫不对此有着自觉且自豪的体认与书写,并体现出逐渐向外投射的地理视域与更为开阔包容的地理眼光。

于此也不难理解,杨载在大批遗老撰作钱塘怀古诗以感伤朝代兴废之中,独抒大一统文人气概:"九域舆图今混一,百年耆旧独兴哀!"④西域诗人萨都剌登杭州萧山邑两山亭有感而发:"四海混一车书同,形胜何须限南北!"⑤同为夸赞杭州山水奇秀、民物康阜的名家词曲,11世纪初叶的北宋词人柳永对杭州的定位是"东南形胜,三吴都会"⑥,元曲家关汉卿则言"普天下锦绣乡,寰海内风流地"⑦,参照视角呈现从传统东南三吴地区到颇具世界性的"天下"与"海内"的变换。14世纪中叶文人贡师泰言"杭之为郡,内接京畿,外控诸国"⑧,正是元人从国内与国际两个视角对杭州地缘与政治空间意义的敏锐把握。

国家疆域的扩张极大开拓了杭州的外在关系空间,自然也大幅拓展了杭州的日常出行范围,而于丝路拓通背景中全面打通的杭州陆、河、海运交通,更使得元朝时期从杭州出行四方尤为通畅。西北、西南方向由内河网络与驿站系统可逾阴山、极流沙,东北与东南方向浮槎万里则可际北海、越南洋。其中主要由大运河带来的南北往还之便捷更使得时人以杭州为集散中心的南北流动之势在元时期达到一个历史高峰,而以京杭运河贯通并由两京驿道伸延至草原上都的南北交通干线成为其时最为繁忙的一条出行路线。南方人士"至京师,北极和宁之地,以观乎兴王之胜地,以交于国人大族之豪杰"⑨成为一时之潮流。广阔的出行范围和疆域空间让时人尤其热衷于日常纪行书写,其中如钱塘道士马臻、遂昌诗人尹廷高、杭州径山寺僧楚石、金华道士王炼师等,皆为彼时由杭州出行两都并以诗记录往返全程的典

① 赵孟頫:《杭州拱北楼》,任道斌编校《赵孟頫文集》,上海书画出版社2010年版,第216页。
② 杨载:《题拱北楼》,《全元诗》,第25册,第268页。
③ 朱睎颜:《拱北楼》,《全元诗》,第18册,第339页。
④ 杨载:《次韵钱塘怀古》,《全元诗》,第25册,第267页。
⑤ 萨都剌:《登两山亭》,《全元诗》,第30册,第298页。
⑥ 柳永著,薛瑞生校注:《乐章集校注·中编·望海潮》,中华书局2012年版,第322页。
⑦ 关汉卿著,蓝立蓂校注:《汇校详注关汉卿集·【南吕】一枝花·杭州景》,中华书局2006年版,第1698页。
⑧ 贡师泰:《杭州新城碑》,《全元文》,第45册,第304页。
⑨ 虞集:《可庭记》,王颋校点《虞集全集》,天津古籍出版社2007年版,下册,第750页。

型。从这些书写中可以发现,13—14 世纪蒙古治下时期的日常出行情境与体验已深受丝路拓通背景影响而呈现出大异于前的时代面貌。

以 14 世纪初马臻出行两都之程为例。元成宗大德五年(1301)春,马臻随嗣天师张与材赴上都,经历了宋时南北两隔的马臻,于北上途中"一路吟诗写驿亭"①。据其诗,可知其先以水路,由钱塘江进入运河,渡长江,过维扬、瓜洲,再以驿路经行邳州、徐州、新州、东平等州县,又渡汶水、御河,水陆并进,于本年五月抵上都。"离家时节正条桑,船到瓜洲麦已黄"②,用时近四个月。次年初春,经两都驿路,渡滦河南归,停大都下。又从大都直接以运河南下,暮春时节即归西湖滨上,用时仅两月左右。由于选择的交通方式与个人阅历的前后差异,诗人北上与南归呈现的出行体验有着明显差异。北上时"平野莽无人,飞沙垢颜脸。如何大暑月,旅食备艰险"③,"上阙何时到,乡心日夜悬。蹇驴车辙路,羸马夕阳天"④,反复传达着的是羁旅行役之苦。南下则完全是另一般光景。其《渡御河》有云:

> 御河出天津,浩浩流水急。质哉鼓儿船,一站过三日。归心空如驰,布帆风力软。曲肱倚篷窗,草岸绕船转。维舟纵晚眺,草色浮春空。广野无阡陌,欲往忘西东。行行计故里,未觉道路长。缅怀燕耆旧,却在天一方。舟车载名利,动越万里隔。讵识玄中言,若辱乃大白。圣君执大象,万方文轨同。请看金台高,英贤尽趋风。⑤

鼓儿船是元初为调运粮食北上特地制造的一种轻捷之船,由此诗看在当时也兼民用。诗人乘着鼓儿船,北上时不知"上阙何时到"的焦躁疲倦,已变为"未觉道路长"的怡然自适,看似诉说着归心似箭,实际却似乎更不舍随着"浩浩流水"快速远去的京城与友人,这从其由此前于风尘仆仆中哀叹"富贵非所愿"⑥的踟蹰之状一改为高唱圣君募贤的积极之态亦可窥知。所以此诗虽为用杜甫纪行名作《东屯月夜》中"日转东方白,风来北斗昏"一联为韵而作,但显然与杜甫诗中呈现的浓郁"客愁"有着完全不同的诗境。这种诗境的差别,正是个体出行观念与交通体验的不同所致。所以,其他突破南北界限,皆以运河往返京杭的尹廷高、释楚石、王炼师等人,无论北上还是南归,几乎皆少有对羁旅行役之苦的书写,且随着视野的开阔,被反复载咏于诗的更多是于便捷的出行中所获得的疆域体认之喜。若"平生舆图见纸上,万里乾坤今眼观"⑦是初渡长江经行金陵的乍见之喜,"太平有象如何画,

---

① 马臻:《回南》,《全元诗》,第 17 册,第 53 页。
② 马臻:《瓜洲渡书怀二首》,《全元诗》,第 17 册,第 43 页。
③ 马臻:《鲁中》,《全元诗》,第 17 册,第 44 页。
④ 马臻:《过沙河》,《全元诗》,第 17 册,第 44 页。
⑤ 马臻:《渡御河用少陵日转东方白风来北斗昏为韵》,《全元诗》,第 17 册,第 53—54 页。
⑥ 马臻:《过沙河》,《全元诗》,第 17 册,第 44 页。
⑦ 尹廷高:《丙午端阳抵郡》,《全元诗》,第 14 册,第 48 页。

人在乾坤混一图"①是终抵大都的欢呼雀跃，"千里始足下，山海务伟观"②，"丈夫四方志，未用赋归田"③，"一览山河开耳目，何当弹铗赋归欤"④等，则莫不抒发着一种国家疆域拓宽中出行四方的壮怀激烈。

以此出行体验再来视此前提及的题咏拱北楼之诗，又可发现，除却杭州的南北空间局势之变，诗中展现的时人审视京杭空间距离的情境变化亦值得深味。代表如赵孟頫"举头便觉长安近，时倚阑杆望日华"⑤、朱晞颜"长安只在蝉蜒处，莫向西风赋落晖"⑥。综合二者诗境：伫立于南北坦途开拓中的拱北楼之上，曾经不能企及的千里之外的京城，已如在咫尺，所以当送别时连离情别绪也无须有。在这里，"日近长安远"的经典情境被颠覆，援引西风与落晖赋颂离情的传统诗情亦被打破。虽为夸张化诗语，但确实切合了南北大运河的直线贯通使得京杭空间距离大大缩短的历史实情。由京城看杭州亦如是。北方诗人张之翰在大都送别友人赴杭任官，有诗曰："莫惜辞燕远入吴，圣朝南北混车书。四千里是两都会，三百年开一坦途。簿领定应谈笑了，宴游多在治安余。西湖烟景钱塘月，尽作归舟卧看图。"⑦诗亦无半点离情之诉，倒是四千里如归的情境让人清新于目。

值得补充的是，航海亦是 13—14 世纪南北出行的一种重要方式，由杭至京顺风只需十日。早在 13 世纪末，吴郡诗人宋无即随江南漕舟北上大都，并写下中国第一部航海诗集《鲸背吟集》。14 世纪中叶，元后期的江南战火使得运河北向途梗，近海漕运航线成为南北交通要道，不仅京师"远使频从海上来"⑧，"乘桴浮海"也成为此时江南民众日常出行书写中一种频见的交通选择。这些航海出行书写亦皆很少传达当事人对海上凄风苦雨、惊涛巨浪的恐惧与埋怨心理，而由诸如"乘兴风波万里游，清如王子泛扁舟"⑨，"北斗天中银阙时，南薰海上金帆开"⑩，"挂帆遥发海东城，十日南风万里程"⑪，"月出鲛门生海潮，长风万里送轻舠"⑫等语所营构的稀松寻常、迅捷自如的航海情境，却让人不得不意识到当时发达的海上交通已与民众日常生活紧密联系。

① 王炼师：《大都》，《全元诗》，第 24 册，第 84 页。
② 王炼师：《行行重行行》，《全元诗》，第 24 册，第 93 页。
③ 尹廷高：《约正卿北行》，《全元诗》，第 14 册，第 22 页。
④ 王炼师：《白沟河》，《全元诗》，第 24 册，第 87 页。
⑤ 赵孟頫：《杭州拱北楼》，《赵孟頫文集》，第 216 页。
⑥ 朱晞颜：《拱北楼》，《全元诗》，第 18 册，第 339 页。
⑦ 张之翰：《送李仲芳赴临安省掾》，《全元诗》，第 11 册，第 126 页。
⑧ 成廷珪：《寄湖州兀颜太守时有福建参政之除》，《全元诗》，第 35 册，第 424 页。
⑨ 朱希颜：《自题》，《全元诗》，第 21 册，第 405 页。
⑩ 刘仁本：《送进士王好问浮海会试》，《全元诗》，第 49 册，第 243 页。
⑪ 释来复：《送马易之编修泛海北还》，《全元诗》，第 60 册，第 136 页。
⑫ 张庸：《送龙子高都事航海之山东》，《全元诗》，第 54 册，第 120 页。

可以说,元时期的辽阔疆域与畅达交通完全改变了南宋以来吴越之士"北视淮甸已为极边,及当使远方,则有憔悴可怜之色"的出行情境,时人乐享于千里乃至万里之行,且"殊无依依离别之情"①。以故,文人纪行四方的主题突破传统之疲途、乡愁与离情,而更多着意于传达对其所处广袤疆域空间的自豪体认以及乘舟泛海中轻松愉悦的出行体验。正是"天朝一四海,荒徼犹近邻"②,"古云行路难,今作等闲看"③,元时期的日常出行呈现出与 13－14 世纪丝路拓通背景中"四海为家""无此疆彼界""适千里者如在户庭,适万里者如出邻家"④这一时代性体验相呼应的面貌。

二、多族化、国际化社交场域的形成与跨族属、国别交游书写之兴

如果说 13 世纪的蒙古通过东西征略"将昔日阻塞未通之道途,尽开辟之,而使一切民族种姓,聚首相见"⑤,并在极具包容性与开放性的民族、文化、商贸政策中建立起"一视同仁,无间中外"⑥的多族化与国际化融居与社交场域,"若夫北庭、回纥之部,白霫、高丽之族,吐蕃、河西之疆,天竺、大理之境,蜂屯蚁聚,俯伏内向,何可盛数"⑦,那么"五方之人,咸集于此"⑧的杭州正是其时规模最大的典型子场域之一。不仅因戍军、仕宦与观览南下杭州的蒙古族人数量庞大,内迁之西域色目民族"又往往编管江、浙、闽、广之间,杭州尤多"⑨,东西丝路开放中,旅居来杭的异国人士亦是络绎不绝。以宗教类别来看,据摩洛哥旅行家伊本·白图泰所亲见,13－14世纪的杭州不仅有大量的穆斯林,还有着"人数很多"的"犹太人、基督教人以及崇拜太阳的土耳其人"⑩。异族异国人士的大量迁入与过往,必然极大丰富杭州的日常社交空间,其中之文化精英更是与杭州本土文化圈建立起辐射广泛的日常交际网络,建立于多族士人频繁且深切互动基础上的跨族属、国别交游书写也由此空前兴盛。

综观 13－14 世纪蒙古治下时期通过丝路内迁中土之蒙古色目后代文化精英,若贯云石、马祖常、萨都刺、高克恭、康里巎巎、丁鹤年、余阙、聂古柏、泰不华、三宝柱、斡玉伦徒、伯笃鲁丁、薛昂夫、廼贤、沙班、月鲁不花、吉雅谟丁、金哈刺等近二十

① 苏天爵:《跋胡编修上京纪行诗后》,《全元文》,第 40 册,第 84 页。

② 释大圭:《送同邑长高昌公北上》,《全元诗》,第 41 册,第 347 页。

③ 袁桷:《行路难五首(其三)》,《全元诗》,第 21 册,第 336 页。

④ 王礼:《义冢记》,《全元文》,第 60 册,第 655 页。

⑤ 李思纯著,沈曾植注,柯劭忞著:《元史学 元朝秘史 新元史考证》,上海书店 1996 年版,第 8 页。

⑥ [越]黎崱著,武尚清点校:《安南志略》卷二《大元诏制·元统三年诏》,中华书局 1995 年版,第 58 页。

⑦ 苏天爵编:《元文类》卷四九《经世大典序录·帝号》,商务印书馆 1936 年版,第 529 页。

⑧ 贡师泰:《杭州新城碑》,《全元文》,第 45 册,第 304 页。

⑨ 田汝成:《西湖游览志》卷十八《南山分脉城内胜迹·真教寺》,浙江人民出版社 1980 年版,第 209 页。

⑩ [摩洛哥]伊本·白图泰著,马金鹏译:《伊本·白图泰游记》,宁夏人民出版社 2000 年版,下册,第 551 页。

位"舍弓马而事诗书"①者，因寓居、仕宦或游观，无一不与以杭州为中心的江南文化圈保持着亲密联系。翻阅诸人之诗文，及较长时间活跃于杭州的文人文集，无论是仕宦显达的邓文原、袁桷、赵孟頫、黄溍、柯九思、高克恭、刘仁本，还是地方俊彦，如仇远、张雨、鲜于枢、杨载、杨维桢、胡助、吴莱、张可久、戴良等，甚至是以王冕、释惟则、马臻等为代表的隐于山林、禅室、道院之草根民众，皆可见大量日常交游往来书写之作。

如13世纪末随家族仕宦由北庭迁入中土的畏兀儿文人贯云石，在14世纪初叶由大都辞官而后寓家杭州。除李孟、程钜夫、赵孟頫、袁桷、欧阳玄等一批翰林旧友，贯云石在杭州的十余年间，与名士张可久、钱惟善、邓文原、杨维桢、杨梓、干文传、陆厚，释僧惟则、鲁山，道士马臻、俞行简及西域曲家阿里西瑛等亦过从甚密，不少诗文由此兴发而来。如张可久《六州歌头》记与贯云石同观钱塘江潮，贯云石《观日行》赋与释鲁山、干文传共赴普陀山观日，马臻《贯酸斋索和蚊烟诗》、钱惟善《送酸斋学士之西川》等诗题亦揭示着极富生活气息的交游背景。14世纪中叶以仕宦南下杭州的荈林人金哈剌与江南文人圈的和谐相融亦是丝路拓通大背景带来的一段跨族交谊佳话。金哈剌，字元素。所自荈林今天一般认为是欧洲一带国家，祖上是随蒙古东迁中土的武将功勋。哈剌以进士起家，元末拜江浙行省参政、左丞。在江南的数年间交游广泛，所著《南游寓兴集》交游诗作近200首，占诗集总篇数之一半，尤与被视为"知己"的元末掌领东南海运事的刘仁本酬唱频繁。

作为蒙古臣服国，朝鲜半岛上主要由元丽陆上丝路来华的高丽人士②，也在元时期大量深入以杭州为中心的江南文化交际圈③。14世纪30年代初，高丽诗僧式无外由王京渡过鸭绿江来到大都，数年后南下江南游两浙，与道士张雨相会于杭州开元宫，时任江浙儒学提举的黄溍适逢其会，由是赓酬唱和，"不期而集"，成为"一时之高会"，甚至有好事者绘《文会图》记之④。由此次集会产生的诗与图很快流传于江南乃至京师士人间，金华吴师道、莆田陈旅、大都宋褧皆有诗次韵以赋其事。

---

① 戴良：《鹤年先生诗集序》，《全元文》，第53册，第276页。

② 元时期入元高丽人士主要由陆上丝路从高丽王京到达大都，一般用时15—20天。中朝海上丝路虽亦发达，但风险相对较大，元后期方较为常见。参见舒健、张建松：《韩国现存元史相关文献资料的整理与研究》，上海大学出版社2015年版，第35页；陈高华：《元朝与高丽的海上交通》，《元史研究新论》，上海社会科学院出版社2005年版，第360—375页。

③ 中朝间丝路往来的文化交流在唐宋两朝已为兴盛，但元时期中朝关系的特殊性在于，高丽是蒙古征服亚洲战争中的臣服国，受元政权的直接统辖，元政权甚至尝于其国设征东行省，高丽士子赴华参加科举、任官非常常见。很大程度上，高丽被视为元政权下之一族，而非他国。所以元时期来华的高丽人不仅数量空前，其与当时中土文士的交往互动亦亲密于前。

④ 黄溍：《庚戌正月二十一日予与儒公禅师谒松瀑真人于龙翔上方翰林邓先生适至予为赋诗四韵诸老皆属和焉后三十一年岁辛巳正月二十三日过伯雨尊师之贞居外式公刘君衍卿不期而集辄追用前韵以纪一时之高会云》，《全元诗》，第28册，第292页。

游观江南后,式无外复从江南返大都以归高丽,时已转职京城的黄溍,及一批京师文人又皆作诗送之。另从袁士元《赠同知高丽人》、宋禧《送人还高丽》、乌斯道《送高丽相还国》、程端学《赠安当之同年归高丽》等一众江南下僚诗人所作中朝交游诗作中,更可见高丽人士往还中土之频繁及与文士交往之普遍。

13—14 世纪以日僧为主要对象的中日交游书写的兴盛更是见证了元朝丝路拓通对时人日常社交拓展的力量。日本是元朝发动两次战争皆未征服的国家,终元之世蒙日政治上并无建交,但东海航线上的日本商船往来却意外频繁,而搭乘商船频登东南港口的日僧也成为以杭州为中心的江南地方文人圈中的异国风采[①]。若"慕法五天竺,十七来钱塘"[②]的铦仲刚,"丹丘博士(柯九思)与饮酒,青城先生(虞集)邀赋诗"[③],现存元人与其交游诗作近二十首,涉及的作者有释僧妙声、宗泐、良琦,文人郑元祐、丁复、柯九思、虞集等。其他如月千江、立恒中、秀岩上人、葳上人等,皆是居华数年,且与江南文士建立私交的日僧典型,释僧善住、道惠、至仁、宗衍、来复,文人倪瓒、王冕、张以宁、王逢、成廷珪、郑东等亦有交游日僧之作。

这类交游书写之兴,数量的丰富、参与者的广泛皆只能说是其表象,映射于其中的多族士人相知相契的深情厚谊与和谐相融的文化互动情境,及这一情境背后潜藏的由 13—14 世纪丝路拓通背景带来的"四海一家""无间中外"这一富涵地域开放性与文化包容性的时代精神,应是更值得深究的内在动源。

释惟则《筚篥引》中追忆其听贯云石以汉家铁笛吹奏北庭曲乐之情景,诚可为13—14 世纪丝路拓通背景中杭州多族文人交谊深厚、情感相契的一个典型场景:

> 西瑛为我吹筚篥,发我十年梦相忆。钱塘月夜凤凰山,曾听酸斋吹铁笛。初吹一曲江风生,余响入树秋呜咽。再吹一曲江潮惊,愁云忽低霜月黑。坐中听者六七人,半是江湖未归客。欢者狂歌绕树行,悲者垂头泪沾膝。我时夺却酸斋笛,敛襟共坐松根石。……[④]

此诗作于贯云石谢世十年后。筚篥是较早传入中原的一种西域乐器,铁笛则是汉族民间自制的一种乐器。于诗中可见,铁笛已被贯云石熟练地用来发其"身在东南忆西北"[⑤]的思乡之情,并由此引发一众听者的桑梓之思。以往刻绘胡乐之诗

① 与前唐后明两朝基本为官方派遣的性质相比,赴元商船多为私人商舶;在赴华频率上,唐、明两朝平均下来不过十数年一遣,而元时几乎每年不断;搭乘商船入元的日僧不仅数量上空前绝后,主体也由此前以求学请益为目的的学问僧变为以观光游历为主的文学艺术僧。作为元朝禅宗中心天目山的所在地,杭州也成为入元日僧的热门游历地点。参见[日]木宫泰彦著,胡锡年译:《日中文化交流史》,商务印书馆 1980 年版,第 394—395、465 页。

② 丁复:《扶桑行送铦仲刚东归》,《全元诗》第 27 册,第 435 页。

③ 郑东:《送日本僧之京》,《全元诗》,第 46 册,第 204 页。

④ 释惟则:《筚篥引》,《全元诗》,第 33 册,第 160 页。

⑤ 贯云石:《观日行》,胥惠民等辑注《贯云石作品辑注》,新疆人民出版社 1986 年版,第 112 页。

词往往着眼于表演者的高超技艺或曲乐的变幻莫测，但释惟则《筚篥引》着重呈现的却是诗人与现实和追忆两重情境中吹曲之人深厚的情感联系。现实情境中按奏西域筚篥的阿里西瑛与释惟则共缅亡友，追忆画面中横吹汉家铁笛的贯云石与六七"未归客"同叙客愁。不得不说多族士人情感的相投与相契不仅无丝毫文化隔膜之痕，反有着扣拨人心的惺惺相惜与高山流水之谊。这种真挚情谊在欧阳玄于《贯云石神道碑》中追忆二人相游西湖、缱绻难舍之情节中亦能读取①，在杨维桢于贯云石逝世二十年后仍于梦中与贯云石畅游赋诗的情景中也可感知②。邓文原评贯云石，言"公生长富贵，不为燕酣绮靡是尚，而与布衣韦带角其技，以自为乐，此诚世所不能"③，又何尝不是闻见于耳目而感发于肺腑？以此来看，同为时局危亡之际为元政权保有东南势力的臣子，金哈剌与刘仁本"往来防御事，一一赖斯文"④的"知己"之谊⑤，亦莫不为金、刘苦中作乐与互勉共娱的情谊所驱。

以布衣文人王逢赠予日僧进得中为代表的交游诗作则为13—14世纪中外文人于日常生活中进行的和谐相融的文化互动提供了丰富的细节。王逢与多位沿着东海丝路游历江南的日本僧人皆有交谊，与曰进得中者尤为相厚。进得中是一位汉文化修养非常高的日僧，因要抄录王逢所注《杜诗本义》，遂留居王逢家中旬日，二人因此交流甚切。进得中也对王逢讲述了很多关于日本的故实民情，这在王逢诗作中颇有反映。如"杜诗书法隐，毋惜授诸藤"中言及的"藤"之典故，王逢自注为"其国中著姓"⑥，即是对日本贵族大姓"藤原"的误作。其《寄题日本国飞梅并序》一诗更有意思可寻：

> 国相管北野者，刚正有为。庭有红梅，雅好之。一日，被诬谪宰府。未几，梅夜飞至。北野卒死谪所，国人立祠梅侧。僧进得中云。
>
> 瘴日云霾不放归，精神解惑禹梁飞。水香霞艳浑无恙，瘦比累臣带减围。⑦

序中所言管北野，即日本平安时代著名政治家与文学家菅原道真。菅原道真

---

① 欧阳玄著，汤锐校点：《欧阳玄全集》卷之九《元故翰林侍读学士中奉大夫知制诰同修国史贯公神道碑》，四川大学出版社2010年版，第210—211页。

② 杨维桢：《庐山瀑布谣》，《全元诗》，第39册，第29页。

③ 邓文原：《翰林侍读学士贯公文集序》，罗琴整理《邓文原集》，浙江人民美术出版社2016年版，第75页。

④ 金元素：《寄刘德玄知己》，《全元诗》，第42册，第342页。

⑤ 关于金哈剌与刘仁本的知己之谊，可详参段海蓉《从交友诗看金哈剌的思想》(《民族文学研究》2009年第1期)，刘嘉伟《元代莆林诗人金哈剌刍议》(《文学遗产》2016年第3期)、《从刘仁本的交游窥探元代多族士人圈》(《民族文学研究》2013年第1期)。

⑥ 王逢：《日本进上人将还乡国为录予所注杜诗本义留旬日赠以八句藤其国中著姓》，《全元诗》，第59册，第253页。

⑦ 王逢：《寄题日本国飞梅有序》，《全元诗》，第59册，第271—272页。

辅佐天皇致力改革时弊,有卓绩,受到国人爱戴,但却因触犯到外戚藤原氏的利益而被诬陷谋逆,遂被流放太宰府,不久即染病而逝。"飞梅"是日本民间人人皆知的一个关于菅原道真的传说。据说菅原道真平素十分爱惜家中庭院之红梅,及被贬临发时,不舍而赋诗与之别:"东风吹兮梅花香,虽与主兮毋忘春日之洋洋。"①闻者甚悯,红梅亦为之动容。在菅原道真被贬不久之后,红梅夜飞至其贬所,以慰主人之愿。进得中将这个日本著名历史人物的传说讲与中国诗人王逢,王逢感其事而发于诗,可以说是在深切的文化互动中,与进得中达成了一种跨越了山海与国度的历史与情感共鸣。虽然序中所叙"飞梅"传说与原传说有所偏差,但诗中以病容憔悴的菅原道真与开得正鲜的红梅所传达出的哀婉情致却甚是符合日本"飞梅"传说的动人情韵。

值得注意的是,学界往往认为如贯云石、金哈剌等蒙古色目文士融入中土文化圈是以其汉化为基础的,但不可否认他们依然持携着鲜明的异族背景。异国旅居之客则更是如此。贯云石能尽情向中土友人抒发其"身在东南忆西北"的客愁之思,金哈剌游寓江南时也能以诗明其基督信仰②,梯山航海而来的进得中亦能侃侃介绍其国之历史故实,而这一切又被元时期的中土文人予以诚挚地接受、认可,甚至共情。可见,作为蒙古治下少数民族掌握绝对政治权力及深受外来文明强势冲击的汉族传统文化的弱势守卫者,处于 13—14 世纪丝路拓通背景中的中土文人不仅未自封于种族之限,而且深受"四海一家""无间中外"这一时代精神的沾溉,同样有着"包举海宇""一视同仁"的气度与胸怀。所以在日常交游书写中,他们明晰着他族友人的族属或国别,也并不吝啬其赞美与肯定:杭僧释德净在送蒙古松壑佥事赴海康任时称赞"北庭多俊杰,今古世皆知"③,杨维桢送别唐兀氏昂吉亦指出其"西凉家世东瓯学"④的背景,丁复"一一作歌"送别铦仲刚,有"仿佛扶桑之故乡"⑤。明晰的族属、国别认知与真挚和谐的交谊并存,这也正是跨族属、国别交游所以成立的内核所在。

14 世纪初叶,意大利旅行家鄂多立克从家乡威尼斯来到杭州,为这里多族人民的和谐相融所惊叹:"那样不同的种族能够和平地居住在一起,受统一政权的管理,我感到这种事实是世界上最大的奇迹之一。"⑥诚是对 13—14 世纪丝路拓通背景中杭州多族化与国际化融居与社交的有力注解。

---

① [日]菊池宽著,陈致平译:《新日本外史》,中日文化协会广东省分会 1943 年版,第 65—66 页。
② 金元素:《寄大兴明寺元明列班》,《全元诗》,第 42 册,第 381 页。
③ 释德净:《次韵饯蒙古松壑佥事之海康任》,《全元诗》,第 20 册,第 50 页。
④ 杨维桢:《送昂吉会试京师》,《全元诗》,第 39 册,第 294 页。
⑤ 丁复:《扶桑行送铦仲刚东归》,《全元诗》,第 27 册,第 435—436 页。
⑥ [意]鄂多立克:《鄂多立克东游录》,转引自[法]勒尼·格鲁塞著,魏英邦译《草原帝国》,青海人民出版社 2013 年版,第 223 页。

三、商贸扩大与杭州日常生活书写中的丝路风物纪实

开展商贸是丝路拓通的要义之一,于重利的蒙古统治者尤为如此。所以当蒙古通过征并西域、夏、金,第一次全面打通中亚草原与沙漠两条陆上交通路线时,陆上丝路商贸往来即随之而盛;待攻灭南宋后又锐意扩张海权,发展舶商,创造了"海外岛夷无虑数千国,莫不执玉贡琛,以修民职,梯山航海,以通互市"①的海舶盛况。私人海外贸易亦在元后期得到全面开放,更多便捷的航线被开辟,更大容量的船只被造出,联结亚、非、欧三洲的海上丝路贸易由此亦获空前发展。丝路商贸的扩大使得此前主要由皇家、贵族把控的丝路资源,由以宫廷为典型的中央特权场域,向外延伸至地方士人乃至平民场域。换言之,多种世界性交流之质素,呈现从上流社会向中下层民众日常生活渗透甚至普及的态势。而"岛屿外国珍奇诡异之物,莫不于是焉集,可谓甲于天下"②的杭州,又是其中之典型场域。这些丝路质素的频繁流动与大幅普及,极大拓展着时人的知识与见闻,也因此,处于 13—14 世纪时期的人们,对于域外世界信息与资源的书写,不再囿于此前有限的官方史书及常流于虚夸的笔记传奇形态,而往往能够借由个人之亲历亲闻自觉输出于日常生活纪实之笔触。

其一即此前少见的,或被视作"珍奇"的,且多以虚写意象进入文学书写的丝路风物,在 13—14 世纪以杭州为代表的江南城市进入平民生活,并成为文人日常生活书写中的纪实性题材。

如在唐宋时期仍属贵族水果的初代丝路风物葡萄,以及仅见于边塞地带、宫廷富室及胡人酒肆中的葡萄酒,在蒙元时期已成为江南人民日常食用的水果与饮用的酒水,葡萄与葡萄酒更是大量融入当时的日常文学艺术创作之中。元诗中"山僧惠我紫葡萄,个个匀圆带粉膏"③"满框圆实骊珠滑,入口甘香冰玉寒"④"葡萄美酒斗十千,杨柳小蛮腰一束"⑤"扬州酒美天下无,小槽夜走蒲萄珠"⑥等句,皆是江南士子于日常生活中对葡萄或葡萄酒的热情书写。元曲中,久居杭州的宁波曲家张可久亦有"芙蓉春帐,葡萄新酿,一声《金缕》尊前唱"⑦的吟唱。最令人注意的是,题画葡萄在元代也为一时潮流。13—14 世纪之交居杭州西湖玛瑙寺的释子温即

---

① 汪大渊原著,苏继庼校释:《岛夷志略校释·岛夷志后序》,中华书局 1981 版,第 385 页。
② 舒頔:《送杨子成归钱塘序》,《全元文》,第 52 册,第 204 页。
③ 华幼武:《楷上人送葡萄二首》,《全元诗》,第 46 册,第 80 页。
④ 邓文原:《温日观葡萄》,《邓文原集》,第 351 页。
⑤ 吴毅:《联句毕诗兴未已复以毅句霜脸新供缩项赋得缩字》,《全元诗》,第 50 册,第 213 页。
⑥ 萨都剌:《葡萄酒美鲥鱼味肥赋葡萄歌》,《全元诗》,第 30 册,第 238 页。
⑦ 张可久著,吕薇芬、杨镰校注:《张可久集校注》,浙江古籍出版社 2012 年版,上册,第 198 页。

是其中一位以醉画葡萄知名的画僧,人称"温葡萄"。其画深受时人推崇,往来西湖之名士与布衣,如邓文原、柯九思、鲜于枢、杨载、虞集、揭傒斯、吴莱、张梦应、曾遇、郑元祐、胡翰、刘仁本、张宪、叶衡、陆居仁等皆有诗题之。葡萄与葡萄酒何以在元时期普遍进入百姓生活并被文学艺术创作者所青睐?不得不说这与元时期丝路深度拓通,西域葡萄栽培技术与葡萄酒酿制技术随着西域人之内迁全面传入内地有关。加之政府对酒户酿制与售卖葡萄酒极其优惠的税收政策,葡萄与葡萄酒在元时期已成为江南本土能进行规模化生产的重要日常商品①。"西域葡萄事已非。"②文人对这一新鲜时况自然非常敏感,所以在"今日江南池馆里,万株联络水晶棚"③与"行尽葡萄三十里,海山青处日初红"④的日常生活体验中,元诗、曲中的葡萄与葡萄酒,不再如唐宋诗词中最常用来作为代指西域或丝路珍品的泛拟意象,而往往于人情往来的日常背景中有着更为鲜活生动的实际面貌,葡萄也成为元画中极具生活气息的热门素材。

甚至以乳香与胡椒为代表的进口香料在元时期也成为地方士绅日常生活书写中习见的馈赠之物。杭州布衣诗人侯克中《杨招讨送乳香胡椒答以木瓜煎戏赠》诗曰:

> 薰陆番椒各有差,海南方物到贫家。自惭不及前人德,投我琼琚报木瓜。⑤

乳香自汉唐以来流行于上流社会,又名薰陆,其上品"圆大如乳头,透明,俗称滴乳"⑥。金华山林诗人叶颙曾获好友赠送上品滴乳香,有诗详陈其形、臭⑦。与乳香相比,胡椒在元前主要被用作药物,亦为时之珍品。唐代即有宰相元载贪渎胡椒八百石之事⑧,胡椒在唐宋时期进入诗歌书写则基本用此典故。入元后,胡椒却成为东南地区民众日常消费量极大的一种饮食佐料⑨,使用胡椒尤以居住着大量喜用牛羊肉的蒙古人与回回的杭州为最。元初来到杭州的意大利旅行家马可·波罗

---

① 参见尚衍斌、桂栖鹏:《元代西域葡萄和葡萄酒的生产及其输入内地论述》,《农业考古》1996 年第 3 期。
② 丁鹤年:《题故人毛楚哲所画葡萄》,《全元诗》,第 64 册,第 368 页。
③ 成廷珪:《高昌王所书画葡萄熊九皋藏》,《全元诗》,第 35 册,第 463 页。
④ 艾性夫:《富阳出陆》,《全元诗》,第 19 册,第 166 页。
⑤ 侯克中:《杨招讨送乳香胡椒答以木瓜煎戏赠》,《全元诗》,第 9 册,第 72 页。
⑥ 洪刍著:《香谱(外一种)》,浙江人民美术出版社 2016 年版,第 65 页。
⑦ 叶颙:《谢邵仲才惠滴乳香》,《全元诗》,第 42 册,第 154 页。
⑧ 欧阳修、宋祁撰:《新唐书》卷一四五《元载传》,中华书局 1975 年版,第 4714 页。
⑨ 元代饮食典籍无论是宫廷膳师所编《饮膳正要》,还是民间文人所撰《饮食须知》《云林堂饮食制度集》《居家事类必用全集·饮食类》等,皆已屡现胡椒的使用记载。

就曾对这里的胡椒消费量感到震惊①。乳香与胡椒之所以能在元时期从上流阶层流入"贫家"，并被时人作为纪实性题材书写，畅达的丝路交通带来的大宗进口贸易起着关键作用。以胡椒来说，胡椒在唐以前主要由印度通过陆、海两道输入。9世纪以后，随着东西陆上丝路的阻断及胡椒由中亚移植到南海地区，东南亚成为两宋时期主要的胡椒贸易地区。至13世纪元朝对海、陆丝路的全面开放，中印胡椒贸易继兴，与东南亚诸国亦形成多条胡椒贸易路线，胡椒进口数量已数倍于前②。乳香与胡椒并非个例。时人宋本面对泉州海舶盛况，作诗曰"熏陆胡椒腽肭脐，明珠象齿骇鸡犀。世间莫作珍奇看，斛使英雄价尽低"③，这正是对元时期发达的海外贸易使得多种珍奇蕃货不再珍奇现象的惊叹。

元代诗文中切实可亲的胡贾形象亦让人印象深刻。王沂《老胡卖药歌》以生动传神的笔触刻画了一位久居江南以熬制金丝膏药专治跌打损伤的阿拉伯卖药人："西城贾胡年八十，一生技能人不及。神农百草旧知名，久客江南是乡邑。朝来街北暮街东，闻掷铜铃竞来集……全家妻子得安居，篚里青蚨夜还数。灯前酌酒醉婆娑，瘤疾疲癃易得瘥。"④较之唐宋笔记小说中以中土观念想象与虚构的传奇性与夸张性形象，王沂笔下的贾胡则完全是于日常生活中近距离、长时间观察与接触中的纪实形象，亲切、自然而又可敬。同理如吴元德《观贾胡停车》中在大都街市驾着马车的贾胡妇⑤，马祖常于吴地亲见的"黄金腰带耳环穿"⑥的波斯海贾，皆是对一度游离于中原本土生活外围的丝路胡商，于元时期"中国之往复商贩于殊庭异域之中者，如东西洲焉"的背景下深入普通民众日常的典型化纪实书写。

借由丝路的畅通与商贸的扩大，13—14世纪的杭州日常生活书写中还出现了一些全新的丝路风物纪实形象。如被视为"海夷奇兽"的斑马便是在朝贡商贸的驿路传递中于13世纪末进入了江南民众的视域，并成为文人日常书写中的"眼前珍奇"。元朝规定"远方以奇兽异宝来献者，依驿递"⑦，曹伯启有诗曰《海夷贡花驴过兰溪书所见》，即记叙了海夷入贡花驴在转入杭州驿前经过兰溪驿的情景。其中所言"昨夜灯前成独笑，痴儿方诵旅獒篇""航海梯山事可疑，眼前今日看珍奇""天地精英及海隅，兽毛文彩号花驴"⑧，完整呈现了诗人对"梯山航海"之事从质疑到眼

---

① 马可·波罗"曾闻大汗关吏言，行在城每日所食胡椒四十四担，而每担合二百二十三磅也"，"由是可知平常消耗其他物品若肉酒香料之属之众"。参见［意］马可波罗著，［法］A. J. H. Charignon 注，冯承钧译《马可波罗行记》，第一五一重章《补述行在》，中华书局1954年版，中册，第581页。

② 参见殷小平：《从印度到东南亚：中古胡椒的种植与输入》，《农业考古》2013年第4期。

③ 马祖常：《舶上谣送伯庸以蕃货事使闽浙》，《全元诗》，第31册，第90页。

④ 王沂：《老胡卖药歌》，《全元诗》，第33册，第42页。

⑤ 吴元德：《观贾胡停车》，《全元诗》，第30册，第373页。

⑥ 马祖常：《绝句十七》，《全元诗》，第29册，第382页。

⑦ 《元史》卷二十三《本纪二三·武宗二》，第2册，第511页。

⑧ 曹伯启：《海夷贡花驴过兰溪书所见》，《全元诗》，第17册，第382页。

见为实的一段心路历程。"花驴儿"即斑马,《元史》中涉及入贡斑马事唯有马八儿国,又实载至元二十四年(1287)与二十六年(1289)马八儿国进贡花驴①,曹伯启于至元二十五年(1288)改任兰溪主簿②,则推知其所记斑马当为马八儿国至元二十六年所贡,曹伯启作为地方官员参与了接待。马八儿国是在世祖时期与元朝贡往来频繁的南亚国家,居印度半岛南端海岸,在元朝通往波斯湾的西洋航线上占据重要位置。但值得注意的是南亚并不产斑马,斑马为非洲特产。可见,马八儿国是先从非洲买入斑马再进献给元朝君主的。马八儿国使团赴华朝贡,其路线一般是航行西洋约十万里至泉州港登岸③,再转从杭州由运河北上大都。其中从泉州到杭州又专设有海路与内路两条驿路递运"蕃夷贡物及商贩奇货"④。此次斑马经浙境兰溪转杭州驿,显然走的是内路。而杭州驿作为东南诸藩入贡北上大都的中转枢纽,《元史》载"江浙杭州驿,半岁之间,使人过者千二百余,有桑兀、宝合丁等进狮、豹、鸦、鹘,留下二十有七日,人畜食肉千三百余斤"⑤,则不知有多少"梯山航海"而来的珍禽异兽成为时人之"眼前珍奇"了。曾任官于浙东的安徽诗人舒頔有《骆驼鸡行》,所赋"铁冠凫啄颈连翠,豕身鸡项足无距"的骆驼鸡,即是外夷"数千里外远来献"⑥的非洲鸵鸟。

值得注意的是,素来为皇室进贡珍品的斑马竟在 14 世纪进入了杭州市民消费领域。后至元四年(1338),著名画家、诗人王冕受柯九思邀请从家乡绍兴来到杭州,在杭州集市上见到回回人牵着一种"能解人意,且能省识回人语"的花驴儿进行表演,引得百姓皆来围观,回回人以此获利,遂作《花驴儿》一诗记之。抛开江南水患民饥的传统现实背景,王冕"奇遇"的这只花驴儿如何"渡江踏动江南土"⑦走入市民视域的广阔丝路背景似乎更让人好奇。回回驯斑马获利于江南民间,显然这匹斑马已非朝贡而来。那么这匹斑马是如何从其家乡非洲草原踏入江南水乡的呢?花驴主人回回的身份或许是个切入点。在元代,回回主要用以指称信奉伊斯兰教的西域人,包括阿拉伯人、波斯人以及中亚的突厥各族⑧。王冕诗中牵着驴儿表演为生的回回,则很可能是来自波斯的啰哩回回,亦即伊斯兰历史上牵着毛驴流浪为生的吉普赛人。吉普赛人最初来到中国是由蒙古西征从波斯带来,也有自动

---

① 参见《元史》卷十四《世祖本纪十二》、卷十五《世祖本纪十三》,第 2 册,第 297、329 页。
② 曹鉴:《大元故资善大夫陕西行御史台中丞赠体忠臣守宪功臣资政大夫河南江北等处行中书左丞上护军追封鲁郡公谥文贞曹公神道碑铭并序》,《全元文》,第 52 册,第 459 页。
③ 《元史》卷二百一十《外夷传三·马八儿等国》,第 15 册,第 4669 页。
④ 《元史》卷十五《本纪第十五·世祖十二》,第 2 册,第 320 页。
⑤ 《元史》卷二十三《本纪二三·武宗二》,第 2 册,第 511 页。
⑥ 舒頔:《骆驼鸡行》,《全元诗》,第 43 册,第 367 页。
⑦ 王冕:《花驴儿》,《全元诗》,第 49 册,第 334 页。
⑧ 杨志玖:《元代回族史稿·绪言》,南开大学出版社 2003 年版,第 1 页。

流浪到中国来的①。王冕诗中的吉普赛流浪者则应该是流浪到非洲的啰哩回回在元时期携着斑马，沿着海上丝路的商贸流动，一路漂泊航行而至中国的，毕竟以私人身份从非洲以外的地方获取斑马应该都是件非常不便宜的事情。

元时期，非洲草原的斑马、鸵鸟能够渡海来杭，成为中土文人抨击现实的纪实性题材，并非偶然之特例，它们与时人日常生活书写中"飞入寻常百姓家"的葡萄佳酿、南海风物，以及融于中土生活的贾胡们，共同揭示出的，是一个 13—14 世纪由频繁且极速流动的商贸往来与文化交流支撑与刺激的，已然成熟存在的世界性丝路背景。所以观 13—14 世纪日常生活书写，无须讶异于让平民士子"三酊颠倒相扶将""烂醉西风也不妨"②的阿剌吉酒的出现③，"殊方嘉宴未知名"的新鲜西域诸果现身于江南寺院④，"中土向来惟见画"的塞上骆驼，不仅于北方都城"动成群"⑤，南方杭城亦存其剪影⑥；亦不必感喟于早在 14 世纪初中叶于服饰鞋帽上已席卷中土四方的"韩流"，不仅都城女子"方领过腰半臂裁"⑦，江南儒士亦"紫藤帽子高丽靴"⑧；也似乎不必怀疑伊本·白图泰所记杭州城里活跃着一支可用汉语、波斯语和阿拉伯语三种语言演唱的中西合璧乐队⑨，因为就连"巷南巷北痴儿女，把臂牵衣学番语"⑩的现象对于时人亦不稀奇。

结　语

绾结上文可知，在 13—14 世纪的丝路拓通背景中，由东西作家共同参与的，以杭州为典型场域的中国日常生活书写，整体构建出一幅极具世界性意义的体验与交流画面的同时，也彰显出极富时代特色的书写新变。其一，13—14 世纪居于元朝广阔的疆域空间与迅捷的交通网络中的人们，有着大幅外拓的日常空间与出行范围，所以一方面，13—14 世纪的日常空间书写体现出更为开阔包容的地理视

---

① 参见《啰哩回回——元代的吉普赛人》，《元代回族史稿》，第 42—52 页。

② 黄玠：《阿剌吉》，《全元诗》，第 35 册，第 205 页；李晔：《谢王彦见惠阿剌吉酒》，《全元诗》，第 56 册，第 66 页。

③ 阿剌吉即今之烧酒，"其法出西域"，最初由西域上贡蒙元朝廷，再"由尚方达贵家"，然后"汗漫天下矣"。参见许有壬：《咏酒露次解恕斋韵》，《全元诗》，第 34 册，第 330 页；马建春：《元代东迁西域人及其文化研究》，民族出版社 2003 年版，第 352 页。

④ 释大䜣：《谢张雪峰司农惠西域诸果》，《全元诗》，第 32 册，第 177 页。

⑤ 傅与砺著，杨匡和校注：《傅与砺诗集校注》卷八《骆驼图》，云南大学出版社 2015 年版，第 296 页。

⑥ 郑元祐：《杭州即事》记元末兵乱中的杭州，其中有曰"祠宫地卧驼鸣圌，秘殿春扃马矢臊。"（见《全元诗》，第 36 册，第 337 页。）

⑦ 张昱：《宫中词》，《全元诗》，第 44 册，第 56 页。

⑧ 陶宗仪撰，李梦生校点：《南村辍耕录》卷二十八《处士门前怯薛》，上海古籍出版社 2000 年版，第 309 页。

⑨ 《伊本·白图泰游记》，下册，第 553 页。

⑩ 潘纯：《送杭州经历李全初代归》，《全元诗》，第 36 册，第 427 页。

域,另一方面,在自觉"游观"四方的出行动机下,文人日常出行书写的重点往往不再是传统之疲途、乡愁与离情,更引人侧目的主题是自豪的疆域体认与愉悦的出行体验。其二,在"四海一家""无间中外"的东西丝路开放中,异族异国人士以杭州为集散中心的大量迁入与过往,极大助推着以深切交流为基础的多民族性与国际性日常社交场域的形成,并由此带来 13－14 世纪跨族属、国别交游书写的繁兴。这些体现出多族文人真挚友谊与和谐互动的交游书写,也成为元时期"多元一体"中华文学形成的重要见证。其三,依托丝路商贸往来的频繁与极速流动,多种世界性交流之质素向中下层民众日常生活渗透,并由此输出于时人日常生活书写之纪实笔触,从而扭转此前中土文人对丝路风物书写的整体虚拟形态与笔法。

如若说文学是建基于时空的艺术,那么上述 13－14 世纪日常生活书写于主题、类别、笔法上呈现出异于传统形态的崭新面貌,正是缘于蒙古政权力拓之广阔丝路背景所造就的全新时空格局。就本文而言,这一时空格局为 13－14 世纪的日常生活书写发展提供了新的发展契机;推极而言,则或可说是 13－14 世纪世界文学发展背后值得深究的一大动因。因此之故,若欲评介 13－14 世纪蒙古治下之历史与文学,乃至 13－14 世纪世界之历史与文学,这一丝路背景又实是不可不措意之所在。

13—14世纪"丝绸之路"的拓通与"中国形象"的世界认知

邱江宁

内容提要 13—14世纪期间,蒙古人的世界性征略行动在对世界格局产生重大影响的同时,也将海、陆"丝绸之路"大范围贯通,欧亚大陆上并存的几大文化圈的相互交流与认知情形大为改观。中国在这个过程中,不仅由传统汉族为中心的小中国转变成多民族、疆域辽阔的大中国,而且也借助海、陆丝绸之路畅通这个有利环境,成为当时世界体系的中心,为世界所广泛认知与认同。本文认为,围绕中国的名称定义、疆域范围、文明程度等内容,世界几大文化圈对"中国形象"的认知由"名"到"实",从传奇到现实,由官方的、宗教的表达走向民间的、世俗的表达。正是借助"丝路"拓通的现实基础,"中国形象"在世界人们的心中前所未有的饱满而富于活力。

关键词 13—14世纪 海、陆丝绸之路 中国形象 欧亚文化圈 世界认知

13—14世纪期间,蒙古人的世界性征略活动为他们创建了人类历史上疆域空前的蒙元帝国,其境横跨欧亚,东起今太平洋之滨,西达东地中海,南邻印度,西接伊斯兰、基督教世界。欧亚大陆自东向西所并存的四个大文化圈,即东亚以中国为中心的汉文化圈、中亚和西亚的伊斯兰文化圈、南亚的印度文化圈与东地中海与欧洲的基督教文化圈[①]。不同文化圈的人们借由海、陆"丝路"的大范围拓通,来往于蒙古大汗驻跸和统治的区域,从而在相互交流和认知的深度和广度上都达到了一个前所未有的程度,"中国形象"的世界性输出也可以说在13—14世纪电子化时代到来之前进入一个巅峰时期。

---

① 刘迎胜:《有关元代回回人语言问题》,《华言与蕃音——中古时代后期东西交流的语言桥梁》,上海古籍出版社2013年版,第226页。

一、13—14 世纪丝绸之路的大范围拓通与世界格局的变化和交流

13—14 世纪期间,在成吉思汗及其子孙的率领下,蒙古人抱持着北方游牧民族的暴力理想,试图将"日出日没"处,凡是"有星的天""有草皮的地"尽看作长生天对成吉思汗黄金家族的赐予。因为这种没有边界意识的愿景,在蒙古人近百年的世界征略进程中,"消失的国家超过 20 个……很多独立的公国、王国、汗国和苏丹国在蒙古帝国崩溃之后都消失了。在 50 年之内,欧亚版图无可挽回地改变了"①,蒙古人在改变世界格局的同时,也将东、西方丝绸之路多方位的拓通。

首先是成吉思汗时代的"丝路"拓展以及与阿拉伯伊斯兰文化圈的交流。对于 13 世纪的世界而言,蒙古高原的统一和蒙古国的建立是改变世界格局的重大事件。蒙古高原的统一意味着草原上的各部族融合形成全新的蒙古民族,蒙古逐渐成了混杂着众多"有毡帐百姓"的庞大群体,所谓蒙古有七十二种,"蒙古一名即概括了众多的北方游牧部落"②。而 1206 年,成吉思汗建立蒙古国则使得"东起兴安岭西达阿尔泰山约 1600 公里,北接贝加尔湖,南抵沿中国长城(应为金朝长城——陈得芝注)的戈壁沙漠南缘约 960 公里"的蒙古高原上的各个势力分裂的氏族联结成一个强大的整体③。蒙古国建立之后,帝国相继向东、向西扩张。向东——从 1205 年起对西夏发动了五次攻战;从 1208 年起,对金朝发动 1211—1217、1212—1223 两个阶段的蚕食侵掠之战。向西——自 1211 年开始,逐步令蒙古西部的区域诸如哈剌鲁部、西辽、花剌子模、吉利吉思、康里等政权所辖之境并入帝国的版图。

就丝绸之路的拓通而言,蒙古人的东拓西征使得波斯道与中国联通。帝国的驿站在原辽、金的驿站基础上从帝国的东北部向中亚区域密集地铺设开来,志费尼在《世界征服者史》"成吉思汗制定的律令和颁布的札撒"一节中写道:"他们在国土上遍设驿站,给每个驿站的费用和供应作好安排,配给驿站一定数量的人和兽,以及食物、饮料等必需品。"④蒙古国学者认为,"蒙古高原广阔的山地草原构成世界两大文明区,即中亚绿洲文明区和从多瑙河延伸至中国长城的欧亚草原文明带的一部分。很久以来,蒙古高原就处于世界交通的交叉口。两条大动脉,即伟大的丝绸之路和又叫草原丝绸之路的欧亚草原走廊,将蒙古高原与东西文明中心地区连接起来"。而蒙古对中亚区域的征服,使得中亚区域的回鹘、穆斯林成为伊斯兰文

---

① [美]梅天穆著,马晓林、求芝蓉译:《世界历史上的蒙古征服》"导言",民主与建设出版社 2017 年版,第 22 页。

② 罗贤佑:《元代民族史》,四川民族出版社 1996 年版,第 16—17 页。

③ [蒙]Sh.比拉(Sh.Bira)著,陈波编译:《12 至 13 世纪的蒙古人及其政权》,《蒙古学信息》2004 年第 4 期。

④ [伊朗]志费尼著,何高济译,翁独健校:《世界征服者史》上册,商务印书馆 2011 年版,第 32 页。

明和汉文明成就的中介者,这些人群也借助蒙古人的征略而在更广袤且不受阻碍的区域上享受贸易与交通的便利①。更值得指出的是,蒙古人在灭掉位处中亚的西域大国花剌子模国后,最大限度地推动了 13—14 世纪的西域人东迁,马建春在《元代东迁西域人及其文化研究》中指出:"蒙·元时代西域人的大量东迁,不仅导致了西域人在中土聚合高潮的出现,而且大大影响了这一时期中国的民族构成,并促成了元朝多民族统一国家的形成。"②就文化的交流而言,西域人的大规模东迁也极大地推动了阿拉伯伊斯兰文化圈与中国的交流与融汇。

其次,窝阔台汗时期的"丝路"拓展以及与基督教文化圈的交流。在成吉思汗征略天下的进程中,其第三子窝阔台居功甚伟。与父辈的功绩相比,窝阔台一生的征略主要体现于灭金和长子西征,同时还包括继承父亲未竟的灭西夏扫尾工作。1227 年,在成吉思汗去世不久,西夏灭亡;1234 年,金朝灭亡。灭金的结果使得蒙古人在中原和中亚建立了巩固的统治。1235—1236 年间,窝阔台又组织发动由拔都率领的蒙古第二次西征。战争从 1236 年春蒙古军队集结完毕,向西推进开始,直至 1241 年窝阔台去世,以 15 万之众横扫欧亚,从保加尔边境一直打到亚得里亚海东岸,一路战胜了保加尔、钦察、罗斯、波兰、匈牙利,并攻入了塞尔维亚、保加利亚、波希米亚、奥地利首都维也纳近郊。西征的结果,蒙古的版图从太平洋扩展至亚得里亚海,从北冰洋延伸到波斯湾。

就"丝路"建设的情形而言,较之乃父的贡献,窝阔台时代发动的第二次西征,蒙古军经撒莱、里海和咸海北,征服了斡罗思和钦察人,不仅将波斯道和钦察道这两条道路建设成为当时重要的陆上国际干道,而且还在统治范围内建立了完善的驿站制度。这些拓通的驿路在蒙古大军征略之后,又"开放给商人、传教士","使东方和西方在经济上和精神上进行交流成为可能"③。1246 年,意大利传教士约翰·卡宾尼参加贵由汗的即位典礼时看到:出席大典的不仅有蒙古贵族和各汗国的使团,还有"中原地区的官员,突厥斯坦与河中的长官马思忽惕,呼罗珊的异密阿儿浑,伊拉克、鲁尔、阿塞拜疆与设立汪等地的异密。罗姆素丹鲁克那丁,格鲁吉亚的两个争王位者大卫·纳林与大卫·拉沙,俄罗斯大公雅罗斯拉夫,亚美尼亚王海屯一世之弟森帕德,毛夕里素丹巴得拉丁鲁罗之使者,巴格达哈里发派遣的大法官法赫鲁丁,法尔斯与起儿漫的使臣,阿剌模忒易司马仪派教主阿老丁和库希斯坦派来的使者,甚至还有法兰克的使者"④。从卡宾尼开始,基督教文化占主流的西方与东方在经济上和精神上进行交流的情形越来越频繁。

---

① 这段叙述多参用[蒙]Sh. 比拉(Sh. Bira),陈波编译:《12 至 13 世纪的蒙古人及其政权》,《蒙古学信息》2004 年第 4 期。

② 马建春:《元代东迁西域人及其文化研究》,民族出版社 2003 年版,第 68 页。

③ [英]道森编,吕浦译,周良霄注:《出使蒙古记》,中国社会科学出版社 1983 年版,第 29—30 页。

④ 王治来:《中亚史纲》,湖南教育出版社 1986 年版,第 461 页。

再次,蒙哥汗时期的丝路拓通情形与印度文化圈的交流。在蒙哥汗的规模经略之下,发动了对南宋、大理以及西亚的征略活动。蒙哥即位第二年,1252 年即令其二弟忽必烈率大军远征大理;1253 年令三弟旭烈兀率军攻打西亚地区;1258 年,蒙哥本人亲率大军攻打南宋;等等。西征军拓疆几万里,先后攻取波斯南部的卢尔人政权,再攻灭波斯西部的木剌夷国,再灭阿拔斯王朝,灭亡叙利亚的阿尤布王朝,攻占了小亚细亚大部分地区;在东路军与南宋的交战中,南宋辖下的四川北部大部分地区也被蒙古人攻占。到 1259 年蒙哥去世之际,蒙古帝国的疆域由东滨于阿姆河,向西临于地中海,向北界至里海、黑海、高加索,往南至波斯湾。亚欧大陆首次在一个游牧汗国的控制下被联结为一个整体①,对于之前时代人们"所谓勒燕然、封狼居胥,以为旷世稀有之遇者",现在却可以"单车掉臂,若在庭户"了②。而就"丝绸之路"而言,西亚及西南"丝绸之路"得以拓通和兴盛。由于西南"丝绸之路"的兴盛,元朝中国与印度文化圈的交流也得到发展。据《元史·地理志》称,忽必烈攻克大理后,"其地,东至普安路之横山,西至缅地之江头城,凡三千九百里而远;南至临安之鹿沧江,北至罗罗斯之大渡河,凡四千里而近"③,所辖区域实际包括今云南全省,四川、贵州二省。还包括缅甸、泰国、老挝、越南四个国家的各一部④,这使得以印度文化为主导的东南亚区域与蒙古辖境的人民往来加深。

最后,元朝的丝路建设以及对汉文化圈的影响。在蒙古帝国史以及包括中国在内的世界史进程中,1260 年蒙古帝国的分裂具有划时代的意义。1259 年蒙哥在重庆合州钓鱼山去世。1260—1264 年间,忽必烈与阿里不哥之间发生持续近五年的争汗之战,尽管战争以忽必烈一方取胜而终结,但蒙古帝国却由此走向分裂。忽必烈在获得汗位后,将征服与统治重心转向汉地及南宋。1271 年,忽必烈朝廷取《易经》"大哉乾元"之义,建汉制国号谓"大元",成为具有双重身份的蒙古大汗和中原皇帝。到 1276 年攻占南宋临安都城之后,元朝的疆域"北逾阴山,西极流沙,东尽辽左,南越海表"⑤,之前属于辽朝、西夏、金朝、吐蕃、大理以及南宋政权的领土都成为元朝疆域的一部分。此外,高丽、缅甸、安南、占城等国在元朝的征战下,成为元朝的藩属国。与之前蒙古国时期相比,在 13—14 世纪,东亚文化圈在两宋的基础上,延及面更广远。东边是朝鲜、日本,东南是越南及其以南、以东的东南亚国

---

① 其时蒙古帝国控制区域与国家有:今朝鲜、韩国、越南、缅甸大部、老挝大部、巴基斯坦东北部、印度北部、阿富汗、伊朗、伊拉克大部、土耳其、哈萨克斯坦、乌兹别克斯坦、吉尔吉斯斯坦、塔吉克斯坦、土库曼斯坦、格鲁吉亚、阿塞拜疆、亚美尼亚、俄罗斯、乌克兰、白俄罗斯、罗马尼亚、保加利亚等,总面积约 4500 万平方公里。

② 罗大已:《滦京杂咏跋》,纪昀等编《四库全书》,台北商务印书馆 1986 年版,第 1219 册,第 627 页。

③ 宋濂等撰:《元史》卷六一《地理志四》,中华书局 1976 年版,第 1457 页。

④ 陆韧:《云南对外交通史》,云南民族出版社 1997 年版,第 173—174 页。

⑤ 宋濂等撰:《元史》卷五八《地理志一》,中华书局 1976 年版,第 1345 页。

家,西南包括中国的青藏高原和云贵高原,西面直达帕米尔高原以东,往北则越过蒙古大草原直达西伯利亚大森林,东北到达外兴安岭内外。汉语写作者不仅包括汉族文人,还包括高丽、安南、日本等区域和国家的人们。

另外,趁着忽必烈兄弟争汗,诸王们在选择支持不同阵营的同时,在自己的征服地区建立了钦察汗国、察合台汗国、伊利汗国和窝阔台汗国等实际上独立的政权。元朝中国与四大汗国,皆属于成吉思汗黄金家族成员的领辖地,四大汗国的统治者同奉入主中原的元朝为宗主国,与元朝驿路相通。

基于这样的政治背景与世界格局,13—14世纪世界的海、陆"丝绸之路"得以多方位拓通,区域与人民之间互联互通的情形臻于鼎盛。值得注意的是,"中国"概念的内涵以及中国在世界的位置在13—14世纪世界剧变的过程中发生极大变化。对于传统以汉族为中心的中国而言,蒙古人的征略以及元朝治下中国的建立,不仅使传统小中国转变成为一个包含蒙古、契丹、女真、吐蕃、汉族等多民族的、疆域辽阔的大中国,而且使得中国被强行带进世界格局的中心,与世界的关联程度前所未有的频繁密切。围绕名称定义、疆域范围、文明程度以及风物繁盛等内容,世界几大文化圈对"中国形象"的认知完成由"名"到"实",从传奇到现实,由官方的、宗教的意味走向民间的、世俗的意味的转变。由于与中国关系的亲疏远近、依附程度的不同,世界对"中国形象"的认知呈现出立体、丰富而多元的情形。

二、13—14世纪丝绸之路拓通背景中,世界对"中国"之"名"与"实"的认知与认同

从蒙古人征略世界以及丝绸之路逐步开拓的进程来看,13—14世纪"中国"进入世界的视域,是先由阿拉伯伊斯兰文化圈的精英们开启的。由于蒙古人对中亚、西亚的征服,伊利汗国在两河流域的建立,以及其创建者旭烈兀与元朝中国创建者忽必烈之间的兄弟同盟关系,伊利汗国与中国的友好关系在13—14世纪间达到了史无前例的高潮。而伊利汗国统辖区的人们对中国的熟悉程度也远超于之前的任何时期。这个时期,涉及蒙古人以及蒙古治下中国的相关著名作品有志费尼《世界征服者史》、拉施特的《史集》以及伊本·白图泰的《游记》等。

尤其值得注意的是伊利汗国以政府力量所编辑的正史著作《史集》中对于"中国"的认知。《史集》是伊利汗国宰相拉施特(1247—1318)奉旨编撰的官方史著。在编修时,拉施特召集了由蒙古人、中国学者、克什米尔的喇嘛、法国天主教士和波斯人组成的编辑小组,广泛吸收波斯、阿拉伯著作如13世纪的志费尼的《世界征服者史》,伊本·额昔儿的《全史》等,成书于1311年。从该书编撰思路来看,它以蒙古为宗,在叙述蒙古族源、书写成吉思汗及其后裔传记以及伊利汗国历史之外,其世界史部分,"中国"被称作"中华",《史集》的附篇有《阿拉伯、犹太、蒙古、拂朗、中

华五民族世系谱》①。《史集》对中国的认知已比较细密,将中国北方边境地区华北称作"乞台",中国华南称作"摩至那"(又作蛮子),比如以下一段非常典型:

> 在成吉思汗时以及在此以前,汪古惕诸部属于乞台君主阿勒坛汗的军队和徒众之列。[该]部落[q(a)ūm]很特别,但与蒙古人相类似;他们有四千帐幕。尊号为阿勒坛汗的乞台君主们,[为了]保卫自己的国家以防御蒙古、客列亦惕,乃蛮以及附近地区的游牧人,筑了一道城墙,这道城墙在蒙古语中称为兀惕古[atkū],突厥语则称为不儿忽儿合(būrqūrqeh)。[这道城墙]从女真海岸开始,顺着乞台、至那和摩至那之间的哈剌-沐涟河岸[延伸出去];这条河的上源,则在唐兀惕和吐蕃地区内。[城墙的]任何一处都禁止通行。起初,这城墙被托付给这个汪古惕部,责成他们守卫城墙。②

在这段话中,出现了乞台、至那和摩至那三个关于"中国"的称呼,由文章的上下文以及《元史》关于汪古部的记载"阿剌兀思剔吉忽里,汪古部人,系出沙陀雁门之后。远祖卜国,世为部长。金源氏堑山为界,以限南北,阿剌兀思剔吉忽里以一军守其冲要。时西北有国曰乃蛮"③,可以知道,"乞台"是金朝统治的区域,有民如女真、契丹人等;"至那"是指宋朝统治的汉人;"摩至那",又名蛮子,则指南宋中国统辖区的南方中国人。而除了对南、北中国区分细致外,缘于阿拉伯伊斯兰舆地学的发达,《史集》对地理位置与人口氏族的分布以及道里、路线也力求表达准确④。文中的"女真海岸",从渤海湾起,至满洲海;哈剌-沐涟河岸指黄河,黄河的上源流在"唐兀惕和吐蕃地区",是蒙古人的说法,即西夏与西藏一带,而金朝让汪古部人所守卫的界墙,位于阴山以北,乃金朝用于防守蒙古人的城墙。《史集》不仅对蒙古族源及形成历史的记述远远丰富于其时的汉籍,它对其时的中国表现出浓厚的兴趣。在《史集》之外,拉施特还组织人员于 1311 年编撰了《伊利汗中国科技珍宝书》,大量介绍中国的医学、农学、造纸术、印刷术、指南针技术等。

虽然不能与阿拉伯伊斯兰文化圈缘于被蒙古征服,进而与中国有密切的互动情形相比肩,基督教文化圈也在 13—14 世纪借助海、陆"丝绸之路"的开通,开启了"西方往东看"的丰富历程。

---

① 《史集》在编撰中遵循一条原则:阿拉伯人、波斯人和突厥人的历史,只不过是注入全世界历史海洋的一条河流;世界史应当是全世界的历史,包括当时已知的各族人民,从极西的"富浪人"(即西欧各族人)到极东的中国人的历史在内。在此之前,从未出现过如此的历史写作规划。[波斯]拉施特主编,余大钧、周建奇译:《史集》"拉施特及其历史著作",商务印书馆 1986 年版,第 60—61 页。

② [波斯]拉施特主编,余大钧、周建奇译:《史集》"汪古惕部落","汪古惕部落",商务印书馆 1986 年版,第 229—230 页。

③ 宋濂等撰:《元史》卷一一八《阿剌兀思剔吉忽里传》,中华书局 1976 年版,第 2923—2924 页。

④ 在《史集》目录中,有这样的表述:"第三卷专载世界各地域的情况,通往各国的道路、途程,力求精审。"见《史集》"拉施特及其历史著作",第 101 页。

如上所叙,蒙古人的第二次西征对欧洲世界产生了巨大的震动,为了了解这个游牧民族的进一步的战争打算,也期望能尽量阻止蒙古人对欧洲的进攻,从13世纪上半叶开始,西欧教皇开始派遣传教士前往蒙古人活动的区域。缘于蒙古的分裂不能再组织大规模的世界征略行动以及海、陆"丝绸之路"的开通和稳定,欧洲的商人也开始源源不断地前往中国。据现今留下来关于13—14世纪"东游纪"作品来看,有(意)约翰·普兰诺·加宾尼《蒙古行纪》、(波兰)本尼·迪克特《波兰人教友本尼迪克特的叙述》、(法)威廉·鲁不鲁乞《东游纪》、(西)阿布·哈桑·阿里·伊本·塞义德《马格里布》、(意)马可·波罗《马可·波罗游记》、(意)鄂多立克《东游录》、(西)巴斯喀尔《巴斯喀尔遗札》、(意)约翰·阿拉《大可汗记》、(意)裴哥罗梯《通商指南》、(英)曼德维尔《曼德维尔游记》等,约计10种[1],数量虽不算多,但实际却反映出这个时期欧洲与中国交流前所未有的频繁。传教士们和商人们对"中国"之"名""实"的认知程度,与他们到达中国的区域和停留时间的长短成正比。

1245年最早出发到达蒙古和林,并在1247年返回的意大利方济各会主教、贝鲁齐亚人柏朗嘉宾(Jean de Plan Carpini)(1182—1252),在没有任何东方语言知识,没有翻译,也没有地理图志之类的指南,还缺乏向导的情况下,完成了中国之行,并写成出使报告《柏郎嘉实蒙古行纪》。他讲到中国与中国区域及人口分布情形时写道:

> 于是,契丹(Kitai)的强大皇帝被击败了,这位成吉思汗便被拥立为帝。但一直到现在,他们尚未征服契丹国的另外半壁江山,因为它位于海面。[2]

在柏朗嘉宾的表达里,"中国"被他称作"契丹",包括北方的金朝政权,也包括南方的南宋政权。在报告中还提到了"哈剌契丹(Kara-Kitai)",指的是西辽国的契丹人。柏朗嘉宾之后,传教士威廉·鲁布鲁乞(William of Rubruch)、约翰·孟特·戈维诺(John of Montecorvino)、鄂多立克(Ordoric of pordenone)、马黎诺里(John of Marignolli)、隆如美(Andrwe of Louginmeaua)、阿瑟努斯(Ascelinus)以及小亚美尼亚(今土耳其一带)国王海屯等等,都在不同时间由西方到达蒙古人统辖的区域,在基督宗教形成入华高潮的同时,也为时人及后人留下了丰富的"东游"纪行作品。1253年出发来到中国的法国传教士鲁布鲁乞的《东游记》中,对"中国"名称与方位、范围的描述更具体了一些:

> 其次是大契丹(Grand Cathay),我相信,那里的居民在古代常被称为塞雷斯人(Seres)。他们那里出产最好的绸料,这种绸料依照这个民族的名称被称为塞里克(Seric),而这个民族是由于他们的一个城市的名称而获得塞雷斯这

---

① 主要依据张星烺《中西交通资料汇编》,中华书局1977年版。

② [意]柏朗嘉宾著,耿昇、何高济译:《柏朗嘉宾蒙古行纪》,中华书局1985年版,第48—49页。

个名称的。我从可靠方面听到,在那个国家里,有一座城市,拥有银的城墙和金的城楼。那个国家有许多省,其中的若干省至今还没有降服蒙古人。在契丹和印度之间,隔着一片海。①

鲁不鲁乞的这段对"中国"的表述,在基督教统领的西方文化圈中具有石破天惊的意义,因为"他第一个很准确地推测出古代地理学上所称的'塞里斯国'和'中国人'之间的关系,即一个国家和它的人民"②,"中国"终于从传奇步入现实。

在元朝一统中国之后来到中国的西方传教士以及商人,他们对"中国"的"名"与"实"对应关系的表述更加具体且明白。

> 我来到杭州城,这个名字义为"天堂之城"。它是全世界最大的城市[确实大到我简直不敢谈它,若不是我在威尼斯遇见很多曾到过那里的人]。它四周足有百英里,其中无寸地不住满人。那里有很多客栈,每栈内设有十或十二间房屋。也有大郊区,其人口甚至比该城本身的还多。城开十二座大门,而从每座门,城镇都伸延八英里左右远,每个都较威尼斯或帕都亚威大。所以你可在其中一个郊区一直旅行六、七天,而看来仅走了很少一段路。③

鄂多立克对于中国南方城市杭州的清晰描述完全得益于元代世界海、陆"丝绸之路"的拓通以及元朝中国境内大运河畅通的便利。1321年他在游历了波斯、印度等地。后乘船来广州登岸,旅览了泉州、福州,取道仙霞岭至金华,循钱塘江至杭州,又到南京、扬州,沿运河北抵大都。他在大都居住三年,1328年他取道今内蒙古河套,经陕西、甘肃至西藏拉萨。又经阿富汗喀布尔到大不里士,沿原路回国。鄂多立克关于中国城市的建设规模、人口繁荣以及城市的具体结构的描述,为基督教文化圈具象认知中国夯实了基础。

相对阿拉伯伊斯兰文化圈以及基督教文化圈这些异质文化圈对于"中国"的认知存在"名"与"实"的不对应,以汉文化为中心的东亚文化圈以及印度文化圈的人们对"中国"的认知则可以从认同程度来考察。在13—14世纪间,东亚文化圈中对元朝认同程度最高的是高丽,这使得他们对"中国"的了解和表述如同国人。除了那些高丽官员、士人、僧侣留存的大量往来元朝境内的纪行诗文外,值得注意的是14世纪中叶流行于高丽的两种汉语教科书《老乞大》和《朴通事》。在朝鲜李朝成宗(1469—1494)时,朝廷下旨以谚文解《朴通事》,形成《朴通事谚解》。直到16世纪初,朝鲜人依旧认为如果要通晓汉语,必须先读通《老乞大》《朴通事》,以作为习

---

① 《鲁不鲁乞东游记》转引自[英]道森编,吕浦译,周良霄注:《出使蒙古记》,中国社会科学出版社1983年版,第161页。

② 张西平:《蒙古帝国时代西方对中国的认识》,《寻根》2008年第5期。

③ [意]鄂多立克著,何高济译:《鄂多立克东游录》,中华书局1981年版,第67页。

得汉语的基础。"乞大"有"契丹"之意，"老乞大"即老契丹，"通事"是对翻译的称呼。而从《朴通事谚解》中的几段对话可以看出高丽与元朝之间海陆交通的便利以及高丽人对元朝统治身份的认同：

> 拜揖，赵舍。"几时来了？"
>
> "昨日恰来到。"
>
> "你船路里来那，旱路里来？"
>
> "我只船上来了。"①

船路即海路。由高丽商人与老乡的对话中所涉及高丽与元朝的交通情形，可以看出，元朝与高丽之间海、陆交通非常便利，这种便利渗透于人们的日常认知，人们随口即来②。再如以下一段：

> ……我在汉儿学堂里学文书来。
>
> 你学甚么文书来？
>
> 读《论语》、《孟子》、学。
>
> 你每日做甚么工课？
>
> 每日清早晨起来，到学里；师傅上受了文书，放学，到家里吃饭罢，却到学里写仿书，写仿书罢对句，对句罢吟诗，吟诗罢师傅前讲书。
>
> 讲甚么文书？
>
> 讲小学、《论语》、《孟子》。
>
> 你是高丽人，学他汉儿文书怎么？
>
> 你说的也是，各自人都有主见。
>
> 你有甚么主见？你说我听着。如今朝廷一统天下，世间用着的是汉儿言语。我这高丽言语，只是高丽地面里行的。
>
> 过的义州，汉儿地面来，都是汉儿言语。有人问着一句话也说不得时，别人将咱们做甚么人看？③

这两位高丽人的对话很能看出高丽普通民众对元王朝一统政权的认同以及对汉语文化的认同与归属感。

高丽之外，安南对元朝中国的认同程度也非常高，尤其是 1284 年之后，安南成为元朝的宗藩国以后。作为认同元朝统治的标志性文化事件是曾任安南陈键幕静

---

① 《朴通事》，刘坚、蒋绍愚：《近代汉语语法资料汇编·元代明代卷》，商务印书馆 1995 年版，第 314 页。

② 按：关于高丽的讨论参考了陈高华《从〈老乞大〉〈朴通事〉看元与高丽的经济文化交流》，《历史研究》1995 年第 3 期。

③ 《老乞大》，刘坚、蒋绍愚：《近代汉语语法资料汇编·元代明代卷》，商务印书馆 1995 年版，第 261—262 页。

海军节度使的黎崱在 1286 年前后完成汉文《安南志略》，并进献给元廷，以作为《经世大典》修撰的补充。与黎崱共事的馆臣吴元德有诗记述黎崱叙录《安南志略》并被元廷选用的欣喜："忆昔天历初，开阁修大典。四方贡书至，此志亦在选。词臣绥敷陈，天子动颜色。黎侯志获伸，彰宪功暴白。当其幕修际，小臣事供给……"[1] 而元朝诸如程钜夫、许有壬、欧阳玄、揭傒斯、吴元德、范梈等馆臣也都对《安南志略》给予认同与肯定。另外，作为东亚文化圈的重要国家日本，尽管由于元朝发动的几次侵日战争都未成功，两国之间在官方没有往来，但民间的贸易与往来依旧持续，而日本的僧侣及文化高层则继续沿承唐宋以来发展起来的对汉文化的高度认同感和研习热情。

此外，江南一统之后，元朝承继南宋的海外遗产，将南海、印度洋纳入王朝发展体系，再加上西域色目对元朝政权的高度依附和认同，到 13 世纪末，从中国到伊朗、阿拉伯的海域以及所经由的海路，皆进入元朝政权的影响范围之中，推动了这一时期 "环绕欧亚大陆和非洲北部及东海岸的交通体系，马八儿—马尔代夫—索科特拉岛—亚丁航线，经元朝时期东、西方海舶的开辟、经营，已成为印度洋东、西两岸地区海上联系的重要通道"[2]，这使得印度文化圈所辐射的南亚、东南亚区域与中国的交往及认同感得以加深。《元史·世祖本纪十一》载，至元二十三年九月，"马八儿、须门那、僧急里、南无力、马兰丹、那旺、丁呵儿、来来、急阑亦带、苏木都剌十国，各遣子弟上表来觐，仍贡方物"[3]。其中，地处印度半岛南部的著名岛国马八儿国，缘于其乃通往印度洋西岸两条海道的分航点，与元朝中国的关系尤其密切。马八儿国的王子孛哈里落户中国，马八儿国的宰相不阿里 "尽捐其妻孥、宗戚、故业，独以百人自随，偕使入觐"[4]，最终定居于泉州。大德三年（1299）以资德大夫、中书右丞、商议福建等处行中书省事薨于京师，元朝政府不仅赐中统宝钞二万五千缗，以驿传负其榇归葬泉州，而且令翰林大臣刘敏中为其撰写墓碑，可谓在元朝极尽生荣死哀。

由上叙述可以看到，13—14 世纪海、陆 "丝绸之路" 的拓展与大范围开通，使 "中国在 13 世纪世界体系中的地理位置十分重要，因为它连接着北方的陆上商路和同样重要（甚至更为重要）的印度洋海路。当这两条线路同时充分地发挥作用时，特别是当中国处于统一状态，因而成为连接两条线路的'畅通无阻的沟通媒介'时，世界贸易线路是完整的"[5]，由于中国在整个世界体系中的重要位置和重要意

---

① 吴元德：《题黎静乐所编安南志后》，杨镰主编《全元诗》，中华书局 2013 年版，第 30 册，第 384 页。

② 参考马建春、王徽《元代马八儿—亚丁新航线疏证》，《国家航海》第二十一辑，第 84—105 页。

③ 宋濂等撰：《元史》卷一四《世祖本纪十一》，中华书局 1976 年版，第 292 页。

④ 刘敏中：《敕赐资德大夫中书右丞商议福建等处行中书省事赠荣禄大夫司空景义公不阿里神道碑铭》，李修生主编《全元文》卷三九七，凤凰出版社 2004 年版，第 30 册，第 550 页。

⑤ ［美］珍妮特·L.阿布—卢格霍德著，杜宪兵、何美兰、武逸天译：《欧洲霸权之前：1250—1350 年的世界体系》，商务印书馆 2015 年版，第 336 页。

义,它被其他文化圈的人们认知和认同的程度也大大提高。

三、13—14 世纪世界"中国形象"从官方的、宗教的 到民间的、世俗的视角转变

缘于 13—14 世纪海、陆"丝绸之路"大范围的拓通,之前欧亚大陆四大文化圈相互隔阂的情形大为改观,这个时期留下来的大量纪行创作可以证明。值得注意的是,13—14 世纪世界范围内的纪行创作达到了有史以来的最高峰,比自汉代张骞拓通西域,中国与域外往来,一直到宋代,九个世纪的纪行创作的总和还要多①,这些纪行作品的作者有传教士、使臣、商人、文士等等,身份各异,视角各不相同。如前所述,13—14 世纪蒙古人对于海、陆丝绸之路的拓通就其初始目的而言,是战争、生存的需要,但战争过后,被拓通的道路即"开放给商人、传教士"②。具体而言,拓通之后的海、陆丝路沿线区域与人民之间相互的经济利益战胜了政治纷争,而频繁的共享物质的流动,使得蒙古人因战争而开辟的路线逐渐转变为商业干道,它们的商业影响范围要远大于它们的军事意义,这个过程中,世界观察"中国形象"的视角逐渐从官方的、宗教的层面向民间的、世俗的层面转变。这种转变可以借助其时人们留下的纪行创作,从道路的便利、市场的繁荣、货物的丰足、政府作为的有效以及人们生活的愉悦等方面来考察。

其一,对道路交通便利印象的感知由官方的层面走向了世俗的层面。由前面论述可以看到,蒙古人特别重视道路和驿站的建设,《元史》于此曾有评价云:"四方往来之使,止则有馆舍,顿则有供帐,饥渴则有饮食,而梯航毕达,海宇会同,元之天下,视前代所以为极盛也"③。而人们对世界的感知与表述则因道路交通所发生的改变而由官方层面走向了世俗层面。

波斯史家志费尼在 1263 年左右写成的《世界征服者史》中有"成吉思汗制定的律令和他兴起后颁布的札撒"一节中写道:

> 他们的领土日广,重要事件时有发生,因此了解敌人的活动变得重要起来,而且把货物从西方运到东方,或从远东运到西方,也是必需的。为此,他们在国土上遍设驿站,给每处驿站的费用和供应作好安排,配给驿站一定数量的

---

① 按:这个说法主要以张星烺《中外交通史料汇编》、杨镰主编《全元诗》、李修生主编《全元文》作为统计依据,据初步统计,这一时期独立成卷的纪行作品计有百余种,其中汉文作品 92 种(含高丽、安南著作 19 种),外文作品 36 种,另外,纪行诗计有 3000 余篇。

② 兰江:《长子西征及其胜利原因探究》,《四川大学学报》2004 年增刊。

③ 宋濂等撰:《元史》卷一〇一《兵志・站赤》,中华书局 1976 年版,第 2583 页。

人和兽,以及食物、饮料等必需品。这一切,他们都交给土绵①分摊,每两块土绵供应一所驿站。如此一来,他们按户籍分摊、征索,使臣用不着为获得新骑乘而长途迂回;另一方面,农夫、军队免遭不时的干扰。更有甚者,使臣每年要经过检查,如有缺损,必须由农民补偿。②

对于蒙古人的道路和驿站建设情况,志费尼是以官方的视角,从战争需要的急迫性、制度制订的合理性和执行的有效性等方面来表述和评估的。而从威尼斯来的商人马可·波罗的表达则非常世俗化、个人化:

> 大汗又按照他所定的制度,赐给波罗兄弟一面刻有圣谕的金牌。凡持有这种金牌的信使和他的全部扈从,在帝国境内的一切地方,官吏都要保障他们的安全,从一个驿站到下一个驿站都必须妥善护送,所经过的城市、寨堡、市镇或乡村,都必须为他们提供一切装备、生活必要品和食宿。……大汗赐予的金牌为波罗兄弟的行程带来极大便利,为他们所到之处的安全提供了可靠保障,他们一路上所有费用均由地方担负,并派有卫队安全护送。尽管波罗兄弟一行有如此便利的条件,但由于自然环境的恶劣,天寒地冻、风霜雨雪、洪水泛滥等天气变化常使他们寸步难行、疲惫不堪。③

1271 年,跟随商人父亲、叔叔从威尼斯出发的马可·波罗一行人向南穿过地中海,再横渡黑海,经幼发拉底河和底格里斯河两河流域到达巴格达,又从波斯湾经过霍尔木兹海峡岸穿过伊朗大沙漠到阿富汗,翻过帕米尔高原到达喀什,再从敦煌经玉门关,过河西走廊,最终于 1275 年到达上都。通过马可·波罗的这段描述,有关元朝时期的驿站制度和便利程度才真正从官方制度和文书层面落到了人们日常生活的切身体验层面。即使没有大汗的金牌保障,元朝道路的便利也可从人们的日常生活中随便感知。与志费尼写作《世界征服者史》之际,蒙古人尚征略不休的情形相比,马可·波罗一行人从当时海、陆"丝路"拓展的最西端到达位于最东端的中国,可谓路线最长,却一路平安。这也恰恰印证了志费尼的那段话:"成吉思汗统治后期,他造成一片和平安定的环境,实现繁荣富强;道路安全,骚乱止息,因此,凡有利可图之地,哪怕远在西极和东鄙,商人都向那里进发。"④应该说,蒙古人世

---

① 据志费尼解释,蒙古人把"全部人马编成十人一小队,派其中一人为其余九人之长;又从每十个十夫长中任命一人为'百夫长',这一百人均归他指挥。每千人和每万人的情况相同,万人之上置一长官,称为'土绵'"。[伊朗]志费尼著,J. A. 波伊勒英译,何高济译:《世界征服者史》第一部·第二章"成吉思汗制定的律令和他兴起后颁布的札撒",商务印书馆 2011 年版,第 30 页。

② [伊朗]志费尼著,何高济译:《世界征服者史》,商务印书馆 2007 年版,第 32 页。

③ [意]马可·波罗口述,[意]鲁斯蒂谦笔录,余前帆译注:《马可·波罗游记》,中国书籍出版社 2009 年版,第 9 页。

④ [伊朗]志费尼著,何高济译:《世界征服者史》,商务印书馆 2007 年版,第 85 页。

界征略的行动停止之后,他们原本因战争需要而开拓的"丝绸之路"给世俗世界创造了频繁往来和交流的现实基础与实际便利。

其二,市场繁荣、货物丰足是人们从宗教层面向世俗生活层面展开对"中国形象"表述的重要窗口。尽管 13—14 世纪海、陆"丝绸之路"的拓通为世界上的人们往来中国创造了极大的便利条件,也使得"中国形象"借此而通向以欧亚大陆为主的世界,但毫无疑问,不同信仰与宗教的人们在到达中国,并向他们的国人表达"中国形象"时往往渗透着他们的宗教态度和官方立场。尤其值得玩味的是摩洛哥旅行家伊本·白图泰对"中国形象"的表述:

> 中国地区尽管十分美丽,但不能引起我的兴趣,由于异教气味浓厚,反而使我心绪烦乱。只要出门,就看到许多不顺眼的事,使我惴惴不安,除非万不得已,我绝不外出。如在中国见一穆斯林,便象遇上亲骨肉一般。①

作为虔诚的伊斯兰教徒,当伊本·白图泰走在 13—14 世纪世界最繁荣的城市——杭州城里,他其实并不适应,满城的异教徒的气息令他压抑、烦闷。但尽管如此,中国热闹、繁荣的世俗生活还是引起了他的注意:

> 他还派他的儿子陪我们去港湾,搭乘游艇一艘,其状如火弹船。长官的公子搭乘另一只船,他携带乐师,他们用中国文,用阿拉伯文,也用波斯文演唱。而公子嗜爱波斯音乐。歌手们演唱一首波斯诗,公子命他们重复多遍,使我于倾听之后,竟熟记无误了。这支歌曲极其委婉动听。港湾内船艇相接,帆樯蔽天。彩色风帆与绸伞,相映生辉。雕舫画艇,十分精致。游船相遇时,乘客多用柑橘、柠檬投报。②

伊本·白图泰的表达特别具有典型意义的地方在于,作为虔诚的伊斯兰教徒,中国人普遍缺少信仰的氛围令他很不适应,但即便如此,杭州西湖夜晚的繁荣景象和曼妙生活还是让他沉迷了。而实际上,13—14 世纪带着不同诉求来到中国之后的人们,他们对中国的印象以及对中国的表述就非常典型地表现出从宗教的、官方的视角向世俗生活层面的变化。比如同样写杭州,坚持苦修的鄂多立克写道:

> 我来到杭州城,这个名字义为"天堂之城"。它是全世界最大的城市[确实大到我简直不敢谈它,若不是我在威尼斯遇见很多曾到过那里的人]。它四周足有百英里,其中无寸地不住满人。那里有很多客栈,每栈内设有十或十二间房屋。③

---

① [摩洛哥]伊本·白图泰著,马金鹏译:《伊本·白图泰游记》(本名《异域奇游胜览》),华文出版社 2015 年版,第 403 页。

② [摩洛哥]伊本·白图泰著,马金鹏译:《伊本·白图泰游记》,华文出版社 2015 年版,第 404—405 页。

③ [意]鄂多立克著,何高济译:《鄂多立克东游录》,中华书局 1981 年版,第 67 页。

作为方济各会教士,鄂多立克和伊本·白图泰虽然信仰不同,但都是虔诚的教徒,他应该也非常不能适应中国城中满城的异教徒气息,所以鄂多立克在描述之际,常常要特意郑重地宣明立场"我,僧侣鄂多立克""鄂多立克僧侣""僧侣鄂多立克"等等,而即便如此,他对杭州城市生活的便利、城市的繁荣还是溢于言表。正因为这样,作为商人的马可·波罗可以暂时放开他的宗教立场去观照和表述他眼中的中国城市,"中国形象"也因此显得更为平允且生动:

> 城里除了街道两旁密密麻麻的店铺外,还有十个大广场或集贸市场。这些广场每边长半英里,宽达四十步的城市的主干道从这些广场前通过,笔直地从城市的一端延伸到另一端,中间经过许多低矮的、便于通行的跨河桥梁。这些广场彼此之间相距四英里。在广场的对面,有一条方向与主干道平行的大运河,河岸附近有许多石头砌成的宽大的货栈,用来为那些从印度和其他地方来的商人储存货物和财物。由于这些货栈靠近集贸市场,所以便于往市场里上货。在每个市场一周三天的交易日里,都有四、五万人来赶集,他们可以在市场里买到所有需要的商品。……这里不产葡萄,但是可以买到从外地贩来的优质葡萄干。这里也能买到外地的葡萄酒,但是本地人并不爱喝,因为他们喝惯了用大米配制香料酿成的米酒。……当你看见捕到的鱼数量如此多,也许会担心卖不出去。其实在几个小时之内,这些鱼就能销售一空。因为城里的人口实在太多……这十个集贸市场的四周环绕着高宅闲宇,楼宇的底层是店铺,经营各种产品,出售各种货物,包括香料、药材、小饰物和珍珠等。①

在海、陆"丝路"畅通的背景下,联通全国交通的运河对杭州城的运转意义非常关键,因此,市场上不仅流通着来自印度、中亚、南亚的货物,也将湖中、海里以及城外的各种时鲜带入人们的餐桌。同样是杭州,同样说到市场,说到人烟,马可·波罗站在交通便利设施、物的流通速度与市场繁荣程度等角度来打量,则他眼中的杭州城人烟富簇,市场繁荣,尽管这些世俗、热闹的场景可能会让清修的教徒感到心绪烦乱,但却非常富有生活气息与活力。而在大都城中,"所有稀世珍贵之物都能在这座城市里找到,尤其是印度的商品,如宝石、珍珠、药材和香料。汉地各区和帝国其他地方,凡是值钱的东西都被运到这里,以满足朝廷周边大量居民的需要。这里商品的销量之多超过其他任何地方,仅每天运送生丝到这里的马车和驮马的数量就不下千匹。这里还生产大量的金纱织物和各种丝绸"②。以下高丽与汉族商人的对话则更具体地展现着官方与宗教不在场的市井鲜活力:

---

① [意]马可·波罗口述,[意]鲁斯蒂谦笔录,余前帆译注:《马可·波罗游记》,中国书籍出版社2009年版,第333—335页。

② [意]马可·波罗口述,[意]鲁斯蒂谦笔录,余前帆译注:《马可·波罗游记》,中国书籍出版社2009年版,第218页。

俺将着几个马来,更有些人参、毛施、帖里布,如今价钱如何?

更店主人家引将几个买毛施、帖里布的客人来……[买主]:这帖里布好的多少价钱?低的多少价钱?[卖主]:帖里布这一等好的两锭。这一等较低的六十两。[买主]:恁休胡索价钱。这布如今见有行市……这毛施布高的三锭,低的两锭;这帖里布高的七十两,低的一锭。①

引文中提到的小毛施,又被称作氄丝布、苎麻布,用白色苎麻织成,高丽所产毛施布做工精细,品质优良,深受中国市场的欢迎,所以高丽商人带往中国的商品或者高丽士人赠送中国人的特产往往有小毛施。帖里布,也是高丽盛产的以大麻织成的布②。高丽商人带着人参、毛施、帖里布在市场交易中的讨价还价情景不仅还原着13—14世纪大都城中世界货物交易的场景,也展现了海、陆丝绸之路畅通背景下,人们物质生活的丰足与便利。

其三,政府作为的有效度和人们生活的平和度成为世界人们表达"中国形象"是否具有吸引力的标志。必须承认,蒙古人的世界征略给13—14世纪的世界文明造成了巨大的灾难和毁灭,但诚如书写《世界征服者史》的志费尼所表达的那样,起初"他们到来,他们破坏,他们焚烧,他们杀戮,他们抢劫,然后他们离去","城址变成平坦的原野"③,但在统治后期,尤其是征略行动停止之后,在政府作为的有效程度上,蒙古人给世界"造成一片和平安定的环境,实现繁荣富强;道路安全,骚乱止息"④,这使得世界上的人们沿海、陆"丝绸之路"踊跃进入中国,并将"中国形象"广泛推向世界。缘此,"中国形象"的文明程度以及对于世界的吸引力也大为提高。例如在《朴通事》中有对话写道:

"哥,你听的么,京都驾几时起?"

"未里,且早里。把田禾都收割了,八月初头起。"

"今年钱钞艰难,京都也没甚买卖,遭是我不去。往回二千里田地,到那里住三个月,纳房钱空费了。"⑤

这段对话中所谓的"京都驾"涉及元代的两都巡行制度,指的是皇帝由上都回大都的车马队伍,"京都"指上都。元代自忽必烈中统四年(1263)开始实行大都、上都两都巡行制,皇帝每年三月间从大都出发前往上都,大约八、九月间回到大都。

---

① 《原本老乞大》,《朝鲜时代汉语教科书》第1册,中华书局2005年版,第45页。
② 苏力:《原本〈老乞大〉所见元代衣俗》,《呼伦贝尔学院学报》2006年第5期。
③ [伊朗]志费尼著,何高济译:《世界征服者史》,商务印书馆2011年版,上册,第123页。
④ [伊朗]志费尼著,何高济译:《世界征服者史》,商务印书馆2011年版,上册,第85页。
⑤ 《朴通事谚解》,陈高华:《从〈老乞大〉〈朴通事〉看元与高丽的经济文化交流》,《历史研究》1995年第3期,第99—100页。

由于“后宫诸闱、宗藩戚畹、宰执从寮、百司庶府,皆扈从以行”①,两都巡幸行为对民众的滋扰甚大,后来政府便决定推迟回京,等稼穑之事结束后再回京,《元史》载英宗事云:“车驾驻跸兴和,左右以寒甚,请还京师。”帝曰:“兵以牛马为重,民以稼穑为本。朕迟留,盖欲马得刍牧,民得刈获,一举两得,何计乎寒。”②蒙古皇帝推迟了从上都回大都的时间,这对于其时世界上前往中国朝觐蒙古皇帝、到中国做生意的人们来说都是非常重要的信息,它意味着人们的行动、步趋可能要重新规划。引文中两位高丽商人的对话,蒙古皇帝回大都的时间就是他们对话的重要背景,这也可以看出蒙古皇帝的作为对于人们生活便宜和愉悦程度的影响。

特别值得探研的是异域书写中对蒙古人统治和管理下,市场流通的纸币的描述。鲁不鲁乞描述纸币写道:“通用的钱是一张棉纸,长宽各有一掌之宽,他们在这张纸上印有条纹,与蒙哥汗印玺上的条纹相同。”③

在马可·波罗的描述中:

> 每张纸币不仅要有许多特命的官员的签名,而且还有他们的盖章。经过所有这些官员的手续后,最后由陛下委任的一名掌管玉玺的总管将玉玺沾上朱砂盖在纸币上,于是在纸币上印下一方朱红色的御印。经过这么多道工序处理后,纸币便获得了流通货币的职能。任何伪造纸币的行为都是犯死罪。这种纸币大批印制后,便流通于大汗所有的领土上,没有任何人胆敢冒着身家性命拒绝使用这种纸币……对于这种货币,商人们不会拒收,因为大家已经看到,商人们也可以用这种纸币来购买商品,即便他们来自其他国家,在他们本国不流通这种纸币,他们也可以将它换成适合他们本国市场的各类商品。任何人手里的纸币如果因长久使用而破损了,他们可以将旧钞拿到造币厂,只需要支付百分之三的费用,就可以换取新钞……纸币和金银一样是有价值的④。

鄂多立克也在纪行中描述人们用纸币来交税的情形:

> 人们从他们的君王那里得到诏旨称:每火每年要向大汗交纳一巴里失(balis),即五张像丝绸一样的纸币的赋税,款项相当于一个半佛洛林(florin)。他们的管理方式如下:十家或十二家组成一火,以此仅交一火的税⑤。

在 13—14 世纪,纸币发行的意义不仅在于它对于市场流通和缴税的便利,更

---

① 王祎:《上京大宴诗序》,见李修生主编《全元文》卷一六八五,凤凰出版社 2004 年版,第 292 页。
② 宋濂等撰:《元史》卷二七《英宗本纪一》,中华书局 1976 年版,第 613 页。
③ 《鲁不鲁乞东游记》,转引自道森编,吕浦译,周良霄注:《出使蒙古记》,中国社会科学出版社 1983 年版,第 190 页。
④ [意]马可·波罗口述,[意]鲁斯蒂谦笔录,余前帆译注:《马可·波罗游记》,中国书籍出版社 2009 年版,第 220—221 页。
⑤ [意]鄂多立克著,何高济译:《鄂多立克东游录》,中华书局 1981 年版,第 68 页。

在于它本身就是其时最高技术的结晶,它的制作与发行包含着其时只有中国才具有和设计得出的造纸术、印刷术、防伪程序以及金融市场规律的运用等等①。而在传教士与商人们的描述中,货币的制作、流通以及各个环节的机制保障等等,其中尤其值得注意的是政府作为的有效度。所有技术手段的使用以及人们对技术的安享程度皆得益于政府功能运转的有效度。正如鄂多立克在《东游录》中所表述的那样:"此邦的百姓都是商人和工匠。而且,不管怎么穷,只要还能靠双手为生,就没有人行乞。[但那些沦为贫乏穷困者受到很好地照顾,给以必要的供给。]"②鄂多立克的描述也从侧面反映出政府作为的有序和有效对于其时人们生活安适状态的保障。

综上所述,如果说 13 世纪初,蒙古人在成吉思汗的率领下用非常野蛮、暴力的方式为东、西方世界的人们打通了相互认知的道路的话,那么,14 世纪中国社会的繁荣富庶、人们物质生活的丰足与便利以及文明的高度发展也一定意义上弱化了世界对蒙古人粗莽野蛮、孔武不经形象的感知。就这个意义而言,诚如美国学者卢格霍德所说:"蒙古人既没有打造具有战略性的贸易枢纽,也没有为世界经济提供独特的工业生产力,更没有发挥转运功能。然而,他们却营造了一个风险很少,保护费用低廉的有利环境"③,借助海、陆"丝绸之路"畅通这个有利环境,中国成为当时世界体系的中心④,"中国形象"也于这个时期在世界人们的心中前所未有的饱满而富于活力。

---

① 张跃飞:《蒙元货币制度述论》,云南师范大学 2007 年硕士学位论文。

② [意]鄂多立克著,何高济译:《鄂多立克东游录》,中华书局 1981 年版,第 64 页。

③ [美]珍妮特·L.阿布—卢格霍德著,杜宪兵、何美兰、武逸天译:《欧洲霸权之前:1250—1350 年的世界体系》,商务印书馆 2015 年版,第 151 页。

④ [美]珍妮特·L.阿布—卢格霍德著,杜宪兵、何美兰、武逸天译:《欧洲霸权之前:1250—1350 年的世界体系》,商务印书馆 2015 年版,第 336 页。

13－14 世纪汉语域外书写中的世界认知与自我体认

任天晓

内容提要　13－14 世纪蒙古西征而形成的广阔疆域与发达的水陆交通使世界格局发生巨大变化,越来越多的中国人踏上远赴异域的旅途[①],他们将亲身见闻记于笔下,在地理形态与地域文化上呈现出更加真实而多元的世界,对世界的传统认知予以撼动,但仍存在一定局限性。他者文化大规模涌入使中国域外书写中含有多层次自我体认,一方面是大一统背景下怀柔四方的自我中心观,另一方面是多元文化影响下开放包容的文化自信观。两种观念的共同作用,营构出一个多元一统的大元帝国。

关键词　13－14 世纪　　域外书写　　世界认知　　自我体认

13－14 世纪随着南宋海上贸易的兴盛与蒙古铁骑的西征,世界格局迎来了近代化之前最为剧烈的一次变动,丝绸之路的发展与海陆通航的畅达使亚非欧三块大陆联系日益密切,在传统儒家文明与西方希伯来-基督文明、伊斯兰文明相互交流碰撞中,东方各国都开始以一个全新的视角看待世界,审视自我。鲁布鲁克、伊本·白图泰、马可·波罗、马黎诺里等西方商旅使节纷纷来华,将东方的感官见闻诉诸笔端,对后世产生巨大影响。但不可忽视的是,同一时期的中国旅行者们也践履于世界:去往西域的乌古孙仲端、耶律楚材、丘处机、常德,环游东南海域的周致中、周达观、汪大渊、陈孚等,他们将"其目之所及,皆为书以记之"[②],突破了宋代因为疆域限制而"臆之者浸广"[③]的间接听闻,一个蕴含元代士人自我意识与世界认知的具有中国色彩的世界形象跃然纸上。

---

① 按:"中国人"是指蒙古治下时期的一切以汉语书写的各民族文人。"域外"是指汉语书写圈之外的地域,倾向文化层面与以儒家为核心的汉文化圈相异的地区。为方便论述,本文将元代统一下的上京纪行诗也涵盖在域外书写之中。

② 汪大渊著,苏继庼校释:《岛夷志略校释》,吴鉴序,中华书局 1981 年版,第 5 页。

③ 周去非著,杨武泉校注:《岭外代答校注》,中华书局 2006 年版,序第 1 页。

一、13—14 世纪中国域外书写中的多元化世界格局

13—14 世纪横亘欧亚,广辟四海的蒙古大帝国的建立使中国跳出淮河以南的狭窄空间,走向"六合同风,九州共贯"①的广阔世界。无远弗届的国土以及完备的驿站体系为海陆交通的畅通提供了极大便利,中西方各国商旅使节来往频繁,"莫不执玉贡琛,以修民职;梯山航海,以通互市"②。继汉唐以来形成的东西方"丝绸之路"至此达到前所未有的高潮,世界原有格局被打破,各地区文化、物品、人口重新置换整合,一时间蒙、汉、回、契丹、鞑靼、女真、粟特等各族人民交织于一处。在不同文化"共生圈"联结碰撞的背景下,人们的思想观念、思维方式以及对自我和世界的认知开始发生变动,他们通过流寓域外的亲身经历诠释了一个全新的世界,这个世界中不再只有一个单一的自我,而是充满差异性的多个他者并存的多元世界。

自汉代张骞通西域以来,中国域外书写就开始见于各大史料文集之中。汉代张骞、班固、甘英的域外行迹分别记于《史记·大宛列传》《汉书·西域传》《后汉书·西域传》中,他们对中亚地区国家有了初步认知。隋唐时出现玄奘、慧超等赴印度求法的域外游记,裴矩、杜环、高居诲等人的行纪对中亚伊朗、阿拉伯、叙利亚。我国西部的新疆和田、塔里木盆地一带也有较为详尽的记录。这些行纪大多是出于军事政治或宗教目的而作,且篇幅有限,遗失较多,但为宋元域外书写的大量涌现奠定了基础。两宋时期海上贸易发展与各少数民族的兴起使域外书写群体大大增加,前有僧人继业、王延德到访天竺、高昌(今中国新疆吐鲁番市高昌区东南),后有范成大、周去非、赵汝适等人收集南海见闻。进入 13—14 世纪的蒙古治下时期,由于疆域的扩大与各民族来往的加深,域外书写呈现出新的特点。首先,书写者身份不再局限于汉族官方政府大员或佛教僧侣,商人及汉化的少数民族群体加入。元代繁荣的丝路贸易使各国商业交往频繁,沿海广设贸易港口,据成宗大德八年(1304)刊印的《南海志》记载,单与广州发生贸易关系的国家已达一百四十处以上。世代以海外贸易为业的航海家族首次出现,著名的有泉州蒲寿庚家族、回回沙不丁家族、潊浦杨枢家族等。两次"附舶以浮于海"的汪大渊很可能就是商人③。其次,书写体裁中的诗歌比重增加,如《长春真人西游记》中的诗歌、耶律楚材的西域纪行诗、陈孚的《交州稿》、傅与砺的《南征稿》以及数量巨大的上京纪行诗等。再次,写作目的不再是单纯的政治勘察报告,个人意识投射与审美性加大,这主要表现在具

---

① 许有壬:《大一统志序》,《至正集》(影印本)卷三十五,元人文集珍本丛刊,台湾新文丰出版公司 1985 年版,第 180 页。

② 汪大渊:《岛夷志略》,中华书局 1981 年版,第 385 页。

③ 参看陈高华著,党宝海编:《陈高华说元朝》,上海科学技术文献出版社 2009 年版,第 159—165 页。

有抒情性倾向的诗歌文体上，为多元世界的呈现提供了多维视角。最后，书写内容多为亲眼所见，更加丰富具体，除地理气候特点外，还有很多吃穿住行和风土民情的介绍，世俗性、生活性增强。以上这些特点使元代域外书写中的世界格局以其特有的视角悄然发生着变化。

其一，在地理形态认知上由模糊虚构转向具体真实。

中国对世界的认知源于上古，《三王历纪》记载"天地混沌如鸡子，盘古生其中，万八千岁；天地开辟，阳清为天，阴浊为地"，体现出无意识的鸿蒙状态；《尚书·禹贡》提出"九州"说，其范围皆在中国之内；后战国阴阳家邹衍发展为"大九州"概念，即将天下分为九州，中国属于其中之一的"赤县神州"，有浓厚的想象色彩，但道出了中国以外的空间；汉张骞通西域以来，大宛、康居、安息、条支、大秦（罗马帝国，汉时之西极）等西域地名逐渐进入中国人的视野，汉人对西域各国的大致地理位置、社会状况做了初步探索；隋唐时期对世界的认识已有很大发展，尤其是对南海重视的加强①，但所涉及的范围仍然有限，且叙述简略；宋代海上丝路达到鼎盛，出现大量记录南海民俗风物的书，如《萍洲可谈》《桂海虞衡志》《岭外代答》《诸蕃志》等，通过"询诸贾胡，俾列其国名，道其风土与夫道里之联属，山泽之蓄产，译以华言"②，反映了宋代对世界认知的进步。

元代对世界的认识范围大为拓展。向北沿蒙古草原直到俄罗斯，向西跨越伊朗高原、阿拉伯半岛、小亚细亚半岛直通东欧及非洲西北部的摩洛哥，向南穿过马来半岛、印度尼西亚直至澳大利亚。明代《永乐大典》残本中保存有一份《元代经世大典地图》，其范围北至锡尔河及伏尔加河中下游之不里阿耳（Bulghar），西北至阿罗斯（Russ，俄罗斯），西至的迷失吉（Dimashq，叙利亚大马士革）和迷思耳（Misr，埃及），西南至八哈剌因（波斯湾之巴林），南至天竺，这有力地反映出元人对世界地理认识的进步。③ 元代对海洋的经略达到清末以前的顶峰，海舶制造和航海技术都居于世界先进之列。摩洛哥旅行家伊本·白图泰在游记中记述到在印度喀里古特港口看到十三艘中国商船，并对中国船只（艟克）巨大的规模和完备的设施感到惊叹，可见元代强大的航海实力。元人汪大渊在《岛夷志略》中记载了地中海、红海、阿拉伯海、波斯湾、非洲、澳大利亚等地 220 余个国家，其中多是作者亲身所经之地，可信度颇高，元人张翥为其书作序："汪君焕章当年尝两附舶东、西洋，所过辄采录其山川、风土、物产之诡异，居室、饮食、衣服之好尚，与夫贸易费用之所宜。非

---

① 如《南海诸蕃行记》中记载了赤土（马来半岛一带）到虔那（阿拉伯半岛南部）36 个国家，唐德宗宰相贾耽还详细记录了当时从广东到大食的南海航线。具体参见王永平：《从"天下"到"世界"：汉唐时期的中国与世界》，中国社会科学出版社 2015 年版，第 16，78—86 页。

② 赵汝适著，冯承钧校：《诸蕃志校注》，中华书局 1956 年版，序言第 5 页。

③ 刘迎胜著：《从西太平洋到北印度洋——古代中国与亚非海域》，南京大学出版社 2017 年版，第 134 页。

亲见不书,则信乎其可征也。"①其中,澳洲在中国的世界认知中首次出现:"奇峰磊磊,如天马奔腾,形势临海"(罗婆斯),"居垣角之绝岛,石有楠树万枝,周围皆水"(麻那里)。称麻那里为绝岛,可知元人视野的南极可到达澳洲。② 除此之外,还出现专门书写一个国家的书——周达观的《真腊风土记》。此书除对真腊(柬埔寨)城郭宫室、服饰人物、山川草木、风俗习性等各方面进行详尽阐述外,还对该国的语言、文字、法律、贸易、器用、舟船车较、澡浴等都有记述,全面立体地展现了吴哥时代的真腊,《四库全书提要》评价其"文义颇为赅瞻,……然《元史》不立真腊传,得此而本末详具,犹可以让其佚阙"③,可见元人域外书写的实录精神以及对南海各国认识的深入。

元代对西域认识也有很大增益。不同于汉唐传统的丝绸之路,元代开辟了从大都北上过蒙古高原的"草原之路"。耶律楚材在《西游录》中记录其随成吉思汗西征时的行程:"予始发永安(北京香山),过居庸,历武川(内蒙古武川县),出云中(山西省大同市)之右,抵天山(阴山)之北",过金山(阿尔泰山)、别失八里(新疆吉木萨尔北)、轮台、和州(吐鲁番),经不剌城(新疆博乐市)、虎思斡耳朵(西辽故都,吉尔吉斯斯坦境内)、塔剌思城(哈萨克斯坦境内)等到达寻思干(乌兹别克斯坦撒马尔罕),其中对锡尔河和阿姆河流域地区做了详细描写。撒马尔罕作为中亚花剌子模的国都,在 13 世纪初成吉思汗到来之前达到鼎盛,唐代杜环曾在《经行记》中写道:"康国在米国西南三百余里,一名萨末建。土沃人富,国小,有神祠名祆。"④(撒马尔罕唐时称康国),虽然将城市的具体特点写明,但由于过于简略,不能给人具体清晰的感观。而耶律楚材则以其生动优美的笔触使人们对城市的富饶有了更为直观的概念:

> 寻思干甚富庶。用金铜钱,无孔郭。百物皆以权平之。环郭数十里皆园林也。家必有园,园必成趣,率飞渠走泉,方池园沼,柏柳相接,桃李连延,亦一时之胜概也。瓜大者如马首许,长可容狐。八谷中无黍、糯、大豆,余皆有之。盛夏无雨,引河以激。率二亩收钟许。酿以蒲桃,味如中山九酝。颇有桑,鲜能蚕者,故丝茧绝难,皆服屈朐(棉布)。⑤

元人域外纪行还具有变化的及时性,战争的频仍使 13 世纪初期的世界格局极不稳定,城市的具体形态也在不断发生变动。公元 1219 年成吉思汗攻陷撒马尔

① 汪大渊著,苏继庼校释:《岛夷志略校释》,张嶲序,中华书局 1981 年版,第 1 页。

② "当时中国称澳洲为罗婆斯,把达尔文港一带称为麻那里。"刘炘:《嘉峪关"一带一路"建设文化丛书 丝路驿站 驿使卷》,甘肃人民出版社 2016 年版,第 180 页。

③ 永瑢、纪昀主编,周仁等整理:《四库全书总目提要》卷七一《史部·地理类四》,海南出版社 1999 年版,第 391 页。

④ 杜环著,张一纯笺注:《经行记笺注》,中华书局 1963 年版,第 6、8 页。

⑤ 耶律楚材著,向达校注:《西游录》,中华书局 1981 年版,第 3 页。

罕,战争使这座富饶的城市遭受了灭顶之灾。久居此处的耶律楚材写下《西域河中十咏》:"寂寞河中府,颓垣绕故城。园林无尽处,花木不知名。""寂寞河中府,声明昔日闻。城隍连畎亩,市井半丘坟。"①在东西要道之上零距离感知世界的变动,这是前人很少经历的,故元代人对他们周遭的世界有着更为深刻的体会。

其二,在区域文化概念上由"天下一家"转向"多元世界"。

世界各文明都曾经存在过"以自我为中心"的世界观。在朝贡体系、勘合贸易围绕下的中国一直就有华夏四夷的"天下观",《礼记·王制》就对"华夏居中,南蛮、东夷、西戎、北狄居四方"②的格局作过系统地阐述。元代耶律楚材曾受阿拉伯历法启发编著《庚午元历》,其中提出计算经度的"里差"概念③,这一算数方面的进步极大地推动了元人对世界地理的认知。他于《西游录》中推算道:"寻思干去中原几二万里,印度国去寻思干又等,可弗叉国(阿姆河西北)去印度亦等。虽萦纡曲折,不为不远矣,不知其几万里也。"④与他国相去甚远的观念使人们自我为中心的意识渐渐动摇,周密《癸辛杂识》写道:"十二州之内,东西南北不过绵亘一二万里,外国动是数万里之外,不知几中国之大。若以理言之,中国仅可配斗牛二星而已。"⑤在仍以车马舟船为工具的时代,对广袤世界认识愈深,便愈感自身之渺小。

13—14世纪中国对域外世界的认识进入到一个新的阶段,游历之风大行其道,越来越多的旅行者踏出国门,世界的多元性被更加真切地摆在眼前,深深地印刻于人们的脑海之中。李志常在《长春真人西游记》中记载丘处机远赴西域拜见成吉思汗,一路上经过西域诸多城镇,在感叹"才经四月阴魔尽,却早弥天旱魃凶"的变化无常的气候以及"两崖绝壁挽天耸,一涧寒波滚地倾"的凶险异常地势的同时⑥,也对其文化风俗大为惊异。在经过撒马尔罕时,先是见男女奇特的穿着服饰:"男女皆编发,男冠则或如远山,帽饰以杂色彩,刺以云物,络之以缨",普通百姓都以长达六尺许的白么斯(纤细的棉布)盘于头上,"衣则或用白氎,缝如注袋,窄上宽下,缀以袖"。察其"车舟农器制度,颇异中原",货币皆为金币,"无轮孔,两面凿回纥字"⑦?他们还在该地经历了波斯人于勒墨藏月(Ramazan)举行的全月斋戒:

> 遇季冬,设斋一月。比暮,其长自刲羊为食,与席者同享,自夜及旦。余月

---

① 耶律楚材:《西域河中十咏》,杨镰《全元诗》,第一册,中华书局2013年版,第245页。
② 王文锦译解:《礼记译解》,中华书局2000年版,上册,第176页。
③ 参考钮仲勋著:《我国对中亚的地理考察和认识》,测绘出版社1990年版,第70页。
④ 耶律楚材著,向达校注:《西游录》,中华书局1981年版,第4页。
⑤ 周密:《癸辛杂识》后集《十二分野》,中华书局1988年版,第81—82页。
⑥ 李志常:《长春真人西游记》卷上,张星烺编著《中西交通史料汇编》,第五册,中华书局1978年版,第118—119页。
⑦ 李志常:《长春夏人西游记》卷上,张星烺编著《中西交通史料汇编》,第五册,中华书局1978年版,第124—125页。

则设六斋。又于危舍上，跳出大木如飞檐，长阔丈余，上构虚亭，四垂璎珞。每朝夕，其长登之，礼西方，谓之告天。不奉佛，不奉道，大呼吟于其上。丁男女闻之，皆趋拜其下。举国皆然，不尔则弃市。[①]

这里所叙述的即为穆斯林斋月的场景，伊斯兰历9月，真主安拉将《古兰经》降于穆斯林，为纪念此，故将其定为斋月，并以新月的出现为开始和结束的标志，白日不可开市、饮食、吸烟、娱乐，直至夜幕降临才可。这一风俗至今尚存。"危舍"即指清真寺，"虚亭"则为寺顶的回廊，伊斯兰教长于其上朝拜真主。这位道教首领似乎对伊斯兰教完全不知，经此场景遂甚异其俗，作诗以纪云："满城铜器如金器，一市戎装似道装。剪簇黄金为货略，裁缝白毡作衣裳"。

对于南海各国的描述同样丰富多彩。明代马欢在《瀛涯胜览》序中评价："余昔观《岛夷志》，载天时气候之别，地理人物之异，慨然叹曰：普天下何若是之不同耶！"[②]汪大渊在其书中所记国家风俗各异，其国人并非人们之前想象的皆为蛮夷那样的不堪，很多国家风俗淳朴，国民富足。浡泥（文莱）"基宇雄敞，源田获利……俗尚侈。男女椎髻，以五采帛系腰，花锦为衫"；爪哇（苏门答腊岛）"宫室壮丽，地广人稠，实甲东洋诸蕃……其田膏沃，地平衍，谷米富饶，倍于他国。民不为盗，道不拾遗"；乌爹（缅甸一带岛国）"岁凡三稔，诸物皆廉，道不拾遗，乡里和睦，士尤尚义，俗厚民泰，各番之所不及也"；天堂（麦加）"风景和融，四时之春也。田沃稻饶，居民乐业……地产西马，高八尺许。人多以马乳拌饭为食，则人肥美"。[③] 人民安居乐业，路不拾遗，这样的描述令人不禁想到《礼记》所言的"大同世界"，其中虽可能存在文笔的修饰成分，但却对四夷皆鄙的观念有了很大冲击。作者有时试图将远离中国之地塑造成一座"美美与共"的理想世界或是极力渲染一个国家的富饶程度（如真腊），可以看出人们对美好世界的向往之情。不可否认的是，《岛夷志略》以"夷"来命名，故其不出传统的"华夷"思想范畴，书中所记的大部分国家也多为贫瘠之地，但作者仍能客观评之，即使物资匮乏，却依然知礼尚礼，尚节义（日丽、都督岸等）。

13—14世纪交通与经贸的繁荣促使中国走向世界，使中国人对世界的地理形态与文化差异有了更为真实多样的认识。但需要补充说明的是，上述认知变化不是绝对的，并非不存在虚构模糊和自我中心意识。相反，元人还未摆脱传统经验的束缚，《山海经》《十洲记》等上古地理观念仍存有余痕。《异域志》一书就描绘了许

---

① 李志常：《长春真人西游记》卷下，张星烺编著《中西交通史料汇编》，第五册，中华书局1979年版，第125页。

② 汪大渊著，苏继庼校释：《岛夷志略校释》附录，中华书局1981年版，第387页。

③ 以上引文分别出自汪大渊著，苏继庼校释：《岛夷志略校释》，附录，中华书局1981年版，第148、159、375、352页。

多怪异的想象,比如"狗国""小人国""后眼国""无臂国""交颈国"等,其中"女人国"一条写道"女人遇南风,裸形感风而生……其国无男,照井而生"①,上承古代《搜神记》等志怪小说之余绪,并为明代《西游记》女儿国的创作提供了素材。这种异域想象反映了古人对世界认知的局限性。②

二、13—14 世纪中国域外书写中的多层次自我体认

对世界的认知归根到底是对自身的认知和定位,从对他者存在的态度可看出对自我的了解程度。旅行者在不同地域的认识往往蕴含文化经验的变动轨迹,即自身文化与他者文化相碰撞时所产生的认同感与排斥感,从而反映出其对自我的体认。正如葛兆光先生所言,"地理空间划分与描述是政治、历史和文化的结果,但是,地理空间反过来又是身份认同与文化认同的标志"③,蒙古三次西征与四大汗国的建立使中国疆土远涉西亚、南亚,也里可温(基督教)、答失蛮(伊斯兰教)、摩尼教、祆教、佛教等各大教派以及游牧文明、农耕文明、海洋文明等各种文明相互融合碰撞,行走在这片幅员辽阔的领土上的中国人有着前代从未有过的复杂情感。一方面是"众星拱北乾坤大,万国朝元日月明"④,对辽阔疆域和皇恩浩荡的赞颂,另一方面则是"惟中国文明得其正气,环海于外气偏于物"⑤的师心自用的民族本位意识,同时又有"四海从来皆兄弟,西行谁复叹行程"⑥的对各文明尊重包容的心态。这些多层次甚至具有矛盾性的情感体现出那个时代的人们在面临多元世界时产生的思想震动。在其他文明大规模涌入的趋势下,人们开始重新审视自己,并以崭新的姿态看待世界的变化。

若要弄清多层次观念的形成与演变趋势,则需要回归到具体历史的发展历程上来。我国 13—14 世纪的自我认知是伴随着蒙古的崛起、统一、退潮这三个阶段而不断变动发展的。自宋代开始,契丹、党项、女真、蒙古、回回等纷纷登上历史舞台,派生出各自的文字与文化体系,以汉字为核心的文化圈面临巨大冲击,汉族话语权开始受到他者的削弱。异族的崛起对汉语书写者的自我认知造成两方面剧烈影响:一是民族危机感的加深与民族意识的觉醒,这突出表现在宋代"道统论"与"攘夷论"的盛行,进入元代,这种意识依然存在,并由于异族统治的深入而逐渐转

① 周致中著,陆峻岭校注:《异域志》,中华书局 1981 年版,第 54 页。
② 此外,描写真实详备的陈孚《交州稿》中也有"民有妖术,诵咒修炼,则幻形为虎"的记载;《岛夷志略》于书末专门设有"异闻类聚"以补录怪异之闻。
③ 葛兆光:《宅兹中国:重建有关中国的历史论述》,中华书局 2011 年版,第 92 页。
④ 周伯琦:《次韵王师鲁待制史院题壁二首》,周伯琦《扈从集》,第 9 页。
⑤ 汪大渊著,苏继庼校释:《岛夷志略校释》,张嘉序,中华书局 1981 年版,第 2 页。
⑥ 耶律楚材:《壬午西域河中游春十首》其七,杨镰《全元诗》,第一册,中华书局 2013 年版,第 237 页。

变为"文化怀柔四方"的自我中心意识;二是他者文化的涌入使国人看到更加广阔多元的世界,对他者文化的认可度大为提高,"华夷"观念中"夷"的地位持续上升,并随着蒙古统治的兴盛达到顶峰。两方面影响同时存在,相辅相成。直至元末民族矛盾的加剧,蒙古统治的瓦解与道路交通的阻隔使元代域外书写进入尾声。

蒙古前四汗的西征为蒙古帝国奠定了除南宋东南隅之外的大致版图,这一时期的域外书写也相应集中于蒙古、西域地区,书写者以丘处机、耶律楚材、彭大雅、常德为代表。蒙古野蛮的武力征服以及横跨亚欧的广阔疆域使汉语书写者在自我中心意识占主导的前提下,对外多元化认知逐渐加强。丘处机一行人在到达俭俭州(蒙古国西北部唐努乌梁海)时,李志常记道:"此地深蓄,太古以来,不闻正教,惟山精鬼魅惑人。自师立观,叠设醮筵,且望作会,人多以杀生为戒,若非道化,何以得然。"至西域撒马尔罕,丘处机纪诗云"道德欲兴千里处,风尘不惮九夷行"[1],他们认为域外文明的开化皆因受到中国文明的教化所至。远赴西域拜见成吉思汗的丘处机更是被刻画为一个千里迢迢不畏艰险说服成吉思汗消弭杀戮,将"道化"传播至西域的伟大形象。

同时,西征所带来的广袤领土使域外旅行者们发现他者文化的独特之处。公元 1232 年,南宋遣使与蒙古商议夹击金朝事,彭大雅随行,将见闻集录为《黑鞑事略》一书,"黑鞑"显然是对蒙古人的蔑称,但书中对蒙古描述客观,且对回回评价颇高,认为其"最可畏,且多技巧,会诸国言语,真是了得","盖回回百工技艺极精,攻城之具大精"[2],而蒙古人所向披靡的军队与对回回语言、工技的学习使其不可不防,可见国人对域外崛起的警惕。此外,旅居西域的旅行者饱尝他者文化之异,无论是如马首大的蜜瓜、鲜洁细软的秃鹿麻(土耳其斯坦所产的一种棉布),还是"经冬叶青而不凋"的"芦荟"(即阿魏,中亚阿姆河上的一种植物,形似中国的芦荟)[3]、"皆中国所无"的回回药物[4],无不令中国人称奇,他们下意识地将这些"奇物"与中国之物相对比,以此来获得某种认同感。这种开放的民族观念在少数民族诗人身上表现得更为典型。契丹人耶律楚材的河中府纪事诗清新惬意,将西域风物与生活刻画得饶有趣味,"异域风光特秀丽,幽人佳句自清奇""细切黄橙调蜜煎,重罗白饼糁糖霜……明日辞君向东去,这些风味几时忘""黯紫蒲萄垂马乳,轻黄把揽灿牛

---

[1] 李志常:《长春真人西游记》卷下,张星烺编著《中西交通史料汇编》,第五册,中华书局 1978 年版,第124、136 页。

[2] 彭大雅:《黑鞑事略》,商务印书馆 1937 年版,第 9 页,第 13 页。

[3] 李志常:《长春真人西游记》卷下,张星烺编著《中西交通史料汇编》,第五册,中华书局 1978 年版,第98、117 页。

[4] 刘郁:《常德西使记》,张星烺编著《中西交通史料汇编》,第五册,第 160 页。

酥……忙里偷闲谁若此,西行万里亦良图"①,他闲时以茶会友、与友人把酒言欢、逛园林、听琴筝、赏胡舞,对异域风味流连忘返,甚至希望"不妨终老在天涯"②。西域的美食美景令这个汉化颇深的异乡人陶醉不已,不禁感慨"何日要荒同入贡,普天钟鼓乐清平"③,耶律楚材对天下一统的期盼以及对蒙古统治的认同,成为之后大元一统时代认知的先声。

元世祖忽必烈结束了宋代以来民族对立的局面,建立了"海宇混一,声教会同"的大元帝国。辽阔的地域与畅通无阻的水陆交通使各民族由对峙走向融合,忽必烈以来的统治者推行了大量诸如启用南人、成立国子监供皇子学习汉语、多次恢复科举等一系列汉化政策,并将重心由西域转向东南海各国,派遣使者前往高丽、安南等地,此时的域外书写也多向沿海各国倾斜,以《岛夷志略》《真腊风土记》《大德南海志》及陈孚的《交州稿》等为代表。同时,位于世界中心的元大都吸引着西域各族人民来华,中国文化通过蒙古帝国的建立远播四海,无论是同质文化圈还是异质文化圈,皆掀起学习中华文化的热潮。在这一文化氛围下,自宋代压抑的民族本位意识空前膨胀。元人许有壬为《安南志略》作序,称"夫自成周九译入贡,二千五百年中,虽叛服不常中国德化远迩之所致。迨元之兴,不招而来。厥后自启边衅,我则威之;其来格也,我则怀之"。欧阳玄写道:"我国家柔远之德,包举六合,垂示万世者,不在兹乎!"元使李宏干脆将安南算作中国领土:"车轨文书海外同,安南元在版图中。九天远遣皇华使,万国同朝紫极宫。"④他们感到蒙古帝国统治下的中国疆域无远弗届,同时又以"中国"正统自居。元人王礼曾对元代"生西域而葬江南"的现象有感而发:

> 泊于世祖皇帝,四海为家,声教渐被,无此疆彼界。朔南名利之相往来,适千里者如在户庭,之万里者如出邻家。于是西域之仕于中朝,学于南夏,乐江湖而忘乡国者众矣。岁久家成,日暮途远,尚何屑屑首邱之义乎!呜呼!一视同仁,未有盛于今日也。⑤

以往学者多将此作为元代民族融合,超脱夷夏之防的有力证据,却忽略了"无此疆彼界"的认识是建立在异域文化受到华夏文明开化的基础之上。大量西域人受到中华文化的洗礼,世代定居中国,最终将中国作为自己的家乡,可见中华文化对异族人民影响的深刻。故汪大渊才会在《后序》中补充"属《岛夷志》附于郡志之

---

① 耶律楚材:《游河中西园和王君玉韵四首》其一,《赠蒲察元帅七首》其三、其七,杨镰《全元诗》,第一册,中华书局 2013 年版,第 238、235 页。

② 耶律楚材:《西域蒲华城赠蒲察元帅》,扬镰《全元诗》,第一册,中华书局 2013 年版,第 256 页。

③ 耶律楚材:《壬午西域河中游春十首》其二,杨镰《全元诗》,第一册,中华书局 2013 年版第 237 页。

④ [越]黎崱撰,武尚清点校:《安南志略》,中华书局 2000 年版,许有壬序,第 6 页;欧阳玄序,第 10 页;李宏,第 403 页。

⑤ 王礼:《义冢记》,李修生主编《全元文》第 60 册,江苏古籍出版社 1999 年版,第 654—655 页。

后……盖以表国朝威德如是之大且远也"①。"国朝""中国""国家"这一系列对自
我的称呼所涵盖的范围大致相同,皆指文化层面上具有"正教"与"道统"性质的华
夏文明聚集地。蒙古人征服的扩大使汉语文化圈影响力增强,"中国"的范围也相
应扩大,因此才会有"安南元在版图中"以及"无此疆彼界"的感知。

异域民族对中华文化的认同反过来加深了中国对异域文化的认同程度,尤其
是蒙古地位的提高,使异域旅行者不再以鄙夷或惊愕的心态看待异域,而是更加周
详地审视、积极地了解周遭世界。受命出使安南的陈刚中在《交州稿》中写道"神禹
奠九州,维此实异域""遂令风气隔,顿觉版章殊"②,感到同质文化圈中的相异之
处。此书从吃穿住用行到礼俗、法律、城市、歌舞都细细道来,有些地方颇有小品散
文清畅简约的平实文风。他记载龙蕊香"以龙花蕊和安息香油揉为小铤如筋,长尺
许,插壁上然之,终日不绝,香甚清馥";描写星华市"星华府即唐驩州,去交州城二
百余里,海外诸蕃,舟航辐辏,就舟上为市甚盛。酋叔昭文祖庙与其重宝皆在,实大
镇也";叙述其植被"芭蕉极大者冬不凋,中抽一枝,节节有花,花重则枝为所坠,结
实下垂,一穗数十枚……"③香气袭人、舟市繁盛、牛蕉硕大,将安南异域景物活灵
活现地刻画于纸上。这与之前一味地抬高自己宗主国地位,贬斥或忽视周围番邦
之异有很大进步。

随着各民族融合的加深,对异域的客观审视与认同已不能概括元人对他者文
化的态度,他们开始以极为饱满的热情拥抱他者并歌颂民族之间的深厚友情。元
代著名的上京纪行诗就是大一统下华夷一体,"各民族一家亲"的有力佐证。"上
京"位于今内蒙古正蓝旗锡林郭勒盟地区,属于元代版图,但其风俗物产仍为异域,
各国来使的相继到访使上都成为汇聚多元文化的典型场域。汉语文化圈内的书写
者们在其诗中极力渲染描摹上都"江山人物之形状,殊产异俗之瑰怪,朝廷礼乐之
伟丽"④,将元代域外书写推向高峰,具有极高的纪实性与审美性。上京纪行诗首
先是对皇元一统、天下大治的讴歌,"美混一之治功,宣承平之盛德"⑤,"九州四海
服训诰,万年天子固黄图"⑥,"东赆西琛通朔漠,九州四海会同初"⑦,西域、南海、东
海各国纷纷执物觐见,进贡上都,其中弗朗国马黎诺里进献的天马更是成为时人吟
诵的宠儿,还有规模宏大的诈马宴、游皇城等活动,无不令随君扈从的文人士子热

① 汪大渊:《岛夷志略》,中华书局1981年版,第385页。

② 陈孚:《二月三日宿互温驿见新月正在天众名惊异因诗以记之》《安南即事》,杨镰《全元诗》,第18
册,中华书局2013版,第381页,第384页。

③ 陈孚:《安有即事》,扬镰《全元诗》,第18册,中华书局2013年版,第389—391页。

④ 杨允孚:《滦京杂咏》,《纯白斋类稿》,罗大巳跋,《丛书集成初编》本,中华书局1985年版,后跋等1页。

⑤ 苏天爵:《跋胡编修上京纪行诗后》,陈高华、孟繁清校点,《滋溪文稿》卷二十八,中华书局1997年
版,第470页。

⑥ 杨允孚:《滦京杂咏》,《纯白斋类稿》,《丛书集成初编》本,中华书局1985年版,第127页。

⑦ 柳贯:《后滦水秋风词四首》,杨镰《全元诗》,第25册,中华书局2013年版,第207页。

血沸腾,兴奋与自豪之感油然而生。八方来朝,四海归一的繁盛场景使元人周伯琦感叹道:"汉唐所羁縻,今则同中原。"①原来被称为北狄的蛮荒之地,如今却与中原无异,这是大一统下人们对异域认知的重大转变。这种转变还体现在对异域风景的描写上,元代文人袁桷的《上京杂咏》写得清新明丽,将各种颜色晕染于一处,宛若一幅幅山水画作,他自己戏称"开平四集诗百首,不是故歌行路难。竹簟暑风茅屋下,它年拟作画图看"②。金代被认为"地积阴冷,五谷不殖,郡县难建,盖自古极边荒弃之壤也"③的蒙古上都草原,现在已然被视为佳处。其实,蒙古草原的气候风物并无太大变化,变得是世人的心态,正如周伯琦《上京杂咏十首》:

> 卑湿如吴楚,雄严轶汉唐。土床长伏火,板屋颇通凉。菌出沙中美,椒生地上香。忘归沧海客,直欲比家乡。④

诗中"卑湿""土床""板屋"虽言及环境的简陋,作者却依然能感受到沙菌之美,地椒之香,甚至将此处比作自己的家乡。无论是对皇恩浩荡、天下一统的歌颂,还是对异域景物的赞美,都揭橥了民族融合与对异域文化的认同程度的加深。当然,上京纪行诗由于是皇权掌控下的馆阁文学,故不排除具有一定的功利性,但它作为元代大一统下的重要文学题材,对证明民族认同度有很高的参考价值。

元末蒙古统治陷入风雨飘摇的境地,至正十一年(1351)治理黄河水患事件成为压垮元王朝的最后一根稻草,各地农民起义军相继兴兵讨元,公开喊出"驱除胡虏,恢复中华"的口号,一时间地方割据政权林立,蒙古政府名存实亡。反对蒙古统治的声音一直持续整个元代,即使是在大一统的鼎盛时期。忽必烈为加强统治故意制造民族矛盾,将国民分为四等,汉人位于社会低层,并且保留大量蒙古旧习,虽提拔了不少汉人,但总体上仍对其有所忌惮。元末笔记《草木子》中写道:"元朝天下,长官皆其国人是用,至于风纪之司,又杜绝不用汉人南人,宥密之机,又绝不预闻矣。其海宇虽在混一之天,而肝胆实有胡越之间。"⑤叶子奇认为蒙元疆域虽广,但真正统治范围却十分有限,这反映了蒙古未融入中原文明的部分以及元明之际世人对世界和自我认知的改变,而这种认知转变是域外游记中所缺失的。

元末域外游历人数大大降低,1330 年出海的汪大渊以及 1352 年随驾扈从的周伯琦是已知元代域外书写者中的最后两位,他们的文字中并没有流露出衰世之情,依然是对元代大一统的歌功颂德,一方面源于二人皆为蒙古皇室优待之臣,另一方面也投射出元代域外书写的局限性。从蒙古前四汗时期对域外的初步感知与

① 周伯琦:《野狐岭》,杨镰《全元诗》,第 40 册,中华书局 2013 年版,第 394 页。
② 袁桷:《戏题开平四集》,《清容居士集》卷十六,第一册,浙江古籍出版社 2015 年版,第 481 页。
③ 脱脱:《金史·梁襄传》卷九十六,中华书局 1975 年版,第 2133 页。
④ 周伯琦:《上京杂诗十首·其七》,杨镰《全元诗》,第 40 册,中华书局 2013 年版,第 344 页。
⑤ 叶子奇:《草木子》卷四,中华书局 1959 年版,第 81 页。

试探,到元朝建立后对他者文化的认同,再到对蒙古统治的热情歌颂,究其本质,13—14世纪的域外书写是汉语文化圈与世界其他文化圈由隔膜走向认知接纳并最终融合的缩影,是中国由分裂走向统一的历史见证,也是民族意识由形成到不断完善的重要体现。"华夷观念"形成以来,中国一直存在自我中心意识,只是这种"自我中心"的内涵在宋元时期随着他者文化的进一步侵入产生了微妙的变动:从原来的居高临下、师心自用的"自负"心理转变为海纳百川、有容乃大的"自信"心态。虽然蒙古治下的中国天灾人祸频仍,社会动荡不安,各宗教、民族间碰撞不断,但不可否认的是,汉语文化圈正是伴随蒙古铁骑的远征向世界扩张的,作于元代的《马可·波罗游记》是欧洲认识中国的开始,其影响一度蔓延至哥伦布时代。而汉语域外书写恰恰为我们提供了一个视角,让我们看到蒙古治下的中国社会中精神状态昂扬的一面。

综上所述,13—14世纪蒙古西征使世界格局重新洗牌,在各国纷纷遣使踏上中国的同时,大量中国人踏出家门走向域外,见识到更加广阔多元的世界。异族的统治不仅没有压抑华夏文化的生长,反而使以汉语文化圈为中心的中国首次置于世界的中心,中华文明在与世界多元文化的交流与碰撞下滋生出新的内容。游历域外的汉语书写者,以其亲身感观向我们展示出一个文化远播世界并充分接纳世界文化的多元一统的大元帝国。

丘处机西域纪行诗之叙事

饶龙隼　刘蓉蓉

内容提要　纪行诗的渊源可追溯至《诗》篇创制时期,随着诗歌体制的发展,纪行诗的叙事性也逐渐增强。及至元初,丘处机及其弟子的西域纪行诗更表现出显著的叙事性特征。丘处机西域纪行诗的叙事语境不同于以往的羁旅行役。他西行的目的是觐见成吉思汗,传播道教,劝止无辜杀戮,故其作诗的心境是中正平和的。丘处机西域纪行诗把行程的时间、地点和方位嵌入纪事诗中,展现出高度的连贯性,不仅展示出具体的现实空间,还穿插了想象的心理空间。丘处机西域纪行诗有独特的叙事视角,表现为西域与中原风物对比、现实和方外交叠。

关键词　西域　纪行诗　叙事

纪行诗是指在较长距离的旅途中,抒叙有关地理面貌、风土人情及羁旅感受的诗歌。纪行诗的源头似可追溯到《诗》篇创制时期,诸如《小雅·采薇》《豳风·东山》等具有纪行特征的诗歌。之后历代都有相当数量的纪行诗出现,特别是随着唐宋时期七言诗成熟,纪行诗的叙事性得到凸显。例如杜甫《发秦州》《发同谷》等纪行组诗,在时间和空间上具有很强的连续性。这一特点延续下来,在此后的纪行诗中均有表现。而与早前纪行诗相比,元初丘处机西域纪行诗除了具有时空连续性,还独具若干显著特征。以其意义重要,兹论列如下:

一、丘处机西域纪行诗的叙事语境

元太祖十五年(1220),全真教掌门人丘处机接受成吉思汗的邀请,挑选了十八位弟子随行前往西域。在往返的途中,丘处机及其弟子均有诗作。丘处机师徒西域之行是中国文化史上的壮举,虽然此前史上也有《法显传》《大唐西域记》等西行记录,但是这两部著作都是有文无诗,而且都是从西域回到中原后所作。而丘处机

---

*　本文系国家社会科学基金重大项目"中国古代文学制度研究"(17ZDA238)阶段性成果之一。

①　程千帆、莫砺锋:《崎岖的道路与伟丽的山川——读杜甫纪行诗札记》,《社会科学战线》1987年第2期。

及其弟子所作西域纪行诗,都是在西行的途中所作。因此,这是中国历史上首次以诗纪西行。丘处机在途中所作诗歌基本都是叙述行进时所见山川名物或社会风俗,具有高度的纪实性和叙事性,不仅开创了西域纪行诗的先河,也推动了纪行诗叙事艺术的发展。

丘处机西域之行不同于一般的羁旅行役,他的行程有明确的规划和目的,即觐见成吉思汗,劝止无辜杀戮,为百姓争取和平;而且,丘处机及其弟子一路都受官民礼遇照顾,故其诗歌并没有哀号泄愤之情,而是怀抱着希望,心境中正平和。丘处机自幼生长在金朝的统治范围内,金朝占据中原后积极推行"汉化",他们崇儒尊孔,给予孔子后裔空前的政治礼遇,对于佛道二教却采取贬抑、禁止的态度。金章宗在明昌元年"禁自披剃为僧道"①,同年十一月"禁罢全真及五行毗卢"②。鉴于金朝崇儒抑道的态度,加上当时战乱的形势,丘处机多次拒绝了金朝和宋朝的征召,默默等待合适的传道时机。而在宋金交战的同一时期,西部的蒙古在铁木真的带领下迅速崛起;元太祖十四年(1219),成吉思汗派近侍赴山东召请丘处机;次年,丘处机率十八位弟子西行觐见成吉思汗。从社会背景和创作动机来说,丘处机西域纪行诗作并不像汉唐边塞诗那样充满建功立业的豪情,也没有杀敌报国的雄心壮志,他只是希望利用一个难得的传法讲道的机会,劝说成吉思汗减少无辜杀戮。他带着这一崇高的理想,不畏艰险,以七十高龄踏上西行的道路,支撑他西行的就是超越世俗考量的宗教信念。丘处机是全真教的掌门人,他到达西域后跟成吉思汗进行了数次重要的谈话,作为"文化使者"为蒙汉文化的融合做出了重要贡献。

成吉思汗之所以征召丘处机,是因为被他的"方外之术"吸引。蒙古文化及其信仰较为原始,其族人对于讲求理道性命的儒家思想兴趣不大,反而对求长生、脱生死的道教和佛教更为关注。因此,当成吉思汗听说丘处机善长生之术,年龄有三百岁,就大为惊异,迫切希望认识这位"神仙"。丘处机在接受成吉思汗征召西行之前,有一段较长时间的蛰伏修行准备期。当时金朝的颓势已不可挽回,他审时度势后认为,蒙古才是可托付理想与未来的最佳选择。因此,丘处机师徒在诗中描绘西域时,表现出的是面对异域风光的惊奇与欣赏,而不是像边塞诗那般悲壮苍凉。

今所见丘处机西域纪行诗穿插在其弟子李志常所撰《长春真人西游记》中,几乎每首诗前都有相关说明文字,讲述其创作时间、地点、缘由等;而诗中所叙亦能与这些文字相照应,即使抛开行纪文字,读者也可根据诗歌内容完整地勾勒出西行所经地点,了解诗人所见景色。诗人没有对行程进行过多艺术化的加工,而是用日记、白描的方式如实记录。由于其诗歌中的时间、地点呈现出高度的连贯性,故能展现非常直观的行进路线图,不少诗歌甚至以地点、方位、距离开头,超越以往纪行

---

① 脱脱等:《金史》,中华书局1975年版,第213页。
② 脱脱等:《金史》,中华书局1975年版,第216页。

诗"断点式"的涉事写景,呈现出地理方位的连贯性。地理方位连贯是一种高度叙事化的特点,这在以往的纪行诗中并没有突出表现,而首次在丘处机西域纪行诗中得到充分展现。

严格意义上的丘处机西域纪行诗,共有 36 首。这 36 首诗是一个完整的叙事单元,其隐含的叙事中心即是西域之行。如此数量的诗歌聚集在同一个叙事框架下,这在之前的纪行诗中是不多见的。在行旅的途中,连续作诗以抒情感怀,古已有之。如谢灵运永初三年(422)被贬为永嘉太守,在其从建康到永嘉赴任的路上,写有《永初三年七月十六日之郡初发都》《过始宁墅》《富春渚》等诗共六首;杜甫在乾元二年(759),从秦州出发到同谷,其间写有《发秦州》《赤谷》《铁峡堂》等纪行组诗十二首。这两位诗人都在中国纪行诗发展史上具有里程碑意义,他们代表性的纪行诗,虽然从诗题来看也具有地点的连贯性;但是在诗歌内容的叙述中的,所写地点并没有对行经路线作连续性描述。他们更多的只是在诗题中标明地点,在诗歌内容中抒发自己感时伤怀的情感。

而丘处机西域纪行诗是镶嵌在《长春真人西游记》中的,所写地点并无诗题加以辅助说明,而是直接呈现在诗歌内容中。其诗歌内容中不只是点出地点,而且是在地点之外搭配时间、距离、方位等要素。如"二月经行十月终,西临回纥大城墉"①"阴山西下五千里,大石东过二十程"②"北出阴山万里馀,西过大石半年居"③等诗句,使诗歌明显有"以点带线"的叙事效果。即单首诗歌中出现的地点不是独立存在的,而是整个行程中的一部分。诗人写出一个地点,同时是在展示一段路程。这种把时间、地点等叙事要素从诗题转入诗歌内容的写法,是丘处机西域纪行诗的特色,也是纪行诗叙事化的进一步呈现。

再次,丘处机西行还是一种政治与文化的"错位"现象,这对其创作心态有决定性的影响。一般来说,有较强政治实力的国家也有较强的文化输出能力,正如田俊武在《美国 19 世纪经典文学中的旅行叙事研究》一书中指出的,强势地域的旅行者到弱势地域旅行的时候,往往带着殖民主义的凝视心态,向弱势地域输出自己的价值观。④ 当时蒙古正强势崛起、中原地区正逐步走向没落,与此相对的是,蒙古没有深厚的文化积淀,而中原在文化上却颇具优势。故丘处机作为"文化输出者",虽在政治上处于弱势,但在文化上则是向成吉思汗、向西域地区传播道教文化。这样一种"错位"现象颇值得研究玩味。成吉思汗作为当时风头正劲的天之骄子,他的铁蹄已经横扫中亚,为何会对丘处机感兴趣呢?蒙古族有萨满教的宗教信仰,所以

---

① 赵卫东辑校:《丘处机集》,齐鲁书社 2005 年版,第 191 页。
② 赵卫东辑校:《丘处机集》,齐鲁书社 2005 年版,第 192 页。
③ 赵卫东辑校:《丘处机集》,齐鲁书社 2005 年版,第 19 页。
④ 田俊武:《美国 19 世纪经典文学中的旅行叙事研究》,中国人民大学出版社 2017 年版,第 270 页。

成吉思汗虽然杀伐无度,但对上天有所敬畏,明白人的寿命是有限的。因此,他期待能够延长寿命,有更多的时间建立功业。显然,萨满教这种原始宗教无法满足成吉思汗的精神需求,而道教作为中国土生土长的宗教,其内蕴的思想与文明要高于萨满教。再加上丘处机道行高深,早已声名远播,自然也就引起了成吉思汗的渴慕,迫切希望向他求取"长生之道"。事实上,这种"错位"也是由中华文化的特点决定的。在中国历史上,政治与文化有相对独立的地位,也就是政统与道统相对并存。政统需要借助道统的修饰来说明其统治的合法性,而道统由于不具备像政统那样的强制力,便需要依附于政统来推广(这里所说的道统是广义上包含儒、释、道在内的思想)。儒释道思想体系是中华文化的主要组成部分,在不同的历史时期都与政治有密切关联。丘处机作为中国本土宗教——道教的代表人物,期望将自己所传承的道统发扬壮大;因此,当他看到金朝与宋朝两个政权已经趋于疲弱,便会选择与强大的蒙古政权合作,以实现其推广全真道统的愿望。

二、丘处机西域纪行诗的空间叙事

基于中国人思维方式整体性的特点,中国诗歌叙事呈现出空间化的结构特征,即不以情节叙述为中心,而以场面描写与情感抒发为中心。丘处机西域纪行诗即呈现出高度空间化的叙事特征。在丘处机西域纪行诗叙事场景中,空间的存在有多种形式,既有具象的物理空间,也有抽象的想象空间。所谓物理空间,即真实存在的空间。丘处机西域纪行诗直接展示的地理位置、距离长短,均给人以直观的空间感。这些具有连贯性的地理定位,构成了西行诗整体的叙事线索。除此之外,诗人的心理活动也构成一种虚拟空间,使物理空间的动感和内涵大为增强。

丘处机的西域之行,若以野狐岭为开端,至回到宣德为结束,其间共作诗 34首,词 2 首。其中自野狐岭至塞蓝城阶段,明确提到的地名大约 27 处,有诗歌 13首;到达邪米思干及后来往返于邪米思干与成吉思汗行在期间,有诗词 15 首;辞别成吉思汗东归回到宣德的路段,作诗 7 首。丘处机弟子尹志平随行前往西域,亦存纪行诗 6 首。

丘处机西域纪行诗可分为三个阶段:从野狐岭到塞蓝城是第一阶段,诗歌创作数量均衡分布在沿途各个地点;在邪米思干期间,是丘处机纪行诗创作第二阶段;在东归途中,则作品较少,是其第三阶段。从叙事认知来看,丘处机在西行途中所作诗歌分为两种:一种是进行时态,叙述自己正在经历的事件,属于限知行为;一种是过去时状态,回忆自己经历过的事件,属于全知行为。而《长春真人西游记》全书,是丘处机随行弟子李志常在丘处机去世后所作,在行文中对丘处机诗歌的创作动机、前因后果都有所交代,同时对其诗也有专门注解。

叙事行为的对象是"故事","故事"由一系列事件构成,一个一个的事件构成小的序列,小的序列组成大的序列,直至构成"故事"。① 如果把丘处机及其弟子的西行事件看作一个"故事",那么,他们在诗歌中记录的所见所闻都是一系列的"事件",这些小的序列构成完整的西行画幅。在西行的途中,不论是描述限知空间还是全知空间,丘处机都善于用时间、地点和方位入诗纪事。如太祖十五年(1220)七月,丘处机一行到达一雪山附近,丘处机作诗纪其行:"当时悉达悟空晴,发轸初来燕子城。北至大河三月数,西临积雪半年程。不能隐地回风坐,却使弥天逐日行。行到水穷山尽处,斜阳依旧向西倾。"②燕子城,即抚州,今蒙古兴和县,是其西行之路的开端处;大河,即陆局河,今呼伦湖。从西行开始,向北走到陆局河行程三个月,到写诗之地历时半年。同时,诗人感慨自己无法使用道教回风隐地的法术,只能靠着肉身向西逐日而行,翻越过无数的山和水,太阳依旧挂在西边的天尽头。诗人通篇皆是用时间和地点、方位的搭配来描述自己的空间感知。前两句是记录经历过的行程,是记录已知的空间;后两句是以方位感展望尚未到达的、未知的空间。并且,透过诗人的"水穷山尽""依旧向西"等描述,把西行这一历时性的状态巧妙展现出来,表达了他对前方"斜阳西倾"之处未知空间的无限向往。

元太祖十七年(1222),有宣差李公将去中原,身在邪米思干的丘处机写诗寄东方道众:"初从西北登高岭,渐转东南指上京。迤逦直西南下去,阴山之外不知名。"③此时的丘处机已经到达目的地,诗中的内容都是回忆自己西行的全程。李志常对此诗有较为详细的注解:初行从西北方登上野狐岭,后来走到陆局河东畔,上京已经在东南方,又沿着西南方向走到兀里朵,再朝向西南方走到阴山,从阴山西南方经过一重大山、一重小水,经数千里才到达邪米思干。丘处机西行的路线若以野狐岭为开端,则是先东北方向至陆局河,再一路向西至金山(阿尔泰山),西南向阴山(天山),再一路西南到达目的地。对照地图就会发现,丘处机仅用四句诗,就对其重要的中转地和方位,以及行进的主要方向做出了清楚的说明,使其西行的全部路线清晰地展现在眼前。这不仅说明了丘处机对其所经历的整体空间有明确掌握,也显示了他出色的叙事能力。

丘处机西域纪行诗与普通的纪游、纪行诗的不同之处,在于丘处机是带着重要的使命前往西域的。他兼具文化使者与和平使者的双重身份,因此,他途中所写诗歌除了纪实,也有抒怀。这使得其诗除了具体的现实空间,还有想象的情感空间。丘处机面对西行这件事,始终持有一种大无畏的精神,试图完成传道以求和平的愿望。

据《全真第五代宗师长春演道主教真人内传》记载,丘处机曾说:"西北天命所

---

① 谭君强:《叙事学导论——从经典叙事学到后经典叙事学(第二版)》,高等教育出版社 2014 年版,第266 页。

② 赵卫东辑校:《丘处机集》,齐鲁书社 2005 年版,第 189 页。

③ 赵卫东辑校:《丘处机集》,齐鲁书社 2005 年版,第 193 页。

与,他日必当一往,生灵庶可相援。"①可见,丘处机对西域之行早有预见,他期待借此拯救遭受战争荼毒的百姓。他临行前就对西行不易有清醒的认识:"此行真不易,此别话应长。北蹈野狐岭,西穷天马乡。阴山无海市,白草有沙场。自叹非玄圣,何如历大荒?"②这首诗说明,诗人对于将要亲临的地理位置和恶劣环境都有所预期。踏上西行之路后,亦的确十分艰苦:"尽日不逢人过往,经年时有马回还。地无木植唯荒草,天产丘陵没大山。"但诗人面对艰苦的环境,反而表现出随遇而安积极乐观的态度:"五谷不成资乳酪,皮裘毡帐亦开颜。"③这是因为他心中抱有美好的愿望,故有诗云:"苏武北迁愁欲死,李陵南望去无凭。我今返学卢敖志,六合穷观最上乘。"④苏武与李陵是汉代到达西域的两位历史人物,前者在西域没有得到优待,历经坎坷最后返回汉朝;后者是在西域得到优待,但不得返回汉朝,而有孤蓬飘摇之叹。丘处机显然是想要避免他们的悲剧;因而不取其"北迁"或"南望",而是想像卢敖一样自由地游走于天地四方,既能成功见到成吉思汗,又能顺利返回中原。

当丘处机踏上西域土地,看到战争的残酷景象,这更激起他止干戈、求和平的愿望。元太祖十七年五月,他们一行从成吉思汗行在返回邪米思干,路过一处石峡,见此地新为兵破,水边多有横尸,丘处机即作诗云:"水北铁门犹自可,水南石峡太堪惊。两崖绝壁揆天耸,一涧寒波滚地倾。夹道横尸人掩鼻,溺溪长耳我伤情。十年万里干戈动,早晚回军复太平。"⑤这从"水北"到"水南"的空间位移,带来了触目惊心的视觉体验:两边悬崖高耸插入天际,有溪流滚滚而过。小道上躺满了尸体,令人无限伤怀。他因眼见此间惨状,随即暗许恢复太平的宏愿。他为这件事另有一诗:"雪岭皑皑上倚天,晨光灿灿下临川。仰观峭壁人横度,俯视危崖梧倒县。"⑥从其中的"上倚天""下临川""仰观""俯视"等词可以看出,诗人用大幅度的位移切换来表现一种视觉冲击力,由视觉体验的冲击唤起心理体验的激荡,进而引发诗人渴望和平的强烈情感。这件事发生时,丘处机已经见到成吉思汗,但尚未成功传道,这就更坚定他劝止成吉思汗杀戮的决心。所以他在诗的末句说:"我来演道空回首,更卜良辰待下元。"⑦"待下元"是指他们约定十月份再次相见。

综观以上所论诗例,丘处机在诗中虽也会点明当前的具体地点,但绝少对地点或景物做细致具体的描绘,而倾向勾画壮阔的画面,展示广阔的视角。他诗中表现

① 赵卫东辑校:《丘处机集》,齐鲁书社2005年版,第441页。
② 赵卫东辑校:《丘处机集》,齐鲁书社2005年版,第188页。
③ 赵卫东辑校:《丘处机集》,齐鲁书社2005年版,第188页。
④ 赵卫东辑校:《丘处机集》,齐鲁书社2005年版,第189页。
⑤ 赵卫东辑校:《丘处机集》,齐鲁书社2005年版,第192页。
⑥ 赵卫东辑校:《丘处机集》,齐鲁书社2005年版,第192页。
⑦ 赵卫东辑校:《丘处机集》,齐鲁书社2005年版,第192—193页。

的基本都是"远"和"大",较少"近"和"细"。如"极目山川无尽头,风烟不断水长流"①"渐见山头堆玉屑,远观日脚射银霞。横空一字长千里,照地连城及万家"②"造物峥嵘不可名,东西罗列自天成。南横玉峤连峰峻,北压金沙带野平"③"东辞海上来,西望日边去"④"千山及万水,不知是何处"⑤。从中可以看出,诗人善用遥远物象来装点画面,在诗人与对象物之间保持相当辽阔的距离。这种当然不只是物理空间上的远,而是诗人对行程辽远的一种心理感受。

三、丘处机西域纪行诗的叙事视角

叙事是一个名词化的动宾结构词语,事而被叙,关键在于感而有觉,视而能见。在觉与不觉、见与未见之间,就存在着一个感知角度的问题,而这感知角度就是叙事视角。特定的视角可以触碰融摄独特的境域,丘处机西域纪行诗的叙事视角就极为独特。

丘处机一行进入异域,自当有异样的视觉体验。每当看到迥异于中原的自然景观和人文风貌,他们的常识和习惯受到极大的冲击;因此,在作诗记录时,会以中原人的视角来特别关注异域事物的新奇。而新奇的感觉来源于对比观测,丘处机作为第一人称叙述者,善于选取多种叙述视角来切入,反复对比中原和西域的差异。

首先,是生活习俗的对比。丘处机在鱼儿泺驿路看到蒙古人的生活样貌,作诗叙之:"极目山川无尽头,风烟不断水长流。如何造物开天地,到此令人放马牛。饮血茹毛同上古,峨冠结发异中州。圣贤不得垂文化,历代纵横只自由。"⑥诗人先是描述了从自己的视角看到的地理风貌,接着感叹造物主的神奇:竟然有人民以牧牛马为生,其食物、服饰亦与中原不同。不过,丘处机还是以中原文化为本位,以为这是因为圣贤教化不行于此,才使此方生民保持着远古的生活风俗。这显然是站在中原文明的角度来观测,以中原文化为标尺来衡量蒙古文化。

其次,是自然气候的对比。丘处机在三月末觐见成吉思汗,四月末返回邪米思干,途中看到百草皆枯,作诗记之曰:"外国深蕃事莫穷,阴阳气候特无从。才经四月阴魔尽,却早弥天旱魃凶。浸润百川当九夏,摧残万草若三冬。我行往复三千

① 赵卫东辑校:《丘处机集》,齐鲁书社 2005 年版,第 189 页。
② 赵卫东辑校:《丘处机集》,齐鲁书社 2005 年版,第 190 页。
③ 赵卫东辑校:《丘处机集》,齐鲁书社 2005 年版,第 191 页。
④ 赵卫东辑校:《丘处机集》,齐鲁书社 2005 年版,第 192 页。
⑤ 赵卫东辑校:《丘处机集》,齐鲁书社 2005 年版,第 192 页。
⑥ 赵卫东辑校:《丘处机集》,齐鲁书社 2005 年版,第 189 页。

里，不见行人带雨容。"①诗人惊叹西域奇异的事情无穷尽，而气候变化格外令人无从捉摸，四月在中原本应是草木旺盛，此地却万草皆枯、不见滴雨。之后，丘处机暂住邪米思干，观其风俗名物亦颇以为异："回纥邱墟万里疆，河中城大最为强。满城铜器如金器，一市戎装似道装。翦镊黄金为货赂，裁缝白氎作衣裳。灵瓜素椹非凡物，赤县何人购得尝。"②诗中罗列邪米思干的名物器具、奇异瓜果，感叹这些都是中原人闻所未闻的，因而产生稀奇感。无独有偶，随行弟子尹志平有诗《西域物熟节气比中原较早故记之》："止渴黄梅已得尝，充饥素椹又持将。时当小满才初夏，椹熟梅黄麦亦黄。"③

丘处机自十九岁学道修行，终成执掌全真教的一代宗师，道行颇深。从他的西域纪行诗中，可以感受到他作为全真道的修行者与掌舵者所秉承的修道与传教的特质。他善用道教的术语作诗，在诗中表达传教的心愿。丘处机的思想中有一对矛盾统一的观念，即"无为"与"有为"的对立统一。道教是在原始道家思想的基础上发展起来的，在东汉时期有了宗教化倾向，企图通过修炼来达成长生不老。然而早期道教宣扬的肉体成仙（长生不死），流行几百年后却未见实效，逐渐令人丧失了对它的信心；唐代道教则建立了以心性为主体的成仙学说雏形，此后道教便开始贬低早期道教的保养形体之术，而推崇内在生命的心性修炼。丘处机所推崇的修行方法也是以修身养性为主，他曾作《答樊生》一诗："莫问天机事怎生，唯修阴德念常更。人情反覆皆仙道，日用操持尽力行。"④这首诗蕴含了丘处机修道的两重空间：一是精神上超世俗的修炼；二是在世俗世界的修行。这两种心意也符应着道家思想的两种观念：无为与有为。若要达到高层次的修炼，需要清心寡欲，不沾染尘世。可是人以肉身存在于世上，在世俗社会中生活，如何才能完成精神上、非世俗的修炼呢？丘处机认为在世俗中修行，是通过"大有作为"来淬炼心性，到达精神上的"无为之境"。基于这种认识，丘处机西域纪行诗表征了两种不同的心境：一种是对非现实世界的叙述，表现出超越尘世、淡然的形象；一种是对现实世界的叙述，表现出积极入世、奋勉任事的形象。

元太祖十六年（1221）七月，丘处机过雪山，作诗云："不能隐地回风坐，却使弥天逐日行。行到水穷山尽处，斜阳依旧向西倾。"⑤诗人表示自己并不会施展道教的法术，只能靠肉身的力量逐日而行。元太祖十七年（1222）二月，丘处机游邪米思干，有诗句曰"窃念世间酬短景，何如天外饮长春"⑥"未能绝粒成嘉遁，且向无为乐

---

① 赵卫东辑校：《丘处机集》，齐鲁书社2005年版，第193页。
② 赵卫东辑校：《丘处机集》，齐鲁书社2005年版，第193页。
③ 赵卫东辑校：《丘处机集》，齐鲁书社2005年版，第64页。
④ 赵卫东辑校：《丘处机集》，齐鲁书社2005年版，第19页。
⑤ 赵卫东辑校：《丘处机集》，齐鲁书社2005年版，第189页。
⑥ 赵卫东辑校：《丘处机集》，齐鲁书社2005年版，第192页。

有为"①。诗人向往世外景象,但未能成功辟谷遁世,就暂且以"有为"来修"无为"。元太祖十六年冬,丘处机游邪米思干故宫,题《凤栖梧》二首于墙壁,更是展现了一个勘破生死的悟道者的形象,其中隐含的是超然物外的叙事者形象,然又不止于此,与之并行的,是其积极奋勉于事的形象。西行是丘处机在现实世界的活动,他想以此为着力点,达到修炼其"性"或"真身"的目的。因此,他在纪行诗叙述中也表现出坚忍顽强的精神风貌。如在临行之前,丘处机写诗寄道友:"去岁幸逢慈诏下,今春须合冒寒游。不辞岭北三千里,仍念山东二百州。"②诗中通过"冒寒""不辞"等词,叙说了行前的决心。而在之后的诗作里,则叙述了西行的艰难过程,并进一步表达了不畏艰险的心志:"不堪白发垂垂老,又踏黄沙远远巡"③"直教大国垂明诏,万里风沙走极边"④"道德欲兴千里外,风尘不惮九夷行"⑤。这些诗句都反映了丘处机"日用操持尽力行"的修行观念。出世与入世,两种看似矛盾的话语出自同一个叙述者,背后隐含着叙述者思维的一体两面。由是知,叙事视角的采用,与叙事者的个人感知和思维方式有密切的关系。

丘处机西域纪行诗具有特殊的意义。以纪行诗传统来说,虽然在中国诗歌发展史上,书写具有纪行意味的诗歌由来已久,但是有明确的"记录行踪"意识的纪行诗却不多见。纪行诗既可以模山范水,也可以写志咏怀;既可以登临怀古,也可以感慨时事。因而,纪行诗实集叙事、描写、抒情、议论于一身,而又以叙事最为核心。既然纪行诗的核心是叙事,那么它首先应该表现时间、地点的连贯性。丘处机纪行诗最显著的特征,就是在诗歌中把时间和地点交代清楚,因此勾勒出完整的行进路线,使诗与诗之间、诗文本内部共同展现出行踪的高度连贯性。这就是中国纪行诗叙事性增强的重要进展。

---

① 赵卫东辑校:《丘处机集》,齐鲁书社 2005 年版,第 192 页。
② 赵卫东辑校:《丘处机集》,齐鲁书社 2005 年版,第 188 页。
③ 赵卫东辑校:《丘处机集》,齐鲁书社 2005 年版,第 189 页。
④ 赵卫东辑校:《丘处机集》,齐鲁书社 2005 年版,第 191 页。
⑤ 赵卫东辑校:《丘处机集》,齐鲁书社 2005 年版,第 193 页。

元代纪行组诗的地理局域性与同质化现象

叶爱欣

内容提要 元朝出现了庞大且有着鲜明地域色彩的大型纪行组诗,上京纪行诗、运河纪行诗、安南纪行诗和西域纪行诗是元代纪行组诗的重要组成部分。元朝广袤的地域、系统而严密的"站赤"制度、两都巡幸制度,是形成元代纪行组诗的基本条件;而馆阁文人之间的唱酬赠答,是元代纪行组诗得以传播的主要途径。元代纪行诗往往将叙事、写景、抒情结合起来,情在事中,也在景中。不同人、不同心态、不同目的的纪行,虽表现出一定的差异,但塞北、江南、西域,同一局域鲜明的地理特征,明显地影响着产生于此地域的诗歌特征,并因此导致了纪行组诗的同质化现象。

关键词 元代　纪行组诗　地理局域性　同质比

　　广大的地域、系统而严密的"站赤"制度、两都巡幸制度,形成了元朝庞大且有着鲜明地域色彩的纪行组诗。上京纪行诗、运河纪行诗、安南纪行诗和河西纪行诗是元代纪行组诗的重要组成部分。

　　据《元史·地理志》记载:元代疆域"北逾阴山,西极流沙,东尽辽左,南越海表。……元东南所至不下汉、唐,而西北则过之,有难以里数限者矣"[①]。且驿传密集,组织严明,所谓"四方往来之使,止则有馆舍,顿则有供帐,饥渴则有饮食,而梯航毕达,海宇会同"[②]。北上南下、交通东西,较之前代更加便利,虽亦有苦辛艰难,但食、住、行是有充分保障的。

　　庞大且地域色彩鲜明的元代纪行组诗,虽因不同人、不同心态、不同目的的纪行,表现出一定的差异性,但塞北、江南、西域,同一区域鲜明的地理特征,显著地影响着产生于此地域的诗歌特征,也导致了纪行组诗的同质化现象。本文试以上京纪行组诗、安南纪行组诗、运河纪行组诗为例,分析元代纪行组诗因其同一局域鲜

---

① 宋濂等撰:《元史》卷五八《地理志》,中华书局 1976 年版,第 1345 页。
② 宋濂等撰:《元史》卷一〇一《兵志》,中华书局 1976 年版,第 2583 页。

明的地理特征产生的纪行特征,以及因此导致的纪行组诗同质化的现象。

一、上京纪行组诗的地理与文化特征

上京纪行源于元代两都巡幸制度。皇帝岁时巡幸,官员扈从上京分省、分院理事,白衣文士为寻找兼济的机会随行观光,更多的政治与文化内涵构成了上京纪行诗歌的特征。

上京纪行组诗多为扈从官员的创作,其内容如柳贯《上京纪行诗序》所言,"关途览历之雄,宫篥物仪之盛,凡接之于前者,皆足以使人心动神竦。而吾情之所触,或亦肆口成咏"①。"关途览历之雄,宫篥物仪之盛",是大国气象,盛世风采。

两都巡幸制度虽始于忽必烈中统年间(1260—1263),但大规模上京纪行诗的出现,应该始于陈孚(1259—1309)。之后,上京吟咏不绝,一直延续到1358年红巾军攻陷上都,宫殿焚毁,上都巡幸终止。

若从以大型组诗形式记上京之行的角度而论,陈孚的确是元代诗坛上京纪行组诗创作的第一人。

陈孚《玉堂稿》中有23题28首上京纪行诗②。从首篇《出健德门赴上都分院》"三年去乡井"及末篇《开平即事》"莫笑青衫穷太史,御炉曾见衮龙浮"可知,陈孚的上京纪行诗,是其上蔡书院山长秩满入翰林国史院之后,以副使使安南[至元二十九年(1292)]之前所作。这应该是元代最早的大型上京纪行组诗。

陈孚的上京纪行组诗所吟咏的健德门、观光楼、龙虎台、昌平县狄梁公庙、居庸关、弹琴峡、仙人枕、怀来县、统幕、洪赞井、雕窠、桑干岭、李老峪、赤城驿、云州、独石、长城、金莲川、明安驿、李陵台、滦河、桓州等,从此便成为上京纪行诗中的标配。"万仞参天青"(《出健德门赴上都分院》)、"星辰手可攀"(《龙虎台》)、"马蹄蹴石石欲落"(《居庸关》)、"落日悲笳鸣,阴风起千嶂"(《李陵台约应奉冯昂霄同赋》)等成为上京路上的日常风景;"民家坐土床,嬉笑围老稚。糁饭侑山葱,劝客颜有喜"(《怀来县》)是沿途的淳朴民风;"貂鼠红袍金盘陀,仰天一箭双天鹅。雕弓放下笑归去,急鼓数声鸣骆驼"(《明安驿道中》其二)、"黄沙浩浩万云飞,云际草深黄鼠肥。貂帽老翁骑铁马,胸前抱得黄羊归"(《明安驿道中》其三)是塞外特有的狩猎场景;"杜鹃啼一声,清泪凄以潜"(《李老峪闻杜鹃呈应奉冯昂霄》)是在艰辛旅途中的思乡曲;"野中何所有,深草卧羊马。昔人建离宫,今存但古瓦。秋风吹白波,犹似哀泪洒"(《金莲川》)则是凭吊古迹的感慨。

之后的上京吟咏多从此立意,虽因作者的身份地位、扈从的频率、个人心境等

---

① 柳贯:《上京纪行诗序》,李修生主编《全元文》第25册,江苏古籍出版社2001年版,第138页。

② 本文所引陈孚上京纪行诗歌,均出自杨镰主编《全元诗》第18册,中华书局2013年版,第407—412页。

的不同,逐渐加入了文人唱和、交游、观宴等内容,但同质化现象还是十分突出的。

杨镰先生评价陈孚上京纪行诗:"与馆阁诗人马祖常、袁桷、王士熙相比,陈孚的上京诗可以视为开篇点题。"[①]"陈孚《开平即事》已经是元人上京记游诗的定格之作。'势超大地山河上,人在中天日月间'写的不是帝都的荣耀繁华,而是大一统的开阔恢弘。"[②]

以诗与序结合的形式,系统而详尽地介绍两都巡幸道路交通的是周伯琦的大型纪行组诗《近光集》(上京纪行部分)和《扈从集》(全部)。[③] 周伯琦《近光集》开篇即有小序:"岁庚辰[后至元六年(1340)]四月廿七日,车驾北巡,次大口,有旨:伯琦由编修官升除翰林修撰、同知制诰兼国史院编修官,明日署事,扈从上京。"这篇小序点明了扈从上京的时间、官职,此次扈从,周伯琦留下了《过居庸关二首》《龙门》《上京杂诗十首》《诈马行并序》等纪行诗。

其《诈马行序》记述自己于后至元六年(1340)六月廿一日在上京与观诈马宴所见,为后世再现了蒙古统治者在草原举行的盛会及其盛况:"国家之制,乘舆北幸上京,岁以六月吉日,命宿卫大臣及近侍服所赐只孙,珠翠金宝、衣冠腰带、盛饰名马。清晨,自城外各持彩杖,列队驰入禁中。于是,上盛服御殿临观,乃大张宴为乐。唯宗王戚里、宿卫大臣,前列行酒。余各以所职叙坐合饮。诸坊奏大乐,陈百戏,如是者凡三日而罢。其佩服,日一易,太官用羊二千,噭马三百匹,它费称是。名之曰只孙宴。只孙,华言一色衣也,俗呼曰诈马筵。"[④]

至正元年(1341),周伯琦第二次赴上京,此次并非扈从,而是至国子监为试院考试乡贡进士。留下了《过枪竿岭二首》《九月一日还自上京途中纪事十首》《题李谷老观音壁》《是年复科举取士制,承中书檄,以八月十九日至上京,即国子监,为试院考试乡贡进士纪事》等纪行诗。《九月一日还自上京途中纪事十首》,分别记录了行经滦阳道、白海、偏岭、独石、龙门、枪竿岭、洪赞、怀来、居庸关等所见所闻,如"有山皆积雪,无水不成冰"(其一)、"牛羊群蚁聚,车帐乱星移"(其四)的风貌;因地高而"汲井劳"的洪赞,居人竟然须经历"二钱博斗水,百文曳修绠"(其八)的艰难;"城郭颇周严"的怀来小县,则有"野寺严兵骑,溪桥扬酒帘"的景象(其九);等。

周伯琦第三次至上京是至正二年(1342),创作《宫学纪事绝句二十首》,其诗序有:"是年五月,扈从上京,宫学纪事绝句二十首。"[⑤]

《扈从集》是周伯琦至正十二年(1352)四月拜监察御史扈从上京所作,是集共

---

① 杨镰主编:《元诗史》,人民文学出版社 2003 年版,第 400 页。

② 杨镰主编:《元诗史》,人民文学出版社 2003 年版,第 401 页。

③ 本文所引周伯琦上京纪行诗歌,均出自杨镰主编:《全元诗》第 40 册,中华书局 2013 年版,第 342—396 页。以下出现,仅标注题名。

④ 杨镰主编:《全元诗》第 40 册,中华书局 2013 年版,第 345 页。

⑤ 杨镰主编:《全元诗》第 40 册,中华书局 2013 年版,第 357 页。

有纪行诗34首,前、后两篇自序,详细记录驿路地理、人文,是不可多得的元代两都驿路实录,亦是沿途风土人情的真实写照。

周伯琦的上京纪行诗序,因记录了两都之间四条驿路的详细路线图、不同用途、各自特点,记录了当时的历史事件以及诈马宴的真实情景,具有重要的史料价值。但诗歌题材,与其他上京纪行组诗大同小异。

元代规模最庞大、内容最丰富的上京纪行诗,当数袁桷的"开平四集"。①

袁桷于延祐元年(1314)、延祐六年(1319)、至治元年(1321)和至治二年(1322)四次扈从上京,所以有"君恩八度过龙门"(《开平第四集·龙门》)之说。而所谓"视草堂前草木青,微臣三入鬓星星"[《开平第四集·视草堂岁久倾圮述怀(其一)》],其中的三入视草堂,是因为其第三次扈从上京是以集贤院直学士身份前往,而视草堂为翰林国史院所在地。其《开平第三集》序言:"三月甲戌朔入集贤院供职,四月甲子扈跸开平。"袁桷以《开平第一集》《开平第二集》《开平第三集》《开平第四集》四部纪行诗和集前小序,记录了他四度扈从上京的经历和情感。

九年间四至上京的袁桷,其上京纪行诗与其他作者的不同,不仅在于其纪行诗歌数量之多,还在于其诗中有大量在上京分院赠答唱酬和衣食住行的描写,比较全面地呈现了扈从上京的政事与生活。《开平第一集》所谓"得诗数篇,录示儿曹",有炫耀的因素在;《开平第三集》,则因"道途良劳,心思凋落","姑录以记出处耳";《开平第四集》是感于"宫中阒无人声","书诏简绝","同院亦寡倡和","悲愉感发,一寓于诗","观是诗者,亦足知夫驰驱之为劳,隐逸之为可慕也"。从兴致盎然,到兴味索然,直至兴起出世之想,观其诗,则知其不同时期不同的心绪。

元朝的上京纪行诗终结于杨允孚《滦京杂咏》(也称《滦京百咏》)②,此集收入杨允孚吟咏上京七言绝句108首,题曰百咏,盖举成数。杨镰《元诗史》道:"《滦京杂咏》并不是当时在上都所写,而是离开北方回到江西老家,特别是经历了元明易代的沧桑之变,杨允孚才提笔记录了自己对往事的回忆,并借以消愁。"③回忆与消愁是杨允孚不同于之前上京纪行组诗的情感,但景与事依然没有跳脱出两都驿路与上京。

形成上京纪行组诗同质化的最直接原因:一是时间的固定性(每年的四五月份从大都出发,八九月份从上京返回),不同的诗人面对的是同样的季节,同样的风土人情,同样的沿途景色;二是驿路的固定性,诗人们往返两都所经之地可供吟咏的对象相同;三是作者多是思想文化背景相近的馆阁文臣,诗歌立意、情感基调也大

---

① 本文所引袁桷上京纪行诗歌,均出自杨镰主编《全元诗》第21册,中华书局2013年版,第306—344页。以下出现,仅标注题名。

② 本文所引杨允孚上京纪行诗歌,均出自杨镰主编《全元诗》第60册,中华书局2013年版,第401—410页。以下出现,仅标注篇名。

③ 杨镰:《元诗史》,人民文学出版社2003年版,第648页。

致相近。这一切，造成了作者诗情的共通性，也造成了上京纪行组诗同质化的现象。

二、安南纪行组诗凸显的奇险地理与荣耀使命

安南纪行诗的大量出现，源于元朝频繁地派遣使臣使越。据陈巧玲《元代安南纪行诗研究》考证，元代使越文集有八部，分别为：张立道的《安南录》、李克忠的《移安南书》、徐明善的《安南行纪（记）》、陈孚的《交州稿》、萧泰登的《使交录》、文矩的《安南行纪》、智熙善的《越南行稿》、傅若金的《南征稿》。元代使越文集大多已经佚失。仅徐明善的《安南行纪（记）》见存于《说郛》，陈孚的《交州稿》存于《四库全书》之《陈刚中诗集》卷二中，还有傅若金的《南征稿》散见于其别集《清江集》《傅若金集》中。其他使越文集都已散佚不传，诗人仅留下几首相关的诗作。①

因使越的意义及自北至南地理的巨大差异，元代安南纪行文献尤为学界重视：周思成《诗人、使臣集一身：元代安南纪行诗人群体研究》（北京师范大学 2009 年硕士论文）、王皓《陈孚〈交州稿〉与元代的中越文化交流》（四川师范大学 2009 年硕士论文）、陈巧玲《元代安南纪行诗研究》（浙江师范大学 2016 年硕士论文）等，皆从政治、地理、外交、文化、文学等方面进行了较为系统的阐述。

陈孚诗集共包括三部诗稿，即《观光稿》《交州稿》和《玉堂稿》，分别为运河纪行、安南纪行和上京纪行三组诗。其中记录出使安南的大型纪行组诗《交州稿》②共 107 首，是元代最早、存世最多、行程记录最完整，也是最有代表性的安南纪行组诗。因其完整记录了使越全过程，更为学者重视。学者或由之研究元代的中越文化交流③，或从文学地理视阈，分析纪行诗的特点④。

至元二十九年（1292），元世祖命梁曾以吏部尚书使安南，陈孚以翰林国史院编修官摄礼部郎中为副使，《交州稿》即为其自大都使安南道中及在安南所作。

据《元史》记载：至元二十九年五月，中书省臣言"妄人冯子振尝为诗誉桑哥，且涉大言，及桑哥败，即告词臣撰碑引谕失当，国史院编修官陈孚发其奸状"⑤。因其"博学有气节"⑥，至元二十九年九月，元世祖命梁曾以吏部尚书出使安南，朝臣推荐陈孚，官摄吏部郎中，为梁曾副。据《元史》《陈孚圹志》《安南事略》等记载，陈孚

---

① 陈巧玲：《元代安南纪行诗研究》，浙江师范大学 2016 年硕士学位论文。
② 本文所引陈孚安南纪行诗，皆出自杨镰主编《全元诗》第 18 册，中华书局 2013 年版，第 366—395 页。以下引文仅标注篇名。
③ 王皓：《陈孚〈交州稿〉与元代的中越文化交流》，四川师范大学 2009 年硕士学位论文。
④ 张建伟、田倩：《文学地理视阈下的陈孚广西纪行诗》，《陕西理工大学学报》2018 年第 1 期。
⑤ 宋濂等撰：《元史》卷十七《世祖本纪》，中华书局 1976 年版，第 362 页。
⑥ 宋濂等撰：《元史》卷一百九十《儒学》，中华书局 1976 年版，第 4339 页。

使还,因其不辱使命,得到了元世祖的赞赏,但"廷臣以孚南人,且尚气,颇嫉忌之"①,"使还,历建德、三衢别驾。召为翰林待制、奉直大夫、同修国史。谒告还乡,就除台州路治中"②。

移步换形是陈孚《交州稿》的叙事线索,沿途自然景象、气候的变幻莫测和安南即事,是《交州稿》叙事的核心内容。

诗人一行九月自帝京出发,经中书省、河南江北行省、湖广行省至安南,行程万余里,历时四月有余,经历了"西风黄叶馆"(《良乡县早行》)的萧瑟,"霜花如雪点征袍"(《中山府》)、"急雪白玭玭,北风利如刀"(《过临洺驿大雨雪寒甚》)的酷寒,"悬崖插天千尺余"(《七星山玄元楼栖霞之洞》)、"下山如井上如梯,乱石嵯岈割马蹄"(《自永福县过八十里山》)的行路难,"青草风吹毒雾腥"(《过泮舸江》)、"酸烟毒雾山复山"(《过邕州昆仑关》)、"毒虫含弩满汀沙,荒草深眠十丈蛇"(《思明州》其四)、"千年毒瘴郁不消"(《度摩云岭至思凌州》)、"满空苦雾卷尘埃"(《禄州遇大风》)的毒瘴,"暮冬气候三春暖"(《邕州》)、"九月出蓟门,北风吹雪衣裳温。正月至交趾,赤日烧空汗如水"(《交趾境丘温县》)的气候差异……一路上或骑马,如"又骑官马过中原"(《出顺承门》)、"揽辔栾城又赵州"(《宿赵州驿》其二)、"联镳下淇澳"(《淇州》);或坐车,如"六辔南驱下宝台"(《交趾支陵驿即事》)。其颠簸艰苦可想而知。

梁曾、陈孚此行是向安南王问罪的,即陈孚在《交州稿》后记中所谓"奉玺书问罪于交趾"(《交州使还感事二首》后记)。据《安南志略》载:元世祖于至元二十八年(1291)命礼部尚书张立道等"谕世子陈日燇入见"③,陈日燇不至,次年又派遣梁曾、陈孚等人前往安南"持诏再谕日燇来朝"④。此次问罪于安南,陈孚虽为副使,却是朝臣以其"博学有气节"推荐给元世祖的,临行前皇帝又有"金符、袭衣、乘马、弓矢、器币"之赐⑤。在陈孚看来,这是皇帝的恩宠,是朝廷给予自己的无上荣耀,亦是自己成就功名、实现夙愿的大好机会,因此,尽管路途艰难,诗歌的基调却是高扬的。

陈孚在《交州稿》中记录了由北至南沿途所见的自然景象、人文景观及其不同风俗。比如对迥异于中原的风俗习惯的惊诧。所谓"百里而异习,千里而殊俗",西南地处偏远,民风自然与中原不同,如宾州"野妪碧裙襦,聚虚拥野外"(《宾州》),思凌州"悬厓结屋如蚕楼""口红如血面如土""手捧椰浆跪马前,山虺水虫间肴俎"(《度摩云岭至思凌州》),思明州"手捧槟榔染蛤灰,峒中妇女趁墟来。蓬头赤脚无铅粉,只有风吹锦带开"(《思明州》其二),安南"祭祀宗祧绝,婚姻族属污""尊卑双

① 宋濂等撰:《元史》卷一百九十《儒学》,中华书局 1976 年版,第 4339 页。
② 马曙明、任林豪主编,丁伋点校:《临海墓志集录·陈孚圹志》,宗教文化出版社 2002 年版,第 86 页。
③ 黎崱著,武尚清点校:《安南志略》卷三,中华书局 2000 年版,第 67 页。
④ 宋濂等:《元史》卷二百九《安南传》,中华书局 1976 年版,第 4649 页。
⑤ 宋濂等:《元史》卷一百九十《儒学》,中华书局 1976 年版,第 4339 页。

跣足,老幼一圆颅""笙箫围丑妓,牢醴祀淫巫"(《安南即事》),等等,都令诗人瞠目结舌。

《交州稿》所记事件本身就是使命,沿途所见所闻多奇异,又多名胜古迹。故所叙之事除了问罪安南及描写途中所见之景,还有追忆古事。

"又骑官马过中原"(《出顺承门》)、"弭节发襄国,饮马清洛水"(《过临洺驿大雨雪寒甚》)是叙行程;"遗恨三分国,英风百尺楼。里人牲酒莫,想象衮龙浮"(《楼桑庙》)、"北道将军铁镞开,火旗万阵渡河来"(《望台》)、"一击车中胆气高,祖龙社稷已惊摇"(《博浪沙》)、"司马琵琶昔日歌,天涯流落事如何。若行今日江州路,应是青衫泪更多"(《江州》其一),是追忆古事;《二月三日宿丘温驿见新月正在天心众各惊异因诗以记之》《入安南以官事未了绝不作诗清明日感事因集句成十绝,奉呈贡父尚书并示世子及诸大夫篇篇见寒食》,叙至安南事。《安南即事》还采取诗、注并行的写作方式,叙述了安南的前世今生、地理气候、风俗习惯等,是一首独特的长篇叙事诗。

颂圣是《交州稿》不时跳出的符号。此次问罪安南,陈孚以为是"留取忠贞照暮年"(《交趾伪少保国相丁公文以诗饯行因次韵》其二)的大好机会,因此在纪行中事与情并行,且时有得志之情流露,如"又骑官马过中原,袖有芝泥御墨痕"(《出顺承门》)、"幸承乙夜君王问,更喜丁年奉使还"(《泊安庆府呈贡父》)的炫耀,"乾坤万里一征骖,马上弯弓胆气酣"(《涿州》)的意气风发,"圣明恩重一身轻,英荡荧煌万里行。试问黄金台上月,清光此夜为谁明"(《保定府》)的对主恩的感激和对功业的向往,"夜瞻天极思郁结,臣身南峤心北阙。愿颂圣皇如天福,早见涂山班万玉"(《交趾境丘温县》)、"帝德尧同大,山河共一天"(《交趾朝地驿即事》)、"圣德天无外,恩光烛海隅"(《安南即事》)的颂圣,"去年元日步瀛洲,兽舞天墀拜冕旒。山驿今朝一樽酒,微臣身在岭南州"(《思明州元日》其一)、"春风又送使旌还,笑掬清波洗瘴颜"(《老鼠关》)的得意。

诗歌在纪行的同时,不时流露出对大自然凶险的恐惧和忧虑,对奇异之境的好奇和惊叹,读者犹如跟随诗人来了一场辛苦的旅行,但因为尊显的使命,这场辛苦的旅行便具有了如战士沙场赴难般的伟大荣光与壮怀激烈。

在陈孚的仕宦生涯中,出使安南是他最感荣耀的经历,一则因自北至南巨大的气候差异和自然变化,以及思明州、交州等地独特、奇异、凶险的自然环境的影响,更重要的是这次出使所具有的光荣使命、显赫身份以及卓著功劳。因此自豪感、满足感充溢于字里行间。傅若金安南纪行亦是如此。

作为使者,尤其是大国使者,安南纪行诗的纪行特点非常典型。一方面,"将地名融入诗作,以地点的变化为线索,记载途中的见闻与感受。将诗作中的地点串联起来,便是一幅大都往返安南的地理路线图"①。另一方面,将大国威严与使臣荣耀担当融入摹景、叙事之中。

三、风光、览古与观光帝都是运河纪行组诗的核心

运河作为大都至江南的重要交通线,两岸四时风光无限,诗人们或北上观光,或南下宦游,不同的心态总能让纪行诗格外引人注目。虽然运河舟行也时有波涛险滩,诗人遭之会发出"有涂莫舟行"②"吕梁世所畏,往往舟碎破"③"波涛相望控黄流,万古行舟到此愁。声斗雷霆终日险,寒生风雨四时秋"④的感慨,但毕竟舟行相对舒适,如王恽《平望道中》:"今日风色好,舟行喜清和。吴江抵嘉兴,远不百里过。解衣坐篷底,闲听吴侬歌。大艑从东来,帆樯郁嵯峨。"⑤这种惬意,很容易兴发多情诗人的雅兴,所以元人别集中有大量运河纪行诗。王恽、陈孚、马祖常、袁桷、马臻、贡奎、傅与砺、张宪、陈基等都留下了不少运河纪行组诗。这些组诗,或描摹运河两岸无限风光,或记舟行劳顿,或抒览古感慨,或写宦游漂泊,或述观光期盼,同质化现象明显。其中,色目诗人马祖常的运河纪行组诗是颇为独到的。

元代色目诗人中,马祖常是最具传统文人风范的儒士。寓居中原的雍古马氏,祖辈来自遥远的西域,是西北古族雍古人,所谓的"西北贵种",也里可温世家。其家曾"以财雄边"⑥,其祖上以西域聂思脱里贵族徙入临洮狄道,仕辽为马步军使,再为金防守北边,迁家净州天山;高祖习礼吉思为金凤翔兵马判官;曾祖月合乃曾从元世祖南征,且出私财助军。从马祖常曾祖月合乃到马祖常父亲马润三代,一直坚持以华俗变革由来已久的也里可温家族宿习。至马祖常,他更是非常在意改旧俗而事华学,并最终成为元首科进士入主馆阁。他在为曾祖月合乃撰写神道碑铭时,极为推崇他在家族华化方面的贡献:"世非出于中国,而学问文献过于邹鲁之士","俾其子孙百年之间革其旧俗"⑦。他忆念先父母,铭心刻骨的就是"襁抱免水火"和"少长俾知伦","出入邹鲁俗,用变宿习因"⑧。以孔子之教而变其旧俗,是马祖常自幼就心向往之的,所以他盛赞于阗人李公敏:"能尊孔子之教而变其俗,其学日肆以衍。"⑨

① 陈巧玲:《元代安南纪行诗研究》,浙江师范大学 2016 年硕士学位论文。

② 王恽:《自淮口抵宿迁值风雨大作》,杨镰《全元诗》第 5 册,中华书局 2013 年版,第 48 页。

③ 王恽:《吕梁》,杨镰《全元诗》第 5 册,中华书局 2013 年版,第 48 页。

④ 王旭:《吕梁洪》,杨镰《全元诗》第 13 册,中华书局 2013 年版,第 81 页。

⑤ 王恽:《平望道中》,杨镰《全元诗》第 5 册,中华书局 2013 年版,第 47 页。

⑥ 马祖常:《故礼部尚书马公神道碑铭》,李修生主编《全元文》第 32 册,凤凰出版社 2004 年版,第 499 页。

⑦ 马祖常:《故礼部尚书马公神道碑铭》,李修生主编《全元文》第 32 册,凤凰出版社 2004 年版,第 501 页。

⑧ 马祖常:《饮酒》其四,杨镰主编《全元诗》第 29 册,中华书局 2013 年版,第 290 页。

⑨ 马祖常:《送李公敏之官序》,李修生主编《全元文》第 32 册,凤凰出版社 2004 年版,第 403 页。

马祖常的纪行诗遍及塞北、江南、西域、中原，其《壮游八十韵》①自述从溱渭到嵩山上，从黄河到江淮、巫峡、洞庭、汶泗地，再从京国到西夏国、流沙地，历岐，过太行，上北都的壮游经历，足迹几遍大半疆域。"十岁驰骑北地子，八岁善泅越人孙。鲁国家家学弦诵，西方在在讲沙门"②，是他对地理影响风俗的观察和体悟。其诗集中的上京纪行、运河纪行和河西纪行均为组诗形式的纪行诗歌，因为地理、风俗、诗人心态与使命等的不同而特点各异。

其运河纪行组诗，除常态的移步换形的纪行，诸如《宿迁县》《吕梁》《泗州塔》《徐州吊苏眉山》《过钱塘》《钱塘湖》《黄河》《舟泊徐州》《戏马台》《歌风台》③，记山水，记古迹，记凭吊等之外，马祖常运河纪行诗中有一组题为《绝句十六首》的小诗④，以宫词形式记吴越见闻，俏丽活泼，形象鲜明，前所未有。

《绝句十六首》中有一组诗人经行运河时所见人物的肖像，如："能唱春风白纻词"（其一）、"弹得开元教坊曲，金钱还只当泥沙"（其十三）的歌女；"不肯一钱遗贫士，却拚双玉买歌娼"（其三）的西江贩盐郎；身着"锦花袍"，"都门日日醉醺醺"（其十六）的甬东贾客；"翡翠明珠载画船，黄金腰带耳环穿。自言家住波斯国，只种珊瑚不种田"（其十五）的西域商人；嗟怨"君恩不似前"（其八）的怨妇；"两鬓丫丫面粉光"，"小红船上采莲叶"（其十二）的江南女儿。同样是商人，作者只是一个穿着打扮的随意点染，"白纻轻衫两袖长""黄金腰带耳环穿""甬东贾客锦花袍"，就形神毕肖地区别了西江贩盐郎、西域商人和甬东贾客各不相同的做派。同样是歌女，姑苏阊门外"为君艳歌三五曲"的歌女和"歌舞王孙帝子家""金钱还只当泥沙"的"盈盈小客"，气象气场完全不同。

杨镰先生《元诗史》以为马祖常的七言绝句"是诸体中最成功的"，称他是"元代诗坛的七绝高手"⑤，"与奉和、应制之作相比它们无疑更像诗，更容易引起共鸣"⑥。

陈孚的运河纪行，则代表着元代运河纪行诗的共同特质。

以布衣献赋，是陈孚一生命运的转折点。在元初北上入仕的"南人"中，如叶李、赵孟頫等，在南宋已有名望，宋亡后隐居不仕，元朝廷屡征不起，入元后还多对故宋有愧悔之意，内心纠结、痛苦。陈孚则不同。在献《大一统赋》之前，他在江南一文不名，而宋朝刚刚灭亡，即以献赋的方式主动向元朝示好，并因为献赋，得以踏入仕途，并由此成为元初朝廷里不多且被皇帝器重的"南人"官员。

---

① 马祖常：《壮游八十韵》，杨镰主编《全元诗》第 29 册，中华书局 2013 年版，第 281 页。
② 马祖常：《绝句十六首》（其五），杨镰主编《全元诗》第 29 册，中华书局 2013 年版，第 381 页。
③ 以上诗歌出自杨镰主编《全元诗》第 29 册，中华书局 2013 年版，第 309—364 页。
④ 马祖常：《绝句十六首》（其五），杨镰主编《全元诗》第 29 册，中华书局 2013 年版，第 381—382 页。
⑤ 杨镰：《元诗史》，人民文学出版社 2003 年版，第 106 页。
⑥ 杨镰：《元诗史》，人民文学出版社 2003 年版，第 108—109 页。

《观光稿》①是陈孚上蔡书院山长考满谒选京师，自家乡临海北上入翰苑沿途所作。此次北上，陈孚主要是沿运河水路进京，他《观光稿》中的诗歌也集中在描写运河两岸自然风光、名胜古迹上。"观光"一词出自《易经》"观国之光，利用宾于王"。观光，即观览国之盛德光辉，所谓"观光帝王州"。其实质意义为居处近至尊，慕尚为王宾，皆有不远千里观光求用之心，志愿仕进于王朝，施展自己的抱负。

《出门别亲友》是陈孚《观光稿》的首篇，从中我们可以清楚地看到诗人观光的意图，以及他的自负狂傲与高远志向。"男儿拂衣出门去，龙泉三尺光如虹""天生巉岩峣崔骨，蒿莱槁死谁能甘"，堪与李白的"仰天大笑出门去"比肩了；"君不见，磻溪鹤发钓鱼者，偶掷渔竿来牧野""又不见，南阳卧龙人不识，一朝佐汉坐很石""岂无扣牛歌，亦有扪虱谈"，以吕尚、诸葛亮、宁戚自拟，比喻自己自荐求仕、欲建盖世之功业；"我欲登泰山，扶筇欸天关。东溟若木如可攀，手弄日月青云间。我欲渡黄河，赤脚凌秋波。水仙楼阁银嵯峨，径叱海若笞蛟鼍"，意气风发，豪情万丈。《拜辞先陇而行》则揭示了他对功名急切和向往的心理："父兮曩即世，宿草十改碧。平生熊豹姿，虬髯身七尺。岂无千里心，奈此骥伏枥。家有三万卷，手自校朱墨。亲传不肖孤，今亦字仅识。名未成父志，何以慰窀穸。墓下当自誓，素操坚铁石。"陈孚认为，此次北上，即可实现乃父的"千里心"，一定能达成"父志"。同时也叙述了自己因"蒿莱槁死谁能甘"，而效法吕尚、诸葛亮、宁戚，准备出山，欲有所作为。

陈孚笔下运河的自然风光有："镜水八百里，水光如镜明""天阔雁一点，山空猿数声"（《过镜湖》），"松江波万顷，桥倚碧云端。白鸟穿屏小，青天落镜寒"（《吴松江长桥》），"大山如飞虹，小山如伏牛。天河横空来，声撼山骨浮"（《百步洪》），"北风河间道，沙飞云浩浩。上有衔芦不鸣之寒雁，下有陨霜半死之秋草。城外平波青黛光，大鱼跳波一尺长。牧童吹笛枫叶里，疲牛倦马眠夕阳"（《河间府》）。地域特色鲜明。

名胜古迹，则：写林逋，"谁似孤山一抔土，梅花依旧月黄昏"（《和靖墓》）；写张翰，"君不见洛阳记室双鬓皤，不忍荆棘埋铜驼"；写陆龟蒙，"又不见甫里先生心更苦，河朔生灵半黄土"；写范蠡，"吴宫鹿走越山高，脱缨径濯沧浪水"（《三高祠》）。其他如"英雄未遇亦堪羞，一饭区区不自谋。莫笑千金酬漂母，汉家更有颉羹侯"（《漂母冢》），"葛岭相君之故居，昔年甲第临通衢"（《葛岭行》），"昔日巍楼倚北门，朱阑空锁苍苔痕"（《京口》），"六代帝王州，寒烟满石头"（《金陵》），在缅怀中几多感慨。这些是所有运河纪行诗普遍关注的。

《观光稿》虽然也有不少怀古慨叹之作，且"观光"是在多寂寥的秋日，诗人时而也有秋色凄清的感触，但因北上是入翰苑，诗人心情好，所以舟船上的"观光"大多显得悠闲自在。如"万顷波间宝气浮，晚来酾酒酹中流"（《高邮军》），"孤帆下江北，

---

① 本文所引陈孚运河纪行诗，皆出自杨镰主编：《全元诗》第18册，中华书局2013年版，第384—395页。以下引文仅标注篇名。

千里西风轻"(《淮安州》)。

陈孚第一次走近帝都，难捺内心的喜悦，"过尽长亭又短亭，燕京初听晓钟声。呼童拂拭青藜杖，早挂琴书上帝京"(《良乡县》)。这种喜悦之情也是运河纪行组诗中普遍的情感。

四、结语

除了上京纪行组诗、运河纪行组诗和安南纪行组诗，河西纪行组诗也是元代纪行组诗的重要组成部分。元代真正意义上的西域纪行组诗不多，元耶律铸《双溪醉隐集》(卷五)中《阳关》《阴河》《西北》《玉门关》《庭州》《夏州塞外道》《夜泊青海》《灵州客舍春日寓怀》[①]等是较早且比较典型的西域纪行组诗，而元代最有意义的西域纪行组诗，当数西域诗人、雍古马祖常的河西纪行诗。

邓绍基先生对马祖常诗歌最赞赏的就是几首河西纪行诗，称之为"自然景色，边塞风光，民情风俗，逼真如画"[②]。作为馆阁诗人，马祖常的应酬、消遣、游戏之作是为别人写的；唯有那些充溢着超逸之气、浸润着西域情结的诗篇，才是他用最真挚的情感、最本我的气质创作的诗人之诗，也是他的西域纪行诗异于其他纪行组诗的主要原因。

地理局域性、近百年的不辍吟咏、诗人主体思想背景的相似，形成了元代纪行组诗的鲜明特点，也造成了一定程度上的同质化现象。但无论如何，如此规模的纪行组诗，为中国文学史增添了一道特异的风景，也让后世人读诗如临其境，如行万里路。

---

① 以上诗歌出自杨镰主编《全元诗》第 4 册，中华书局 2013 年版，第 90—96 页。

② 邓绍基主编：《元代文学史》，人民文学出版社 1998 年版，第 485 页。

弦歌依咏，四海为朋

——基于以上都扈从诗为主要材料的元代对外交流及其影响分析

杨富有

内容提要　上都是元代对外交流的中心之一，元代诗歌特别是上都扈从诗揭示元与欧洲的交往达到了空前的程度，与亚洲的交往密切而复杂。对外交流内容的广度与深度涉及社会生活的方方面面。对外交流表现得开放而自信，交流以人为主体，通过贸易、外交、教育等形式实现，不同国家人民包括诗人之间结下了深厚友谊，有利于不同文化间的交流，扩大了中华文化的影响，也使元人有更多机会接触外来文化并加以学习、汲取，有利于多民族开放、多元、和谐文化的形成。

关键词　元代　扈从诗　对外交流　影响

空前强大的国家力量增强了元代统治者和民众的自信，元代对外交流呈现出积极、开放的态势，基于上都在元代政治中的重要地位，它自然也成为与大都并列的对外交流中心之一。很多扈从诗及其他诗歌作品生动描写了元代对外交流的范围、内容、特点与影响等，元代在中外交流史上属于一个积极、有作为的时期。

一、元代对外交流的对象与范围

元代是一个空前包容的、大一统的时代，它的外交及文化也具有明显的与之相应的时代特点。从空间地理上看，元代对外交往遍及亚洲、欧洲、非洲，即在当时可以想象得到的、条件所能许可的空间范围内，这种交流与来往都存在着，即使遥远的西欧也不例外，不仅有马可·波罗远赴上都，而且通过"贡赋"以达到联谊目的的现象也存在："西域佛朗国遣使献马一匹……言语不可通。以意谕之，凡七渡海洋，始达中国。"[①]这些即为元代与欧洲交往的史实例证。

元代与欧洲的交流几乎可以说达到了空前的程度。首先，从政治上看，名义上作为元代藩属国的钦察等四大汗国其领土囊括现在欧亚的很多地区，元朝先后设

---

①　周伯琦：《天马行应制作并序》，《近光集》卷二，《文渊阁四库全书》本，武汉大学出版社 2004 年版（电子版）。

立了专职负责这些宗藩国的衙署并设置了官吏，往来纳贡与赏赐等，关系非常密切；其次，从史料上看，尽管仍然有人对马可·波罗和他的《马可·波罗游记》的真实性提出种种质疑，但蒙古政权早期开始与欧洲频繁交往的确凿事实从整体上看却不会因此受到影响。姑且不论现存大量正史资料的记载，仅在成吉思汗稍后一点的时代就有意大利人约翰·普兰诺·加宾尼撰写的有关与元代交往的《出使蒙古记》(原名《蒙古史》)存世，充分反映这种交往艰难而密切的程度。尽管此书作者带有明显歧视色彩且其目的是扩大基督教影响，但并不影响它客观地反映了那个时期就有大量宗教人员从欧洲大陆特别是亚平宁半岛穿越北高加索、钦察草原来到蒙古高原的事实。元代出生于大都的基督教聂斯脱利派信徒维吾尔人列班·扫马前往西亚、欧洲出访，穿越野狐岭，途经西亚，成为我国第一位到访遥远欧洲国家法兰西的旅行家。[①] 这些交往事例，从历史纵向的角度上看，是中国古代与欧洲陆上较早有史可查的证据。至于《西使记》《夷岛志略》，则更足为元代与非洲交往的实证。

从文学的角度看，诗人多喜欢对宫廷生活予以关注，如拂郎国使臣于上都贡天马事，就受到广泛关注。后至正二年，"秋七月……拂郎国贡异马，长一丈一尺三寸，高六尺四寸，身纯黑，后二蹄皆白"[②]。大量扈从上都的诗人其间创作了同一题材下数量众多的具有明显歌功颂德成分的"天马颂"，如揭傒斯的《天马赞》、周伯琦的《天马行应制作》、吴师道的《天马赞》、许有壬的《应制天马歌》、张昱的《天马歌》、杨维桢的《拂郎国进天马歌》，甚至就连当时身处中国的高丽大诗人李齐贤也有《赵三藏李稼亭神马歌次韵》《道见月支使者献马归国》等作品，于此即可发现"拂郎国"(亦称佛郎国，多认为即今法兰西)给元朝呈奉"天马"成了当时轰动朝野的一件大事。其中，尤以揭傒斯的《天马行应制作》最为突出。诗人不仅记述了交往"使行四载数万里"的艰辛，还浓墨重彩地描绘了"天马"的神姿、元朝君臣对"天马"来归的重视，也叙述了"天朝"强大、天下绥靖，以至于"垂拱无为靖边鄙。远人慕化致壤奠，地角已如天尺只"的状况，虽不乏歌功颂德的成分，无疑是当时中欧交往的细致写照。这充分说明了拂朗国与元朝有过关系密切的来往。

一如其他历史时期，元代与亚洲的交往更为密切而复杂，其特点也因为与亚洲各地区不同的空间距离而有差异：波斯地区原本就是蒙古政权建立的伊尔汗国势力所属地区，波斯著名学者施拉特的学术研究明显受到了中国学者的影响，"他一直非常重视引入和传播中国文化，并为此做出了许多切实有效的努力，如延请中国医生到波斯、培养波斯人学习汉语，等等。与此同时，他还从事文字著述，介绍中国文化。他的传世著作之中，有不少作品与中国有关，涉及中国的医学、历史、地理、

---

① 周光旦主编：《中国大百科全书》(第二版)第 14 卷，中国大百科全书出版社 2009 年版，第 207 页。
② 宋濂等撰：《元史》卷四十《顺帝本纪》，中华书局 1986 年版，第 846 页。

语言、文字、园艺和科学技术等诸多领域。由于写作时得到了旅居波斯的中国学者的帮助，直接利用了第一手的汉文材料，所以他的汉学著作不同于当时通行的、以传闻为依据而写成的阿拉伯－波斯历史地理著作，具有更高的史料价值。"①《多桑蒙古史》中曾记载："旭烈兀曾自中国携有中国天文学家数人至波斯，其中最著名者为 Fao-moun-dji 博士，即当时人习称为先生（Singsing）者是也。纳速剌丁之能知中国纪元及其天文历数者，盖得之于是人也。"②

由于与西亚阿拉伯国家距离比较遥远，蒙古大军大举远征时并未完全征服这一地区，后来与这一地区的交往主要体现为经贸与文化往来，具有互补性的特点。元代瓷器元青花中的苏麻离青元素就源自西亚的阿拉伯文化，是两个地区文化交往最生动的体现。阿拉伯科学技术对元代的影响广泛地体现在天文历法、医学、工艺制造、语言文字、艺术等各个方面，例如阿拉伯人扎马鲁丁制定的历法影响深远，元上都的司天台被很多人认为是中国天文台的诞生地③，张昱《辇下曲》其中之一就有描述："仪台铁表冠龙尺，上刻横文暑度真。中国失传求远裔，犹于回纥见斯文。"《元史·天文志》的记载："世祖至元四年，扎马鲁丁造西域仪象：咱秃哈剌吉，汉言混天仪也。其制以铜为之，平设单环，刻周天度，画十二辰位，以准地面。侧立双环而结于平环之子午，半入地下，以分天度。内第二双环，亦刻周天度，而参差相交，以结于侧双环，去地平三十六度以为南北极，可以旋转，以象天运为日行之道。内第三、第四环，皆结于第二环，又去南北极二十四度，亦可以运转。凡可运三环，各对缀铜方钉，皆有窍以代衡箫之仰窥焉。"④可以与此相参照在元上都的考古活动中，也发现了西亚文明在元代的遗留：古叙利亚文墓顶石。⑤ 这至少说明，当时叙利亚人已经来到元上都并有人死后埋葬在这里。

元代与南亚国家的交往此时尤为密切：源自于印度的佛教鼎盛一时，尤其藏传佛教进入中国北方并一举成为此后在中国北方影响最大且深远的宗教，整个有元一代，其宗教领袖被尊为"帝师"并在元上都、大都建有帝师寺，尤为值得关注的在于，元上都的帝师寺是忽必烈时期建在宫城之内的重要宗教建筑⑥，其地位之崇高可见一斑。诸如尼泊尔人阿尼哥主持修建的北京白塔寺，则已成为南亚佛教在中国传播的历史丰碑，是元代与南亚国家来往密切的生动写照。

元代与东亚国家高丽、日本的交往更为密切、复杂且几乎是全方位的。因为山

---

① 王一丹：《波斯拉施特〈史集·中国史〉研究与文本翻译》，昆仑出版社 2006 年版，第 28 页。

② 王一丹：《波斯拉施特〈史集·中国史〉研究与文本翻译》，昆仑出版社 2006 年版，第 94 页。

③ 陆思贤、李迪：《元上都天文台与阿拉伯天文学之传入中国》，《内蒙古师范大学学报》（自然科学版）1981 年第 1 期，第 80－89 页。

④ 宋濂等撰：《元史》卷四十八《天文志》，中华书局 1986 年版，第 998 页。

⑤ 陈永志、张红星：《内蒙古考古大发现》，内蒙古人民出版社 2014 年版，第 222 页。

⑥ 冯宝、魏坚：《元上都宗教建筑布局的考古学观察》，《内蒙古社会科学》2014 年第 6 期，第 63－67 页。

水相连,三国在历史上就有密切的联系,而这个时期的联系则更趋紧密。除了与朝鲜半岛有更密切而大量的人员往来甚至大量通婚外,政治关系更加密切而复杂。一方面元朝势力更深入地介入到高丽的政治生活中,另一方面高丽政权对元朝势力既有所依赖又存在矛盾。这恰如历史上任何一个时代宗主国与藩属国的关系一样。不过,更为积极的一个方面是,元朝与高丽的经济与文化联系更趋紧密:高丽王子经常居留中国并往来元上都,乌云高娃撰写的《元上都与高丽关系——以高丽元宗、忠烈王在上都奏事为例》就是关于这方面研究非常典型的成果[1];至于元朝公主下嫁高丽、高丽诗人用汉语进行诗歌创作等等,都足以作为当时元与高丽密切往来的生动例证。元代高丽政权在政治上处于弱势地位,文化上对元代却产生了深刻影响:从普通士兵"卫兵学得高丽语,连臂低歌井即梨"(张昱《辇下曲》),到深宫仕女"宫衣新尚高丽样,方领过腰半臂裁。连夜内家争借看,为曾着过御前来"(张昱《宫中词》);从服饰穿戴"龙门峡中云气湿,山雨定洒高丽笠"(陈旅《苏伯修往上京,王君实以高丽笠赠之且有诗,伯修征和章,因述往岁追从之惊与今兹睽携之叹云尔》),到饮食"更说高丽生菜美,总输山后蘑菇香"(杨允孚《滦京杂咏》)。这些都显示出元与高丽的教育文化交流广泛而深刻。

元代与日本的往来则同以往发生了变化:日本已经从过去的学习者逐步蜕变成元代东南边境地区的侵扰者,而元代也在至元十一年、十八年、二十年先后三次发动对日战争。[2] 虽然对这些战争会有不同的解读,但元代中日关系出现了一些新的动向很值得关注,酒贤的《征日本》就是典型例证:"日本狂奴扰浙东,将军闻变气如虹。沙头列阵烽烟里,夜战鏖兵海水红。笮篥按歌吹落月,髑髅盛酒醉西风。何时尽伐南山竹,细写当年杀贼功。"诗歌揭示了因倭寇侵扰浙东地区,元朝将领奋起抗战的史实,表达了对爱国者的讴歌与赞美。酒贤的爱国诗其实意味着:首先,中国自古以来就与周边国家或民族有着千丝万缕的联系,其中当然包括战争;其次,日本在元代的时候,开始有倭寇侵扰中国边疆沿海地区的现象发生;第三,酒贤是少数民族汪古部诗人,从诗中洋溢着的爱国情怀看,他早已将自己视作中华民族中的一员,流露出元代各族人民同仇敌忾、共御外辱的情感,体现出中华民族融洽、和谐的民族关系。

元代与东南亚的交往关系也同样错综复杂:既存在着历史传统关系的延续与纠葛;也有元代所独有的特点,是大国与近邻间各种利益关系交错在一起的生动呈现。"交趾蛮官贡麟角"(马祖常《北歌行》),"'每三年一贡,可选儒士、医人及通阴阳卜筮、诸色人匠,各三人,及苏合油、光香、金、银、硃砂、沉香、檀香、犀角、玳瑁、珍

---

① 刘迎胜主编:《元史论丛》,第十二辑,内蒙古教育出版社 2010 年版,第 192—200 页。
② 宋濂等撰:《元史》卷十二《世祖本纪》,第 1 册,中华书局 1986 年版,第 147—307 页。

珠、象牙、绵、白磁盏等物同至.'仍以讷剌丁充达鲁花赤,佩虎符,往来安南国中"①。元王朝与安南存在着政权之间的宗主、藩属关系,藩属贡奉宗主是这一关系的验证形式之一。但中国古代很多时候,被贡奉者与贡奉者,往往是一方面获得政治上的宗主地位认可,另一方面获得政权保护和实质经济利益。元政权与其藩属国之间也不是单纯的、单向贡奉关系,元政权对贡奉者的赏赐往往是巨额的,"(中统)三年九月,以西锦三、金熟锦六赐之……四年十一月,讷剌丁还,光昺遣杨安养充员外郎及内令武复桓、书舍阮求、中翼郎范举等奉表入谢,帝赐来使玉带、缯帛、药饵、鞍辔有差……四年九月,使还,答诏许之,仍赐光昺玉带、金缯、药饵、鞍辔等物……又具表纳贡,别奉表谢赐西锦、币帛、药物"②。两国间的贡、赏往来,几乎形成了一种"供奉经济",促进了相互之间的了解、交流。贡师泰《滦河曲》二首其一:"椎髻使来交趾国,橐驼车宿李陵地。遥闻彻夜铃声过,知进六宫瓜果回。"从装扮、身份等角度描述了交趾国使者来到上都进行友好交往的事实。陈孚出使越南时创作的大量诗歌作品,非常集中地反映了中越两国当时的交往状况及诗人的个人感受。

二、交往的内容与特点

元代的对外交流的广度与深度几乎是无所不及,涉及社会生活的方方面面:政治、经济(贸易)、文化、教育、宗教、军事、外交等等。元王朝与这些地区或国家的交流如同当代国家之间全方位的外交关系一样错综复杂。

国家的强大和深厚的历史积淀,使得元代成为文化、教育的输出国。元代上都地区因为元朝的强大而成为世界政治、军事、文化中心之一。因此,元上都不仅吸引了当时除美洲、非洲以外的各地使者,教育的发达使其成为其他相邻国家贵族子弟接受教育的重要选项之一。马祖常《北歌行》中记载:"高昌句丽子入学,交趾蛮官贡麟角。"不仅交趾、蛮官的学子来到上都,而且高昌、高丽的后代也选择到元上都的学校学习。学习一种文化,是对这种文化的认同或肯定。教育的交流是文化交流的基础,也是交流深化的表现,是各个国家、各个民族文化交往最主要并且影响最深远的形式之一。

作为大国表征之一的对外经济活动,在元代是异常活跃的,诗歌作品中也多有表现。马祖常描写元朝与西亚的"海外贸易":"翡翠明珠载画船,黄金腰带耳环穿。自言身住波斯国,只种珊瑚不种田。"(《绝句十六首》)波斯商人来到中国,带来了翡翠、明珠、珊瑚等高档消费品,元朝显然成为奢侈消费品的输入地,元人也见识了波

---

① 宋濂等撰:《元史》卷九十六《外夷列传·安南》,中华书局 1986 年版,第 4635 页。
② 宋濂等撰:《元史》卷九十六《外夷列传·安南》,中华书局 1986 年版,第 4635 页。

斯人"黄金腰带耳环穿"的独特而富贵的打扮。事实上,元朝与东亚的日本、东南亚诸国、印度、西亚诸国、北非诸国乃至欧洲都有贸易往来,有关内容在《元史·食货志》中能够得到更详尽、全面的印证。强大的国家从来都不是封闭的,总是与外界有着全方位的联系;强大的国家不仅仅是军事上的强大,也必然有与之相应的经济实力作为后盾,这类国家往往是其所处时代世界经济活动的中心,因此元朝在当时往往被作为重要的消费市场,特别是奢侈品消费市场,藩属国贡奉的是奇珍异宝,换取的是生产生活必需品。这符合经济活动的规律,也是当时世界实力分布的真实表现。这些往来活动,活跃了元朝的经济生活,开阔了时人的视野,拓展了人们的思维,密切了各个国家尤其是元代与其他国家之间的往来。

为政治服务的外交活动在元代表现得积极而丰富。陈孚一生写下了大量与安南、交趾有关的诗歌作品,如《安南即事》《入安南,以官事未了,绝不作诗。清明日感事,因集句成十绝,奉呈贡夫尚书并世子及诸大夫。篇篇见寒食》等,既是其个人外交活动的写照,也是元代与越南密切交往的生动例证。"及抵安南国(今越南),以文字言语谕之,其国遂降,将其世子并国相入朝"[1]的记载,则是对陈孚卓越外交才能的充分肯定,也是外交服务于国家政治的典型表现。在对外交往中,很多使者体现出了同沐皇恩前提下的大一统思想,"帝德尧同大,山河共一天。玺书行万里,铜柱又千年。赤帜明云际,乌衣拜马前。舞阶干羽在,未必赖楼船。"(陈孚《交趾朝地驿山名即事》)就个人而言,由于处理中国与安南关系长期滞留在外,以至于他在《江州》中感叹:"老母越南垂白发,病妻塞北倚黄昏。蛮烟瘴雨交州客,三处相思一梦魂。"这首游子诗表达的是陈孚出使安南时的浓郁思乡之情。他还有一些与上都同僚赠答的作品,都非常典型而集中地表现了元与越南交往过程中,承担使命的外交人员所付出的种种艰辛和由此产生的个人情感。

元代对外交流的核心仍然是人,人才是交流的主体。在上面提到的元朝与其他地区、国家的交往中,交流都是人员直接往来,这构成了元代对外交流的主要形式。在人员往来中,不仅元代向有关国家地区派出了使臣,也接受了世界许多国家、地区派往元朝的使臣。其中,尤以元代与高丽的来往最具典型性。在高丽王朝时候,世子大臣经常来到大都、上都,其成员与元代很多著名文人结下了深厚友谊,以至于高丽的随从大臣李藏用被元代诗人王恽誉为"鸭绿江头老谪仙",王恽且有诗序:"中堂常陪先相文会且有唱和,今睹高标,日暮怀人,不觉慨叹,因赋是诗为赠,情见乎词。"[2]同样是王恽,在高丽世子回国时赋诗以赠:"百年藩屏敦姻好,合有精忠在日边。"(《高丽国王谢事,诏世子嗣位东还,诗以送之》)对两国唇齿相依并

---

[1]　陶宗仪:《南村辍耕录》,上海古籍出版社 2012 年版,第 90 页。

[2]　王恽:《赠高丽乐轩李参政魁朴学士》,《秋涧集》卷二十二,《文渊阁四库全书》本,武汉大学出版社 2004 年版(电子版)。

且联姻的关系及对两国交往的影响和作者的美好期待，表露无遗。另外像张翥的诗歌《送式无外归高丽》："三韩山水有灵晖，秀出斯人了佛机。岳寺禅余留偈别，王城斋罢戴经归。瓶收沧海降龙入，锡度秋空近鹤飞。只恐故林云卧后，一灯秋老木棉衣。"非常容易让人想起盛唐李白与日本遣唐使之间的情谊。具有这些特点的交往，是建立在个人彼此真诚友谊基础之上的，这种交往形式增加了彼此间相互了解的最大可能与真实信息沟通，对于相互交往国家的各个阶层人民之间的互信有重要帮助。并且，这种交往显然也因为交往层级涉及两个国家高层次人员，从而往往使交往上升到国家层面，成为国家友好关系的保证。

对外交流的内容广泛而没有禁忌。元代的对外交流，涉及社会生活的方方面面，没有限制，也没有禁忌，既有经济方面的，也有文化、宗教方面的，还有政治、军事、外交方面的，甚至也不乏和亲等特殊外交手段，体现了一个国家强盛时期所特有的开放、开明与多元的特质。与此能够相比照的，也仅有汉唐盛世可比肩。此外，这种往来，涉及社会的各个阶层、各个层面，既有最高统治者之间的交往，也有朝廷使臣之间的往还，更有民间的往来，表明了元代对外交往的充分自信。

就交流形式上看，对当时与元临近的很多小国而言，有着与大国保持友好关系的藩属国对宗主国朝圣般的特点，体现了元朝在当时世界作为大国的核心地位。贡师泰《上京大宴和樊时中侍御》"一元开大统，四海会时髦。畿甸包幽蓟，天门启应皋。群黎皆属望，百辟尽勤劳。蕃国来琛献，边陲绝驿骚"，"交趾蛮官贡麟角"，"蕃国""交趾"到来都是要"琛献""贡麟角"的，类似于这样的一些国家间的交往，固然没有必要将其全部理解为国家之间平等友好往来的表现，确实存在着某种程度上的大国沙文主义因素，但也并不完全是元代侵略战争的产物。元朝与遥远国家之间的交往，则往往以文化、商旅往来为主，比如当时的拂郎国给元朝"供奉"天马，恐怕即使不是完全自愿也是主动的一种外交往来活动而绝非像元朝诗人自我标榜的那样"佛朗蘴尔不敢留"。

整体上看，元代对外交往呈现一个这样的基本规律：与近邻交往，是全方位、全天候、立体的；与中距离国家的交往，以经贸文化往来为主；与远方国家的交往，则以外交人员往来为主。在交往态度上，与近邻国家的交往更加主动而强势，处于主导地位；与中距离国家的交往表现得积极热情，显得更加平和、平等；与远方国家的交往，虽则多次派出使者，也很难说是积极主动，更多的是顺其自然，而且在交往心态上主要囿限于"天朝大国"的良好自我感觉中。所以，同欧洲的交往对元朝并没有显示出多少实效，倒是欧洲以扩大宗教影响为目的的交往在一定程度上收到了实效。①

---

① 道森编，吕浦译，周良霄注：《出使蒙古记·绪言》，中国社会科学出版社 1983 年版，第 19—24 页。

三、对外交流的影响

对外交流的影响是巨大且双向的。首先,基于元朝政权的强大,这种交流扩大了中华文化的影响。这种影响首先表现为元代文化为当时周围国家所重视。一方面周边很多国家的人们广泛重视汉语学习,如朝鲜就出现了汉语学习的通用教材《老乞大》《朴通事》,教材不仅反映出当时朝鲜人学习汉语的情形,也从另一个侧面反映出元代都市生活与文化状态。另一方面,很多邻近国家的人自己或者将自己的后代送到元朝来培养,所以元人才有"高昌句丽子入学"的诗句,学习元代的文化尤其是儒家文化是风行一时的风尚。同时,在交往过程中,很多人成为精通汉学的专才,例如高丽人李齐贤、安南国王陈益稷等。这些人对汉文化熟稔且热爱,创作了大批汉文诗,仅顾嗣立《元诗选》选录安南诗人及其作品就有陈益稷12首、黎崱15首、陈光昺等"安南九人"数首,形成了"南注雄津天汉水,东开高树木棉花。安南虽小文章在,未可轻谈井底蛙"①之况。这一现象的出现,不仅有利于彼此之间文化的交往,有利于不同文化之间正确的解读,也有利于扩大中华文化的影响,是儒文化圈形成过程中的重要一环。

这种影响具体到文学创作,有邻近国家的诗人如越南的陈益稷、高丽的李齐贤等等,用汉语进行诗歌创作,就是这种相互交流、影响的最具体例证,尽管这在其他时代也不是个案,例如唐代日本的遣唐使很多,其中一些人就留下了汉文诗。元代在高丽则出现了一种较为普遍的现象:高丽诗人李藏用、李奎报、李谷等人用汉语创作诗歌,汉文创作呈现蔚然成风之势。这些汉文诗是这种文化交往的产物,也是文化相互影响深度与广度最有力的证明。

国家之间的密切往来为跨国友谊的形成奠定了深厚的民众基础。人员往来成为常态,诗歌唱和成为表达情意的手段的同时,文人之间也结下了深厚的友谊。耶律楚材有《和高丽使三首》,王恽有《和高丽参政李显甫(李藏用)》《和雪中郑、朴二学士、金司业来访诗韵》《和高丽郑学士诗韵》《赠高丽乐轩李参政甥朴学士》等诗,赵孟頫有《留别沈王》,程钜夫有《太常引·寿高丽王》,等等,这说明元代诗人与高丽文人不仅有广泛的交往,而且这些作品莫不感情深厚,情真意切。上述事实证明两国之间上至国家,下及个人,莫不交往密切。至于这些交流的成果,当它们积淀为各个国家往来的丰厚精神财富和感情财富后,其价值与意义就不再局限于这种交往本身,而是对当时各个阶层和未来产生深远的影响。

中西互通丰富了中华文化的多元基因。这样的交往产生的影响是相互的、双向的,在交往中使不同的文化相互包容、相互学习和相互影响,元代高丽的文化风

---

① 张立道:《奉使安南》,黎崱撰,武尚清点校《安南志略》卷十七,中华书局1995年版,第393页。

尚也从各个方面对我们的文化产生了明显而深刻的影响。陈旅的诗歌叙述了元代诗人王君实将来自高丽的斗笠作为礼品赠送给远去上京的朋友苏伯修，说明了高丽服饰传来中国，而且备受珍视的事实。张昱《宫中词》则直击宫廷中的"韩流"现象："绯国宫人直女工，衮绸载得内门中。当番女伴能包袱，要学高丽顶入宫。"很明显，元代宫廷中流行、崇尚高丽款式的服装，并且因此而争相模仿。可见，"韩款"服饰装扮在元代宫廷中引起的轰动效应是很大的，即使在普通民众中，"韩流"在元代也是一种比较普遍且活跃的文化现象："卫兵学得高丽语，连臂低歌井即梨。"（张昱《辇下曲》）这些事例说明：中华民族多元文化形成过程中，吸收了其他文化的要素，进而丰富了自己，在交往过程中，交往对象们充实了各自文化的内涵，增强了文化的张力。

基于元代政治中心上都、大都的地理位置，元代驿路以这两个地区为核心向四周扩散。向北、向西的通道分别为纳邻道、木邻道、帖里干道、鱼儿泊驿路以及元王朝与四大臣属汗国特别是钦察汗国、伊尔汗国维系关系的交通体系。从蒙古政权早期开始的长春真人丘处机去中亚，列班·扫马经伊利汗国蔑剌哈城（今伊朗阿塞拜疆马腊格）、君士坦丁堡先后到达罗马、巴黎，孟特戈维诺来华传教，海屯一世奉诏谒见拔都和蒙哥汗等等，他们所行的路线，皆成为草原丝路的重要组成部分，只不过从蒙古政权早期直至有元一代使用的频率更高、范围更广、效果更加显著，是中国历史上草原丝路在元代的延续、扩展与深化。

概言之，元代文化是中华民族多元的、开放文化体系形成的重要一环，在这个过程中，不仅其内部各民族之间的文化相互碰撞、交融，对外来文化也兼容并包，体现出了世界强国的文化气度和包容力，即中华文化在保有自身特色的同时，其发展过程中从来就不曾摒弃外来优秀文化基因的影响。而且，就元代的文化现象而言，一个国家无论有多强大，在对外交往过程中，文化的交流、影响，从来就不是单向的，而是在互动中相互影响。这事实上也充分说明：优秀文化是人类共有的精神财富。

四、小结

元上都的对外交往是多元的、全方位的。从对外交往活动的内容上看，既有经济往来，也有政治交往，还有出于外交目的的通婚，更不乏军事斗争；从对外交往活动的形式上看，既有国家、政府层面的交流，也有民间的密切往来；从对外交往活动的范围看，既有与周边国家的交往，也有与远在西欧的国家之间的互动。这种交往，最深远的意义是文化上的相互交流并彼此产生影响。各个民族的文化在汲取其他民族文化的基础上发展了自己的文化，这不仅使人类优秀文化成为人类共有的财富，而且有利于各民族开放、多元文化的形成，可以认为：自信、开放的文化政策成就了元上都乃至元代多元、和谐的文化氛围并为世界文化做出了贡献。

玄教高道陈义高的诗歌创作及其文学史意义

吴光正

内容提要 陈义高以玄教高道的身份成为元廷帝室文学侍从,不仅为玄教的发展做出了卓越贡献,而且展现了元代文坛的诸多面相。陈义高的诗歌创作体现了儒道情怀之纠结,昭示了南方士人之命运。在陈义高的诗歌中,纪行诗以其苍凉雄浑的诗风以及强烈的漂泊感而独树一帜,开启了元代北游诗的创作,并给元代纪行诗披上了浓郁的文化乡愁。除此之外,陈义高还能以身临其境的感触咏史,以道眼观历史,抒发道教哲思。

关键词 玄教 陈义高 文学侍从 纪行诗 元代文学

陈义高(1255-1299),字宜父(宜甫),号秋岩,闽人。作为玄教元老,他不仅为玄教的发展做出过重要贡献,而且以道士的身份担任忽必烈太子、孙子的文学侍从,试图建功立业。道教徒的身份、陇西漠北侍从的经历锻造了陈义高诗歌雄浑苍凉的意境,不仅在道教文学史上别具一格,而且开启了元代文坛的诸多面相。

一、玄教高道与元廷文学侍从

元廷攻灭南宋后,张留孙随龙虎山天师入京并留在京师担任天师和元廷之间的联络人,在这期间他以法术得到元廷的信任,并开创玄教一派。陈义高以玄教弟子的身份进京协助张留孙处理教务,有幸成了皇室文学侍从,其人生轨迹在道教史上非同寻常。

陈义高有着辉煌的宗教经历,被玄教奉为祖师。其早年"负笈四方,以畅其学,独慕汉天师教,走信之龙虎山,拜今玄教大宗师志道弘教冲玄真人于上清正一宫。

---

* 本文系国家社科基金重大招标项目"中国宗教文学史"(项目编号 15ZDB069)阶段性成果。

① 王树林《元代正一教马臻、陈义高、朱思本诗文集论考》(《南通大学学报》2009 年第 5 期)曾对陈义高诗集的诗文价值、版本流传做过论考。

真人器之,命礼其孙李仁仲立本为师,遂得道法,且于儒业有进,冠年著道士服"①。志道弘教冲玄真人为张留孙,李立本的师父为徐懋昭,因此陈义高的师承谱系应为:张留孙——徐懋昭——李立本——陈义高。1277 年,陈义高来到京师,辅佐张留孙处理教务;1288 年,陈义高就任江西玉隆宫提点,不久应召赴京,将宫事交付给助手处理②;1294 年,张留孙扩建大都崇真万寿宫,陈义高制授崇正灵悟凝和法师、崇真万寿宫提点。1298 年,崇真万寿宫提点一职由吴全节接任,可见,在玄教的谱系中,陈义高要比吴全节长一辈。袁桷《通真观徐君墓志铭》谓:"开府再传,曰李立本、陈义高。义高明朗通豁,器行瑰特,赠粹文冲正明教真人,皆蚤世。今以次传者,曰余以诚、何恩荣、吴全节、孙益谦、李奕芳、毛颖达、夏文咏、薛廷凤、陈日新,余若干人。"③张伯淳所撰墓志铭则谓陈义高弟子云来相属,并列出余以诚、何恩荣、吴全节、孙益谦、冯道原、李奕芳、毛颖达、夏文咏、冯志广、薛廷凤、陈日新、张嵩寿、张必正、上官与龄、舒致祥、张嗣房等一系列玄教高道的名字。玄教高道的师承谱系,相关记载一直很含混,但从上述名单中,我们至少可以断定,陈义高在玄教中资历很深。虞集撰、赵孟頫书之《玄教宗传碑》:"叙真人张留孙玄教之所由,始自张闻诗而下及其徒陈义高,凡八人,皆赠真人。"④这一碑刻确凿无疑地告诉我们,陈义高被玄教奉为宗师,在玄教谱系上享有崇高地位。

陈义高除了协助张留孙处理玄教事务外,还先后担任忽必烈太子真金、真金长子甘麻剌的侍从。《永乐大典》引《龙虎山志》"藩府英游"条云:"至大三年(1310)四月,赠高士陈义高真人诰曰:春坊德选,藩府英游,气至刚而藐群庸,韵不屑而迈前古。"⑤《永乐大典》引《龙虎山志》"赐以卮酒"条云:"高士,陈义高,闽人。至元丁丑,与其师张大宗师居大都。初侍裕皇,继从晋王镇北边。成宗登极,王入朝,上赐义高卮酒,劳曰:'卿从王累年无劳乎?'对曰:'得从亲王游,岂敢告劳。'"⑥春坊即指太子所在的东宫。裕皇即真金,真金 1243 年出生,1273 年立为皇太子,1285 年薨,成宗即位后追谥曰文惠明孝皇帝,庙号裕宗。根据陈义高《庚辰春再随驾北行二首》《驾行道中见老农》⑦,可知陈义高至元十七年(1280)第二次扈从上都。元明善《丞相淮安忠武王碑》谓 1280 年裕宗奉旨抚军北镇⑧,张伯淳《崇正灵悟凝和法

---

① 张伯淳:《崇正灵悟凝和法师提点文学秋岩先生陈尊师墓志铭》,李修生主编《全元文》,江苏古籍出版社 1999 年版,第 11 册,第 249 页。

② 1301 年,陈义高弟子王寿衍接任玉隆万寿宫住持提点,有着继承衣钵的意味。

③ 袁桷:《通真观徐君墓志铭》,李修生主编《全元文》,江苏古籍出版社 2001 年版,第 23 册,第 676 页。

④ 虞集:《玄教宗传碑》,《鲁州四部稿》卷 136,《四库全书》本。

⑤ 解缙等编,郑福田点校:《永乐大典》第 8844 卷,内蒙古大学出版社 1998 年版,第 3 册,第 1623 页。

⑥ 解缙等编,郑福田点校:《永乐大典》第 12043 卷,第 26 册,第 122 页。

⑦ 陈义高:《庚辰春再随驾北行二首》《驾行道中见老农》,杨镰主编《全元诗》,中华书局 2013 年版,第 18 册,第 49、63 页。

⑧ 元明善:《丞相淮安忠武王碑》,李修生主编《全元文》,江苏古籍出版社 2001 年版,第 24 册,第 346 页。

师提点文学秋岩先生陈尊师墓志铭》谓"岁在辛巳,裕宗皇帝抚军,诏以师从"①,则陈义高 1281 年侍从裕宗到过漠北。"藩府英游"指陈义高担任甘麻剌侍从。据《元史》显宗传、王祎《元故弘文辅道粹德真人王公碑》②、王恽《总管范君〈和林远行图〉诗序》③,甘麻剌为裕宗长子,1285 年奉旨镇北边,1286 年于和林建藩开府,镇护诸部,诸叛王望风请降;1289 年遵世祖命猎于柳林,北还时觐世祖于上京;1290 年冬封梁王,授以金印,出镇云南,过中山,1291 年春过怀孟;1292 年改封晋王,移镇北边,统领太祖四大斡耳朵及军马、达达国土;1294 年,世祖崩,晋王闻讣,奔赴上都,拥立成宗;1302 年正月薨,年四十。根据王祎《元故弘文辅道粹德真人王公碑》、陈旅《重建杭州开元宫碑》④,陈义高的侍从身份是梁王文学、晋王文学,虞集有《晋王文学秋岩陈真人画像赞》,赞词内容也凸显其文学书记的角色:"云雷风霆,挥翰纵横。瓦砾金璧,婴孺公卿。承命帝子,爱记圣作。师友之间,蛟腾豹跃。"⑤根据王祎《元故弘文辅道粹德真人王公碑》和张伯淳所撰墓志铭,陈义高 1284 年便已担任甘麻剌的文学侍从,直至 1299 年羽化,前后达 16 年。根据上述文献记载,甘麻剌的军旅活动,陈义高均曾随行。1285 年,陈义高携弟子王寿衍扈从上都,后奉旨从甘麻剌北行,深入漠北,抵达哈奇尔穆敦。1290 年冬,甘麻剌封梁王,出镇云南。他从大都出发,经真定(今河北正定)过卫辉(河南北部、太行山东麓),然后向西,1291 年春,穿越陕甘,经陇西一直抵达吐鲁番的交河城。陈义高一路随行。1292年,甘麻剌改封晋王,移镇北边,陈义高同样一路随行。1294 年,成宗登极,陈义高随晋王入觐,获得成宗嘉奖。"元贞初(1295),史馆纂修《世祖皇帝实录》,下郡国访求事迹。王邸异师文学嘉名,以其事属,得编摩体。明年(1296)冬,复从王觐,锡赉甚渥。大德改元(1297),王就国,仍载之后车。越二年(1299),请以其徒代,得还。至开平,次桓州南,道病增剧,无言端坐而化。"⑥由此可知,陈义高自 1280 年直至1299 年羽化,长期作为忽必烈太子真金、孙子甘麻剌的侍从,大部分时间在陇西、漠北度过。

陈义高从小接受过良好的儒学、文学训练,在玄教中以文学名闻天下。其父隐居不仕,自号渔隐,其舅曰澹庵、耐轩,皆负能诗声,因此,陈义高能诗有家学渊源。

---

① 张伯淳:《崇正灵悟凝和法师提点文学秋岩先生陈尊师墓志铭》,李修生主编《全元文》,江苏古籍出版社 1999 年版,第 11 册,第 249 页。

② 王祎:《元故弘文辅道粹德真人王公碑》,李修生主编《全元文》,凤凰出版社 2004 年版,第 55 册,第607 页。

③ 王恽:《总管范君〈和林远行图〉诗序》,李修生主编《全元文》,江苏古籍出版社 1999 年版,第 6 册,第194 页。

④ 陈旅:《重建杭州开元宫碑》,李修生主编《全元文》,凤凰出版社 2004 年版,第 37 册,第 387 页。

⑤ 虞集:《晋王文学秋岩陈真人画像赞》,李修生主编《全元文》,凤凰出版社 2004 年版,第 27 册,第 137 页。

⑥ 张伯淳:《崇正灵悟凝和法师提点文学秋岩先生陈尊师墓志铭》,李修生主编《全元文》,江苏古籍出版社 1999 年版,第 11 册,第 250 页。

他本人自小颖悟,年十二便能作赋,一天居然可作十七首。在龙虎山学道期间,又习儒学,日有所进。协助张留孙处理教务、侍从真金和甘麻剌这种重大任务给陈义高提供了难得的活动空间,为他的诗歌创作打下了坚实的基础。从他留存至今的诗歌来看,他在军旅侍从生涯中写下了一生中最具特色的诗歌,其诗歌的交游寄赠对象包括卢挚、姚燧、赵孟頫、程钜夫、留梦炎、张伯淳、傅初庵、阎复、范侍郎、赵彦泽、张畴斋、锡喇平章、崔彧、张叔纪、王克斋、詹天游、史兰谷、李海一、狄子玉、李叔固、汪总帅等公卿大夫、馆阁要员、封疆大吏。可能陈义高身处漠北,其诗作以寄赠为多,以上诸人文集很少有与陈义高唱和之作。笔者目力所及,仅见刘敏中有《上都长春观和安御史、于都事、陈秋岩唱和之什》。不过,对于陈义高的诗歌成就,时人评价颇高。张伯淳所撰墓志铭曰:"余初入词林,与秋岩先生陈宜父为世外交。其纵谈三千年宇宙间事,亹亹忘倦。酒酣为诗文,意生语应,笔陈不能追,有谪仙贺监风致;高古处可追陶谢,类非烟火食语。"①其所撰祭文亦谓陈义高"留不朽之诗名,长充塞乎宇宙"②。元代南方道教文学第一人张雨是这么评价陈义高的:"开府神德君以神道设教,三数百辈往,而有闻者惟闽之陈文学,近古所谓博大真人哉。文学供奉时,落魄不羁,以诗酒自污,殁久始赠真人号,朝学士大夫,述德表行未已也。盖能薄声利,外形骸,以文章道术相周旋,未始出吾宗而已。"③在张雨看来,陈义高的诗歌是道教真义的呈现,他和薛玄卿是玄教文学创作的杰出代表。四库馆臣谓:"其诗大抵源出元白,虽运意遣词乏深刻奇警之致,而平正通达、语无格碍,要自不失为雅音也。"④这些评价都说明陈义高的文学成就非同寻常,值得重视。

陈义高的诗集曾先后编集为《沙漠稿》《秋岩稿》《西游稿》《朔方稿》,可惜已经佚失。这些诗集编成后,曾为公卿士大夫所知,其《读忠斋题〈西游稿〉诗有怀》云:"治由经济信真儒,周度咨询用厥谟。嘉爵已崇承旨贵,至尊常独状元呼。吴天岁月频清梦,燕地风霜久白须。展卷有怀歌雅什,可惭鱼目映骊珠。"⑤忠斋即投降蒙古之南宋状元留梦炎,与陈义高唱和颇多。根据此诗可知,留曾为陈义高《西游稿》题诗。杨士奇《文渊阁书目》卷九著录《陈秋岩诗》一部一册,孙能传等《内阁藏书目录》卷三著录《秋岩文学诗集》一册,焦竑《国史经籍志》谓陈宜甫有《秋岩集》,则陈书明代尚有存本。四库馆臣从《永乐大典》辑录陈义高诗118首,编为上、下两卷,收入《四库全书》。栾贵明《四库辑本别集拾遗》又据《永乐大典》补辑诗歌4首。清丁立中《八千卷楼书目》卷十六集部著录《陈秋岩诗集》二卷,谓元陈宜甫撰,乃阁退

① 张伯淳:《崇正灵悟凝和法师提点文学秋岩先生陈尊师墓志铭》,李修生主编《全元文》,江苏古籍出版社1999年版,第11册,第249页。

② 张伯淳:《祭陈秋岩文》,李修生等主编《全元文》,江苏古籍出版社1999年版,第11册,第258页。

③ 张雨:《琼林薛真人诔文》,李修生等主编《全元文》,凤凰出版社2004年版,第34册,第380页。

④ 纪昀等:《陈秋岩诗集二卷提要》《景印文渊阁四库全书》本,商务印书馆1986年版,第1202册,第674页。

⑤ 陈义高:《读忠斋题〈西游稿〉诗有怀》,杨镰主编《全元诗》,中华书局2013年版,第18册,第56—57页。

本,清法式善《陶庐杂录》卷三著录《陈秋岩诗集》二卷,显然是据《四库全书》著录。顾嗣立纂《元诗选》癸集收陈秋岩诗六首,钱熙彦《元诗选补遗》将陈宜甫、陈义高误作两人,从《四库全书》选录陈侍从宜甫诗 32 首,从方志等文献中辑录陈义高诗若干首。孟宗宝《洞霄诗集》收录陈义高 1283、1289 年游洞霄所作诗歌 5 首,清曾燠《江西诗征》卷九十一据以收录。从陈义高诗稿的命名和留存下来的诗歌来看,陈义高的诗歌主要创作于扈从真金、甘麻剌尤其是甘麻剌的征途之中。他在诗中多次强调自己的诗歌才情,且以诗仙自居。如他在《至元己丑再游》中即指出,"云璈叠奏胎禽舞,前度吟仙喜再来"①。他的诗歌诸体兼善,乐府歌行、五言古诗、七言古诗、五言排律、五言律诗、七言律诗、五言绝句、七言绝句均写得不错,且内容充实,感情充沛,意境雄浑苍凉。

二、儒道情怀与纪行体验

陈义高的玄教高道、元廷文学侍从身份在他的诗歌中留下了深深的印记,其诗歌除了有着道士的生命体悟外,更体现为道士的功名念想,并以纪行体验称雄于元代文坛。

作为一名玄教道士,他的诗歌总是给人一种体道哲思。他曾多次前往南方的宫观名山,留下了一批吟咏宫观名山的诗作。如《金鸡岩》诗云:"水满寒潭潭有月,仙藏空谷正吞烟。金鸡初报洞中晓,咿喔一声飞上天。"②诗人描摹眼前山水,却在不经意间推出了一系列神秘的仙界意象,读来意味深长。这是一种道教徒的体道思维使然。在陈义高那里,生命的感悟总是会带有一种道教的哲思。如《双耳忽鸣》诗云:"双耳忽尔鸣,似非人籁传。晴雷殷白昼,石洞奔寒泉。曾瑟固宜舍,陶琴可无弦。冥心试静想,触类问苍天。"③他用雷鸣和奔泉来形容耳鸣,将身体的痛苦形容为天籁;他用曾点舍瑟对孔子、陶渊明手挥无弦琴的文化典故来描摹耳鸣的心境,将生理病痛描摹成了一种洒脱、高雅的生命体悟。在陈义高那里,哪怕是自然界的生物如蠓蚁,他也能从中发现一种哲思。其《一蠓吟同留承旨赋》《蚁出一首同张太监赋》就是其中的代表作。前者云:"一蠓飞从何处来,泊我书叶如点埃。眼明细辨见形状,喙潜脚动翼稍开。虽云区区至微命,汝亦含灵存本性。不随蚋蟆嚼人肤,独立暂时那忍屏。君不见庄生广论万物齐,蚊睫可托焦螟栖。仲尼一听老聃语,自愧闻道犹醯鸡。呜呼古人已往不复返,对汝兴思重嗟叹。"④诗人用工笔将蠓

---

① 陈义高:《至元己丑再游》,杨镰主编《全元诗》,中华书局 2013 年版,第 18 册,第 65 页。
② 陈义高:《金鸡岩》,杨镰主编《全元诗》,中华书局 2013 年版,第 18 册,第 67 页。
③ 陈义高:《双耳忽鸣》,杨镰主编《全元诗》,中华书局 2013 年版,第 18 册,第 43 页。
④ 陈义高:《一蠓吟同留承旨赋》,杨镰主编《全元诗》,中华书局 2013 年版,第 18 册,第 47 页。

的形态、动作做了细致的刻画,并从中感悟到这种微小的生物也有人类一样的灵性。诗人也毫不忌讳地指出,自己的这种感悟来自庄子、列子。诗人还进一步指出,道家的这种生命哲思甚至让孔子自愧不如。

作为帝子龙孙的文学侍从,陈义高的诗歌经常荡漾着功名念想。好友张伯淳在其祭文中就曾指出,"凡其掀髯抵掌,论心握手,皆将空八极而隘九州,折群湫而腾雅奏。师虽以道法遇知乎明时,而其品则谪仙贺监之抱负"①。贺监即唐代的贺知章,曾中武则天朝乙未科状元,历任国子四门博士、太常博士、礼部侍郎、秘书监、太子宾客等职。性格狂放不羁,晚年退归南方,以道士身份终老。从性格、文才、身份来看,陈义高和贺知章存在着诸多相同之处。所谓贺监抱负云云,说的就是陈义高的功名抱负。其《塞上闻鸡呈崔中丞》用刘琨闻鸡起舞的典故来抚慰自己的乡思,其《孤雁寄王眉叟》用庄子鲲鹏万里的典故来鼓励自己的弟子奋发图强,均显示出强烈的用世志向。在长期的侍从生涯中,陈义高尽管有"尔因何事多湮郁,俯首长鸣苦不休"的苦闷,但他总能以"莫笑穷途悲岁晚,帝城春近逐骅骝"来宽慰自己,希望有朝一日能够建功立业。② 精于儒学的陈义高在诗歌中表达功名念想时总是会流露出强烈的儒治情怀。如其《徐州读黄楼碑》叙述苏轼的治河业绩,赞叹苏辙的文笔,表达了"企慕贤弟兄,清光照千载"③的用世情怀;其《读灌夫传呈傅初庵学士》在叙述灌夫一生事迹之后,指出武安侯田蚡虽然和灌夫"一死俱荒丘",但"虽云冥漠事,亦是朝廷羞"④;他在《京兆廉访使赵彦泽赠椰瓢梭扇》中表达"愿君饮冰去酷吏,我当斟酌元气扬仁风"⑤的心情,在《陪赵左丞晚过临潼》《得姚牧庵左丞书赋此以答》两诗中一再歌颂这两位高官的安民术和荐才眼光。由此可见,无论是歌咏历史,还是友朋唱和,陈义高总是用儒者情怀去谈论政事,发表政见。这是元代玄儒迥异于此前、此后的道士之处。

在陈义高的诗歌中,我们可以看到他对蒙元皇室满怀期盼、满怀感激。如《读改元诏》《梁王春宴》宣示的是"微臣仰春泽,早润及穷边"⑥的期盼之心,《后赐狐裘》《数月无酒蒙上位颁赐一瓶喜而成歌》表达的是"圣恩浩荡海波深,醉里长歌望三殿"⑦的感激之情,《舟中负暄次赵吏部韵》传达的是"因思献君去,欢喜整乌巾"⑧的报效之念。

---

① 张伯淳:《祭陈秋岩文》,李修生主编《全元文》,江苏古籍出版社 1999 年版,第 11 册,第 258 页。

② 陈义高:《有感》,杨镰主编《全元诗》,中华书局 2013 年版,第 18 册,第 59—60 页。

③ 陈义高:《徐州读黄楼碑》,杨镰主编《全元诗》,中华书局 2013 年版,第 18 册,第 42—43 页。

④ 陈义高:《读灌夫传呈傅初庵学士》,杨镰主编《全元诗》,中华书局 2013 年版,第 18 册,第 42 页。

⑤ 陈义高:《京兆廉访使赵彦泽赠椰瓢梭扇》,杨镰主编《全元诗》,中华书局 2013 年版,第 18 册,第 45 页。

⑥ 陈义高:《读改元诏》,杨镰主编《全元诗》,中华书局 2013 年版,第 18 册,第 48 页。

⑦ 陈义高:《数月无酒蒙上颁赐一瓶喜而成歌》,杨镰主编《全元诗》,中华书局 2013 年版,第 18 册,第 65 页。

⑧ 陈义高:《舟中负暄次赵吏部韵》,杨镰主编《全元诗》,中华书局 2013 年版,第 18 册,第 51 页。

但是,元代废除科举,官僚的选拔尤其是上层官员的选拔全靠跟脚,这对于南方士人来说,有着无言的苦涩和无尽的痛苦。陈义高的《寄舅氏欧澹庵》《读舅氏欧耐轩遗稿》《怀李明府在闽》《闻崔中丞举荐李明府》《吊李时杰》就揭示了南方士人仕途上的苦闷和悲哀。陈义高尽管以道士身份得近天光,千秋功业似乎就在眼前,但从他的诗歌来看,他对自己的前程有着无尽的感慨。他感慨自己一事无成。如他在《扈跸作》中咏叹自己如"野人扈从惭无补,空落诗名在陇西"①,在《秋夕一首寄李明府》中哀叹"壮心惟浩叹,往事已成空"②,在《酒病姚承旨见访》中宣示自己"了无名利想,静坐养神光"③。他的儒治情怀和道教哲思总是让他徘徊在山林和宫阙之间:"清川绕县衙,小立共汀沙。暝色催归鸟,春愁对落花。江湖频恋阙,风雨更思家。出处成何事,唯添两鬓华。""奏凯引降骑,长歌入帝都。人皆带弓箭,我独载诗书。考绩惭无补,怀归盍早图。故交相慰劳,尊酒话勤劬。"④前一首诗显示,作者在触景生情,乡思不断,感慨年华不再的同时,心中纠结的是仕宦与归隐之矛盾;后一首诗创作于1296年,诗人侍从甘麻剌已经十五年了,但是考绩时没有显著的业绩,建功立业的理想依然很遥远,在友朋的安慰声中,心中荡漾的却是归隐之思。通观陈义高的诗作,我们发现道士和儒士的这两种情怀一直纠结于陈义高的内心深处。

陈义高诗歌创作的最大特色便是陈义高以南方人侍从帝子龙孙于上都、陇西和漠北而写下的纪行体验。他大概是蒙元时代第一位走进极北空间的南方文人。这个空间对于汉人尤其是南方人来说不仅非常陌生,而且充满着忧虑和恐惧。王恽在《总管范君〈和林远行图〉诗序》中提到中土人对蒙古草原都城和林的感受:"和林乃国家兴王地,有峻岭曰抗海答班,大川曰也可莫澜,表带盘礴,据上游而建瓴中夏,控右臂而扼西域,盘盘郁郁,为朔土一都会。然去京师数千里,地连广漠,气肃玄冥,中土人闻话彼间风景,毛发森竖,已不胜其凛然矣,况行役于其间哉!"⑤陈义高就是在这样一种对北地的认识背景下踏上征程的。《庚辰春再随驾北行二首》应该是目前所知南方人创作的最早的上都纪行诗,开启了元代如火如荼的上都纪行诗写作。其一云:"天地苍茫阔,其如旅况何。冰融河水浊,沙接塞云多。土穴居黄鼠,毡车驾白驼。栖栖无所乐,远近听朝歌。"⑥这首诗创作于1280年陈义高第二

---

① 陈义高:《扈跸作》,杨镰主编《全元诗》,中华书局2013年版,第18册,第56页。

② 陈义高:《秋夕一首寄李明府》,杨镰主编《全元诗》,中华书局2013年版,第18册,第51页。

③ 陈义高:《酒病姚承旨见访》,杨镰主编《全元诗》,中华书局2013年版,第18册,第65页。

④ 陈义高:《怀川晚立》《元贞丙申十月扈从晋王领降兵入京朝觐》,杨镰主编《全元诗》,中华书局2013年版,第18册,第53、48页。

⑤ 王恽:《总管范君〈和林远行图〉诗序》,李修生主编《全元文》,江苏古籍出版社1999年版,第6册,第194页。

⑥ 陈义高:《庚辰春再随驾北行二首》,杨镰主编《全元诗》,中华书局2013年版,第18册,第49页。

次扈从上都之时。春季北方沙漠的苍茫景象映入眼帘，一切都那么新鲜，一切都那么陌生，孤寂零落之感油然而生。这样一种写作感受成了他朔方纪行诗的基本基调。这种基调催生出浓郁的乡愁，成为陈义高诗歌的主旋律。

行走在苍茫的陇西和漠北，诗人虽然会因为新鲜景致的刺激而产生一种豪情，但更多的是一种文化上的陌生感和隔膜感。《橐驼雏一首寄吴成季》以骆驼"生来已高三尺余"开头，逐次状写小骆驼的成长情态，最后表达了"看尔负重行天衢"①的期盼。《额叶布哈触网得双白鱼烧以待予为歌长句》详细描写蒙古人为自己网鱼烧鱼的情景，并在享受美酒佳肴的同时，表达了"醉来还唱渔家曲，欲驾云帆钓巨鳌"②的豪情。从这两首诗的描写中可知，诗人显然被北方的豪情所感染，并沉浸于其中。但是，更多的时候，朔方景致带给诗人的是一种文化乡愁。如诗人在《毡车行》中状写"北方毡车千万辆，健牛服力骆驼壮"的壮阔景象，引发的却是"江南野客惯乘舟，北来只梦烟波秋"的心理反应。③ 这种不适应感的存在让诗人对来自南方的事物倍感亲切。朋友寄来广香盐梅，诗人兴奋无比，写下了这样的诗句："奇香清垢衣，盐梅止馋涎。气味忆吾土，安得随归鞭。"④诗人"久居大漠天，不见生刍束"，尝到友人自大都送来的韭菜，在诗中竟如是抒发自己的喜悦之情："红盘钉翠雾，下箸兴已足。一洗腥膻肠，稍慰藜苋腹。永怀夜雨吟，歌声绕梁屋。"⑤吃一次韭菜居然让他如此开怀！可见南方人在朔方生活是多么隔膜多么难以适应。

这种隔膜感加上知音的匮乏使得诗人格外渴望友情。其《送琴与阎子静承旨》诗云："我从西陲来，只挟书与琴。书以阅古道，琴将回古心。谁谓今之人，寥落无知音。先生一邂逅，磊磊开胸襟。慨然志气合，起我击节吟。请君弹文王，周雅尚可寻。再理杏坛操，鲁风尤所钦。莫调出塞曲，游子悲难禁。君归抑何赠，所愧无瑶琳。举琴以送君，聊比双南金。"⑥陈义高扈从甘麻剌西行，知音难求，孤独寂寞之中，能够安慰自己的只有随身所带的琴和书，所以见到阎复后以琴相赠，用以表达自己对友情的渴望和珍惜。正是这种寂寞处境和知音情结让诗人在陇西、漠北写下了大量寄赠友朋之作。"料得山中人，怜我冒风雪。素衣尘欲缁，玄发星忽忽。""天寒幽蓟远，怀友苦劳心。""四海交游今已矣，几回离别各凄然。"⑦以上诗

<hr />

① 陈义高：《橐驼雏一首寄吴成季》，杨镰主编《全元诗》，中华书局2013年版，第18册，第47页。

② 陈义高：《额叶布哈触网得双白鱼烧以待予为歌长句》，杨镰主编《全元诗》，中华书局2013年版，第18册，第46页。

③ 陈义高：《毡车行》，杨镰主编《全元诗》，中华书局2013年版，第18册，第40页。

④ 陈义高：《留忠斋承旨南归蒙寄广香盐梅作别》，杨镰主编《全元诗》，中华书局2013年版，第18册，第43页。

⑤ 陈义高：《范侍郎自燕都来惠韭》，杨镰主编《全元诗》，中华书局2013年版，第18册，第43页。

⑥ 陈义高：《送琴与阎子静承旨》，杨镰主编《全元诗》，中华书局2013年版，第18册，第43页。

⑦ 陈义高：《初春月寄王眉叟》《寄史兰谷少监李海一尚书》《答留承旨》，杨镰主编《全元诗》，中华书局2013年版，第18册，第41、55、64页。

句,表达的就是这类心情。

长期的朔方生活也让陈义高倍加思念亲人。《四歌行》《忆故乡一首寄舅氏欧耐轩》《得家书报父病忧闷而作》就是其中的代表作。这些诗歌表达了天涯游子对家人的刻骨铭心的思念。如《忆故乡一首寄舅氏欧耐轩》诗云:"已是悲秋更忆乡,关山迢递楚天长。鲈鱼江渚西风老,木弹园林白露凉。八十老亲无信息,几多良友自参商。好从直北看南海,荒草茫茫又夕阳。"①其《得家书报父病忧闷而作》诗云:"亲年逾八十,随分老江村。旧喜更生齿,今忧病不言。孤云怜白首,薄日畏黄昏。幸得加餐外,犹能饮一尊。"②思亲的折磨终于让陈义高下定决心南下省亲。他让弟子王寿衍代自己随侍晋王,匆匆南下,结果病逝于途中。张伯淳在墓志铭中记下了这沉痛的一幕:"其在朔方,浩有归志,以渔隐君故,痛不逮养。犹幸得请,力疾奔程,遽尔賷越,谓为太上忘情,则道未始去孝也。大宗师命即其乡葬渔隐君。余谓晋许叔玄入道时,一还家,定省亲。既终,后亦羽化。师以之。传曰:'孝子不匮,永锡尔类。'大宗师以之。"③

陈义高这份浓浓的乡愁在特定音声、特定季节、特定事物的刺激下总是如黄河般气势汹涌绵绵不绝。诗人擅琴,因此对音声特别敏感,《闻塞笛有怀赵詹泽廉使》《次卢疏斋韵》《夜闻陇西歌有怀牧庵左丞》《夜静听道友董舒隐弹〈李陵思汉〉因赋长歌以写其当时之意云呈傅初庵》即描写塞上音声对乡愁的刺激。在《夜闻陇西歌有怀牧庵左丞》诗中,诗人谓自己害怕听到《杨柳枝》《金缕衣》《渭城曲》,由此联想到刘邦、项羽时代的《大风歌》《垓下歌》,表达自己身处陇西交河"歌声已断歌思长,白云衰草天茫茫"④的苦闷心情。《九日明朝是寄吴成季》《九月九日有怀平原郡公赵五山》则传达了诗人每逢佳节倍思亲的苦闷心情,后者诗云:"经年留朔漠,此日又重阳。游子泪沾雨,行军气挟霜。沙场愁草白,篱落忆花黄。忽念登高处,凄凉更一觞。"⑤一些历史遗迹也让诗人触景生情,乡思不断。如《李陵台》诗叙述李陵的遭遇,引发的却是"我家住在南海上,今日登台重凄怆"⑥的感慨,完全是借他人之酒杯浇自己之块垒。

陈义高诗歌的另一大特色便是他利用侍从朔方的机会第一次亲自凭吊古代边塞战争遗迹,并以一个道教徒的思维形诸吟咏。昔日的战场,昔日的边塞,如今已经成了元朝的家园,陈义高在诗歌中频频表达"今我饮马来,边境方清宁"的现实感

① 陈义高:《忆故乡一首寄舅氏欧耐轩》,杨镰主编《全元诗》,中华书局 2013 年版,第 18 册,第 64 页。
② 陈义高:《得家书报父病忧闷而作》,杨镰主编《全元诗》,中华书局 2013 年版,第 18 册,第 53 页。
③ 张伯淳:《崇正灵悟凝和法师提点文学秋岩先生陈尊师墓志铭》,李修生主编《全元文》,江苏古籍出版社 1999 年版,第 11 册,第 250 页。
④ 陈义高:《夜闻陇西歌有怀牧庵左丞》,杨镰主编《全元诗》,中华书局 2013 年版,第 18 册,第 39 页。
⑤ 陈义高:《九月九日有怀平原郡公赵五山》,杨镰主编《全元诗》,中华书局 2013 年版,第 18 册,第 51 页。
⑥ 陈义高:《李陵台》,杨镰主编《全元诗》,中华书局 2013 年版,第 18 册,第 46 页。

受;但是,作为一个南方汉人,他怎么也无法抹掉内心深处的文化记忆。饮马长城窟边,诗人想到的是"积此古怨基,悲哉筑城卒",认为"此恨应绵绵,平沙结寒雾"①;路过李陵台,听到《李陵思汉曲》,诗人情不自禁要为李陵鸣不平,"为写千古艰难心"②;看到《昭君出塞图》,诗人忍不住要质问"君王岂是无奇策,闲却将军用女郎"③。作为一个道士,陈义高面对这些历史遗迹时,更喜欢将思绪投入道教的梦幻理念之中。他描摹塞上的历史遗迹,并将历史事件、历史人物放置于无限的时间之中,抒发一种人生如梦的凄迷情思。"黄昏饮马伴交河,吟着唐人出塞歌。后四百年来到此,夕阳衰草意如何。""大唐碑碣秋风里,犹是开元二十年。""山留旧耕迹,苔暗古碑文。得失如翻掌,后人徒忆君。"④在作者看来,历史上的任何丰功伟绩都挡不住时间的摧残,最终都像辛弃疾所说的那样千古英雄总被雨打风吹去。诗人在表达这样的凄迷情思时,反观自身的功名念想,萌生"曲终夜长万籁静,使我归兴欲恋岩上松风清"⑤这样的隐逸情怀就在所难免了。

诗人带着这种情思行走在朔方,也行走在内地,留下了大量道教视野下的咏史诗。其《歌风台》诗云:"高祖去已久,归如魂魄何。俗传西汉事,碑刻《大风歌》。山远分滕壤,冰开响沛河。荒台两间屋,衰草夕阳多。"⑥诗人来到汉高祖创建的歌风台前,耳边仿佛响起了刘邦吟唱的《大风歌》,但是这盖世业绩如今只掩映在荒台衰草之中。其《咸阳怀古寄李叔固尚书》诗云:"鹿走咸阳王气微,几朝征战几安危。水声如说隋唐事,山色不殊秦汉时。春事管弦宜进酒,故陵烟雨易生悲。向来豪杰俱成梦,空费行人吊古诗。"⑦咸阳这个古战场,涌现了多少英雄人物,经历了多少壮阔场面,可是在诗人的眼中,只有水声依旧,山色依旧。这样的感慨,对于儒士、道士陈义高来说,可谓独具韵味。陈义高身处蒙元多元族群政治和一统天下之氛围中,以一道士身份行走天涯,其咏史诗和以往的咏史诗有着显著的不同:陈义高的咏史诗不是因为读书之感发,而是因为遗迹之触发;陈义高的儒士、道士身份使得他能够以仕宦身份来品味历史又能够以道教思维来超越历史,写出既充满历史情怀又超越世俗的咏史之作。

陈义高创作诗歌时总是喜欢通过意象的选择营造雄浑乃至苍凉的意境。如其

① 陈义高:《饮马长城窟》,杨镰主编《全元诗》,中华书局 2013 年版,第 18 册,第 38 页。

② 陈义高:《夜静听道友董舒隐弹〈李陵思汉〉因赋长歌以写其当时之意云呈傅初庵》,杨镰主编《全元诗》,中华书局 2013 年版,第 18 册,第 40 页。

③ 陈义高:《〈昭君出塞图〉为姚承旨赋》,杨镰主编《全元诗》,中华书局 2013 年版,第 18 册,第 63 页。

④ 陈义高:《过交河作》《和林城北唐阙特勒坟》《隆德县德胜寨》,杨镰主编《全元诗》,中华书局 2013 年版,第 18 册,第 64、51 页。

⑤ 陈义高:《夜静听道友董舒隐弹李陵思汉因赋长歌以写其当时之意云呈傅初庵》,杨镰主编《全元诗》,中华书局 2013 年版,第 18 册,第 40 页。

⑥ 陈义高:《歌风台》,杨镰主编《全元诗》,中华书局 2013 年版,第 18 册,第 54 页。

⑦ 陈义高:《咸阳怀古寄李叔固尚书》,杨镰主编《全元诗》,中华书局 2013 年版,第 18 册,第 59 页。

《仙岩》诗云："秋雨悬空风作寒，淡烟锁住屋头山。半岩飞鸟一声过，峭壁断崖千古闲。俗子不知幽静处，神仙应在有无间。夜来小艇曾分手，醉把霜筹入翠湾。"①首联用具有强烈动感的"悬空""锁住"营造一种迷蒙氛围，颔联用"一声过""千古闲"营造出一种静谧氛围。这是在无限阔大的空间和永恒的时间中推出神秘、悠闲的仙界意象，意境颇为雄浑。颈联和尾联将抒情主体置身于雄浑幽静的境界中，情景交融，意味颇为隽永。在描写乡愁时，陈义高也总是将这种感受放置于无限广阔的时空中来加以呈现。如《望乡歌寄卢疏斋》将乡愁置于"天漠漠兮夜茫茫，草萧飒兮金风凉。白日淡兮雾惨，沙碛冷兮云黄"②的宏大背景之下，《李陵台》将乡愁置于"家山不识在何处，教人空自忆将军"③的历史时空之中，雄浑苍凉之感油然而生。他的很多诗句都利用这种阔大时空背景来凸显乡愁的浓重，如："云色浮天近，客愁连海深。""天外五湖思，边陲万里身。家书春暮寄，何日到南闽。""怅望日边客，天遥云水重。""天远望乡怀渺渺，岁穷流水叹沄沄。""闽海浪肥春雨过，和林沙远晓云飞。"④这种来自朔方的苍茫、宏阔意象是诗人取自眼前、流自心中的意象，将诗人那沉郁顿挫却又奔放无比的乡愁和盘托出，大有将李白、杜甫合二为一的气势。

三、陈义高诗歌的文学史意义

陈义高作为玄教早期高道，跟随张留孙在京师处理教务，并因缘际会成为忽必烈太子、孙子的文学侍从，为密切玄教与元廷的关系做出了卓越贡献，可惜英年早逝，壮志未酬，否则其在元代道教界、元代政坛和元代文坛的地位当远远超越吴全节。其文学创作散佚严重，对我们认识玄教与元代政坛、元代文坛的关系造成了遗憾。但是，就其遗留至今的一百多首诗歌来看，其诗歌在元代文学史上还是具有重要的意义的。

第一，陈义高的诗歌昭示了元代南方文人的政治命运，其诗歌的仕隐情结从此成为元代南方文人文学创作的主旋律。南方高道是最早进入元代都城的南方人士，陈义高以道士身份成为忽必烈太子、孙子的文学侍从，成为最早进入元代政坛的南方文人。陈义高在诗歌中表达了建功立业的豪情，也对元廷皇室的恩遇深怀感激，但是草原民族、黄金家族重实用、重军功、重跟脚的政治体制和用人制度还是让陈义高大失所望，因此萌生归隐情怀，他的道士经历使得这种归隐情怀有着浓烈的道教情思。元代南方文人入仕无法摆脱这一宿命，他们无法进入中书省、御史台

---

① 陈义高：《仙岩》，杨镰主编《全元诗》，中华书局 2013 年版，第 18 册，第 66 页。

② 陈义高：《望乡歌寄卢疏斋》，杨镰主编《全元诗》，中华书局 2013 年版，第 18 册，第 39 页。

③ 陈义高：《李陵台》，杨镰主编《全元诗》，中华书局 2013 年版，第 18 册，第 46 页。

④ 陈义高：《和吏部赵子昂久雨见寄》《晚立》《次詹天游学士见寄韵》《寄友人作》《重接刘介臣书》，杨镰主编《全元诗》，中华书局 2013 年版，第 18 册，第 47、52、54、59、60 页。

和枢密院等政治中枢,只能在国史翰林院、集贤院、奎章阁学士院这样的清要机构消耗人生,他们诗文中的仕隐情结就是其政治命运的写照。因此我们可以说,陈义高的文学创作是元代南方文人创作的先声。

第二,陈义高的朔方纪游诗开启了元代北游诗的创作高潮,其诗歌营造的雄浑苍凉意境成为北游诗尤其是上京纪行诗的永恒意境。陈义高的北上是元代南人北游的先声,此后南人求名多北游,北人求利多南游,一批批南人加入了北游的行列,写下了数量繁多的北游诗。陈义高朔方纪游诗是蒙元王朝辽阔疆域的反映,是蒙元文人宏大时空视野的体现。朔方的景致、朔方的风物、朔方的人事都让诗人莫名惊诧、豪情万丈。往昔征战的历史遗迹如今就在眼前,这种亲临历史现场的体验以及道士的生命体悟让诗人油然而生幻灭之感。陈义高朔方纪游诗中的所有意象,均在宏大的时空背景下推出,从而营造出雄浑苍凉的意境,这一写法为此后的北游诗尤其是上京纪行诗所继承。[①]

第三,陈义高的朔方纪游诗奠定了元代北游纪行诗的情感基调,文化乡愁从此成为元代北游纪行诗永远抹不去的色调。陈义高的朔方纪游诗开启了前所未有的南北文化交流进程,南方文人远离自己的文化原乡,来到朔方体验异地风情,这在时间和空间上给人以深刻的生命体验和文化震撼。陈义高诗歌中的乡愁与知音情结,陈义高诗歌中的漂泊感和寄寓感,均体现了诗人对异地文化的隔膜和不适应,文化乡愁从此将在元代文坛上弥漫,并在多族群、多宗教、多文化的交流中走向融合。

---

① 关于上京纪行诗的研究,可参阅邱江宁:《元代上京纪行诗论》,《文学评论》2011 年第 2 期;李嘉瑜:《元代上京纪行诗的空间书写》,里仁书局 2014 年版。

元代诗僧楚石梵琦的草原之旅及其诗歌创作

王双梅

内容提要　元代实行两都巡幸制,文人游历上都也成为时代风气,而上都位于金莲川草原,这为元代文坛带来了新的气象。江浙诗僧楚石梵琦(1296－1370),于泰定元年(1324)四月在大都抄经完毕,开始了人生唯一一次草原之旅,八月返回。这期间,他创作了百余首关乎草原的诗作,尽展丰富奇美的草原风情,书写了草原生活体验,抒发了吊古咏史之悠思,具有开阔正大的文化气象,丰富了元代诗坛,实现了对草原文化、草原帝都形象的传播。

关键词　草原文化　元代诗坛　楚石梵琦　开阔正大

13 世纪,蒙古先后灭金、南宋,平定海内,建立了海宇混一的一统帝国。而蒙古族作为北方草原民族,出于各种原因,在元代自始至终都推行两都制,这影响了文人创作,为元代文坛带来了新的气象。

元代实行两都制,一为大都,在今北京;一为上都,又称滦京、上京,在今内蒙古锡林郭勒上都镇,因其位于金莲川草原,又被称为草原帝都。上都,在政治上是"圣上龙飞之地""天下视为根本之地"①,是忽必烈潜邸所在;在军事战略上,是忽必烈聚集和联系蒙古本部的中心②,又是连接蒙古兴起之地漠北和中原、南方汉地的交通枢纽,"控引西北,东际辽海,南面而临制天下,形势尤重于大都"③;在文化传统上,是北方草原民族辽、金政权等多都文化传统的延续。元代从忽必烈 1206 年在开平(上都前身)即位起,就夏驻金莲川,冬驻燕京附近,后随着两都制的真正形成,直到元末,帝王都在每年三四月从大都出发,巡幸上都,八九月返回④,而彼时"后

---

① 宋濂等:《元史·廉希宪传》卷一二六,中华书局 1976 年版,第 3095 页。
② 陈高华、史卫民:《中国政治制度通史》(第八卷),人民出版社 1996 年版,第 141 页。
③ 虞集:《上都留守贺公墓志铭》,苏天爵《元文类》卷五十三,商务印书馆 1936 年版,第 761 页。
④ 据《元史》载,忽必烈时期大多二月出发,偶尔三月,九月、十月返回大都。习惯于草地生活的武宗、英宗、泰定帝,巡幸时间基本都在三月至九月。习惯于汉地生活的仁宗、文宗、顺帝,基本四月、五月出发,七月、八月返回大都。

宫诸闱、宗藩戚畹、宰执从僚、百司庶府,皆扈从以行"①,扈从大臣和帝王驻跸上都近乎半年。也因这样的时代盛会,使上都成为文人最为向往之地,游上都之风盛行,而且,不论扈从文臣还是一般游历文人,他们都将能够前往上都当作人生最大的荣耀。当文人从四面八方前赴草原,他们不论在两都途中,还是在草原生活期间,都会被关乎草原的一切人、事、物、景所震撼,创作热情得到极大的激发,所谓"两京隔千里,气候殊寒暄。声利泪清思,山川发雄文"②。而文人因草原之旅而进行的诗歌创作,也因各种原因显示出独具特色的审美风貌。元代诗僧楚石梵琦就是其中一位重要的成员。本文即论述释梵琦一生唯一的一次草原之游及其在此期间的诗歌创作,展现因其自身的江南背景僧人身份而显示出的有关草原诗歌创作的独特性,这对元代诗坛及文人精神研究具有重要意义。

一、楚石梵琦生平及其草原之旅

(一)生平事迹

楚石梵琦(1296—1370),字楚石,法名梵琦,晚号西斋老人,明州象山(今浙江宁波)人。四岁父母双亡,天资聪颖,少有奇名。六岁善属对,七岁能书大字,读书过目不忘,被誉为神童。九岁在海盐天宁寺出家,师讷谟禅师,受其经业,后又依族祖晋洵禅师居湖州崇恩寺继续读佛经,因讷谟与晋洵相识,他便常往来海盐和湖州两地。稍长,深得诗文名公、书画家赵孟頫器重,并为之鬻僧牒得度。十六岁为大僧,法名梵琦,与僧道多有交往,在浙江余杭径山寺、宁波天童寺、杭州净慈寺等寺院名声斐然。至治二年(1322)留住径山。三年(1323)六月受荐进京为新建的寿安寺用泥金缮写佛经。泰定元年(1324)四月书经完毕,释梵琦前往上都,八月返至大都。继而东归再登径山,得到元叟行端的印可,成为大慧宗杲的五传弟子。冬,返回杭州。此后五十年间,六坐道场,先后担任海盐福臻寺、海盐天宁寺、杭州大报国寺、嘉兴本觉寺、嘉兴光孝寺等寺院住持,其著作因此命名为《六会语录》。释梵琦一生禅净双修,德行彪炳。顺帝至正七年(1347)赐"佛日普照慧辩禅师"德号,十九年(1359)隐退。明初,三次奉诏赴金陵蒋山法会,云栖株宏以为"本朝第一流宗师,无尚于楚石矣"。

释梵琦性高明敏达,穷书赡学,精于诗文,工于书画,佛法论道,隐制奥作,亦千篇万章。有禅辩之才,善交游。"文章戒律,光照五山。尝被高帝之召,讲经南都。

---

① 李修生等:《全元文》,王祎《上京大宴诗序》,凤凰出版社2004年版,第55册,第292页。
② 胡助:《纯白斋类稿》卷二,《丛书集成初编》本。

发秘开幽，俾后学知所归向。大江以南皆沾其膏馥，而挹其清华者，不啻几百人。"①其声名所致，遍被丛林，在元代佛门影响极大，且远播日本、高丽。② 释梵琦一生著述丰硕，文采炳蔚，声光蔼著，除《北游集》诗集外，其主要著作有《西斋净土诗》《六会语录》《和天台三圣诗》《和永明寿禅师山居诗》《和林逋诗》《和陶潜诗》《凤山集》等（后四种今未见传本）。生平事迹见于宋濂《佛日普照慧辩禅师塔铭》、释至仁《梵琦和尚行状》、姚广孝《西斋和尚传》，以及明《皇明名僧辑略》、清《补续高僧传》、民国《新续高僧传四集》（1918）等碑传中，今人蔡惠明《高僧传新编》（1989）中有传，鲍翔麟亦撰有《楚石梵琦禅师年谱》（2007）。

（二）游历草原帝都

关于楚石梵琦北游的缘起，其在《初入经筵呈诸友三首并序》中自云："世祖皇帝混一天下，崇重佛教，古所未有。泥金染碧，书佛菩萨罗汉之语满一大藏。由是圣子神孙，世世尊之，甚盛事也。赵孟頫、邓文原闻入选仔肩。皇帝即位之三年，诏改五花观为寿安山寺，选东南善书者书经以镇之。三百余人，余亦预焉。"（P10）据此及《元史》等其他文献互证，可知其基本情况。至治三年（1323）二月，英宗在全国范围内征召擅书的高僧前至大都，书写藏经。受赵孟頫、邓文原等推荐，释梵琦得以位列名单中。据李舜臣考证，该年四月释梵琦从杭州出发北上大都，先取道京杭运河，途经镇江、苏州、扬州、清口、睢宁、沛县、济宁、滕州、临清、通州等地，六月至大都，开始抄写经文之事。③ 八月，"南坡之变"英宗被弑，泰定帝元年（1324）重开经筵，召见僧人，四月巡幸上都④。按照元制的一般情况，释梵琦位卑不能达到扈从的等级，元规定"后宫诸闱、宗藩戚畹、宰执从僚、百司庶府，皆扈从以行"⑤，可能因为上都举行佛教活动所需人员较多，又或许因在其诗歌中提及的锴师、诸国师的推荐，他可能是以僧侣执事人员身份，随驾上都的。该年四月，他从大都出发，至八月返回，在上都生活近四个月。正是释梵琦一生仅有的这次草原之旅，他创作了百余首与此相关的以草原文化为歌咏对象的诗歌，且与至治三年（1323）北上大都期间所作诗歌一起，结为诗集《北游诗》⑥。《北游诗》所记其北上两都一年多时间，凡绝句、五七言律诗 315 首，多记京华之事、燕滦之风物。历代文人对《北游诗》评价

---

① 楚石梵琦著，吴定中、鲍翔麟校注：《楚石北游诗·明秀序》，浙江古籍出版社 2010 年版，第 6 页。本文所涉楚石梵琦《北游诗》诗句，皆出自此版本，以下不再一一罗列，只在正文中标出页码。

② 《六会语录》收录楚石梵琦偈颂约 300 首，其中赠与日本僧者 28 首、高丽僧侣 4 首。

③ 李舜臣：《楚石梵琦"上京纪行诗"初探》，《民族文学研究》2013 年第 6 期。

④ 宋濂等《元史》卷二十九《泰定帝一》载："四月……甲子车驾幸上都。"中华书局 1997 年版，第 646 页。

⑤ 王祎：《上京大宴诗序》，李修生等《全元文》，凤凰出版社 2004 年版，第 55 册，第 292 页。

⑥ 《北游诗》今存有明末抄本《楚石大师北游诗》、清代古香楼抄本、眠云精舍抄本、振绮堂抄本及今人吴定中、鲍翔麟整理本《楚石北游诗》（2010）。

甚高,元末卞胜评云:"今观其什,则雄浑而苍古,渊泓而典雅。厌饫百家,泙砺杜氏。炜炜乎若埋丰城之宝剑,而光有不能掩焉者也。虽古有贯休、齐己、灵澈、道潜之徒,恐莫能窥其奥。"(P8)这 300 余首诗中,北游草原诗作百余首,在今存元人诗作中,不仅数量较多,而且其思想艺术也为后世文人赞誉,清朱彝尊云:"梵琦,僧中龙象,笔有慧刃,……读其《北游》一集,风土物候,毕写无遗,志在新奇,初无定则。假令唐代缁流见之,犹当瞠乎退舍,矧癫可、瘦权辈可乎!"①

二、楚石梵琦草原之旅的诗歌创作

释梵琦在大都期间,就对位于金莲川草原的上都有自己的想象,《燕京绝句》组诗第六十七首云:"今上年年上上都,上都风光古来无。夜摩宫殿知多少,不出明光一颗珠。"(P140)实际上,这不仅是他才有的对草原帝都向往的表达,而且是所有元代文人的一种上都情结。而文人一旦有机会来到草原,都会将"观风备览""存一代之典"视为诗歌创作的一大要务,这以周伯琦为代表:"每岁扈从皆国族大臣及环卫有执事者,若文臣仕至白首,或终身不能至其地也,实为旷遇所至,赋诗以纪风物……观此亦大略可知矣。"(《扈从集》前序)袁桷还在《开平第一集》自序中直接明了地表达创作草原之作是为了"录示尔曹",给没有机会来到草原的亲友看。对自己而言,柳贯还认为可以"庶几退藏田里,以安迟暮"②。释梵琦也不例外。当他有机会出居庸关,跟随扈从队伍来到草原帝都,他无不对自己的所见所闻、所感所想,悉数以诗家之笔,加以记录、描写,尽展朔漠草原文化、诗僧情怀。

(一)描写草原风情

元代两都间共有四条道路可行:驿道、两条东路、西路。驿道,是元代文臣、一般文人所走的,一路地形殊异,物候独特,多文人行所未行,见所未见,常为文人反复歌咏。释梵琦用大量笔墨纪上都行程,描写草原独特的自然风光、风土人情,以及蒙古族文化浓郁的上都宫廷、上都都城等。

1. 纪草原帝都之行程

释梵琦所走为驿道,又称"望云道",其所经行的路线是:从大都健德门开始,经昌平、新店(昌平区辛店)、居庸关、榆林驿(河北怀来县榆林堡)、怀来(怀来旧城)、统幕店(怀来土木堡镇)、洪赞(怀来杏林堡南)、枪杆岭(土木堡正北长安岭)、李老谷(长安岭北山谷)、龙门站(赤城县龙关)、雕窝站(赤城县雕鹗堡)、赤城站(赤城县)、云州(赤城县北云州镇)、独石口站(赤城县独石口)、翻越偏岭(沽源县长梁),

---

① 朱彝尊:《静志居诗话》卷二十三,人民文学出版社 1990 年版,第 733 页。

② 柳贯:《上京纪行诗并序》,柳尊杰点校《柳贯诗文集》,浙江古籍出版社 2004 年版,第 344 页。

过牛群头驿（沽源县南）、察罕脑儿（沽源县北小红城）、明安（沽源县东北）、李陵台驿（内蒙古正蓝旗西南黑城子）、桓州（正蓝旗西南）、望都铺（正蓝旗西），到达上都（正蓝旗敦达浩特镇东北）。① 这在其诗作中多有记述。如《八月四日宫车宴驾二首》《独石站西望》《居庸关》《当山即事二首》《轩辕台》《易水》《秦王城》《居庸关》《李陵台》《琴峡》《龙门》《枪杆岭》《亡金故内》《乌桓》《万里》等，这些诗题所提的山水地理名物，都在两都行程间。这些诗，纪行程并非就驿站写驿站，往往对自己在途中所见所闻、所思所感展开联想。如《八月四日宫车宴驾二首》写帝辇及巡幸队伍从上都返回到大都晏驾的盛大浩荡和庄严仪式，(P14)云：

其一

驻辇开平实帝畿，秋来日月损光辉。空令扈从千官泣，不见宸游八骏归。白露节前霜已降，黄花川畔叶争飞。横经未入重云殿，但有香烟染御衣。

其二

此日俄闻帝上升，编年忍见史书崩。向来玉座瞻龙衮，愁杀云车载纸缯。出入几时陪警跸，朝昏何处望山陵。三千里外攀髯堕，只有孤臣泪满膺。

诗作盛大壮观，气势磅礴，既有晏驾场面和氛围的浓郁营造，也有具体扈从官吏的个人情感，尾联"三千里外攀髯堕，只有孤臣泪满膺"表达了喜极而泣的情绪。

2.描写草原自然风光和风土人情

文人往返两都的行程，在地理地形上，既有险峻关隘、摩天峻岭，又有沧桑的历史遗迹、广袤的壮美草原，它们或雄奇浑莽、雁鹰翔翔，或细草平沙、湾流九曲，多为诗人歌咏。释梵琦的诗有写两都沿途奇美的自然风光的，如《居庸关》："天畔浮云云表峰，北游奇险见居庸。力排剑戟三千士，门掩山河百万重。渠答自今收战马，兜零无复置边烽。上都避暑频来往，飞鸟犹能识衮龙。"(P59)居庸关是古代胡汉边界，见证了历代胡汉战争，而在诗人眼里，居庸关奇崛雄伟，是胡汉一家、和平盛世、帝王巡幸的见证者。

与描写草原自然风光相比，释梵琦更注重对草原风土人情的描写，有时二者浑融。这方面以《开平书事十二首》为代表，如以下四首：

射虎南山下，看羊北海边。筑城侵地断，居室与天连。水黑沾衣雨，沙黄种黍田。自从为帝里，无复少人烟。（其二）(P79)

地势斜临北，河流稳向东。龙庭行万里，虎路绕三峨。胡女裁皮衣，奚儿挽角弓。长吟对落景，独坐感飞蓬。（其四）(P80)

北海何人到，西天此路通。寻经舍卫国，避暑醴泉宫。盛夏不挥扇，平时

① 党宝海：《蒙元驿站交通研究》，昆仑出版社2006年版，第283页。

常起风。遥瞻仙仗簇,复有彩云笼。(其七)(P81)

　　夜雪沙陀部,春风敕勒川。生涯惟酿黍,乐事在弹弦。不用临城府,何须负郭田。双雕来海外,一箭落天边。(其九)(P82)

　　以上四首诗分别描写草原帝都蒙古人家衣食住行习俗以及爱好性情等,这是诗人亲历草原、生活于草原都城所见,与以往经验里的敕勒川还是迥乎有别的。在诗人笔下,不论是人烟稀少、低矮连天的房屋,勇猛射虎猎狼的游猎喜好、穿皮衣赶勒勒车的着装出行习俗,还是"水黑沾衣雨,沙黄种黍田"以及"盛夏不挥扇,平时常起风"的草原气候,都是客观描写,丝毫没有隔阂、鄙夷、不屑的情绪,是诗人以汉族文化、江南诗僧之眼所体察的胡汉一家的草原风情。

　　诗人对整个以上都城为中心的金莲川草原、更辽阔的两都之间、更北的朔漠之地,以及草原的自然与风情都有或整体宏阔的展示,或细致具体的素描。有专门使用阔大无边的诗题以表现草原壮美的诗作,如《朔漠》:"白草黄云朔漠间,家书不过雁门关。幽州南北往来路,辽水东西千万山。沙上老驼埋鼻立,海中良马得驹还。却登坡垄最高处,星斗满天殊可攀。"(P63)《塞外》:"无事穹庐似屋方,卧吹芦叶向斜阳。黄河不解变春酒,白野徒能飘夏霜。九十九泉人北去,一年一度雁南翔。临高引领望城郭,游子何时还故乡。"(P66)用夸张、白描手法,将草原旷野的整体展现于读者面前。有内容更为具体以表现草原之生动活泼、自然淳朴的诗作,如:"北门寒露野,西域引弓民。有地长含冻,无花可笑春。紫貂裁帽稳,银鼠制袍新。万瓮葡萄熟,闻名已醉人。"(《漠北怀古十六首》其二)(P85)"迢迢黑水部,渺渺白山连。厚土覆屋上,薄盐凝树颠。弓刀剧风雨,粟麦满沙田。"(《漠北怀古十六首》其三)(P85)"每厌冰霜苦,长寻水草居。控弦随地猎,刳木近河渔。马酒茶相似,驼裘锦不如。胡儿双眼碧,惯读左行书。"(《漠北怀古十六首》其十二)(P90)"塞蓬穿土早,河柳得春迟。欲乳羊求母,频嘶马顾儿。"(《漠北怀古十六首》其十四)(P91)"棠梨红可食,苜蓿翠相连。马识新耕地,驼知旧饮泉。家家厌酥酪,物物事烹煎。"(《黑谷二首》其一)(P97)诸如此类的诗作、诗句,不胜枚举,为读者描绘了一幅幅草原人家在草原上的日常生产生活画面,无不生动活泼、立体丰富。

3. 描写草原帝都及宫廷活动

　　释梵琦还集中描写了草原帝都都城及具有浓郁的蒙古族特色的宫廷生活,这以组诗《上都十五首》为代表。诗人或由点及面,或由面及点,或对上都所坐落的金莲川草原地理气候、百姓习俗做整体素描勾勒,或具体到宫廷大型宴饮、帝王游猎,不论哪个角度的上都,诗人的描写都是以宫廷为中心向外铺开延展,整体突出草原帝都的特征。如《上都十五首》其十一:"避暑宜来此,逢冬可住不?地高天一握,河杂水长流。赤日不知夏,清霜常似秋。向来冰雪窟,今作帝王州。"(P76)其十五:"积雪经春在,轻霜入夏飞。凌晨握鞭出,薄暮打球归。冠带如今盛,山川似此稀。

清朝多猎户,圣主只戎衣。"(P78)都是从外围描写上都开平城的自然地理物候,突出其草原特征。组诗中对都城本身的描写如"缥缈旌幢下,玲珑殿阁开"(其四)(P73)、"银河天上落,玉帐夜深开"(其五)(P73)等等诗句,突出了上都蒙古包式的宫廷建筑的雄伟神圣。对上都宫廷会同蒙古诸侯的诈马宴盛大场面的描写更为壮观奢华:"玉帛朝诸国,公侯宴上京。泼寒奇技奏,兜勒古歌呈。地设山河险,天开日月明。愿将千万岁,时祝两三声。"(其十四首)(P78)"献果金盘赤,连珠紫韠黄……更出鱼龙戏,留欢夜未央"(其九)(P75)等等,都突出了宫廷大型宴饮场面的铺张奢华贵气。就连文人耳闻目见,都会自愧诗才不济:"今代称文士,谁能赋《两都》。内盘行玛瑙,中宴给醍醐。夜雪关河断,春风草木苏。不才惭彩笔,何得近青蒲。"(其七)(P74)如此的帝都、宫廷、草原、君臣诸侯,是很多文人一辈子都难得一见的,这种对以蒙古族文化为主导的草原帝都及宫廷活动密集、立体的描写,在历代诗歌中是极少见的。

(二)纪事与咏怀

释梵琦由江南游大都,又游更北的上都,这种背井离乡远游客的思乡之情在他的草原诗作中常常出现。

1. 浓郁的思乡之情

《北游诗》中的草原诗作有表达路途愈遥远、思乡愈切的,如《万里》:"万里故乡隔,扁舟何日还。黄云蓟北路,白雪辽西山。马倦客投店,鸡鸣人出关。吾思石桥隐,绝顶尚容攀。"(P96)早起晚憩、人困马乏的行旅之苦可以想见。与此相类的还有"吾乡一望四千里,莫识家书沉与浮"(《新秋》)、"北去终无极,南还未有期。犹嫌江路远,不与土风宜"(《独石站西望》)。这些诗作中特别突出的是游子、游客的情怀,如"塞北逢春不见花,江南倦客苦思家"(《黑谷二首》其一)(P62)、"临高引领望城郭,游子何时还故乡"(《塞外》)(P66)、"健鹘云间落,妖狐塞下鸣。却因班定远,牵动故乡情"(《漠北怀古十六首》其四)、"何人鸣觱篥,使我涕沾裳"(《漠北怀古十六首》其六)(P87)等等,如此表达者在《北游诗》中绝不是少数。

对于思乡,陶东风在《中国文学的思乡主题》中说:"思乡的基础是离乡,处于流浪状态中,在乡的人不会思乡。只有当一个人在实际的存在状态中陷入了无家可归或有家难归的困境,'乡'才会成为一种补偿价值成为流浪儿的精神支柱,成为思的对象。当一个人已获得现实之家后,心中之家或梦中之家就将消失,因为补偿已经没有必要。这样,思乡就常常与作客相联系。他乡再美也是'异乡',而不是家乡,可见家乡的价值是精神性,与外在的美、与物质生活的富饶都无关。……'客'

的身份永远是流浪者,是不能介入这个世界的'局外人',是飘泊天涯的游子。"①可以说,游历的行为本身从开始到结束,伴随着的思乡是不会变的,这不关民族、信仰,不关地位和身份。这在前往上都的文人诗歌中几乎都有所抒发,如陈孚的"道傍谁欤三叹息,布袍古帽江南客"②、冯子振的"几年朔客渡桑干"③、贡奎的"青山绕驿客重来"④、虞集的"天高露如霜,客子衣尽白"⑤、袁桷的"嗟余犹是征途客,四上开平数雁翎"⑥、马祖常的"紫塞秋高风辇回,龙门有客去还来"⑦等,元代文人的这种草原思乡之情表达得非常频繁和普遍,释梵琦的思乡也不是个案。只是他思乡情感的抒发,多用夸大空间的手法,突出己身所在之地与家乡距离之远,如"万里故乡隔""到阙三千里,攀天百万云"等都是如此手法,用拉长空间距离的方法,增加了思乡的情感厚度。

2. 纪事抒怀

美国文化地理学家乔尔·克特金在《城市的历史》中曾说:"在中国,纵使政权及神权递嬗,只要皇帝所在之处,就是圣地。"⑧作为元代腹地的草原都城,在文人眼里还是神圣性十足的帝都,"圣祖初临建国城,风飞雷动蛰龙惊。月生沧海千山白,日出扶桑万国明"⑨。文人对上都多有神京、圣京之称,这在诗词、文赋、笔记中多有使用。因此,能够前往上都,在元代文人的心目中是极为重要的。不论是身为文臣的扈从、征召的"扈跸朝上京"⑩,还是身为底层文人的游览草原之旅,对多数文人来说,不仅是有生之幸事,还是极为荣耀的事。因此,文人会用诗文、笔记等方式记录自己的草原生活。释梵琦也在《北游集》中用相当数量的诗作记述自己草原生活及其体验。如有对草原夏季避暑、在草原过端午之事等的记录,有对自己出城观览草原美景、对草原帝都的早晨的描写,有对与友人在草原观书论道的日常生活的描写,等等,展示了释梵琦在草原生活四个月期间的大体情况,并抒发个人情感。如《细柳》中的"观书消白昼,论道坐黄扉。谏疏来何少,匡君事不违"(P95),《相家夜宴》中的"秀衣执乐三千指,朱火笼纱十二行。坐待更阑宾客散,萧斋自炷辟邪香"(P64),都是纪事之作。纪事最为具体的诗作是叙自己在草原都城与友人雅集唱和等交游活动之事。释梵琦精通诗文书画,在大都期间就有翰苑、集贤院的一些

---

① 陶东风:《中国文学的思乡主题》,《求索》1992 年第 4 期。

② 陈孚:《陈刚中诗集》卷三《桑干岭》,《文渊阁四库全书》本。

③ 冯子振:《桑干河》,王毅辑存《海粟集辑存》,岳麓书社 1990 年版,第 38 页。

④ 贡奎:《李陵台次韵杨学士》,《云林集》卷六,《文渊阁四库全书》本。

⑤ 虞集:《至治壬戌八月十五日榆林对月》,《道园学古录》卷一,《四部丛刊初编》本。

⑥ 袁桷:《再次韵》,李军等点校《袁桷集》卷十五,吉林文史出版社 2010 年版,第 283 页。

⑦ 马祖常著,李叔毅点校:《石田先生文集》,中州古籍出版社 1991 年版,第 71 页。

⑧ 乔尔·克特金著,谢佩奴译:《城市的历史》,联经出版事业公司,2006 年版,第 93 页。

⑨ 杨允孚:《滦京杂咏》卷上,清《知不足斋丛书》本。

⑩ 袁桷:《居庸关》,李军等点校《袁桷集》卷十四,吉林文史出版社 2010 年版,第 250 页。

名流与他有诗歌往来,《席上作》《赠江南故人二首》等就是对自己草原雅集活动的描写,其中,以《席上分题得清凉国送王炼师还桐庐》为代表:"尘入桐江半点无,即知平地是仙都。新秋城郭月千里,盛暑楼台冰一壶。每夜北方收沆瀣,何人西域致醍醐。世间膏火煎熬甚,愿学王乔蹑两凫。"(P105)王炼师是元代江南著名道士,诗歌描写众人在上都送别他回南的宴会上分题作诗的雅集活动。记录草原唱和活动的诗作,有呈赠友人的《上都避暑呈虞伯生待制二首》《赠西山隐者》《送酒泉太守》《贺人及第》《呈诸国师二首》《赠江南故人二首》等,数量都不是很少,这让我们能大体了解释梵琦在草原帝都生活期间参与文人雅集活动的情况。

(三)吊古咏史

自古以来,居庸关都是汉族政权与北方游牧政权的分界线,金莲川草原也是北方草原民族休养生息或帝王春水秋山之地,文学修养极高的金世宗还在金莲川的凉陉建立景明宫作为避暑的宫殿,并在此留下君臣吟诗作对的佳话[①]。因此,居庸关以北的广大草原,是极富古意的历史文化场所。

释梵琦不论行走在两都往返途中,还是生活在草原帝都期间,感怀于此,常常有对辽金与宋、汉与匈奴等历史过往的思考。在诗人眼里,自己往来行走的居庸古道、白水黑山、昭君墓、李陵台等无不是历史的见证。当元代胡汉一家,诗人能够有幸亲历其地,自然更容易浮想历史或抚今追古,或对历史人物、历史事件有所思考,或由于目睹斯物而联想今朝,展开诗人的历史之思。诗人《漠北怀古十六首》其五云:"玉塞休嫌远,金山未尽边。野肥多嫩韭,沙迸足寒泉。薄酒千钟醉,穹庐四向圆。少留南郡客,多赋《北征》篇。"(P86)身为南方诗僧,释梵琦对草原民族、历史、文化等一切都是极为敏感的。而且,诗人有一种刻意探寻之心理,《漠北怀古十六首》(其十五)就写道:"下马四茫茫,风悲古战场。"(P91)诗人走在八荒古道,感受草原的苍莽无边,凭吊历史遗迹,评说历史人事就成为很自然的心理反应。

释梵琦的吊古咏史诗,往往对历史正面人物直接给予赞誉和歌颂。《轩辕台》赞扬黄帝轩辕氏的征伐蚩尤、平定天下的伟大功绩,"轩辕未免伐蚩尤,百尺台荒万古留。玉叶金枝云作盖,青山白水地名幽。人间且说骑龙去,天上须为跨凤游。弓剑久埋陵谷变,角声长绕夕阳楼。"(P57)尾联暗喻元代胡汉一统正是黄帝伟大功绩的延续,战场厮杀的弓剑也久埋山谷丘陵,歌咏了元代的和平盛况。《易水》歌咏了刺秦勇士荆轲之义、燕丹好客之美好品行,并描写了这个惊天动地的悲壮事件、历史发展趋势:"把酒高歌易水寒,当时已料事成难。求贤未及周公旦,好客无如燕子丹。雪尽新春行草木,天清古戍集峰峦。图穷匕见真奇伟,得作秦王分死看。"

① 王双梅:《草原文化视域下的辽金蒙古时期金莲川文学活动及其意义》,《内蒙古民族大学学报》(社会科学版)2017年第6期。

（P58）而对历史上有争议的人物的评价则更表现为理解、宽容，显得更为豁达，如李陵在历代咏史诗中多数都对其人格节操质疑，贬多于褒，释梵琦《李陵台》却这样写道："男儿肝胆铸黄金，扰扰游尘不易侵。忍死难将苏武节，偷生未解李陵心。毡裘影拂天山去，芦管声催汉月沉。"（P60）先是以相信李陵人格操守和勇武功绩为前提，然后说忍死、偷生行为对李陵个人精神带来的痛苦，以及世人评价对他个人造成的舆论负担，对他给予理解和宽容。有的诗作直接对北方草原民族乌桓、突厥、女真、孤竹、山戎等做出评述。《上都十五首》（其一）云："突厥逢唐盛，完颜与宋邻。君王饶战略，公主再和亲。异域车书会，中天雨露匀。"（P71）《北征怀古》云："前史所书孤竹君，姓名牢落久无闻。山戎本料齐师远，石刻徒夸窦氏勋。"（P63）《漠北怀古十六首》（其十一）云："汉使骑高马，唐兵出近关。前临蒲类海，却上浚稽山。帝号垂千古，军声盖百蛮。初无功可纪，只有剑须殷。"（P89）三首诗都是对胡汉政权对峙、战与和相交织的特殊历史时空下，不同民族政权及其当权者的历史际遇与历史结局的评述，虽没有特别的主观词汇，在字里行间还是能看出诗人的价值判断和主观态度的。而战争带给百姓、士卒的伤痛却是无法抹平的，《漠北怀古十六首》（其四）云："旷野多遗骨，前朝数用兵。烽连都护府，栅绕可敦城。"（P86）这是诗人对历史战争的反思。对秦亡、金亡等政权鼎革历史事件，诗人也多有自己的思考，《亡金故内》有诗句"废主无才谋伐宋，元戎有志在降辽"（P56），《秦王城》有诗句"扶苏赐死知秦灭，胡亥从游识汉兴。……杞梁白骨沉黄土，妻泪滴城城自崩"（P58）。由此回顾当今，国家一统，不再有胡汉政权对立、争夺生存空间的战争与血泪。《漠北怀古十六首》（其一）的"世祖起沙漠，临轩销甲兵。羌中一片地，秦后几长城。象胆随时转，驼蹄入夜明。何须待秋猎，不必问春耕"（P84），对当今政权带给百姓的和平生活，充满了自信和安慰。

　　清人朱彝尊评价梵琦诗歌有"志在新奇，初无定则"①的不拘格套的特征，民国周退密更进一步说："不仅格局高骞，抑且词句清丽，多具一时一地之人文景物，长人见识，具有史料价值，足供人稽考，非仅仅乎以词章为工也。然即以词章论，其诗纤浓得中，神情绵邈，杂诸虞（集）、袁（桷）诗中亦不多让。"（P1，周退密《〈楚石北游诗〉校雠出版缘起》）都对释梵琦诗作给予极高的评价，且突出其新奇、不拘格套、写实。而对他的草原诗作，还没有专门的评价。通观其草原诗作，高旷峻奇是其主要风格，这在诗歌内容、手法、语言、格调等方面都有所体现，这在上文所举诗例中也都有所体现。再如《开平书事十二首》（其一）也是如此："绝域秋风早，殊方使客还。河冲秦日塞，地接汉时关。万古悲青冢，兼程过黑山。从容陪国论，咫尺近天颜。"（P78）可以说，释梵琦极尽绝域之苍莽，殊方之奇美。不论是河冲日塞、天地相接、行程万里，兼程黑山白水给人辽阔无垠、天低地宽、夏日极寒的壮观，还是目睹草原

---

① 朱彝尊：《静志居诗话》卷二十三，人民文学出版社 1990 年版，第 733 页。

人食肉少菜、骑马游猎、穹庐深帐的游牧民族生活习俗，抑或是作为草原遗迹的青冢、历史见证的李陵台，在他笔下都无不尽展与中原、江南文化儒雅谦逊、小桥流水迥异的文化审美风貌。

三、楚石梵琦草原诗歌开阔正大的文化气象

元代具有空前辽阔的疆域、空前众多的民族，而由此也带来了空前多元的文化、自由的思想。随着每年的帝王巡幸，元人都具有一种超脉往古的盛世心态，形成了一种开阔正大的文化精神，最具代表性的是许有壬《大一统志序》所云："春秋所以大一统者，六合同风，九州共贯也。然三代而下，统之一者，可考焉：汉拓地虽远，而攻取有正谲，叛服有通塞，况师异道，人异论，百家殊方，指意不同，亡以持一统，议者病之。唐腹心地为异域而不能一者，动数十年。若夫宋之画于白沟，金之局于中土，又无以议为也。我元四极之远，载籍之所未闻，振古之所未属者，莫不涣其群而混于一。则是古之一统，皆名浮于实；而我则实协于名矣！"[①]释梵琦活跃于元代文化兴盛的中期、后期，他因随行扈从巡幸而作的诗歌，所体现的开阔正大的文化气象也是十分突出的。

（一）丰富驳杂的内容与组诗的形式

释梵琦《北游诗》中有三大组诗是草原帝都之游时所作，即《上都十五首》《开平书事十二首》《漠北怀古十六首》，共 43 首。元代前往草原的文人诗作众多，组诗常为文人使用，笔者统计有 17 位诗人都创作过 10 首以上为一组的诗作，总数近 500首，如张昱《辇下曲》102 首、杨允孚《滦京杂咏》108 首、王沂《上京》10 首、周伯琦《上京杂诗十首》、叶衡《上京杂咏》10 首、马祖常《丁卯上京四绝》、袁桷《上京杂咏》10 首及再次韵、宋本《上京杂诗》17 首等等。文人为独特的草原风情、草原帝都所震撼，大有目不暇接之感，在急于用诗笔加以展现之时，又因太丰富庞杂，无法用一首诗说得清楚，因此，组诗成为文人草原之行常用的诗歌形式。释梵琦的组诗也如此，他或用粗笔勾勒草原自然地理之奇美、物产之丰富、习俗之新异、气候之严寒，或细腻描摹草原某地、某景、某物、某人，或情景交融点出自己一瞬间的草原生活情感情绪，较为全面地展现了草原自然风情的独特壮美、草原帝都令人震撼的神圣瑰丽，以及自己草原生活的丰富感受，不仅内容驳杂，视觉可感性也极强。

（二）开放的草原文化态度

释梵琦的草原诗作，表现了他对以蒙古族文化为代表的草原文化的态度是客

---

① 许有壬：《至正集》卷三十五，台湾新文丰出版公司 1985 年版，第 180 页。

观的、接纳的,对蒙古族建立的一统政权功业是赞叹的、肯定的,也正由此,他的诗作整体呈现出一种通透的、理性的美学风貌,这与卞胜所评价的"辞章气象,奋然杰出。为大朝之风雅,而相于时合盛者焉"(P8,卞胜《〈北游诗〉序》)是一致的。如《漠北怀古十六首》(其七):"无树可黄落,有台如白登。三冬掘野鼠,万骑上河冰。土厚不为井,民淳犹结绳。令人思太古,极目眇平陵。"(P87)《漠北怀古十六首》(其十三):"北入穷荒野,人如旷古时。天山新有作,耶律晚能诗。地坼河流大,峰高月上迟。自言羊可种,不信茧成丝。"(P90)诗人认为草原风情具有太古淳朴民风,毫不觉得这种生产生活是落后的而投之以鄙夷之态,相反却是赞叹的。这与北宋、南宋文人眼中的辽金两朝草原文化的态度和价值观是完全不同的。除此之外,还多有表现对元朝建立的胡汉一家、华夷一体的政权和帝王伟大功业的赞叹,传递了大元帝国的盛世之音,雅正阔大雍容。如《枪杆岭》:"桑干不欲旧名呼,似是彭郎取小姑。夜近斗杓横碧落,晓看云气接苍梧。太平天子九龙帐,年少将军双虎符。我亦何曾惯鞍马,只宜舟楫向江湖。"(P62)《上都十五首》(其一):"突厥逢唐盛,完颜与宋邻。君王饶战略,公主再和亲。异域车书会,中天雨露匀。皇朝真一统,御历正三辰。"(P71)类似于这样的诗句还有很多,"世祖起沙漠,临轩销甲兵。……何须待秋猎,不必问春耕"(《漠北怀古》其一)(P84)、"马蹴胡沙健,弓随汉月弯。太平无斩伐,身手恨长闲"(《漠北怀古》其十六)(P92)。在胡汉对立的任何朝代,不论是战争所造就的战场英雄、雄才大略的帝王,还是往日作为战争见证者的桑干岭、居庸关,在当今,都被消融在元朝一统盛世的和平安乐之中,哪怕是高不可攀的桑干岭,"似是彭郎取小姑"。这种高昂的时代自信和对蒙古族一统政权的拥护、赞叹之情,都彰显了诗人突破华夷观念的政治、文化胸怀。当然,其佛教徒身份,又让他对自然、社会、人生有了一种不同于一般文人的理解和感悟,如《漠北怀古》(其八)(P88)中的"清凉非枕簟,富贵是云沙"、《龙门》中的"来听滩声坐终日,好教俗耳洗尘昏"(P61)等诗句,就都是在草原自然、历史与当下现实中,对因缘无常之理的参悟,体现了方外文人独有的高旷、开阔,其诗歌之美也更以理性、通透、豁达、正大、开阔见长,而少了一些文人式的强烈情感的渲染。

结　论

释梵琦以浙江行省的地方僧人身份北上大都、上都的人生经历,不仅使其诗歌内容突破了古代诗僧多写树木丛林、竹石花草、雪霜星月、山水清音、清幽苦寒等秀雅之景、幽寂生活,还助益他参透佛法、开悟得道,"禅宗自楚石梵琦大师后,未闻其人也"(《灵峰宗论》卷五六三《僧释宗传窃论》),更成就他的《北游诗》,丰富了元代诗坛,使其成为元代诗坛南北两地、方内与方外之间沟通的纽带之一。他在大都、上都生活期间,多与京师名流、南北文人诗文往来。又随着他返回杭州,他所住持的寺庙形成了佛学、诗文的文化中心。因此,在"杭州—大都—上都—大都—杭州"的沟通和轮转中,他对草原文化的诗歌书写又以传阅交流、唱和序跋等形式,实现了对草原文化、草原帝都形象的传播。且由于其纪实精神,关乎草原的一切事物,如草原自然地理、风土人情、草原都城、大型宴饮、宗教祭祀、历史遗迹、典章名物等无不纳入其笔端,他的纪行成为后世考证溯源的重要文献。同时,他对自己的草原之旅及其草原帝都生活行状的描写,也为我们进一步了解一代诗僧在面对草原文化时的心灵活动轨迹与精神风貌提供帮助,有利于我们整体了解元代文坛、文人群体形象。

释梵琦好友卞胜曾云:"桑门能诗者,四明楚石师为今湖海首称。余尝访之于秦溪别墅,得所示《北游诗集》,凡绝句、五七言律弥三百余首。盖在昔至治癸亥、甲子之岁,北留京都时所作也。故凡京华之事、燕滦之风物,囊收稿积,莫非佳咏。今观其什,则雄浑而苍古,渊泳而典雅。厌饫百家,淬砺杜氏。炜炜乎若埋丰城之宝剑,而光有不能掩焉者也。虽古有贯休、齐己、灵澈、道潜之徒,恐莫能窥其奥。"(P8 卞胜楚石大师《北游诗》序)从释梵琦所做的关乎草原的诗作看,此评也绝无虚高溢美。他是中国古代诗僧群中的杰出之士,也是元代关乎草原诗歌创作的代表之一。

元代道士朱思本的多元身份及其纪行诗创作

聂辽亮

内容提要 在海宇混一的元代，水陆畅通，交通发达，为元人出行、游历提供了极其优越的条件，纪行诗的创作颇为兴盛。元代又是一个多元混融的社会，朱思本有着多重身份，他兼道士、地理学家、诗人、学者于一身；他又有着多元的思想。这些均对其诗歌创作产生重要影响。他的纪行诗呈现出丰富的地理意蕴、鲜明的儒者情怀、个性化的流动气质，是对传统纪行诗的继承和发展。

关键词 多元身份 朱思本 纪行诗

朱思本（1273－1336 以后）[①]，字本初，号贞一，江西金溪人[②]。少入龙虎山学道，师从高道月池翁，遂成为一名正一教道士。大德初年，由玄教大宗师张留孙选拔至京师，悉心培养，受到重用，逐渐成为龙虎宗分支玄教的主要骨干成员之一。由于道学修养高，德行出众，深受元朝统治者的信任和推重，于至大四年（1311）辛亥，承应中朝，奉召代祀海岳。[③]《元史》："至元二十八年（1291）正月，帝谓中书省臣言曰：'五岳四渎祠事，朕宜亲往，道远不可。大臣如卿等又有国务，宜遣重臣代朕祠之，汉人选名儒及道士习祀事者。'"[④]可见，元代皇帝对于代祀人选要求之高。自英宗至治二年（1322）始，朱思本又先后出任杭州玄妙观提点和龙兴路（今南昌）西山玉隆万寿宫主持。

"他对社会的贡献不是朝廷教务的操劳，而是他撰写了《舆地图》二卷这部学术

---

① 参见王树林：《文学家兼地理学家的元代道士朱思本》，《中国典籍与文化》1996年第2期。

② 根据金溪县《（光绪）鸣阳朱氏宗谱》和同治版《金溪县志》有关记载，朱思本实为金溪鸣阳人（今金溪何源镇朱坊村）。《宗谱》卷十八《名人志》有朱思本小传："思本，字本初，号贞一，学道上清宫。性聪慧，有道德。读儒书，道典、文词、吏牍过目不忘，四方语音靡不谙晓。元大历、至顺间，承应中朝，大被荣宠。奉旨授隆兴路玉隆万寿宫，掌天下都道教。奉祀五岳四渎，遂能精究天下郡邑山川地理远近，作舆地图，勒碑上清宫；造黄河源，载之《经世大典》。"

③ 朱思本：《送相师沈无庵诗序》，李修生主编《全元文》，凤凰出版社2004年版，第31册，第381页。

④ 宋濂等撰：《元史》卷七十六《祭祀五》，中华书局1976年版，第1900页。

著作，并创作了大量诗文，真实地反映了那个时代。"①在海宇混一的元代，多元包容成为时代的文化精神，人们的身份往往也呈现出多元的特点。他的社会角色除了道士职业以外，还是杰出的地理学家和地图绘制家。盖建明说："《舆地图》以其先进的地理思想和独到的制图科学方法，形成中国地图思想史上独有的'朱思本地图系统'，成为元、明、清各代绘制全国总图的主要蓝本。"②《舆地图》成为有元一代中国地图学的标杆，被认为是划时代的地理著作，也成为大元盛世的标志，影响深远。朱思本也因此成为终元一代地图学的集大成者，刷新了13—14 世纪的元代历史。《中国古代地理学史》引用王庸先生的观点评价："朱思本是继裴秀、贾耽等人之后，在我国地图学史上又一位划时代的人物。"③

"余自总角，志于四方，及今二毛，讨论殆遍。兹图盖其平生之志，而十年之力也。"④诚然，朱思本绘制《舆地图》的意图，绝不仅仅是出于其个人一生的志趣爱好，而是有着深厚的社会文化背景和超乎前人的地理眼界。元朝版图的扩大，国家的统一，水陆交通的便利，中外交往的空前活跃，为地理学发展提供了特别有利的条件，使元代地理学在继承前代基础上取得了突出成就。⑤ 朱思本生活的元代，天下一统，南北混一，海陆贯通，交通便利，古老的丝绸之路史无前例地将欧亚大陆联通一体，东西方交流互动第一次以开阔宏大的心态如火如荼地进行，颠覆了国人认知，影响了世界格局，是蒙古治下时期具有划时代意义的大事。正如《元史》所说："自封建变为郡县，有天下者，汉、隋、唐、宋为盛，然幅员之广，咸不逮元。"⑥在国内，秋风西域不再是边塞远地，而成为国家的内陆；烟雨江南也不再是西域子弟和北方人民的梦里水乡。在南人北上、北人南下的迁徙流动中，南北地区第一次出现盛况空前的融合景象，大元帝国开拓出华夷一体的大一统局面。这样一个幅员辽阔的国度，人民的频繁互动，使得《舆地图》的绘制具有了国家战略的地位和眼光。正是在海陆丝路拓通、纵横内外的格局之下，朱思本适应时代之变、合乎国际之需要、顺应历史之潮流，历经十年之功力，绘制而成《舆地图》，成为那个时代横空出世家喻户晓的"新闻头条"。

《舆地图》的成功绘制不仅纠正了中国地图学上诸多乖讹，总结了科学有效的绘图方法，开启了中国地图学的新纪元，而且体现了朱思本的国际视域和宏阔眼界。朱思本遍访名山大川，游历四方郡县，车马驱驰，搜寻考察，足迹所至囊括今山东、山西、陕西、河南、河北、北京、内蒙古、江苏、浙江、江西、湖南、湖北、广东等地。

---

① 王树林：《元代正一教马臻、陈义高、朱思本诗文集论考》，《南通大学学报》(社会科学版)2009 年第 5 期。
② 盖建民：《略论玄教门人朱思本的地图科学思想》，《宗教学研究》2008 年第 2 期。
③ 中国科学院自然科学史研究所地学史组主编：《中国古代地理学史》，科学出版社 1984 年版，第 313 页。
④ 罗洪先：《广舆图》卷首"舆图旧序"，明万历本。
⑤ 彭少辉：《朱思本科技思想初探》，《江苏科技大学学报》(社会科学版)2010 年第 10 期。
⑥ 宋濂等撰：《元史》卷五十八《地理一》，中华书局 1976 年版，第 1345 页。

他精通梵语，翻译梵文地理书，在我国地图上第一个画出黄河源头为葫芦形状，从而颠覆了世人的地理认知。朱思本还得到外国使臣的帮助，了解各方地理情况。又注重"博采群言"，参考前贤成果。他的《舆地图》实乃是着眼中国，放眼全球，将海洋内陆融为一体，体现了那个时代少有的包容气度、恢宏胸怀和全球视野，也是大元气象文化精神的深层次表露。

朱思本有着超前宏阔的地理视野，毕生精力倾注在地图事业中，本着社会时代的切实需要，适应大一统时代的交通往来之急需，书写下他绘制地图、引领时代和探索世界的壮举。朱思本不仅属于江西，属于中国，更属于世界。正是在《舆地图》的指引导航下，13—14世纪的海陆丝绸之路更加顺畅，人们交往更加多样，南北融合更加紧密，在中华历史上产生了划时代的意义。

朱思本工于诗文，著有《贞一斋诗文稿》（二卷）、《北行稿》（已佚）。诗文集收入《宛委别藏》，卷一收杂著文三十一篇；卷二收词三首，古近体诗一百九十二首；卷末附其弟子跋诗二首。因此，朱思本又是一位文学家、诗人。"实际上道士朱思本不仅是一个重要舆地学家，也是一个成功的诗人。"[1]

朱思本跻身黄冠，是一名道士。他又被朝廷委以道职，奉诏代祠海岳，又先后担任杭州玄妙观、南昌西山万寿宫主持，因此实际上他介于道与官之间，他的诗也不是纯粹的道诗，少了山林之气，多了入世文士的心态。朱思本又是出色的地理学家、地图学家、旅行家，实际上他的诗就是他的舆地之学的结晶，是作为一位云游道士长期酝酿诗情的结果。朱思本还是一位儒士，有着很高的儒学修养。当然，他还是一位诗文家，在元代中期相当活跃，与当世名流、阁老文臣、文坛巨子都有着广泛的交往。他在《发都中》写道："畴昔居上京，结交翰墨场。壮心日已舒，归心已遗忘。"[2]就这一点来说，朱思本不是一名纯粹的道士，而是集文学家、政治人物、学者于一身的道士。多元化的身份，交融的儒、道思想，开阔的地理眼界，相互交织渗透，使得朱思本的纪行诗歌呈现出鲜明的特点和独特的风貌。杨镰先生指出："在元代道诗之中，甚至在整个元诗之中，（朱思本创作的诗）也是颇为罕见的一例。他的诗特征鲜明，同时与他的身份经历结合密切。"[3]

朱思本的诗歌内容丰富，实际上是他全部心路历程的实录。咏物、题画、写景、游仙、题赠、交游、道观，可谓是广为涉猎。不论是同题集咏，还是联句唱酬，多种形式并存。而在这些题材不一的诗歌中，纪行诗是最能体现朱诗鲜明特征的。他在《次韵答程竹逸》中描述自己的漫游经历"劳生阅百州，辙迹天下半。"[4]他丰富的游

① 杨镰：《元诗史》，人民文学出版社2003年版，第716页。
② 朱思本：《发都中》，杨镰主编《全元诗》，中华书局2013年版，第27册，第55页。
③ 杨镰：《元诗史》，人民文学出版社2003年版，第716页。
④ 朱思本：《次韵答程竹逸》《全元诗》，第27册，第62页。

历生活，独特的人生经历，多重身份的观照，造就了纪行诗的独特意蕴和风貌。朱思本在任玉隆万寿宫主持期间，曾先后两次返回京都。分别为：元文宗至顺元年（1330），他时年 58 岁，北上大都，次年又南归江西；元顺帝元统三年（后至元元年 1335），时年 63 岁。第一次的往返经历留下了大量纪行诗，有据可稽；第二次出游不见诗词留存，惟载于许有壬《朱本初北行稿序》。朱思本在主持江西玉隆万寿宫期间，也曾多次出游，访道山中，留下了数量不少的道教纪游诗。朱思本也曾扈从上京，但他并未留下直接反映扈从生活的上京纪行诗，只在多年以后追思过壮游河朔的情形。纪行诗反映了道士诗人朱思本的特点，有着丰富的地理意蕴，浸润着鲜明的儒者情怀，体现出个性化的流动气质。诚如杨镰先生评骘朱思本诗作时指出的那样："他的诗不但应该是道诗的关注点，也是整个元诗史所少见。"①可作为朱思本纪行诗独特风貌的注脚。

一、朱思本纪行诗的地理意蕴

朱思本在长期的地理考察工作中积累了丰富的地理知识，他又热衷于阅读古人的地理书，同时注重实地观察和田间调查②，为绘制一张精确的全国性地图进行了科学细致的探索工作。他曾"登会稽，泛洞庭，纵游荆襄，流览淮泗，历韩、魏、齐、鲁之郊，结辙燕、赵"③，足迹遍及华东、华中、华北、中原、东南等地区，获得大量珍贵的地理资料。他在奉旨代祠期间，每到一处，都不忘留意各地的山川形势、水文、河道、气候、气象、物候等地理现象，是一位不折不扣的道士地理学家。从事地理活动，这是基于朱思本"对元代社会疆域辽阔，交通便捷、文化多元特征的深切体认"④的。正如虞集《贞一稿序》所云："山川险要，道径远近，城邑沿革，人物、土产、风俗，必参伍询诘，会同求实，虽靡金帛，费时日，不厌也。"⑤同时，朱思本又是一位才华横溢的道士诗人，他总是喜欢把他长期在外祭祀山川河岳的经历和漫游过程用诗歌的方式记录下来，这成就了他独具一格的诗文。明人吴宽说："宜一时大家。"⑥朱思本长期浸染于此习惯中，他的诗歌也因此带上了浓郁的地理色彩，使得诗歌的题材涉及山川、水文、河流、气象、气候、物候、古迹等方面，给人不一样的审

---

① 杨镰：《元诗史》，人民文学出版社 2003 年版，第 717 页。
② 盖建民：《略论玄教门人朱思本的地图科学思想》，《宗教学研究》2008 年第 2 期。
③ 朱思本：《舆地图自序》，《全元文》，第 31 册，第 381 页。
④ 邱江宁：《元代文坛：多元格局形成与地方力量推助——以江西乡贯为中心》，《上海大学学报》（社会科学版）2017 年第 4 期。
⑤ 虞集：《贞一稿序》，《全元文》，第 26 册，第 254 页。
⑥ 汪砢玉：《珊瑚网》卷十一《无名公为朱炼师本初七序墨迹》，《景印文渊阁四库于书》，台湾商务印书馆 1986 年版，第 818 册，第 185 页。

美内涵,这是朱思本诗歌的独有特征。实际上,他的诗就是他的舆地之学的结晶。[①]

1. 山川地理的美学呈现,城镇地貌的宏阔视域

朱思本习惯于用地理的视角去审视自然现象,在诗意化的语言支撑下,表现出苍茫雄浑的气派,体现了一种鲜明的审美趣味。《玉山县》:"连峰结长阴,一水界空碧。"浙赣大地历来以重峦叠嶂的怀玉山为界山,山势峻险,一水环绕。《太平寰宇记》卷一百七记载:"玉山县东北九十里十八乡,按县图云:'本汉鄱阳县界,衢山之西鄙也。'以其怀玉山,故为称然。他山合沓,峻岭横亘,溪谷皆邃,牙分其流,虽步通三衢而水绝干越,千峰万拥,限隐不可得而虞也。"[②]朱诗所记具有地理描写特征。《浙江》一诗写道:"吴越山连海岸头,两山迎送意绸缪。"吴越山海相连,江浙陆海贯通。诗人高屋建瓴,眼前的地利形势尽收眼底,寥寥数笔,境界全出,让读者仿佛置身于海天相际的背景中。诗人总是从大处着笔,融通一体,简洁勾勒却又视野宏大。这应该也是获益于他多年驱驰南北的地理观察。在朱思本的纪行诗中,总是在不经意间穿插他对眼前自然形势的体察。这样的描写,不仅开拓了诗歌的境界,而且具有独特的艺术感染力。诗人似乎专注于融山入水,山水相依构成他诗歌的底色。诗人往往在这种山水格调的地理空间中,徐徐展开画卷。如"合沓清江曲,嵯峨三会峰"(《游玉笥山别蓑月》),诗人就在这清江曲水、嵯峨青峰的绝妙空间中开启了自己一天的行程。《通州》一诗更是写出通州地区的特殊地理位置和地利条件,如"王畿昔全燕,东郊控辽海"句,沾染上浓烈的地理色彩。在《观海舶》中,诗人写道"直沽环海滢,地利殊未发",表达了自己对直沽口优越地利潜力尚未有效开发的思考。《长芦镇》的"长芦际东海,海水日夜浮",开篇也是以长芦镇和东海的地理关系入题。融入山川、大海、城镇的地理色彩,这是朱思本纪行诗的特点。

2. 河流海洋的记录

朱思本的纪行诗一般不去注意沿途风光,而是留意行程中所到之地的河流情况和大海特征,这或许就是作为道士兼地理学家的习惯使然。其纪行诗涉及钱塘江、赣江、闽水、长江、京杭大运河、淮河、黄河、泗水、太湖、高邮湖、会通河、汶河、梁山泊、御河、东海、渤海、南海等,横跨三大水系,思接两大海洋。

在《金山歌》中,诗人写道:"金山上,江流触石掀白浪。金山下,江水朝宗疾如马。"诗人船行至长江之中金山,江水与山岛相互击撞而形成"江流触石""水势激荡"的特征,确实是振聋发聩,云诡波谲。在朱思本的笔下,山川景物极富空间动态美。千百年来,金山在江水的日夜冲击下,地形地貌发生了很大变化。行役路程之

---

① 杨镰:《元诗史》,人民文学出版社 2003 年版,第 715—716 页。
② 乐史:《太平寰宇记》卷一百七《江南西道》,《景印文渊阁四库全书》第 470 册,第 150 页。

中,有时候烟水阻隔,难免产生行路难之感。"长湖三日波涛恶,孤馆五更风雨寒。"
(《高邮驿阻风》)长湖是高邮湖,连续三天的风雨飘摇,波高浪起,诗人只能困顿孤
馆,躲避大水,择日北上。《淮河曲》有云:"淮水清,河水浊,二水交流风更恶。"写出
了黄、淮两水交汇的真实情形,只有亲历之人才有如此眼界。在《御河》诗中也有表
现,"御河注东北,汩汩如浊泾",交代了御河的流经去向和径流特点。《梁山泊》极
力颂扬自然造化之功,诗云:"大野传禹功,厥浸连鲁卫。翳荟涵虚恬,苍茫眩溶漾。
济阴极东原,连云浩无际。"写出梁山水泊的云水苍茫、浩荡无垠,地理意味很浓。
许是缘于朱思本对地理山川的深厚感情和工作常态,他的纪行诗时而涉及河流水
文的记载,甚至还描写大海海水的特点。《直沽口》诗云"直沽海水白,黄流汩其
涯",写出了海水的色泽和动态。

3. 气候物候的反映

朱思本长期漫游南北,驱驰东西,深切感受到气候的变化,物候的轮转。遭遇
恶劣天气甚至于反常的气候,也不是新鲜事。朱思本以一个独特的诗人视角去感
受这些,给人们留下了深刻的印象。他的纪行诗有多篇涉及气候气象的记录,饶有
趣味的文字描绘,产生出异样的审美感官。

《至顺二年夏五月二十八日自通州登舟南归连日阴晦凉如深秋六月八日过陵
州风雨寒甚清晨可以挟纩》详细记录了诗人乘舟南归途中所遇见的一次反常天气。
全诗如下:

> 阴阳失调燮,寒暑不复常。时当三伏中,诘旦如秋霜。浮云蔽白日,错莫
> 无精光。鹑火惨不舒,祝融窜退方。飒飒风雨至,海气侵肌凉。篙师向我言,
> 怯此单衣裳。盛夏资长养,反常即为殃。平生忧国心,愿睹斯民康。天公果无
> 私,曷以赞我皇。安得生翮羽,上诉摩穹苍。

炎炎夏日三伏天,却是连日的秋霜降临,飒飒的风雨时至,使人顿感愁云惨淡、
寒气逼人。盛夏气候和严寒节气倏忽之间转换,令旅途中的人猝不及防。诗人在
旅途的舟行中感受着这一切,由此联想到异常气候的出现必将导致灾殃,"盛夏资
长养,反常即为殃。平生忧国心,愿睹斯民康",诗人一片忧国忧民之心天地可鉴。
诗人没有沉浸在突变天气的慨叹和责难中,而是转而抒写忧民之心,这就升华了诗
歌的主题。

《季冬雷雨弥月暖如春》是一首纪实性很强的气候诗。至顺二年(1331)冬天的
十二月,诗人还在由北返南的路途上,雷雨弥月,水陆不辨,气温骤升,季冬如春,行
程艰难,不堪其苦。"至顺二年冬,阴阳益骄蹇"点明了反常气候出现的准确时间,
"时当复为临,已觉寒气浅"写出此时此地独特的身体感受,"霰发无希声,泉源有余
泣。崇朝急雨至,永夜奔雷转"写出异常天气作用下的奇怪自然现象,"翳翳逾两
旬,濛濛失苍巘"道出反常天气持续时间之长,"溪流与平陆,咫尺不复辨"则写出长

期的雨水浸淫陆地的情景,一幅时空颠倒的画面。面对季节和气候的异常,最愁苦的还是农人。"胡为甘泽旱,常恐朱夏鲜",对于上天的发问和心底的困惑,也只能在"举头见浮云,浩浩那可骞"中悲叹老去。《早春水涨寒甚》也是一首描写春冬两季气候颠倒的纪实之作。"十日九雷雨,泉源尽奔腾""北风间号寒,泥泞兼轻冰",雷雨交加,北风呼啸,春水奔腾,寒冰泥泞,仿佛又回到了冷冬。这种"未闻惊蛰先""冬春反常令"的奇怪现象,着实让人惶恐难耐,无法面对。

朱思本对于这种气候气象的记录完全是符合实情的,作为游历经验丰富的道士兼地理学家,他对自然界的反常现象倍加关注,并且体现在纪行诗歌中,成为他诗歌独特的内容题材,不仅丰富了诗歌的意蕴,而且还能为研究元代的气象气候学提供参考。

4. 农田水运的涉及

无论是北上京都,南下江西,还是访道山中,朱思本总是留心当地的农业水利,关心国家的河运海运事业。因此,在他的纪行诗歌中,也总是谈及良田、屯田、围田、湖田等农业地理和运输事业,使诗歌呈现出别样的风貌。

太湖平原自古就是沃野千里,鱼米之乡。当诗人路经江浙大地,看到的是"君不见浙右良田千万顷,陈陈积粟深于井",一幅富庶殷实的图景展现在我们的眼前。当诗人到达北方的直沽口时,看到那里的地利潜力未及开发,不禁向统治者提出就地屯田的良策,诗人在《观海舶》中写道:"屯田信良谋,经国在明哲。王畿苟殷富,飞挽诚可辍。"以此保障京都粮食供应,从而减少民力运输的消耗。诗人船行至梁山水泊时,又为此处农垦地理条件的优越而赞叹不已,进而联想到可以借淮河流域围水护田的经验来开发梁山泊。他在《梁山泊》中写道:"忆昔淮逝游,潆潆环水溢。围田千万顷,蓄泄时启闭。"江西地区河湖汊港纵横交错,围垦造田形成湖田,则成了元代江西的一种特有农业地理景观。为此,朱思本还兴致盎然写了一首《湖田》诗:

> 湖田春水涨,远近富鱼虾。浪接云边树,风回海上查。瀰沄深眹亩,浩荡失津涯。农事嗟何及,丰年望更赊。

披露了对农事的关心和挂念。类似的景象在《题玉台观》中也有提及,如"湖田水涨耕夫息,野渡舟横过客稀"。

《观海舶》描绘了元代海运的繁盛,诗中写道"大舶乘天风,蓬蓬转溟渤。岁漕千万斛,弥旬径燕赵",写出海运的非常发达,也表明了江南农业对于燕赵大地的重要性。河运同样是元朝政府的经济命脉,关系着国家的稳定。《临清会通镇》反映了会通河水运的繁忙状况:

> 世皇一文轨,强干隆中都。凿渠枝汶河,奋锸劳万夫。北流过大野,郓博咸归输。浩浩六百里,远近牵轴舻。南金出楚越,玉帛来东吴。梯航毕山海,

异状争睢盱。天府日以盈，九州静无虞。神功绝今古，圣德不可模。此地实卫要，昼夜闻歌呼。会通锡鸿名，万代稽典谟。穿碑照阛阓，列肆吹笙竽。过客立亭下，行行复踟蹰。

会通镇因河而兴，因水运而盛，凭借优越的地利和畅通的梯航，成为热闹非凡的商业城镇。这首诗出现了一系列的地理名词，南北地域汇聚一堂，山川海岳贯通一起，大大丰富了诗歌的地理意象，反映了诗人有着不凡的地理知识和宏大的视野。

可以说，他的诗与他的人文地理研究，得益于一个云游道士的身份。① 长期的地理考究养成了他诗文独特的地理视角。诗人充分利用诗歌地理因素的渗透，在上述纪行诗中，沿途地理景观的记录无不和作者的强烈情感相融合。朱思本这一类纪行诗，是对传统纪行诗歌题材的继承和发展。

二、朱思本纪行诗的儒家情结

朱思本虽遁入道门，成为玄教道士，服务于朝廷的道教事务，但是他身上的儒家意识很强烈，做到了儒道合一。他出生在一个世代读书的官宦之家，为金溪鸣阳朱氏后人。陆九渊曾经在金溪设立槐堂讲学，朱氏先祖朱栟、朱泰卿踊跃赴学，师事象山，成为陆九渊的第一批弟子和拥护者。后朱氏兄弟又随同陆九龄、陆九渊前往铅山参加与吕祖谦、朱熹的"鹅湖之会"，朱氏兄弟随堂旁听，受益颇多，留下了著名的言论选入象山语录，是后人研究朱陆之辩的重要资料。朱思本生于南宋咸淳九年(1273)，也即元世祖忽必烈至元十年。他的祖父曾担任过南宋的地方小官，一生仕宋，官至江苏淮阴宰。父亲也是读书之人，颇重礼义气节。吴全节在《贞一稿序》中谈及朱思本的家庭出身时说："临川朱本初，儒家子也。"② 刘有庆《贞一稿叙》则说："吾友朱公本初，故礼义家。"③ 以上都说明朱思本的家庭是一个典型的儒学世家，有着读书、习儒、尚义的传统，这对其一生产生了重要的影响。正如欧阳应丙在《朱炼师文集序》中指出的："抑其家学有所从欤！"④

朱思本虽然走上了一条"逃儒"、拒绝出仕的道路，他的身份是一名道士，但是他与生俱来的儒家风采和思想始终伴随他一生。他曾经多次壮游河岳，往来京都，寻山探胜，云游四方，所到之地，亲眼看见了社会现实的残酷，并将它们一一写进纪行诗。朱思本的纪行诗有数十首之多，却篇篇是充满血泪的揭露、控诉、悲悯和反

① 杨镰：《元诗史》，人民文学出版社2003年版，第717页。

② 吴全节：《贞一稿序》，《贞一斋杂著》卷首，江苏古籍出版社影印《宛委别藏》本，第13页。

③ 刘有庆：《贞一稿叙》，《全元文》，第39册，第480页。

④ 欧阳应丙：《朱炼师文集序》，《贞一斋杂著》卷首，第8—9页。

思,涉世之深,反映之广,思考之精,记录之真,实在是道士诗歌少见之景象,也少见于同时代的诗歌。杨镰在《元诗史》中对他的这类民生纪行诗给予很高评价:"其针砭时弊之痛切,判断得失之准确,在元诗之中实属罕见。"[①]朱思本的纪行诗也正因为如此,饱含着浓烈的儒家情怀和人道主义色彩。这是他纪行诗的特质。

1. 直视民生凋瘵

《浙江》写的是繁华异昔,"满眼流亡"。《庙山九日》感慨丰年欢悰不再重现,所看到的只有令人怆恻的"壮健多流亡,老羸转沟洫"。《东吴行》更是一曲灾民罹难、黎民饿死的悲歌,那曾经的"浙右良田千万顷",如今变成"十六州良田巨浸",反差之大,感人甚深。《广陵行》描写的是在先后遭遇旱灾、蝗灾、冰害、瘟疫戕害之后,十室九空,繁华朝改的景象,着实令人触目惊心。《秦邮道中》展示的画面更是惨不忍睹:

> 客行秦邮道,触目增凄惨。死人乱如麻,肝脑倾涂泥。草屋半颓压,牢落如鸡栖。一室四五人,骨肉同颠挤。狗彘既厌饫,乌鸢亦悲啼。腥风彻云汉,沴气干虹霓。问之何为尔,苦饥食蒿藜。春夏生疾疫,累累委沟溪。亲戚俱已没,他人各东西。……

这是亲目的纪实,写的悲怆呜咽,情真意切。再者《孤儿篇》描写面对"孤儿可六岁,赤立古道边。逢人即下拜,哽咽声泪连"的场景,诗人慈悲为怀,涕泗潺湲。面对残酷的民瘼,诗人一一真实再现,哀民于涂炭,救民于倒悬,其可贵的民本思想得到了彰显。

2. 痛斥官吏贪婪惰政

朱思本对腐败、残暴的地方官吏的揭露很入骨,往往置于黎民罹难的背景中,思想意义就更有高度。但是,朱思本的这种揭露是建立在他忠君爱国的思想基础上的,对里正、小吏痛恨,而对朝廷则充满着赤诚和期待。他曾说"圣明仁如天,闻此应怆恻"(《庙山九日》),"太平天子至神圣,亿万苍生仰司命"(《东吴行》),始终对当朝君子充满坚定的信念。"庙堂赈济颁良策,宣阃爱民心甚力"(《广陵行》),对朝廷及时颁布良策,救民于水火,表示认同和赞颂,这与对那帮欺压百姓、鱼肉苍生的下层官吏的态度是完全不一样的。《广陵行》中,面对"十室八九无炊烟"的惨局,朝廷极力赈灾,地方官吏却是"县胥里正肆奸欺",终致"远者那能沾帝泽",全然不顾天下苍生死活。《御河》里"守令肆豺虎,里胥剧蝗螟",亟须救助的灾民,遇到的却是比豺狼、蝗虫还凶残贪婪的地方官员,真是惨不忍睹。《长芦镇》虽写的是繁荣气象,但是热闹的街镇上,"官盐苦高价,私粥祸所婴。里胥肆奸贩,均输及编氓",透

---

① 杨镰:《元诗史》,人民文学出版社 2003 年版,第 718 页。

露出不和谐的声音。《孤儿篇》中的孤儿命不保夕,可"守令美舆服,日事扑与鞭"。而《南昌道中》的思考似乎更加深刻,"见说田家更憔悴,催科随处吏成群",催讨税租的小吏成群结队,有如强盗入门,民力本已凋敝的田家怎能不形容枯槁、力气衰竭? 被朱思本诉诸笔端的下层腐吏,就成了元朝的掘墓人。

3. 批判弊政陋习

元朝是少数民族统治的政权,统治者按照地位高低将人分为蒙古人、色目人、汉人、南人四等。蒙古人和南人刚好处于两端,蒙古人的地位很尊崇,拥有很多特权,而汉人和南方汉族人士始终进不了政治的中心,时常被边缘化。因此,当时社会上出现了很多极不公平的现象,官吏选拔制度也暴露出积弊,朱思本看在眼中,反映在诗中。《观猎》揭露了政治的病态。"良家子弟尽骄悍,弯弓大叫随跳梁",蒙古贵族子弟骄横跋扈,不可一世;"停鞭借问谁氏子,虎符世世绾银章。或在鹰房久通籍,或属爱马从藩王",他们世代承袭,累世为官;"生来一字都不识",却过着"割鲜豪饮须看张"的奢华生活;"夜归酣笑诧妻女,鞍马累垂悬两狼",真是醉生梦死,骄奢淫逸;"一朝亲故相荐拔,起家执戟齐雁行。剖符作郡拥旄节,炙手可热势莫当",蒙古贵家子弟一字不识,胸无点墨,却能借助权柄加官晋爵。相形之下,汉家青年却是"儒生心事良独苦,皓首穷经何所补。胸中经国皆远谋,献纳何由达明主",报国无路,济世无缘。地位的悬殊,社会的不公,导致人才的流失,政治的腐败。朱思本对此现象的责难也是发人警醒的,他很有思想的高度,高屋建瓴,引起了儒士们的强烈共鸣。《盗发亚父冢》则是指责民间盗掘行为的贪心和不义,《弃亲行》反映了金陵地区丧葬陋俗的弊害。作为一位方外人士,朱思本却有着强烈的社会责任感和敏锐的政治眼光,真是难能可贵。

4. 积极的用世献策心态

朱思本的一部分纪行诗有民生诗的意味,他在诗中一再强调自己是出于讽谏的初衷来反映社会现实的,这就继承了唐代杜甫、白居易的诗歌精神,力图用诗歌补察时政,改进弊病,拯救国度。这一方面表现为作诗是为朝廷采诗服务的,是给统治者献忠言以供参考采纳。如《庙山九日》:"圣明仁如天,闻此应怆恻。谁当绘为图,献纳通宸极。"《广陵行》:"人生有情须怆恻,惆怅龚黄难再得。大书传作广陵行,持斧何人应动色。"《孤儿篇》:"采诗俟王命,聊著孤儿篇。"《弃亲行》:"谁当传此弃亲诗,愿与斯民振颓靡。"以上诸句俱表明了典型的采诗献纳的旨意,有着浓厚的政治气。另一方面,鲜明地表达了自己的治世良策,体现忧国忧民的胸怀。《东吴行》指出调粟救荒非良谋;《观海舶》提出"屯田信良谋,经国在明喆"的主张,若遵此则王畿殷富,"飞挽诚可辍",能解除漕运负担;《梁山泊》则又力推"围田"举措,"苟能用斯术,富庶良可继",造福于民。都是富民安邦之策。

作为一名道士,却有着忧国忧民的思想和经邦济世的胸怀,这在元代中后期的道士中实在是罕见其俦。他"心之所存,身之所履,则未始离于儒也"①。虞集曾评价说:"公(朱思本)至顺庚午如还道中诸诗,盖无愧杜工部《石壕吏》《无家别》诸篇。"②他曾经凭吊杜甫墓,并写下了《吊杜子美文》,文曰:"伊文章之得失,与世运而推移。耿精诚于日月,贯忠义于虹霓。岂太白之诗名,敢先生而并跻。斯名教之攸系,艮万古而相维。"③表达了对杜甫的追慕,这种民生情怀和儒家思想实际上与诗圣杜甫是相通的,也反映出传统诗学精神的一脉相承。

三、朱思本纪行诗的流动气质

朱思本是一位云游道士,是一位行者,"游"是贯穿他一生的特性。他又不同于一般的江湖游士,他涉足之广,身份特殊,他的纪行诗是他行程的记录,是他心迹的映射。"游"的特性体现在诗歌创作上,便是一种流动的气质。朱思本的纪行诗记录了壮游两都、北上大都、造访仙馆的经历。

1.地理线性空间场景

朱思本元英宗至治二年(1322)南下江南,在南昌西山万寿宫主持道务,于元文宗至顺元年(1330)重返京都。这一次往返京师的过程,较为清晰地记录在他的《贞一斋诗稿》中,留下了数十篇纪行诗。始于《发山中》,他的纪行诗侧重于自然场景的线性空间纪录。诗歌巧妙嵌入沿途地名,将出行的线路钩稽串联,可以复原一副经行导航图。他从江西龙虎山出发,途经江西弋阳、玉山、浙江常山、浙东、庙山驿、浙西、东吴、金山、广陵、高邮、淮河、丰县、沛县、徐州、青州而终大都。至顺二年(1331)南归又始于《发都中》,自通州登舟,路经直沽口、沧州长芦镇、陵州、临清会通镇、东昌、梁山泊、高邮、扬州(邵伯驿)、金陵等地返回江西。这条由赣入浙、北上京都的路线大致和《天下水陆路程》卷七记载的情形极其相似,其中,在"江西城由广信府过玉山至浙江水"的详细路程中,几个重要的交通节点有赵家围、安仁县、铅山县河口、草平驿(浙赣界,陆路)、常山县(下水)、衢州、严州府、富阳县。④ 在时空的变换中,水陆兼而有之,众多的地名、河流汇集在诗中,构成了朱思本纪行诗的空间书写,形成极富地理色彩的地域流动。地理空间的流动,也使诗歌染上鲜明的地域色彩。当朱思本行走在江西的山水间,诗歌多是山、岩、峰的意象;当他从常山登舟一路北上,或者在南下的舟中,诗歌却又是充斥着水意象,河流、湖泊、舟船、驿站、城镇共同组合成旅行的空间。而当他足迹至北方海边时,他笔下描写的大海、

---

① 许有壬著,傅瑛、雷近芳校点:《许有壬集》,中州古籍出版社1998年版,第407页。
② 虞集:《鹤斋诗》,《全元诗》第26册,第328页。
③ 朱思本:《吊杜子美文》,《全元文》,第31册,第405页。
④ 黄汴著,杨正泰校注:《天下水陆路程》,山西人民出版社1992年版,第203页。

海盐、寒冷,又是另一番景象。他早年壮游两京,所见景物又充满着异域风情。如"屡骑沙苑马,几泛御河船"(《诸昆弟友朋属和者叠出追忆旧游依韵再赋》),带有明显的北方草原特色。他与好友柳贯一起追忆往事,"忆昔事北游,山川饱经行",那个时候所见的是"易水霜月白,燕山云树清",雄浑苍莽之景,迥异于南方。地理空间的线性展开,使纪行诗呈现出明显的地域文化特色。朱思本的纪行诗注重地理景观的连续推进,移步观景,加上鲜明的地域色彩,从而形成富有特色的空间书写表征。

2. 身份意识的潜在流动

朱思本身兼多重身份,他的身上表现出极其浓厚的多元因子,与那个时代文化融合的大趋势是相符合的。他是道士,又有着不折不扣的儒士心态;他是一名地理学家,又是一名游士;他是朝廷委以重任的道官,又是较有成就的诗人。他的身份意识很强烈,在他的纪行诗中也得到了很好的展现。朱思本中年客居京都,被授以重任,这一时期他壮心不已,挥洒自如,是一种积极用世的儒士心态和政治情怀。他在《诸昆弟友朋属和者叠出追忆旧游依韵再赋》中表明自己的坚定信念:"忆昔游京国,驱驰属壮年。致君心炯炯,恋阙思悬悬。"一副儒官的面貌和胸怀。《道传先生才学重当世与予游将二十年往岁别于都中思慕良切比提学江西复时得聚首殆将满考乃访予玉隆宿留数日临别赋长句见赠次韵奉酬聊叙今昔以写怀耳》:"忆昔事北游,山川饱经行。挥鞭过河朔,振袂趋神京。"饱含壮游两都的豪迈,又是游士的气魄。他在京都结交翰墨,出入玉堂,与京城名士文人交游唱酬,又是一种文士诗人的洒脱、灵性和多情。如《玉堂诸老赏梅花于唯贯精舍伯生先生即席赋诗和者成轴明日仆始知之次韵聊发唯贯主人一笑》:

> 江南腊尽梅残后,冀北春深花正开。窈窕绿花天上见,联翩青鸟海边来。西湖梦断迷烟雨,东阁诗成费酒醅。文会我遗应自笑,好耕耘处久污莱。

他往返京城和江南之间,亲历江淮百姓的疾苦,看到社会的弊病,又不禁哀民生多艰,痛政治多弊。此时,他又化身为济世经邦的儒者,有着家国天下的儒家情怀。而当他退居林泉,归隐西山之后,四处拜谒名山和道观,经行之处,又是一位得道的真仙。所写几十篇宫观纪游诗,以道士的心态审视参入,笔下的道教宫观往往和仙话传说糅合在一起,充满着一股仙气清意。如《景福观》:"真观留芳躅,陶仙岂隐君。松篁深蔽日,苔藓湿生云。访古无碑志,题诗纪见闻。山人有天趣,清坐对炉熏。"诗中所写之景、人、感受等完全出于一个道士的文化心理观照,意气淡远,自然有天趣。

朱思本就是这样一位有着多重身份的诗人,他的身份意识时常在纪行诗中游动,不同视角的转换,各种身份的切换,使得纪行诗呈现出流动的风情,给人一种动态美、空间美。他的诗不再是单色调,而是不同心绪、意象、空间的流动,产生柔美的视觉感受和审美意趣。

朱思本的纪行诗是时代的产物，也是他个人经历的结晶，更是他多元身份交叉叠合作用下形成的独特文学景观。在朱思本的身上，还有着多元思想的融汇。他不仅有着严谨的地图绘制思想，还有着对自然雷电的科学认识；在对星命说的荒谬做出有力批判时，又体现出可贵的朴素唯物主义思想；他作为道士，却不迷信仙道奇术，还有着兼济天下的儒家思想正如时人许有壬所说。朱思本"跋涉数千里间，山川风俗，民生休戚，时政得失，雨潮风雹，昆虫鳞介之变，草木之异，可善可愕，可歌可笑，大略皆尽，盖其蝉蜕声利，笑傲方外所持也专，故所走也至"①，他的纪行诗正好是呼应了这句话，这句话也可以作为其诗歌的注脚。多重身份和多元思想的碰撞交融，南北文化的融会，都对朱思本的诗歌产生了巨大影响。他的纪行诗有着多面性，既内涵丰富，特色鲜明，又有着浓郁的地理意蕴，强烈的儒者情结，以及道教的山林之风。地域空间的线性展开和身份意识的游移，又使得纪行诗产生流动的质感，内敛之下透出生命的活力和张力。多重身份的影响，地域的切换，思想的积淀，使得他的纪行诗情感充沛而浑厚，时而是吟哦山川的浩大寥廓，时而又是杜甫式的沉郁顿挫，时而是壮游两京的豪迈超群，时而又是道家的自然飘逸。文化的多元融合，儒道交错的身份特征，地理的感官反应，这是朱思本纪行诗之所以呈现出个性突出、风韵独特的文学面貌的原因。

---

① 许有壬著，傅瑛、雷近芳校点：《许有壬集》，中州古籍出版社 1998 年版，第 407 页。

13—14 世纪西方纪行者呈给蒙古
可汗的泥金装饰手抄本

程思丽

内容提要 本文通过研究蒙古王朝和基督教传教士间的礼物赠予行为,探讨于 13—14 世纪前往蒙古首都喀拉和林和元大都的西方传教士们与蒙古首领之间的跨文化联络。本文聚焦在该时期出使蒙古地区的行程中,传教士记载的礼物赠予行为及与之相关的仪式与庆典。所选案例主要来自传教士威廉·鲁布鲁克和约翰·马黎诺里的记述,也提及其他传教士的相关事件,如柏朗嘉宾、匈牙利的朱利安、隆瑞莫的安德鲁、意大利伦巴第的爱思林纳斯、波代诺内的鄂多立克和约翰·孟高维诺。本文开头解释了 13 世纪初西方传教士看待礼物的视角,并在文中展现了他们的看法与蒙古可汗的社会和政治期许之间时有冲突,以及这些冲突是如何化解的。鲁布鲁克传教士向撒里答展示的包含精美泥金装饰图画的书卷,便是例子之一。

关键词 柏朗嘉宾 鲁布鲁克 马黎诺里 东西方文化冲突与交流 泥金装饰手抄本

13—14 世纪间,欧洲与亚洲错综复杂且瞬息万变的政治、军事、宗教及社会环境导致了西方基督教传教士与蒙古首领之间一系列直接接触。蒙古在东方的崛起,被认为是"亚洲在 13 世纪所发生的最重要的事件"[①]。对蒙古这三次西侵的汹汹来势,西欧各国愈发感到吃惊。然而此时,西欧仍以为自己面临的最大威胁是穆斯林,对新崛起的蒙古势力所知甚少,而且西欧内部也因政教两方面的重重矛盾而麻烦不断。在即将彻底被蒙古军摧毁之际,西欧危机四伏的命运却被历史的偶然事件改写。当蒙古军于 1242 年初得到窝阔台去世的消息时,立即停止西侵并开始撤军。蒙古人花了四年的时间才达成协议,选出新的大汗,这给了欧洲求之不得的喘息机会,也为外国传教士出使蒙古埋下了伏笔。

---

① Rachewiltz I. *Papal Envoys to the Great Khans*, London: Faber and Faber, 1971, p. 41.

一、基督教传教士:礼品和际遇

1245 年,罗马教皇诺森四世(Pope Innocent IV,1243—1254 年在位)派遣天主教方济各会传教士柏朗嘉宾(John of Pian di Carpini)出使蒙古。在柏朗嘉宾 1247年回到罗马的六年后,也即 1253 年,同是方济各会传教士的威廉·鲁布鲁克(William of Rubruck)经法国国王准许也踏上了出使两年的旅程。柏朗嘉宾出访带有四个使命:第一,探明蒙古国情并向教皇汇报;第二,尝试与蒙古首领建立外交关系;第三,向蒙古地区介绍基督教;第四,联络其他教会的领袖以推动基督教世界的统一。[①]教皇的主要目的是保护欧洲免受新一轮的蒙古入侵。另一方面,虽然鲁布鲁克由法国国王派遣,但并非以官方使节的身份出使,而是完全出于他个人的宗教动机。然而,鲁布鲁克也向法国国王汇报了出使蒙古的经历以及蒙古人的相关状况。

幸运的是,这些传教士所写下的纪行游记被保存至今,记叙了他们对所到之处和对蒙古人的行为、信仰、习俗以及生活方式的观察。无论是在军营中、莽莽草原上还是在蒙古首都喀拉和林(Karakorum)和元大都(Khanbaligh),传教士的描述都能帮助我们理解他们如何看待自身与所遇见的蒙古人之间的差异。传教士们来自与蒙古非常不同的社会与文化环境,他们一路遭遇了许多挫折和挑战:如饮食差异,或是缺乏食物;不同的礼节、期许和与仪式相关的规矩法律;沟通不畅导致误解,更不用说语言上的区别了。传教士们必须做出妥协并竭尽所能保障自己能坚持完成使命,他们利用了能得到的所有帮助,也调整了他们的宗教守则和做法来适应眼前的情况。

经考察传教士记叙中他们需要参与礼物赠送的蒙古仪式,我们可针对以上提到的一些差异和调整进行分析。本节勾勒并举例说明传教士游记中所记载与蒙古人进行礼物赠与的六个主要方面,包括:(1)蒙古首领对于外国使节呈送礼物的要求;(2)外国使节常带礼品的品类;(3)传教士们因为他们的宗教誓言而陷入缺乏物质财物的困境;(4)一些蒙古首领对传教士的困境表现出的理解和宽容;(5)一些传教士面对蒙古可汗所赠礼品难以接受;(6)蒙古人对来访者未来礼品的要求。

本文在后面将会通过两位传教士的游记,即鲁布鲁克和约翰·马黎诺里(John of Marignolli,Giovanni de' Marignolli, ca. 1290-ca. 1359)的记录,来举例阐释他们所遭遇的文化冲突以及他们是如何化解这样的冲突。

---

① Rachewiltz I. *Papal Envoys to the Great Khans*,London:Faber and Faber,1971,pp. 84-88.

(一)外国使节必须向蒙古领导人呈送礼物

任何使节在面见蒙古可汗时都被要求呈送礼物。呈送礼物是很重要的礼节，被蒙古人视为臣服与尊重；未呈送礼物则是对可汗的冒犯或侮辱，甚至可视为挑起战争的信号。1245年4月，柏朗嘉宾东行首先到达波兰，在此收集有关蒙古的信息，并筹集旅行所需物品。而当时的波兰地区，刚刚遭受了蒙古军的袭击。当地的沃里希连王公瓦西里科·罗曼诺维奇(Lord Vasilko Romanovich, Duke of Volynia, 1203—1269)建议柏朗嘉宾给蒙古人准备见面礼物[①]：

> 如果希望前往鞑靼人那里，那就必须准备一些重礼送给他们，因为他们非常令人厌恶地索求礼物；而如果不向他们馈赠礼物，使者就不能圆满地完成自己的使命(这是千真万确的)，他们甚至会对使节不屑一顾。

不像商人，这些传教士没有什么值钱的东西可送。柏朗嘉宾就购买了"大量的海狸毛皮和其他兽类的毛皮"作为礼品。[②] 但在西行途中，几乎每个地方的首领都会索要礼物，柏朗嘉宾很快意识到自己一路都在被敲诈勒索。尽管有些首领已经收过礼物，但还会继续索要更多的物品，"我们被迫送更多礼物，但他(蒙古首领)仍算尽机关，施展巧计，以便再骗取我们的一些其他东西"[③]。

到了阔连察(Corenza，尤赤[Jochi]的侄子，也叫忽鲁木失[Qurumshi])的营地以后，这位首领向柏朗嘉宾索要了各种礼物。但至少阔连察在打发柏朗嘉宾一行人上路之前，让他们在自己营地休息过夜。[④] 柏郎嘉宾到达拔都(Batu)大营，当又被问到有何宝物献纳时，他回应道：

> 教皇并未赏赐任何礼品以备献贡，但凭着上帝和教皇的恩惠，我们将竭尽所有向可汗表示敬意。[⑤]

尽管无法知道柏朗嘉宾送了什么具体礼物，但拔都对他的礼物应该是满意的。随后，拔都派人护送柏朗嘉宾到达大汗贵由汗(1246—1248年在位)的营地，及时赶上了加冕大典。

---

① 根据道森(Dawson)的注释，瓦西里科·罗曼诺维奇是加利奇国王的儿子。他的兄弟，丹尼尔·罗曼诺维奇·加利奇(1201—1264)是在西征中幸存下来的最有影响力的俄国王子。

② Carpini P. *Ystoria Mongolorum Quos Nos Tartaros Appellamus*, London: Sheed and Ward, 1955, p. 51.

③ 耿昇著，何高济译注：《柏朗嘉宾蒙古行纪 鲁布鲁克东行纪》，中外关系史名著译丛，中华书局1985年版，第90页。

④ 耿昇著，何高济译注：《柏朗嘉宾蒙古行纪 鲁布鲁克东行纪》，中外关系史名著译丛，中华书局1985年版，第92页。

⑤ 耿昇著，何高济译注：《柏朗嘉宾蒙古行纪 鲁布鲁克东行纪》，中外关系史名著译丛，中华书局1985年版，第94页。

　　鲁布鲁克从商人那得知进贡礼物的必要性,他带了"一些君士坦丁堡的地道水果、马奶葡萄酒和精致饼干,计划送给路上遇到的第一批鞑靼人首领,以期路途顺畅,毕竟空手前往是不礼貌的"①。在前往撒里答(Sartaq/Sartach,拔都之子,1252—1256 年金帐汗国可汗)所在的斡耳朵城途中,鲁布鲁克首先经过了斯可克台(Scacatai/Scatay)的营地。② 斯克台的向导问鲁布鲁克为他的主人准备了什么礼物,鲁布鲁克取出了"一壶葡萄酒、一小篮饼干,以及一盘有苹果的各类水果"。因为没见到任何名贵的纺织品,向导很不高兴。③ 另一位传教士鄂多立克(Odoric of Pordenone,1286—1331)在 1316 至 1330 年间游历中国,也曾以苹果作为礼物送给可汗。据说,鄂多立克曾在旅途中偶遇从上都前往元大都的大汗泰定帝(Yesün Temür,1324—1328 年在位)。鄂多立克熟悉蒙古人的规矩和风俗,知道任何人不能空手见可汗,于是他献给大汗一盘苹果,(大汗)从盘中取了两个苹果,咬了其中一个苹果,并拿着另一个继续他的行程。④

　　空手前来的使徒会被冷眼相待,吃闭门羹已是从轻发落。柏朗嘉宾被迫将所有身携之物献给了忽鲁木失、拔都(Batu)及沿途"贪婪的蒙古首领们",以至于终见到贵由汗时,柏朗嘉宾及其随行人员已一无所有:"我们轮流被询问想给可汗呈献什么礼物,而那时我们已经身无长物,没有礼物呈给可汗。"⑤根据柏朗嘉宾的记载:"贵由汗很意外也很失望,想不到尊贵的教皇派来的使者竟然空手而来。"因此,柏朗嘉宾一行受到了严惩,食物供给被大大削减。幸而得到一位俄罗斯金匠的援助,柏朗嘉宾及同伴才没饿死他乡。⑥

　　蒙古首领也向其领地内的普通人索要贡品。鲁布鲁克曾记载:"当信基督的鲁塞尼亚人没法再向蒙古领主进贡金银珠宝时,他们全族老少像羊群一样被驱逐到野外,在那里为鞑靼人照料牲口。"⑦

　　当鲁布鲁克到达撒里答的营地时,负责招待使者的是景教(即聂斯脱里基督

　　① 耿昇著,何高济译注:《柏朗嘉宾蒙古行纪 鲁布鲁克东行纪》,中外关系史名著译丛,中华书局 1985 年版,第 208 页。

　　② William of Rubruck. *The Mission of Friar William of Rubruck*:*His Journey to the Court of the Great Khan MÖngke*,1253-1255,London:The Hakluyt Society,1990,p.98.

　　③ 耿昇著,何高济译注:《柏朗嘉宾蒙古行纪 鲁布鲁克东行纪》,中外关系史名著译丛,中华书局 1985 年版,第 222 页。

　　④ Pordenone O. *The Travels of Friar Odoric*,Michigan and Cambridge,UK:William B. Eergmans,2002,pp.162-163.

　　⑤ Rachewiltz I. *Papal Envoys to the Great Khans*,London:Faber and Faber,1971,p.100.

　　⑥ Rachewiltz I. *Papal Envoys to the Great Khans*,London:Faber and Faber,1971,p.101.

　　⑦ 耿昇著,何高济译注:《柏朗嘉宾蒙古行纪 鲁布鲁克东行纪》,中外关系史名著译丛,中华书局 1985 年版,第 226 页。

Nestorian Christian 派）教徒科埃克（Coiac）。[①] 科埃克一边指点面见蒙古首领的礼节，一边询问他们有何礼品呈送。当得知他们什么礼物都没有时，科埃克"勃然大怒"（鲁布鲁克所言）[②]，也许他担心自己会因为鲁布鲁克一行的鲁莽而连累受责。[③]

蒙古帝国的内部政治争端及各种误会，也可能给传教士带来礼品方面的难题。1248 年大汗贵由汗（Great Khan Güyüg）逝世后，其遗孀海迷失后（Ogul Qaimish）把持朝政。海迷失后希望能从贵由汗一支（Ögödei 的后代）选出大汗王位的继承者，但是拖雷（Tolui）和唆鲁禾帖尼（Sorghaqtani Beki）的儿子中有强大的竞争者，包括蒙哥（Möngke）、旭烈兀（Hülegü）、忽必烈（Qubilai）和阿里不哥（Arig－Böke）。蒙古大汗继位权之争，导致一段时期的动荡。就在这一时期，有一位名叫安德鲁·隆格瑞莫（Andrew of Longjumeau）的道明会法国传教士到达野里知吉带（Eljigidei）将军的营地，效忠于贵由汗的将军让他去见海迷失后。隆格瑞莫在1250 年见到海迷失后。海迷失后认为隆格瑞莫一行不仅仅代表法国，而是代表整个基督教西方对蒙古的臣服。因此，海迷失后致信法国国王路易九世（Louis IX），强调法国作为新附属国必需上贡金银财宝，并威胁如不照办将受到惩罚。[④]法国国王路易九世见信后大为震惊，但没有照办。

（二）西方使节呈送的礼品

正如罗伊果（Igor de Rachewiltz）观察到的，"蒙古喜爱各类宝石、精致刺绣织布和猛禽隼鸟等"[⑤]。这些都远非柏朗嘉宾所呈的狸獾皮毛之类所能匹及，也非鲁布鲁克的水果、饼干和麝香葡萄酒可比拟。蒙古可汗真正想要的是金银珠宝和丝绸缎带，富裕的外国商人反而能提供这些物品。柏朗嘉宾见识的最奢华的一组礼物是在贵由的大汗加冕典礼上，来自亚洲各地的外国使节都出席了仪式。柏朗嘉宾对礼品的描写如下：

> 使节们所呈之物精美丰富，令人赞叹——所见即丝绸、锦缎、天鹅绒、织锦、镶嵌金线的真丝腰带、上等的毛皮……给（大汗）遮阳的华盖……都镶嵌着宝石……驼队也装配着最好的鞍和坐具……很多马匹和骡子都披着皮甲或铁

---

① 关于基督教包括景教的历史，见 Diarmaid MacCullogh. *A History of Christianity：The First Three Thousand Years*，London：Penguin，2009.

② 耿昇著，何高济译注：《柏朗嘉宾蒙古行纪 鲁布鲁克东行纪》，中外关系史名著译丛，中华书局 1985 年版，第 230 页。

③ 耿昇和何高济译为"如果他发现我们有什么都不准备送，那他会感到蒙受莫大的侮辱"（230 页）。道森说科埃克"was much scandalised"（117 页）。

④ Rachewiltz I. *Papal Envoys to the Great Khans*，London：Faber and Faber，1971，p. 123.

⑤ Rachewiltz I. *Papal Envoys to the Great Khans*，London：Faber and Faber，1971，p. 188.

甲……不远的山上,更停放着五百多辆大车,载满金银和丝缎。①

鲁布鲁克同时提到汉人和波斯使节为可汗带来"夏天穿的丝绸、织金的料子和棉布"②,他也记录了突厥使节带来的"厚重"礼品③,蒙古人的挚爱——来自中亚的"汗血宝马"。在 1328 至 1329 年间"某使节曾前往元大都向大汗进献宝马"。这令朝廷上下人心激荡,文人即兴作诗,记录盛况。④这些都形成了 1342 年马黎诺里向元惠宗(Toghon Temür,1333—1370 年在位)进献宝马背景,下文会具体讲述。

(三)无财产传教士们的困境

然而,蒙古首领对贵重礼物的索求让基督教传教士们陷入两难境地。作为传教士他们放弃了所有世俗财富,自然没有蒙古首领所期待的金银财宝。这是 13—14 世纪访问蒙古的基督教传教士们面临的共同问题。传教士们被迫想出创造性的解决方案,以不同的方式来应对难题。

如上所述,柏朗嘉宾告诉蒙古首领"教皇没有送来礼物",但他自己"愿尽己所能,献己所有"。面对科埃克的怒火,鲁布鲁克解释自己是一个毫无世俗财产的传教士:

> (传教士)既不拥有也不接受更不负责黄金、白银或任何财产,唯有敬神的书籍和礼器,所以我们没有为可汗和可汗的部下带来礼物。作为一个已经放弃自我财富的人,我也无法成为他人物品的拥有者。⑤

当鲁布鲁克终于见到蒙哥可汗时,他说道:"我们无金银宝石可献,唯有上呈自己祈求上帝,为可汗祈祷神的庇护。"⑥

(四)蒙古人对传教士的理解和宽容程度

一些蒙古首领对传教士的境遇并不同情,这种心态在西教东传刚开始的几年尤为显著。蒙古首领对西方传教士的态度也可能与双方的性格有关。爱思林纳斯

---

① 耿昇著,何高济译注:《柏朗嘉宾蒙古行纪 鲁布鲁克东行纪》,中外关系史名著译丛,中华书局 1985 年版,第 102 页。

② 耿昇著,何高济译注:《柏朗嘉宾蒙古行纪 鲁布鲁克东行纪》,中外关系史名著译丛,中华书局 1985 年版,第 215—216 页。

③ 耿昇著,何高济译注:《柏朗嘉宾蒙古行纪 鲁布鲁克东行纪》,中外关系史名著译丛,中华书局 1985 年版,第 309 页。

④ Rachewiltz I. *Papal Envoys to the Great Khans*,London:Faber and Faber,1971,p. 188.

⑤ 耿昇著,何高济译注:《柏朗嘉宾蒙古行纪 鲁布鲁克东行纪》,中外关系史名著译丛,中华书局 1985 年版,第 230 页。

⑥ 耿昇著,何高济译注:《柏朗嘉宾蒙古行纪 鲁布鲁克东行纪》,中外关系史名著译丛,中华书局 1985 年版,第 265 页。

传教士(Friar Ascelinus)不仅遇到了一些傲慢无情的蒙古首领,而他自身也很固执并不懂变通。1247 年 5 月 24 日,爱思林纳斯来到拜住(Baiju,1242—1256 年任统领)的营地觐见这位小亚美尼亚和美索不达米亚的统治者。但他没有照例准备贡品,还称罗马教皇(而非大汗)为最伟大的人,甚至要求蒙古人信奉天主教。拜住因爱思林纳斯的无礼而大怒,并判处将他剥皮的极刑。所幸拜住的妻子和一位负责传教士事务的官员从中交涉,援用保护外国官方使节的律例,爱思林纳斯才幸免于难。①

有的蒙古首领对传教士更加包容,甚至会允许他们破例。撒里答和蒙哥都没有向鲁布鲁克索要厚礼,也没有强迫他行跪拜礼。也许他们对那些与景教信徒有过密切接触的人更宽容些。蒙古人势力崛起之初,景教信徒就与他们生活在一起,到 11 世纪初,大部分克烈(Kerait)部落都接受洗礼。在蔑儿乞(Merkit)和汪古(Öngüt)部落中也有重要的基督教元素。许多成吉思汗的王室家族成员都是信徒,包括忽必烈汗的母亲,也许还有伟大的贵由汗。这些景教信徒在与传教士们的交往中忠心有别。他们首先忠于蒙古人,因蒙古人为他们提供保护、安全和工作;但也忠于与其有共同信仰的基督教传教士。这种情况可能有助于解释景教信徒对来访的传教士的矛盾行为。如科埃克一开始对传教士十分严苛,但后来态度逐渐软化,更能体恤。科埃克最初因传教士没为撒里答准备礼物而发怒,听了鲁布鲁克解释因宗教原因放弃所有世俗财产后,科埃克的态度转变了:

> 他亲切地回应我说,作为传教士,遵守誓约无可指摘。他也没有要求我们赠送礼物,反而在我们需要之时尽己所能提供帮助。他还让我们坐下,并请我们喝牛奶。②

科埃克不仅平息了"怒火",甚至还请传教士们喝牛奶。

爱思林纳斯传教士除了上文提到的违反礼节,还在见到蒙古首领时拒绝行三下跪拜礼。罗伊果称其行为"严重违反礼节"③。根据坚持和遵守跪拜礼的程度,可以作为晴雨表来衡量蒙古首领和基督教访客是否顽固。早在一年前,在忽鲁木失的营地,柏朗嘉宾便熟知进入统领的帐篷前要先左膝着地行三次跪拜的礼仪。④在会面中,他遵守了必要的礼节,就如后来觐见拔都时一样:"我们先鞠躬,然后宫人告诫我们不能踩踏门槛。"⑤1246 年 8 月,柏朗嘉宾出席贵由汗的加冕典礼时注

---

① Rachewiltz I. *Papal Envoys to the Great Khans*,London:Faber and Faber,1971, pp. 113,116-117.

② 耿昇著,何高济译注:《柏朗嘉宾蒙古行纪 鲁布鲁克东行纪》,中外关系史名著译丛,中华书局 1985 年版,第 230—231 页。

③ Rachewiltz I. *Papal Envoys to the Great Khans*,London:Faber and Faber,1971,p. 116.

④ Rachewiltz I. *Papal Envoys to the Great Khans*,London:Faber and Faber,1971,p. 94.

⑤ 耿昇著,何高济译注:《柏朗嘉宾蒙古行纪 鲁布鲁克东行纪》,中外关系史名著译丛,中华书局 1985 年版,第 94 页。

意到"茫茫众人"在"边祈祷边朝南跪拜",但他和其他方济各会传教士没有加入。就任典礼后,贵由汗坐在王座上,各色人群前来致敬,柏朗嘉宾写道:"各个部落首领在他面前跪下,随后所有人都跟着跪下,而我们是例外,因我们不从属于他们。"正如罗伊果所言,没要求外国传教士下跪,是因为他们还不臣属于蒙古帝国:

> 传教士的住宿条件优于其他使节,可能因为他们的国家不是蒙古帝国的附属国,蒙古领导人也尚未摸清他们东行的意图。值得注意的是,热闹的选举庆典快结束时,王公贵族将新任大汗贵由汗拥上金色王座,但他们没有要求参与庆典的传教士和其他人一起跪拜大汗。①

然而,当柏朗嘉宾和同伴觐见贵由汗时,他们还是遵守了礼节,所有人朝大汗"左膝着地跪拜四次"②。

大约八年后,当鲁布鲁克来到蒙古时,蒙古对传教士的礼节规范或许有所放松。这是 1253 年 8 月 1 日鲁布鲁克觐见撒里答时的记载:"会面时,牧师和翻译官要跪拜三次,但我们不必跪拜。"③可见,传教士似乎可免于行礼。1254 年 1 月 4 日,鲁布鲁克一行前往觐见蒙哥大汗,负责接待他的景教神父们询问他们"想以何种方式行礼,是依照西方礼节还是尊蒙古仪式向可汗行礼?"鲁布鲁克回答道:

> 我们是用一生奉献上帝的教士。在欧洲,出于对上帝的尊敬,贵族成员并不接受教士委身行礼,但若为了上帝,我们也愿对一切人谦恭。④

这里鲁布鲁克表达的观点是,基督教徒应该只向上帝鞠躬行礼,而不向世俗统治者这样做。但鲁布鲁克处理这个问题圆滑得体,表达了对大汗的尊敬。他如此说道:"如果大汗命令我们做的事不违反对上帝的尊敬,不损害上帝的荣耀,我们会做一切让大汗高兴的事。"⑤因此翻译官只能站在门边,而传教士们却坐在大汗的家眷前。当大汗问话鲁布鲁克时,他也需先向大汗下跪行礼。考虑到跪地祈祷的姿势,鲁布鲁克便以祷告起句,感谢上帝让他们安全到达蒙古,并请求上帝保佑大汗健康长寿。⑥

---

① Rachewiltz I. *Papal Envoys to the Great Khans*, London: Faber and Faber, 1971, p.99.

② 耿昇著,何高济译注:《柏朗嘉宾蒙古行纪 鲁布鲁克东行纪》,中外关系史名著译丛,中华书局 1985 年版,第 102 页。

③ 耿昇著,何高济译注:《柏朗嘉宾蒙古行纪 鲁布鲁克东行纪》,中外关系史名著译丛,中华书局 1985 年版,第 232 页。

④ 耿昇著,何高济译注:《柏朗嘉宾蒙古行纪 鲁布鲁克东行纪》,中外关系史名著译丛,中华书局 1985 年版,第 263 页。

⑤ 耿昇著,何高济译注:《柏朗嘉宾蒙古行纪 鲁布鲁克东行纪》,中外关系史名著译丛,中华书局 1985 年版,第 263 页。

⑥ 耿昇著,何高济译注:《柏朗嘉宾蒙古行纪 鲁布鲁克东行纪》,中外关系史名著译丛,中华书局 1985 年版,第 264 页。

除了在是否下跪行礼的问题上比较灵活,蒙古人也表现出对基督教教义的一定兴趣和了解。鲁布鲁克曾听说撒里答是基督教徒,但随后断定他不是。在两者会面期间,撒里答认真查阅了圣经,并询问圣经中是否包含福音书。鲁布鲁克回答:"是的,并有完整的圣经。"撒里答还"把十字架拿在手上,询问上面的人像是不是耶稣",鲁布鲁克也给予了肯定的回答。① 这些问题表明,撒里答对基督教教义有一定的接触和认知,可是不一定能证明他是基督徒。

鲁布鲁克首次觐见蒙哥后,由于旅途奔波劳累,他询问是否可以留在大汗的营地稍作休息,得到如下回复:

> 蒙哥可汗非常同情你们,允许你们暂留此地,时限两个月,两个月后严冬即会结束。此外,距离此处十天路程的地方有一个不错的城镇,叫哈拉和林,如果你们想要前往,可汗会为你们提供一切必需物品。②

由此可见,大汗对传教士很慷慨,他让传教士自行决定是留在营地还是前往喀拉和林,并相应地为他们提供所需食宿。

(5)传教士拒绝接受厚礼

由于终生不谋财物,大多数传教士不仅没有贵重礼物可献给蒙古人,而且也不情愿接受蒙古人的慷慨赏赐。1253年秋,在拔都营地停留期间,鲁布鲁克由一位向导带领,参观临近的拔都亲戚的营地。鲁布鲁克写道:"他们非常想知道为什么我们不接受金银或昂贵的衣物。"③然而,传教士们愿意接受日常所需食物和保暖衣物。例如,在1254年冬,大汗就给鲁布鲁克和他的同伴送了些保暖衣物:

> 当寒冬愈加严酷,蒙哥送给我们三件猞猁皮长袍,穿时有皮毛的面朝外,我们心怀感激收下了。④

可是当蒙哥的皇后可达塔(Cotota)送给鲁布鲁克一件束腰长袍和几条"丝绸里子的灰色闪绸裤"的时候,鲁布鲁克把这些让给了同行的一位使者。⑤ 1254年8月,鲁布鲁克准备离开蒙哥的首都时,蒙哥又提到了礼物这一话题:

① 耿昇著,何高济译注:《柏朗嘉宾蒙古行纪 鲁布鲁克东行纪》,中外关系史名著译丛,中华书局1985年版,第232页。

② 耿昇著,何高济译注:《柏朗嘉宾蒙古行纪 鲁布鲁克东行纪》,中外关系史名著译丛,中华书局1985年版,第266页。

③ 耿昇著,何高济译注:《柏朗嘉宾蒙古行纪 鲁布鲁克东行纪》,中外关系史名著译丛,中华书局1985年版,第245页。

④ 耿昇著,何高济译注:《柏朗嘉宾蒙古行纪 鲁布鲁克东行纪》,中外关系史名著译丛,中华书局1985年版,第270页。

⑤ 耿昇著,何高济译注:《柏朗嘉宾蒙古行纪 鲁布鲁克东行纪》,中外关系史名著译丛,中华书局1985年版,第281页。

　　于是他问我是否想要金银或华服衣物,我说:"我们不需要这些物品;但我们的盘缠已用尽,需要您的帮助才能走出贵国。"大汗说:"我会尽量满足你们的要求。你们还想要其他什么吗?"我回答:"这些已经够我们用了。"①

　　1254 年的主显节当天,蒙哥大汗的皇后给几位神父赠送了圣诞礼物,但鲁布鲁克拒绝接受:

　　　　她给景教传教士和领班神父各送了一块银锭,并将一大块宽若被单的布料和一块品质较高的棉布放在我们面前。我不愿意接受,这些礼品便转而赏给了翻译官。翻译官将那块大布料带到塞浦路斯卖了八十塞浦路斯币,尽管那块布料在旅途中磨损了不少。②

　　鲁布鲁克准备离开蒙古首都时,蒙哥的大臣们想要给他们送临别礼物。鲁布鲁克和同伴本不想要这些赏赐,但出于尊重还是接受了:

　　　　他们手上拿着三件长袍(束腰外衣),对我们说:"我们知道你们不接受金银财物,但你们留在这里为大汗祈福时日已久,所以他希望你们每人至少收下一件长袍,不要空手而归。"出于对大汗的尊敬,我们接受了赏赐,因为在蒙古人看来,客人轻视他们的礼物是很恶劣的行为。③

　　并非所有的传教士都拒绝蒙古首领的赏赐。我们从文献中了解到,马黎诺里从中国经海路返回欧洲途中,在印度附近遇到了风暴,不得不在锡兰(斯里兰卡)的一个港口避风。尽管他非常喜欢这个岛屿,甚至将其比喻成天堂,"当地的暴君却狡猾地掠夺了他的大部分钱财,还有使华时元惠宗所赠的所有贵重礼物,包括金银、丝绸、金布、宝石、珍珠、樟脑、麝香、没药和芳香香料"④。这说明,马黎诺里是很乐意接受蒙古大汗的大量赏赐的。

　　(6)蒙古首领对未来礼品的要求

　　马可·波罗(Marco Polo)的父亲尼科洛·波罗(Niccolò Polo)和叔叔马菲奥·波罗(Maffeo Polo)的故事众所周知。虽然两人不是基督教传教士,但他们也

---

　　① 耿昇著,何高济译注:《柏朗嘉宾蒙古行纪 鲁布鲁克东行纪》,中外关系史名著译丛,中华书局 1985 年版,第 303 页。

　　② 耿昇著,何高济译注:《柏朗嘉宾蒙古行纪 鲁布鲁克东行纪》,中外关系史名著译丛,中华书局 1985 年版,第 272 页。

　　③ 耿昇著,何高济译注:《柏朗嘉宾蒙古行纪 鲁布鲁克东行纪》,中外关系史名著译丛,中华书局 1985 年版,第 311 页。

　　④ Rachewiltz I. *Papal Envoys to the Great Khans*, London:Faber and Faber, 1971, pp. 199-200.

受命为忽必烈送去 100 位基督教学者,以及进贡来自耶路撒冷圣墓教堂的灯油。①
有些记录显示蒙古首领要求使者下次来时要带特定的物品。鲁布鲁克记述了这样
的要求。科埃克的父亲在撒里答营地里当差,他要求鲁布鲁克下次拜访的时候带
来会制作羊皮纸的工匠,因为他想要纸为撒里答制作书籍。② 从这一要求我们可
有把握地推断,当时蒙古缺乏羊皮纸等材料和制作技术。

另一个例子是罗伊果在书中提到的。1289 年阿鲁浑(Ilkhan Arghun)要求爱
德华一世(Edward I,1272—1307 年在位)和菲利普四世(Philip Ⅳ,美男子,1285
—1314 年在位)赠送"精妙的物件、矛隼和色彩缤纷的宝石"。③ 后来,元惠宗通过
热那亚的安达洛·萨维尼奥内(Andalò of Savignone,又名安德鲁·弗兰克[An-
drew the Frank]),致信主教,既要求教皇为自己祈福,也要求赠送"马匹和其他稀
有礼物"。④

二、鲁布鲁克和泥金装饰圣咏经

上文提到,鲁布鲁克觐见过三位重要的蒙古首领。首先是 1253 年 7 月至 8 月
见撒里答于东河和伏尔加河之间,然后是 1253 年 8 月至 9 月见拔都于伏尔加河的
萨莱河岸,最后是 1253 年 12 月至 1254 年 8 月见蒙哥于喀拉和林。鲁布鲁克于
1254 年 9 月返回拔都的营地,1255 年 7 月回到安提俄克。

第一次与撒里答会面时,鲁布鲁克介绍了随身携带的泥金装饰手抄本,特别提
到法国王后赐给他的圣咏经。装饰手抄本是在西方印刷术发明之前,用手绘的图
画描绘圣经中的场景,以说明和装饰圣经的书。泥金装饰手抄本的正文装饰精美、
色彩明丽,其页边、插图以及段落或章节的首字母时见金银描绘。⑤ 剑桥大学基督
圣体学院(Corpus Christi College)⑥和菲茨威廉博物馆(Fitzwilliam Museum)均
收藏有精美的泥金装饰手抄本,其中基督圣体学院的藏品已完全数字化,可在线查
阅。尽管本文提到的那本圣咏经不知是否存世,但菲茨威廉博物馆存有一本与其

---

① Polo M. *The Book of Ser Marco Polo the Venetian Concerning the Kingdoms and Marvels of the
East*, ed and trans. by Henry Yule. 3rd edition, revised by Henri Cordier, London: John Murrsay, 1929.
pp. 13-14.

② 耿昇著,何高济译注:《柏朗嘉宾蒙古行纪 鲁布鲁克东行纪》,中外关系史名著译丛,中华书局 1985
年版,第 316 页。

③ Rachewiltz I. *Papal Envoys to the Great Khans*,London:Faber and Faber,1971,p. 188.

④ Rachewiltz I. *Papal Envoys to the Great Khans*,London:Faber and Faber,1971,p. 187.

⑤ Panayotova S. Colour: *The Art and Science of Illuminated Manuscripts*, London: Harvey Miller,
2016.

⑥ 剑桥大学基督圣体学院帕克图书馆藏有 14 世纪鲁布鲁克游记手抄本。

类似的泥金装饰手抄本。①

事情的经过是这样的：鲁布鲁克到达撒里答的营地后，先被带到景教信徒科埃克处。科埃克负责指导使节们蒙古礼仪，确保不会出现任何的不当言行。如上文所述，科埃克听鲁布鲁克说没给大汗准备礼物时"非常气愤"，但鲁布鲁克解释作为基督徒自己放弃了所有的世俗财物，科埃克似乎颇为理解和同情。尽管教派不同，毕竟同为基督徒，科埃克甚至请鲁布鲁克为自己祝福。如前文所述，鲁布鲁克送给科埃克葡萄酒和小甜饼作为答谢。② 对于鲁布鲁克而言，科埃克不仅是同宗教的兄弟，也是可交流之人，并且日后自己还可能需要其帮助。

由于他们没什么贵重的礼物可送给撒里答，科埃克指导鲁布鲁克，"到宫廷去，带上（法国）国王的信函，法衣及圣物，还有书信，他的主人想看这些东西"。鲁布鲁克和他的同伴遵其所言，"把书本和弥撒用具放在一辆车里，把面包、酒和水果放在另一辆中"。之后鲁布鲁克向大汗"把书本和法衣铺开来，很多鞑靼人、基督徒和萨拉逊人骑在马上观看"。③

展示时，科埃克询问鲁布鲁克是否愿意将这些物品都送给撒里答可汗。鲁布鲁克很惊恐，他害怕自己不得不把这些珍贵的宗教物品全都送出。鲁布鲁克掩饰了自己的恐惧，试图采取外交策略。他回答道：

> 大人阁下，我们乞求您的主人俯允接受这点面包、酒和果品，不是作为礼物，因为太微不足道了，而是作为祝福，那我们不致显得空手去见他。他将看到国王陛下的信函，而且从中将得知为何我们去见他，然后我们和我们的一切东西都将等候他的吩咐。至于这些法衣，那是圣洁的，除教士外别人不得触摸。④

鲁布鲁克没坚持归还物品，但科埃克肯定知道这些是他珍爱之物，是希望能要回来的。科埃克因此产生了一个十分有创意的想法，他"让我们穿上圣衣出现在可汗面前"。于是，鲁布鲁克穿上自己的仪式长袍（圣衣），把经书都聚到一起，包括一本圣咏经：

> 我穿上最贵重的一件法衣……带上您（即法国国王路易斯九世）赐给我的

---

① 法国国王路易九世（1226—1270 在位）的姐妹伊莎贝尔圣人（1225—1270）在 1252—1270 写的《圣咏经和时祷书》，剑桥大学菲茨威廉博物馆藏。
② 耿昇著，何高济译注：《柏朗嘉宾蒙古行纪 鲁布鲁克东行纪》，中外关系史名著译丛，中华书局 1985 年版，第 231 页。
③ 耿昇著，何高济译注：《柏朗嘉宾蒙古行纪 鲁布鲁克东行纪》，中外关系史名著译丛，中华书局 1985 年版，第 231 页。
④ 耿昇著，何高济译注：《柏朗嘉宾蒙古行纪 鲁布鲁克东行纪》，中外关系史名著译丛，中华书局 1985 年版，第 231 页。

圣经,以及皇后陛下赠予我的美丽诗篇,其中有漂亮的图画。①

鲁布鲁克使用代词"您"表明他是在向国王讲述自己的旅行记录。"psalter"是一本书,内容摘自圣经中的《诗篇》。这些对鲁布鲁克来说是非常珍贵的,不仅因为物品的宗教性质,还因为这些是法国国王和王后赐给的礼物。他生动地描述了事情的后续:

> 我的同伴手执弥撒书和十字架,身着白法衣的书记则手捧香炉。我们就以这样的穿着方式来到他(撒里答)的住所前,侍从们拉起挂在门前的毡子,以便可汗能看到我们。②

弥撒书(missal)是一本包含弥撒(mass)及其他天主教仪式用语的书。香炉(thurible)是便携式的,祭祀中牧师会摇动香炉,在房中洒满焚香。当传教士们被严厉告诫进门和离开时均不可触碰门槛后,他们被要求吟唱圣歌,为可汗祈福,于是他们唱着赞美诗慢慢行进。撒里答的嫔妃都出席了此次弥撒,还有许多人在旁围观。

科埃克向撒里答展示了传教士带来的各色物品,包括香炉、圣咏经和圣经,撒里答仔细端赏了香炉。撒里答和王后将这些物品一一细察,其中格外留意到圣咏经。就在那时,可汗询问了福音和十字架的事(见上文)。接着可汗命围观的人群往后退,以便自己更清楚地欣赏传教士们身着的宗教"华服"。鲁布鲁克呈上法国国王路易斯的信函,尽管信函已译成阿拉伯语和叙利亚语,但必须再次翻译以便撒里答理解。撒里答聆听翻译时,鲁布鲁克的随行人员须暂时退下。随后,撒里答"命人收下面包、葡萄酒和水果,让我们把法衣和经书带回住处"。鲁布鲁克松了一口气,原本一直担心可汗会留下他美丽的泥金装饰圣咏经。

第二天科埃克来把撒里答的决定传给鲁布鲁克,他说,法国国王的信函中"有一些麻烦的事,若无他父亲的意见,他什么都不敢干"③。于是撒里答命传教士们前去觐见他的父亲拔都。不幸的是,鲁布鲁克接到命令是必须将带来的所有珍贵物品留在撒里答处,包括他的法衣、教堂礼仪用品和经书。鲁布鲁克"预料到蒙古人贪婪成性",最后取回了少数几样最重要的东西,包括他的圣经和一本祈祷书。他想要取回内含泥金装饰图画的精美圣咏经,却担心蒙古人会留意到而没取回:

> 我从带来的书籍中抽出圣经和其他我特别喜爱的书,但不敢取出王后您

---

① 耿昇著,何高济译注:《柏朗嘉宾蒙古行纪 鲁布鲁克东行纪》,中外关系史名著译丛,中华书局1985年版,第231页。

② 耿昇著,何高济译注:《柏朗嘉宾蒙古行纪 鲁布鲁克东行纪》,中外关系史名著译丛,中华书局1985年版,第231—232页。

③ 耿昇著,何高济译注:《柏朗嘉宾蒙古行纪 鲁布鲁克东行纪》,中外关系史名著译丛,中华书局1985年版,第233页。

（法国国王）的圣咏经，由于书中的镀金图画太引人注目了。①

由于鲁布鲁克将大部分物品留在了撒里答的营地，在与拔都和蒙哥会面时就没提及泥金装饰手抄本。在拔都的营地里，有一位"接待"帮鲁布鲁克安排食宿，可是鲁布鲁克没有礼物送他。鲁布鲁克记录道：这位接待"所做的一切都很刻薄"，脾气也不好。传教士们在拔都处停留了五周，一些匈牙利人向他们伸出援手，给他们带来食物，但鲁布鲁克却无以为报，"（我）手上只有一本圣经和一本每日祈祷书"。鲁布鲁克所能做的是为匈牙利人从这两本书中誊抄出一些祈祷文。②

耗时四个月后，12 月底鲁布鲁克及同伴到达蒙哥营地。在那儿他们和一位来自亚美尼亚的景教僧侣相处友好。1254 年 1 月初，鲁布鲁克正式觐见蒙哥。蒙哥好奇鲁布鲁克的来意，并翻看了他的圣经和祷告书。③大约一周后，蒙哥大汗和皇后在营地内一座小型的景教基督教堂召见鲁布鲁克，再次翻看经书，大汗"认真询问书中图画之含义"。因为鲁布鲁克的翻译没有同来，景教僧侣代为解答。④ 一个月后，蒙哥召见不同宗教代表为自己祈福，蒙哥又一次仔细察看鲁布鲁克的经书："大汗看见我们抱握圣经，便命人将圣经呈上，这样他即可非常认真地察看。"⑤可见蒙哥对鲁布鲁克的圣经感兴趣，也证明此本圣经中有图画，尽管我们尚不清楚这些插图的精美程度。

1254 年 8 月，蒙哥让鲁布鲁克带着给路易斯国王的回信返回法国。鲁布鲁克带着上文提到的长袍（束腰外衣）离开，一个月后到达拔都的营地。路上，他遇到了正前往蒙哥营地的撒里答及其随从。景教的科埃克也随行，鲁布鲁克便向科埃克询问自己留在撒里答营地的物品，特别是经书和法衣。科埃克先是含混其词，说道"你不是献给撒里答可汗的吗？"言下之意是这些物品都是鲁布鲁克献给撒里答的礼品，不该再要回来。然而，鲁布鲁克提醒他："这些物品是我带来撒里答营地的，但你知道，我并没有把他们送给撒里答可汗。"

科埃克做出了让步："你说的是事实，没有人能反驳事实。"科埃克告知鲁布鲁克，他的物品在萨莱城（Sarai，拔都在伏尔加河岸新建的城镇），现由自己父亲保管。他提及，鲁布鲁克的部分仪式礼服现为同行的景教僧侣所持有，但鲁布鲁克表

---

① 耿昇著，何高济译注：《柏朗嘉宾蒙古行纪 鲁布鲁克东行纪》，中外关系史名著译丛，中华书局 1985 年版，第 234 页。

② 耿昇著，何高济译注：《柏朗嘉宾蒙古行纪 鲁布鲁克东行纪》，中外关系史名著译丛，中华书局 1985 年版，第 242 页。

③ 耿昇著，何高济译注：《柏朗嘉宾蒙古行纪 鲁布鲁克东行纪》，中外关系史名著译丛，中华书局 1985 年版，第 263—265 页。

④ 耿昇著，何高济译注：《柏朗嘉宾蒙古行纪 鲁布鲁克东行纪》，中外关系史名著译丛，中华书局 1985 年版，第 272 页。

⑤ 耿昇著，何高济译注：《柏朗嘉宾蒙古行纪 鲁布鲁克东行纪》，中外关系史名著译丛，中华书局 1985 年版，第 274 页。

示自己最在意的是经书,并要求一封信函以便从科埃克的父亲那里取回这些书。科埃克向撒里答请求授予了信函,鲁布鲁克带着信函及赠给路易斯国王和自己的一些简单告别礼物离开。[①]

9月16日,鲁布鲁克到达拔都的营地一个月后离开前往,两周后到达萨莱。11月1日前后他找到了科埃克的父亲。对两人的见面,鲁布鲁克记录如下:

> 收到撒里答的信后,科埃克的父亲将法衣都归还给我,除了三件白麻布圣职衣、一件带刺绣的丝绸披肩、一条腰带、一块有金线刺绣的圣坛台布以及一件白袈裟;他也归还了祭祀所用银器,除了香炉和小圣油瓶,撒里答同行的神父占有了它们。他还归还了经书,但经我允许,他留下了王后的赞美圣咏经,他说撒里答格外喜爱这本圣咏经,这让我无法拒绝。[②]

因此鲁布鲁克最后没能拿回法国王后作为礼物赐予他的泥金装饰圣咏经。很明显,撒里答可汗太喜爱这本书而不愿意归还。

三、马黎诺里传教士:一次感人的宗教仪式和一匹宝马

鲁布鲁克出使约90年后,另一位方济各会传教士马黎诺里传教士参访元朝。此时,蒙古的情形已发生了很大变化。忽必烈击败他的竞争者阿里不哥(Ariq Böke),于1260年成为蒙古大汗,随着他的注意力集中在中国,蒙古帝国的首都从喀拉和林迁至元大都(今北京),1271年后成为蒙元朝的首都。因为忽必烈在管理机构中重用非汉族的官员,且扶持外国宗教,在他在位期间及之后,基督教传教士在中国可放心地追求他们的宗教使命。在1307年,约翰·孟高维诺(John of Montecorvino)成为罗马天主教北京教区第一任总主教。之后马黎诺里接替他的职务。

我们并不大了解马黎诺里早年的经历,只知道他出生于意大利佛罗伦萨(Florence)一个贵族家庭,曾在博洛尼亚(Bologna)担任讲师。他被任命为前往中国的宗教使节是由于在1338年的五月元惠宗(1333—1370年在位)派往罗马教皇本尼迪克特十二世(Benedict XII,1334—1342年在位)处的使团到达阿维尼翁(Avignon)。这个共有十五位成员的使团由上述安达洛·萨维尼奥内所带领,同时他还向教皇送来两封信函。其中一封信来自元惠宗,信中要求与教会建立外交联系,另外一封来自元大都的基督教徒阿兰斯(Christian Alans)。这些阿兰斯在元朝军队中已有比较高的位置。他们请求本尼迪克特十二世派一位"教宗使节",

---

① 耿昇著,何高济译注:《柏朗嘉宾蒙古行纪 鲁布鲁克东行纪》,中外关系史名著译丛,中华书局1985年版,第314页。

② 耿昇著,何高济译注:《柏朗嘉宾蒙古行纪 鲁布鲁克东行纪》,中外关系史名著译丛,中华书局1985年版,第316页。

即罗马教皇的代表,到元大都接替 1328 年去世的孟高维诺。教皇对此的回应是将马黎诺里传教士和其他一些方济各会修士作为自己的代表派往中国。这队教皇的代表与可汗的返程使团一路,于 1339 年 3 月从那不勒斯(Naples)起航。

在给教皇的信函中,元惠宗也索要了"西方马匹及其他珍品"。可能正因为这个原因,根据罗伊果的说法,他们从那不勒斯带来的教皇礼物中有"一些优秀的战马"①。所谓"西域宝马"在中国久负盛名,有关记录最早可追溯到汉代。但古人所指"西域宝马"一般为费尔干纳(汉代称为大宛)的汗血宝马,而非西欧的马匹。上文提到,1328—1329 年间蒙古王室收到的一匹未指明来源的宝马曾引起蒙古内廷的轰动。因此,当马黎诺里 1342 年来到元大都,并于 8 月 19 日将一匹马作为礼物之一进送给可汗,可汗对他的欢迎及款待就不足为奇了。然而,正如下文所示,马黎诺里可能某种程度上误解了可汗的反应。②

从那不勒斯,他们停在君士坦丁堡(Constantinople),然后起航至克里米亚(Crimea)半岛港口卡法城(Caffa/Kaffa,今费奥多西亚[Feodosiya]),先跨过亚速海(Sea of Azov)到塔纳(Tana),再到金帐汗国的可汗月即别(乌兹别克[Özbeg],1313—1341 年在位)位于新萨莱(New Sarai)的王宫。随后在月即别的领地过冬,直到 1340 年 5 月才离开。接着他们被护送到中亚的阿力麻里(Almaliq),大约于当年 9 月到达。在马黎诺里到访的前一年,阿力麻里曾发生一场针对当地方济各会传教士的屠杀,故马黎诺里及其同伴在阿力麻里逗留到 1341 年年末,以重修教堂和道院。修缮完成后他们继续旅行,途经哈密、西夏和天德(Tenduc,大概是 Dongsheng 东胜,近 Ordos City 鄂尔多斯)③,在 1342 年的 5 月或 6 月到达元大都。④

马黎诺里对获邀于 1342 年 8 月 19 日觐见大汗感到极为激动。我们尚未完全确定马黎诺里是否在元大都见到大汗,如其本人的旅行记录所言,还是在位于上都的大汗夏季行宫(上都)。⑤ 他在这一会面的时刻竭尽全力表演了完整的祈福仪式。据他记载:

> 在他居住的华丽皇宫里,当我到达大汗的席前,一切都是最完备的节日盛装打扮。进行时有人在他前面拿着一支精美的十字架,捧着蜡烛与焚香,吟唱"我信独一真神"。当我的吟唱结束,我为他献上完整的赐福祈祷,他满怀谦逊

① Rachewiltz I. *Papal Envoys to the Great Khans*,London:Faber and Faber,1971,pp. 190-191.

② Rachewiltz I. *Papal Envoys to the Great Khans*,London:Faber and Faber,1971,pp. 187-192.

③ Rachewiltz I. *Papal Envoys to the Great Khans*,London:Faber and Faber,1971,p. 193.

④ Johnde'Marignolli. *Recollections of Eastern Travel*(1338—1353) in Henry Yule and Henri Cordier, tr. and ed. Cathay and the Way Thither:Being a Collection of Medieval Notices of China, Vol. 3,London:Hakluyt Society,1914,pp. 177-269.

⑤ Rachewiltz I. *Papal Envoys to the Great Khans*,London:Faber and Faber,1971, pp. 192-193.

地收下了。①

马黎诺里的记载还提到:

> 大汗看到战马、教皇的礼品和密封的信函和另一封信函来自罗伯特国王即那不勒斯国王罗伯特·昂如(Robert of Anjou,King of Naples)的信函,都印着他们的金章,以及我们如此的欢天喜地,他看上去十分高兴,对一切都非常满意,并以最大的荣誉招待我们。②

马黎诺里不禁为自己以最佳状态向大汗展示了基督教精神而充满成就感。记录这次会面时他引用了圣经中智者循星光指示到伯利恒瞻仰耶稣降生的场景:他们"欢天喜地",可见他确实将这次出使视为基督教精神的胜利,一个隆重而崇高的宗教时刻。

但是,从中国编年史对该事件的记载来看,让蒙古人印象最深的显然是所呈马匹,而非基督教的仪式或教义。《元史》对此事的记载仅有两行,并未提及宗教仪式、罗马教皇或马黎诺里。正史中只提到了马匹,并对马匹进行了详细描述:秋七月……拂郎国贡异马,长一丈一尺三寸,高六尺四寸,身纯黑,后二蹄皆白。③

在讲述了马黎诺里和大汗之间的见面之后,罗伊果评论道,从《元史》的中国作者的角度来看,"西方的礼物被具体而带有象征意义地描述为贡品,致敬蒙古帝国开明和宽容的统治"。罗伊果继续阐释,"无论对教皇还是传教士们都没有最简略的提及。这一趣闻很好地阐明,在东西方之间,他们的关系在多大程度上为各自的文化偏见所蒙蔽"④。

学者欧阳玄(1283—1357)也曾作《天马颂》,描绘西方进贡的马匹;⑤

> 至正二年壬午七月十八日丁亥,皇帝御慈仁殿,拂郎国进天马。二十一日庚寅,自龙光殿敕周郎貌以为图。二十三日壬辰,以图进。翰林学士承旨巙巙(康里巙巙,1295—1345)传旨,命侯斯(揭侯斯,1274—1344)为之赞。臣惟汉武帝发兵二十万仅得大宛马数匹,今不烦一兵而天马至,皆皇上文治之化所及。臣虽驽劣,敢不拜手稽首而献颂曰:

---

① John de'Marignolli. *Recollections of Eastern Travel* (1338—1353) in Henry Yule and Henri Cordier, tr. and ed. Cathay and the Way Thither;Being a Collection of Medieval Notices of China, Vol. 3, London: Hakluyt Society,1914,pp. 213-214.

② John de'Marignolli. *Recollections of Eastern Travel* (1338—1353) in Henry Yule and Henri Cordier, tr. and ed. Cathay and the Way Thither;Being a Collection of Medieval Notices of China, Vol. 3, London: Hakluyt Society,1914,p. 214.

③ 宋濂等撰:《元史》卷四十,中华书局 1976 年版,第 864 页。

④ Rachewiltz I. *Papal Envoys to the Great Khans*,London;Faber and Faber,1971,pp. 194-195.

⑤ 欧阳玄:《圭斋文集》,《四部丛刊》本,卷 1,第 9 页。

天子仁圣万国归,天马来自西方西。玄云被身两玉蹄,高逾五尺修倍之。
七渡海洋身若飞,海若左右雷霆随。天子晓御慈仁殿,西风忽来天马见。龙首
凤臆目飞电,不用汉兵二十万。有德自归四海羡,天马来时庶升乎。天子仁寿
万国清,臣愿作诗万国听。

诗中提到的一位画家周郎所画这匹骏马今日已失传,不过一份明朝的副本可
在"大中华书画网"见到。① 然而伯希和(Paul Pelliot)认为,周郎这幅画应是皇帝
骑着这匹骏马,但明朝副本只见到一匹骏马呈送给皇帝,并没有人骑在马背上。据
伯希和的分析,清代耶稣会传教士宋君荣神父(Antoine Gaubil,1689—1759)是在
宫廷藏品中看到这幅皇帝骑马的画的。② 伯希和在 1815 年进行的最后一次皇家
藏品清单调查中发现此画被提及。他声明,"这一珍奇文件可能在 1860 年火烧圆
明园时被毁,但亦有可能,目前它仍保存于北京的皇家收藏中。"③

由此,我们仍不清楚马黎诺里呈送给可汗的马是什么品种。或许马类专家能
从画中识别出来。读者会猜测,可汗期待的是否是那种据称来自费尔干纳的珍奇
马匹,以及马黎诺里从那不勒斯带来的战马能否与此类费尔干纳宝马相提并论。
不过,可汗看上去并未对马黎诺里带来的马匹失望。相反他对这匹战马印象非常
深刻。

如果我们追踪马黎诺里游记中对马匹的记载,我们可发现:首先传教士是从那
不勒斯带来了战马(假设罗伊果对他们的出发地判断正确);其次至少一匹战马被
带到新萨莱的月即别;最后,当他们大约在 1340 年 5 月离开月即别的金帐汗国时,
可汗为他们提供了马匹和旅行费用。由此可看出关于马匹的混淆。

可以清楚地是,马黎诺里带来给乌兹别克的马匹的确来自那不勒斯,至少是来
自新萨莱的西部。然而,尚不清楚他们送给大汗的马匹是他们从欧洲带来的,还是
月即别给他们的。由于传教士需由海路到达塔纳,而月即别给的马是给他们在陆

---

① 周郎(生卒年不详)的画叫作《拂郎国献马图》。见 http://old. zhsh5000. com/showauthor. 一本关于
蒙元时代到中国去的方济各会传教士的书有这幅《拂郎国献马图》,在它的封面:Lauren Arnold, *Princely
Gifts and Papal Treasures:The Franciscan Mission to China and its Influence on the Art of the West*,1250
—1350,San Francisco:Desiderata Press,1999.

② Antoine Gaubil. *Traité de la chronologie chinoise:divisé en trois parties*,ed. by Antoine Isaac Sil-
vestre de Sacy, Paris: Treuttel et Würtz,1814 *Recollections of Fastern Travel*. p. 214 注 1。

③ Paul Pelliot. Chrétiens d'Asie centrale et d'Extrême Orient,T'oung Pao,Second Series,Vol. 15NO. 5
(1914),pp. 642-643. DOI:http://doi. org//o. 1163/15685324×004.

路上骑用的。他们大约 5 月离开月即别后,于 9 月到达了今新疆地区的阿力麻里。[①] 另一种可能则是,这些马匹来自沿途的其他地区,甚或的确是费尔干纳地区,因为马黎诺里可能途经此地。

此外,尚不确定他们是否仅仅呈送给可汗一匹马,或是多匹。马黎诺里的记载使用的是复数,而从汉语史料中很难查明这一问题。周郎的画中仅仅出现了一匹马,《元史》中所提及的也是一匹马。而上面引用的诗句在这一问题上比较含糊。马黎诺里在离开月即别后的游记没有提及任何马匹。我们必须承认,这些问题非常难以厘清。

马黎诺里并不知道《元史》中关于马匹的片段,因为《元史》成书于明朝时期,同时也很难说他是否得知以上提及的这首诗和这幅画。由此马黎诺里并没有机会知道可汗事实上印象最深刻的是那匹马,而非他所献上的宗教仪式。在他之前的游记中,马黎诺里天真地写道:大汗想要与教会建立外交关系是因为"他非常喜爱和敬仰我们的信仰"。因此他认为可汗对基督教持有积极态度,这也影响了马黎诺里如何看待他与可汗会面的事件。[②] 事实上,我们并不确定这一看法是否正确。然而可以肯定的是,可汗的确很满意,但并非因为宗教仪式和祈福,而是因为那一匹骏马。

四、结 论

面对文化间的互动关系,从不同的角度全面考虑问题是非常重要的。有时,这不仅涉及两个,而是涉及多个视角,特别与错综复杂的历史、政治、社会和宗教等情形密切相关。在 13—14 世纪,来自不同环境,持有不同世界观的基督教传教士和蒙古首领相遇。会面的每一方都有复杂的思虑和迥异的忠心,这将他们拉向不同的方向。在他们的交往中,文化间的差异会不可避免地显露出来。

从以上讨论可以看出,聚焦于礼物赠予行为对理解上述不同视角非常有益。在这篇文章中,我已探讨了欧洲与蒙古的礼物赠予行为的很多方面,包括来访者向蒙古首领呈送礼物的责任,蒙古首领对礼物的期望,传教士自身的信

---

① Johnde'Marignolli. *Recollections of Eastern Travel* (1338—1353) in Henry Yule and Henri Cordier, tr. and ed. Cathay and the Way Thither:Being a Collection of Medieval Notices of China,Vol. 3,London:Hakluyt Society,1914,p. 130. 罗伊果(Rachewiltz,192 页)说他们大概沿着佩戈洛蒂所描写的常规商业路线。见弗兰切斯科·巴尔杜齐·佩戈洛蒂(Francesco Balducci Pegolotti, fl. 1290—1347)的《贸易实践》(*Pratica della Mercatura*,本名 *Libro di divisamenti di paesi*,Florentine, 1339—1340);现代版本有 Allen Evans, *La pratica della mercatura* (Cambridge, Mass. : Mediaeval Academy of America, 1936)。

② Johnde'Marignolli. *Recollections of Eastern Travel* (1338—1353) in Henry Yule and Henri Cordier, tr. and ed. Cathay and the Way Thither:Being a Collection of Medieval Notices of China,Vol. 3,London:Hakluyt Society,1914,p. 210.

仰约束了他们能给予什么礼物和他们能收下什么回赠礼物,以及蒙古人对未来礼物的要求。这类礼物赠送的责任和处置方式有很多变化,而且文中多个人物亦展现出充分的灵活性。而视角上的差异有时可能导致文化的冲突和误解。

本文最后两部分所描述的两段跨文化接触,揭示了西方人与蒙古人之间的一些紧张关系。对鲁布鲁克来说,他最珍贵的个人财产——王后送给他的美丽而神圣的礼物,他虔诚地把它用于宗教修持——在蒙古首领看来只不过是一组引人注目的,色彩鲜艳、闪闪发光的图画收藏。在马黎诺里眼里能够和蒙古东道主交流灵性的超凡体验的时刻,蒙古首领们却认为是获得一匹宝马的良机。这些互动集中体现了 13—14 世纪丝绸之路沿线不同文明之间的冲突。

然而,这种误解通常是可以克服的,特别是当双方互相尊重、开放和宽容对方的时候。这取决于双方的个人品性,如灵活性和达成妥协的意愿。鲁布鲁克没法找回法国王后送给他的那本发光的诗篇;但他不愿与蒙古人对抗,部分原因是自我保护,他不得不放手。马黎诺里可能已经意识到,他与大汗的会面之所以成功,更多的是因为那匹马,而不是因为他所献上的宗教仪式,但他没有追问这个问题。在这些情况下,得以维持和平的重要品性应是不怀怨恨,以坦率和尊重以及慷慨的方式对话。

对于蒙古人和信奉基督教的欧洲人的分类实际上过于宽泛和笼统。在蒙古人中,出征的将军们往往注重权力、胜利和物质上的东西,对被征服土地上的非蒙古人和过路的游客采取敌视和压迫的态度。这与留在中亚的拥有较稳定的财富和权力的可汗们形成了鲜明的对比,这些可汗更加国际化,愿意与其他民族合作以实现他们的目标。在我们关注的研究时段早期,与景教有密切接触的蒙古人,对基督教传教士也比较同情。后来,蒙古帝国分裂成不同的汗国,整个蒙古世界的同质性大大降低。

在基督教方面,主要的对比发生在景教和代表罗马天主教会的新教之间。景教在中亚扎根了几个世纪。它们不仅在地理和教派上存在差异,而且在时间顺序上也存在差异,尤其是在鲁布鲁克和马黎诺里时期。鲁布鲁克是第一批从欧洲来到蒙古的基督教传教士之一,而马黎诺里是已经在中国一些较大城市建立大主教辖区的传教士之一。此外,随着时间的推移,还发生了更多变化,比如政治和军事联盟的转变。一开始,基督徒与穆斯林为敌,随后基督徒又与蒙古人为敌,后来蒙古人想与基督徒结盟对抗穆斯林。

事实上蒙古统治者对于基督传教士的欢迎是值得关注的,他们为传教士提供交通、食宿上的便利并与对方政治、宗教统治者书信往来,要求传教士作为观众参加他们最重要的宗教仪式。他们在写给西方统治者的信中也公开了自己的目标。最终,蒙古人逐渐改变了他们的论调,从"要么投降,要么死亡"到仅要求达成长远的外交交流和沟通,并给予特定的礼物。总的来说,如果将1242年之前武力征服引起的恐怖放在一边,从1250年到1350年的这段时间证实了东西方外交手腕及良好意愿的胜利。

注:我非常感谢赵鲁阳、余佳、员雅丽和董燕帮我将这篇文章翻译成中文。

图书在版编目(CIP)数据

丝路纪行:13—14世纪的中国与世界 / 邱江宁主编.—
杭州:浙江大学出版社,2020.12
ISBN 978-7-308-19608-6

Ⅰ.①丝… Ⅱ.①邱… Ⅲ.①文学－文化交流－中国、
外国－13－14世纪－文集 Ⅳ.① I 109.47－53

中国版本图书馆 CIP 数据核字(2019)第 212428 号

丝路纪行:13－14 世纪的中国与世界

邱江宁　主编

责任编辑	宋旭华	
文字编辑	吴　超	
责任校对	赵　珏	
封面设计	雷建军	
出版发行	浙江大学出版社	
	(杭州市天目山路 148 号　邮政编码 310007)	
	(网址:http://www.zjupress.com)	
排　版	浙江时代出版服务有限公司	
印　刷	广东虎彩云印刷有限公司绍兴分公司	
开　本	710mm×1000mm　1/16	
印　张	15.75	
字　数	309 千	
版 印 次	2020 年 12 月第 1 版　2020 年 12 月第 1 次印刷	
书　号	ISBN 978-7-308-19608-6	
定　价	78.00 元